Best Time

白 马 时 光

DUJIA
ZHANYOU

上

独家占有

丁墨 著

百花洲文艺出版社
BAIHUAZHOU LITERATURE AND ART PRESS

图书在版编目（CIP）数据

独家占有 / 丁墨著 . — 南昌 : 百花洲文艺出版社，
2018.1（2018.4 重印）
ISBN 978-7-5500-2297-3

Ⅰ.①独… Ⅱ.①丁… Ⅲ.①长篇小说－中国－当代
Ⅳ.① I247.5

中国版本图书馆 CIP 数据核字（2017）第 148200 号

独家占有
DUJIA ZHANYOU

丁墨 著

出 版 人	姚雪雪	
出 品 人	李国靖	
特约监制	何亚娟　燕　兮	
责任编辑	苏双鸽	
特约策划	何亚娟	
特约编辑	凉小小　静静张	
封面设计	小　贾	
版式设计	王雨晨	
封面绘图	符　殊	
出版发行	百花洲文艺出版社	
社　　址	南昌市红谷滩世贸路 898 号博能中心Ⅰ期A座 20 楼	
邮　　编	330038	
经　　销	全国新华书店	
印　　刷	三河市金元印装有限公司	
开　　本	880mm×1230mm　1/32	
印　　张	18.25	
字　　数	620 千字	
版　　次	2018 年 1 月第 1 版	
印　　次	2018 年 4 月第 2 次印刷	
书　　号	ISBN 978-7-5500-2297-3	
定　　价	59.80 元（全二册）	

赣版权登字　05-2017-237

发行电话　0791-86895108
网　　址　http://www.bhzwy.com
图书若有印装错误，影响阅读，可向承印厂联系调换。

目 录

目

录

Contents

第一章

噩梦降临

夜里十一点整，我脱了鞋，站上天台的边缘。

从这个角度向下望，大厦笔直而暗黑的玻璃外墙，像倾斜的万丈深渊，再往前一步，就是粉身碎骨。

感觉到小腿在发抖，我伸手扶住旁边的广告铁架——毕竟不是真的想死。

我只不过抱着侥幸的心理，想要逃过某个人的掌控。

那件事发生的时候，我只有十八岁。

我清楚地记得，那晚没有月亮，天特别暗。我刚给一个上初中的孩子做完家教，沿着路灯幽静的小巷往家里走。没走几步，就听到身后响起急促的脚步声。我疑心是歹徒，鼓起勇气正要转身，忽然感觉到一股奇异的热流从后背窜至全身。

我失去了意识。

醒来的时候眼前很暗，只有一种朦胧的光在周围的空间里浮动。隐约可以辨认出，这是间很大的屋子，我躺在唯一的床上。墙上没窗，摸着很硬，冰凉而细腻的质地，像是某种柔韧的金属。

这时，前方墙壁忽然开了一扇门，门的形状很奇怪，是六边形的，像是镶在墙壁里。外面的灯光透进来，一个高大的男人侧身站在门口。因为隔得远，我看不清他的样子，但能听到声音。

"卫队长。"他说，"她还好吗？"嗓音意外的低沉悦耳。

另一个声音答道："指挥官，她很好，是个非常干净的女孩子。祝你们度过愉快的夜晚。"

　　我听清了他们的对话，脑子里一片空白。我感到很不安，也很茫然。

　　那个男人低头跨进了屋子，门在他身后徐徐关上。我看到他肩头的银光一闪而过，像是军人的肩章，他的手上还戴着雪白的手套，那颜色在灯下格外醒目。

　　我想得看更清楚，可是已经没有光了。

　　他朝我走来，脚步声在黑暗里沉稳而清晰，最后停在床边，黑黝黝的身影一动不动。

　　在他无声的凝视里，我的掌心沁出汗水，心脏仿佛被人慢慢揪紧了——封闭阴暗的空间、装扮成军人的高大男人。现在我担心的不是会不会丢掉清白了，而是还有命活着出去吗？

　　我第一反应是想问他是什么人，但很快打消了这个愚蠢的念头。

　　"你能不能放了我？我可以把所有存款都给你。而且我没有看到你们的相貌，可以放心……"尽管努力控制了，我的声音还是抖得厉害，尾音甚至莫名其妙地扬起，听起来就像被划破的唱片走了音。

　　"我只要你。"他说。

　　低而稳的声音，简洁有力。

　　我的心重重一沉——完了。

　　一只冰冷的手摸上了我的脸，柔软的丝质手套轻轻摩挲着。我的皮肤变得空前的敏感，他每一次轻微的触碰，都令我神经紧绷。但我根本不敢动，任凭他摸着我的脸颊、眉毛、眼睛、鼻子，最后停在嘴唇上。他的大拇指沿着我的嘴轻轻滑动，奇痒无比。

　　"你很冷静。"好听却阴森的声音再次响起，他似乎有一点好奇。

　　其实我被他摸得心惊胆战，整个人就像吊在钢丝上，颤巍巍地发抖。

　　但他听起来似乎心情不错，我鼓起勇气颤声说："只要你放了我，我……什么都愿意做。"

　　他沉默了一会儿，忽然说："对不起。"

　　我不明白他为什么说对不起，但已经无暇深思了。因为他脱下白色手套放在床边，然后抓住了我的肩膀。一股柔和却不容拒绝的力量袭来，我倒在了床上。

怎么办？我昏昏沉沉地想，抗拒还是屈从？

他看起来这样高大，外面还有帮手，我根本不可能逃脱，反抗毫无意义。只有配合，才能少受点苦。这个认知像火焰灼烧着我的脑子，那么清晰而残酷。

转眼间，他的身体覆了上来，很沉，但没有预想的沉，不会令我喘不过气来。他身上的布料柔韧而冰凉，呼吸却很温热，两种陌生的气息交织在一起，让我浑身不自在。

他的每一个动作都很干脆、目的明确。先是将我的双手往上一折，固定在头顶，然后捏住下巴，他的唇就落了下来。

我完全不知道该怎么应对他的吻。

我只在十六岁时，跟暗恋的班长接过一次吻。后来他就转学了，初恋无疾而终。

可这个男人的吻，跟男孩完全不同。他嘴里有种清新的气息，像一种没有味道的水果，隐隐透着甘甜。他吻得很平和，也很温柔。冰冷的鼻尖从我脸颊擦过，没有预想的扎人胡楂，也没有迫不及待的饥渴。他先舔了舔我的嘴唇，然后伸进去找到了舌头。我连舌头都是僵硬的，任由他轻舔。

很痒，陌生的痒，像是有丝丝的电流从舌尖传到身体里，有点不太舒服。

过了一会儿，他就放过了舌头，却几乎将我整个牙床、口腔都舔了一遍。这种亲吻有点恶心，但我身体里的电流感好像更强了。

意识到将要发生的事，我的胸口就像压了块棱角锋利的石头，堵得好痛。

周围很安静，可我仿佛听到无数个声音在脑袋里疯狂嘶喊，压都压不住，就快要将我的脑子撕裂。理智瞬间被抛到九霄云外，我一下子从床上弹起来，在他沉默的视线里，手脚并用拼命往床下爬。可一只脚刚刚下地，另一只脚踝骤然一紧，就像被坚硬的钢圈锁住了。

"松手！"我明明在吼，声音听起来却颤抖得厉害。

回答我的是极为有力的一拽，我立刻被拖回他身下，手腕被紧扣，双腿被压制，完全动弹不得。

他的脸就在离我很近的上方，朦胧阴黑，看不清晰。

"听话。"他哑着嗓子说，"给我。"

他的声音跟之前有些不同了，似乎带了某种难耐的急切。而我十八年来，从没像现在这一刻如此绝望。

根本……不可能逃掉的。

我难过得想哭。

第一次结束得很仓促潦草，我缩在床上，一点都不想动。他在床边坐了一会儿，就又靠了过来。他正面压着我，头埋在我的长发里。他胸口的肌肉很硬，紧扣着我腰的手，有薄而硬的茧。

后来，我就迷迷糊糊的了。

如果我知道再次清醒时会看到什么，我宁愿闭着眼假装昏迷，也不想面对这匪夷所思的噩梦。

当我睁开眼，发现正趴在什么毛茸茸的庞然大物上。黑黝黝的一团，几乎占据了大半张床。我吓了一跳，定了定神，确认自己不是在做梦。

那个男人不见了，此刻躺在我身边的，是一头巨大的野兽。周围很暗，它的眼睛却很亮。那是一双金黄的、圆形的兽眸，正定定地望着我。

我完全吓蒙了，眼前的兽，不是老虎，也不是狮子，我甚至从来没见过这种动物，它到底是什么？为什么会在这里？

我想喊，但是完全发不出任何声音。这时，它的嗓子里发出一声近乎哀鸣的嘶叫。

我真的受不了了！那个男人呢！

我拼命推它，可它的爪子牢牢抓住我的腰！

"啊！痛！"我喊道。我在干什么？对一只野兽说话？

可它的动作忽然停住。难道它能听懂我的话？

只是，明明痛的是我，难受的却似乎是它。它又发出一声嘶哑而压抑的哀鸣，庞大的身体开始剧烈而难耐地颤抖，抓住我腰的爪子力气逐渐加大。那原本明亮的兽眸，此时写满悲愤和疯狂，是那样无助和绝望。似乎下一秒，它就会按捺不住，强行将我撕裂杀死。

不，我不想死。

鬼使神差地，我颤抖地伸手，摸上了那张狰狞而恐怖的兽脸。我不知道为什么自己会摸它的脸，也许是因为它看起来很难受，让我觉得安抚它，就是救自己。

手掌传来它滚烫的温度，我停住不动。它却似乎吃了一惊，侧了侧脸，舌头轻轻在我掌心舔了舔。它的舌头也很烫，我的手却很凉。是不是它喜欢这样的触碰？

我沿着它的脸，一点点地摸。它很快不再发抖了，原本昏沉的眸重新澄亮起来，定定地看着我，像人类一样在打量我。

跟它就这么僵持了一会儿，我鼓起勇气，俯低身躯，慢慢贴近它的胸膛。

"别这样好吗？"我轻轻地、一下下拍着它坚硬得像是覆了一层铁皮的胸口，"我真的很痛。"不知道为什么，我感觉它能听懂我说的话。

它没有一点动静。我试探性地从它身上爬下来。

它还是没有动，我松了口气。

"谢谢。"我说。忽然，下巴被它的爪子顶了起来，然后我看到金黄兽眸闪过，嘴就被热气填满。

我吓坏了，生怕它直接咬死我，完全不敢动，可它只是轻轻地把脸靠在我的身上。

终于，它放开了我，只是兽眸依旧盯着我。然后，我就听到骨骼脆裂的声音。我看到眼前的巨兽身体一点点缩小，变得修长，变得匀称。它蜷缩着身体，一直在呜咽。

我呆呆地看着，连之前强烈的屈辱、愤怒和恐惧，都暂时被丢到一旁，心里只有震惊。

最后，他完全恢复了人形，男人的身躯与我之前的记忆完全一致。只有深邃的眼眸，隐隐有金黄色的光泽，就像两盏柔和的灯，映照在黑暗里。

我全身僵硬，他却伸手抱住我，让我枕在他的胳膊上。

他忽然说话了。

"我来自斯坦星球。四年后的今天，华遥，我来接你。"与在床上的强势不同，他的嗓音很温和低柔，带着明显的放松，就像安静的水流淌过耳际。

斯坦星球？那是什么？他是什么？为什么他知道我的名字？

他继续说："地球的磁场环境不合适，飞船每次只能停一天。那天你什么都不必做，等我来接你。"

"为什么是我？"我问。我相信他是外星人，可为什么是我？

他还是不理我，站起来，拿过床边的衣服，一件件穿戴整齐，最后戴上了手套。我一直跪坐在床上，呆呆地看着他。

这时，他忽然伸手抓住我的脸，细密的吻轻轻落在我的唇上，我一动不动地承受着。过了一会儿他停下来，金黄的眼睛似乎正盯着我。

"很抱歉对你做了这些事。"他凑到我耳边低声说："以后……我尽力弥补。"

我不知道要怎么应对，这一切实在太荒谬。一个会变身为兽的男人强要了我，然后说要弥补。

他松开我，走到之前的入口，不知做了什么，门又打开了，光透了进来。这回，我有足够的时间看清外面的走道。那绝不是一条普通的走道，因为银色的金属铺满了墙面、地板和天花板。一个跟正常人同样高的机器人静静站在门边，瘦削的金属面颊、赤红的晶体双眼，穿着灰色的军装，朝他行个军礼——机器人的手也是银白色的。

"卫队长，送她回家。"他对机器人说。

"是。"那个机器人答道。我看着他刀削斧凿般的面容，感觉呼吸都要停滞。

男人在跨出门口前，停住了脚步。

"会有士兵留下保护你。此外，我要求你忠贞。可以办到吗？"他没有回头，还是看不到脸，我依然不知道他长得什么模样。但这次我看清了，他穿着浅灰色的军装，戴白色手套，肩膀很宽，腰身窄瘦，身体匀称，双腿笔直修长。

我只想快点离开这里，胡乱点头。他没有转身，却好像看到了，沉默地迈着大步离开。门在他身后关上，室内重新恢复了黑暗。

当我再次醒来时，已经是在家里的床上，手机显示是次日中午。

阳光从窗户照进来，安静的浮尘在视线中飞舞。我看着熟悉而温馨的房间，只觉得一切就像一场光怪陆离的梦。

掀开被子坐起来，只觉得浑身不适，到处都是吻痕，青的红的密密麻麻。我只觉得眼前根本是另一个女人的身体，那么饱满、荒糜、陌生。

我足足发了四个小时的呆，又洗了两小时的澡。穿好衣服下楼，在最近的药店买了紧急药物服下。

接下来的几天，我没出门也没上学，每天吃泡面，或者什么也不吃。大部分时间我都在发呆，然后就是睡觉。父母在我五岁时就去世了，三个月前我刚离开外婆来这里读大学，住的是父母留下的房子。我不能去问外婆：一个十八岁的女孩被强暴后该怎么办？而且强迫我的，是拥有飞船和机器人的外星人。

我变得有点精神衰弱，总觉得被窥探，吃饭时、睡觉时、洗澡时……每当我猛地转身，背后却总是空空如也，只有一个惊魂未定的我。

我知道这样不对，也知道生活一定要继续。可我就是不想面对任何人，甚至不想面对生活。

事情的转机发生在五天后。

我至今还记得，那是夜里八点多，月光从阳台洒进来，树叶在风中沙沙响动。我蜷在房间的角落发呆，突然响起清脆的电话铃声。

是外婆。

"遥遥，你还好吗？"她慈祥的声音在耳际，"这个星期，你怎么没有给外婆打电话……"

我瞬间哽咽。

"对不起，我忘了。"我说得很慢很用力，这样才不会被她听出端倪。我还想笑，但喉咙里堵得厉害，实在笑不出来。

外婆的耳朵早就不太好了，或许她根本听不清我说什么，但她依然非常温柔地问："孩子，是不是……遇到什么委屈了？"

我原本觉得自己已经麻木了。可她的话却像一只温柔的手，轻轻揉着我的心窝。我突然感到非常委屈，一下子哭了出来。我努力咬牙想忍回去——怎么能当着外婆的面哭，让她担心？可泪水止不住，憋了这么多天的酸楚，全哭了出来。

"外婆，没事。"我抽泣着说，"我只是想你，很想你，想回家。"

那晚，我们俩隔着千山万水，对着电话哭了很久。外婆边哭边说，她在敬老院过得很好，每天都很开心，让我要坚强，好好生活。而我握紧听筒，一遍遍在心里说，不能再颓唐堕落，不能再困在那个噩梦般的夜里。

不能，让唯一的亲人失望。我已经成年了，现在应该是我照顾外婆，而不是让她为我操心。

在这个清冷的秋夜，我的心奇异地平静下来，那些污浊晦涩的情绪，仿佛都被外婆温柔的嗓音抹去。我觉得自己不再难过了，一点也不了。

第二天我起了个大早，收拾得干净爽利去上课。之后大学四年，我过得顺风顺水，毕业后也被心仪的公司录用。若说那段经历对我带来的影响，一是我似乎落下轻微的神经衰弱的毛病，总觉得有人在背后看我；二是我没有交男朋友。

而那个男人说过的留下保护我的士兵，从未出现过。

上周末我休假回了趟老家，陪了外婆好几天，并把所有钱偷偷留给她；我去拜访每一位亲戚，请求他们好好照顾她，然后我孤身一人回到了这个城市。

这天终于到了，我有些紧张，但一点也不害怕。因为我早下定决心，不管将来发生什么，我都会尽力让自己活得更好。

今天是周六，我在热闹的中关村晃了一整天。我猜想白天他不会出现——因为他来过地球，却没惊动官方，说明不想被发现。

但当夜幕缓缓降临，人流变得稀少，我清楚意识到情况会变得糟糕。他可以在任何一个黑暗的角落，将我掳走且不惊动任何人。所以我决定站到楼顶上。这样每个人都能看到我——除非他决定暴露行踪，否则不能让我凭空消失。当然，万一他做出攻击行为，我跟地面的遥远距离，也能尽量避免误伤无辜。

我又低头看了看表，二十三点四十分。

最后的、决定命运的二十分钟啊。也许他掳掠成性，现在正在火星上跟某个女怪兽做活塞运动，早把我忘了呢！这么想着，我又轻松起来。

地面上已经聚集了很多围观的人。身后十多米远的地方，站着两个大厦保全，他们足足劝了我二十分钟。我觉得很抱歉，反复向他们保证不会跳，但他们还是很焦虑。

这时，一个保全接了电话，然后略显高兴地说："警员马上就到了！小姐，你千万别冲动！"

我没太在意，继续紧张地等待时间的缓缓流逝。

过了一会儿，楼道里响起匆忙的脚步声，两个高大的警员探身上了天台。前面稍矮的那个朝我的方向看了看，对保全说："你们先下去，这里交给我们。"他的声音有点耳熟，但我想不起在哪里听过了。

保全求之不得，立刻走了。

这个警员关上了通向天台的小门，然后矗立在门口不动。我想他大概是怕闲杂人等上来。

高个警员上前两步，盯着我没说话。

"警官，对不起，给你们添麻烦了。"我对他说，"请不要过来。"

月光像清淡的雾气，洒在幽暗的天台上。比起保全的惊慌焦急，这个警员显得沉稳许多。他安安静静站在那里，双手都插进裤子口袋，很随意放松的姿势，身影却显得十分峭挺拔。宽大的帽檐压得很低，我站在高处，完全看不见他的脸。我感觉他应该很年轻，但看起来是两个警员中更有分量的那个。

这时，守门那个警员忽然开口了："小姐，请不要跳下去。如果你真的跳了，我会失去工作。"

我知道他说的是实话，也许我应该安抚一下他。于是我柔声说："放心，我不会自杀的。你们看我也不像要自杀的样子对不对？我还带了消夜……"我指了指脚边的面包，这样更有说服力，"再待一会儿，过了十二点我就下来。但请你马上离开，因为我看到你们就紧张，说不定腿软就掉下去了。"我这么说，是因为这里不安全，我不想把两个无辜的警员牵连进来。

没想到刚说完，高个子警员忽然毫无征兆地朝我走来。

我立刻阻止，"别过来！再过来我可真跳了！"

他完全不理我，一直走到天台边缘，跟我离得很近。

我索性双手抱着身旁铁栏杆不理他，他总不能把我强拽下去。我觉得有点心酸，自己在用这种危险的方法抵抗外星人的掳掠，可没人会信、会懂。

"指挥官，时间不多了。"守在天台入口的警员忽然说。

我不为所动。

过了几秒钟，我忽然反应过来——指挥官？时间不多了？

瘆人的寒意爬上后背，我抬起有些僵硬的脖子看过去，远处那个警员正好也抬头。我看不清他的脸，却看到眼窝的位置，并非漆黑一片。而是两块圆形的、纯红剔透的晶体，在夜色中发出恐怖而耀眼的光泽。如果是平时，我会以为有人戴着闪光眼镜在搞恶作剧。可是现在……

我忽然想起在哪里听过他的声音了。

"她很好……很干净……"

那根本不是人类的瞳仁，他是机器人卫队长，他伪装成了人类。

那我身旁的警员难道是……

我的脚踝忽然一紧，已经被人抓住了。

我觉得全身像灌了铅一样沉重，艰难地低头，果然看到戴着雪白手套的修长的手紧扣着我的脚踝。帽檐遮住了他的脸，似曾相识的低沉嗓音，像阴森夜色里流水淌过，"是我，华遥，你的未婚夫。"

一听到他的声音，我全身都起了鸡皮疙瘩，完全没想到他会以我的未婚夫自居。脚踝上传来他掌心的温热柔软，让我浑身不自在，一心只想摆脱他。于是我条件反射地抬腿，朝他狠狠踢去。

大概没想到我会攻击，他结结实实吃了一脚，头一偏，抬手覆住了脸，另一只手却依旧紧抓我的脚踝。

看到他捂着脸不说话，我有点怕。可越害怕越想抗拒，正要抬腿再补一脚，一股似曾相识的热流从他掌心传来，瞬间窜遍全身，我又失去了知觉。

当我再次睁眼，发现自己在一个陌生的房间里。床头有盏柔和的灯，房间一览无遗。墙壁、地板是同一种暗灰色的金属，看起来硬且韧。除了双人床，还有沙发、桌子和衣柜，甚至还有一个大浴缸。质地都很精致，但看起来没什么异样。

我坐起来，忽然觉得有点不对劲。低头一看，发现自己穿着条淡粉色的绸缎裙子。白色的扣子一直扣到脖子上，上半身绷得很紧，腰收得很高，裙子上绣着复杂花纹，我从没见过这种图案。蕾丝下摆齐膝盖，两条缎带垂在身后，我摸了摸，腰上还打了个蝴蝶结。

这样少女的裙子，感觉非常不好——我被打扮得像个礼物，又像个宠物。

屋里很安静，我心烦意乱地走到窗前，想要看看自己被关在哪里。透过暗红色的窗帘，看到外头暗暗的，应该已经是晚上了。

我拉开窗帘，然后……惊呆了！

墨色的夜空像柔软的厚丝绒，璀璨星光遍布其上。我看到浑圆的红色火球在窗外燃烧，我看到远处两颗无比耀眼的星星，快速地缠绕旋转。我看到一个又一个发出五彩光晕的星系不断远去，我看到一切无边无际无穷无尽。

我不在地球上，我在太空中。

令我意外的是，房间唯一的门可以打开。外面是一条暗灰色、覆满金属的狭长走道，看来他们并不打算把我囚禁在房间里。

也许他们是觉得没必要，这里是太空，我根本无处可去。

深呼吸几次后，我觉得已经做好了充分的心理准备，走出了房间。

走道里静悄悄的，两侧都是紧闭的舱门，一个人影也没有。我走了一阵，终于看到个开着门的房间。到门口一看，我有些吃惊。

里面非常宽敞，天花板和墙壁漆黑透亮。一串串白色的资料和字元，像永不停歇的水瀑，在墙壁之间流动。

很神奇。我想这里一定是控制中心之类的地方。

我朝窗边看去，立刻紧张起来——一个穿着浅灰色军装的修长人影，背对着我站在那里。

也许是听到动静，他转身看着我。

我松了口气——是机器人卫队长。

前两次我看到他时，都隔得很远。今天才看清楚，他有一张银白色的金属脸庞，澄澈的红色眼睛深嵌其中，圆鼓鼓的像两盏小灯笼，没有鼻子和耳朵，嘴巴是条细长的缝。当他眨眼时，会有一层薄薄的金属眼睑覆盖住眼球。

这让我想起奇幻电影里的大眼精灵，有点瘆人。但不知道为什么，我并不怕他，甚至感觉他是个温和的……机器人？

"华小姐，欢迎来到'天使号'。我是指挥官的卫队长——莫普。"他优雅地向我鞠躬，窄瘦修长的身躯像弯折的树枝，"指挥官遇到紧急事项，需要离开一两天。"

那个男人不在飞船上？我忽然觉得轻松了很多。

莫普往边上走了几步，那里有根半人高的柱子，顶部是平整的斜面，覆着一层蓝色液晶。他说："请把手放上来。"

既来之则安之，反正已经在飞船上了。我把手放到柱子顶部，掌心触觉微暖光滑。过了几秒钟，忽然有缓缓的热流袭来。我的脑子一阵空白，但这个时间很短，我立刻清醒了。

"资料柱里储存着斯坦星球的基本资讯。"他说，"已经扫描进您的大脑。"

他说的是另一种语言，但我听懂了，那是斯坦语。更多的资讯开始充斥我的脑海，这感觉很新奇，也令人不安。

我知道了他们的来历。

斯坦星是银河系的高等文明星球之一，最早由人类创建。只是随着数千年多种族通婚，星球上已经没有一个纯种人类。

由于人类基因是公认的、遗传性最稳定的高等文明基因（兽族基因太容易病变、机械基因的进化率又很低，诸如此类），政府部门会替少数权贵，从外星球秘密挑选基因优秀的纯种女孩，从小严格培养，成年后带回斯坦星结婚，这已经成为惯例。也有个别人，会自行寻找中意的地球女子，带回斯坦。

但我感到困惑：按照斯坦法律，跨星系交配或联姻，双方必须"自愿"。那个男人却强迫了我。

这不合理。身为斯坦星十大指挥官之一，他根本没必要跨越数千光年去强迫一个普通女人。

仔细回想，他当时说过对不起，说要弥补。如果他对我只是单纯的发泄，没必要说那些话。当年的事一定另有隐情，让他不得不那么做。

不过那跟我没有关系，我只想回家。我甚至一点都不想见到他。他对我来说就是个陌生男人，可也是他，曾经夺走了我的童贞。

"指挥官带我回斯坦，是想弥补吗？"我说，"请转告他，这件事旁人不会知道，他可以去找更好的女人。你们可以放心地送我回家。"

我想，他带我回斯坦，也许是要掩饰当年的过错，怕受到法律的惩罚。

莫普恭敬地说："您误会了，跟弥补没有关系。您应该已经知道，指挥官拥有部分兽族基因。兽族对于伴侣高度忠贞，你们已经有过亲密关系，他这一生，只会要您一个女人。"

我大吃一惊，完全没想到会这样，如果莫普说的是真的，他岂不是不会放过我了？

莫普似乎并没有察觉到我的情绪，继续用播音员般柔和低沉的声音说："接下来，请允许我带领您参观'天使号'。这艘飞船是指挥官为您准备的结婚礼物。"

"……结婚？"

接下来的一个小时，我心不在焉地跟着莫普参观飞船。

我当然不愿意结婚。可能有什么办法呢？

莫普先带我去了能源仓——一个神秘的被雾气笼罩的反应炉，因为有辐射，我们只能隔着舱门看一眼。后来又去了机库——一个面积很大的仓库，有两条极长的跑道。不过现在里面空荡荡的，莫普说，"指挥官今后会让我根据您的喜好购置飞机。"听到这个，我有点心痒，因为那似乎是很有趣的事情。

但也只是心痒而已。

也许看到我对飞机感兴趣，莫普带我去了医务室。原来跟医务室一门之隔，还有个小机库，里面停着两架货真价实的飞机。它们的体积看起来跟直升机差不多，银白色表面、小巧的椭圆形机身、流线型轮廓，像两颗漂亮光滑的巨蛋。

"那是紧急逃生战机，目前性能最好的单人机，也是指挥官送给您的礼物之一。"他说，"最简单的全自动驾驶系统，命令语言可以选择汉语，您也能开。等到了斯坦星，也许指挥官会跟您一起驾驶战机，去看美丽的星云。"

我当即愣住了。

全自动驾驶系统？汉语？我也能开？

"我能试试吗？"我微笑着问莫普。

莫普摇头，"不行。没有指挥官的命令，您不能离开飞船。"

离开飞船？

本来我脑海里的念头还模模糊糊，听他这么一说，立刻变得清晰——也许……这个战机能帮助我逃走。

他又说："时间不早了。我送您回休息舱。睡一觉，也许指挥官就回来了。"

我们走出医务室，他关上舱门，输入密码。门右侧有块小的键盘，上面居然是罗马数字，我听到他摁了八下，因为视线被他的身体挡住，我只看到最后两个数字是 2 和 5。然后门"噔"的一声轻响，锁住了。

我回到房间，独自躺在床上。

现在摆在我面前的有两条路：一是老实等指挥官回来，先虚与委蛇，今后再找机会逃走；二是……现在就逃走。

至于安心嫁给他，我从来没想过。我绝不会跟一个强暴过我的男人过一辈子。

我只稍微想了一会儿，就有了决定。因为一想到他回来后可能会对我做的事，我就一刻也不想待在这里。至于对他"虚与委蛇"，我想我更做不到。

现在逃走的机会是很渺茫，但也许到了斯坦星，机会会更渺茫。尝试一下，我不会有什么损失，反正已经这样了。至于逃走要去哪里，如果我真的能驾驶外星战机出现在地球，恐怕他也不能顺利将我带走了。

我必须先搞定莫普，溜到医务室，然后开飞机逃走。不过莫普看起来十分高大有力。刚刚进门时，我随口问他是什么型号，他说他是"人工智慧核动力全武装机器人"。那是什么东西？

我不过血肉之躯的女人，有可能制伏一个武装机器人吗？

我慢慢地在房间里来回踱步，视线忽然被墙上挂着的一个东西吸引，之前我并没注意到它。

那是一根……骨头？看起来大概三十公分长，约莫虎口粗细，宽厚而均匀，在灯下显得雪白森然。我把它从挂钩上取下来，入手冰凉，沉甸甸的，是真的骨头，大概是某种动物。我拿它敲了敲桌面，声音清脆，看起来非常坚硬，完全可以当棒槌用了。

如果这艘飞船是送给我的，这段骨头又有什么特殊意义？

我摁下床头的通信键——莫普说要找他时，随时摁下这个键。

"华小姐，有什么能为您效劳的？"他的声音传来。

我摸着那根骨头，"我在房间里发现一根骨头，那是什么？"

"小姐，那是指挥官的断骨。希望您喜欢。"

我突然觉得手中的骨头有点硌手。

莫普继续解释："三年前，指挥官率领舰队消灭天狼星雇佣兵军团，他在战斗中负伤，换了金属腿骨。这段骨头被留下作为战斗纪念。"

我有些意外，"为什么放在房间里？"

"我想，那表示送给您。"

我关掉通信键，重新端详这份"礼物"。送自己的腿骨给我？多么古怪的行为。

我把它扔到床头不管了，继续想脱身的法子。几个小时后，我决定采用最简单的方法——装病。

"莫普……"我按下通信键，"我突然头晕恶心，很难受……"

"我马上过来！"

莫普很快赶了过来，站在床头，拿起我一只手腕，两根银白色的手指搭了上来。

我吃了一惊，机器人还会把脉啊？

他沉思了一会儿，松开我的手。"华小姐，你在装病。"他眨了眨眼，"你想去医务室，然后坐上战机逃走对吗？你不该欺骗我。"

我自问之前表现得一直很平静，没想到他能看穿，不由得脸上一热。

虽然他是个机器人，但对我一直恭敬温和，很大程度上缓解了我登上飞船之后的焦虑。现在，面对他的指责，我居然有些难堪。不过转念一想，是他们强迫我在先，也就释然了。

于是我平静地直视着他，"你误会了，我的确很不舒服。"

他却不为所动，纯红眼眸定定地看着我，"华小姐，我体内装有医疗诊断程式。刚才我已经对您进行全身扫描，的确没有事。"他转身走向门口，"很抱歉，为了让指挥官回来时第一眼就能看到您，从现在开始，我不能让您离开房间，也请您不要再做徒劳的事。"

他一步步走远，我感觉到太阳穴突突地跳。我很清楚，只要他走出这个房间，再打开门时，就是那个男人出现了。

我要阻止他，我要离开这里。我要去医务室，坐上战机，然后逃走！这些念头像火一样在脑海里灼烧着，根本无法抑制。

我伸手一摸，抓到了那根坚硬的骨头。可这个骨头能打倒莫普吗？能敲碎他的金属脑袋吗？

我拿起骨头跳下床，朝他跑过去。

在我脚刚下地时，他已经听到声音，停步转身。这时我已经跑到他面前，举起了骨头。

"你想干什么？"他倒退一步，举起金属手臂挡在面前。

我猛地敲下去！

朝我自己的头。

"咚！"我听到脑袋深处发出一声闷响，耳膜仿佛都震了一下。我其实没用多大力气，可整个额头依然剧痛无比，眼前一片金星。我努力睁大眼，眼前阵阵发黑，湿漉漉的热流淌到了眼睛里。透过模糊的视线，我看到莫普伸手指着我的头，"你在流血！"

我忍着痛对他说："把枪给我，否则我自杀。"

"请不要死！"他听话地从腰间拔出配枪，递给我。

我心里一阵激动——看来我的想法没错，我唯一的资本就是自己。他既然奉命护送，肯定不敢让我出事。

我接过枪一看，有手柄，但是没有扳机。怎么用？

莫普举着双手挡在面前说："华小姐，请冷静，你不可能逃走……"

"如果不可能，你刚才就不会想关着我，对不对？"我明明占了上风，声音却还在发抖，"现在你双手背在后头，跟我去医疗室。"

莫普站着不动，我把枪口对准了他的后脑。

"滋——"正在这时，房间的通信器里，传来一声轻微的杂音。

莫普一下子站得笔直，我看他精神抖擞的样子，忽然觉得不妙。

一道低沉平静的声音从通信器中传来，"莫普，她还好吗？"

听到这个声音，我觉得头更痛了。强忍着不适，我凑近莫普耳边，用很低的声音说："告诉他一切很好，然后挂断。否则我会开枪的。"

莫普看都没看我，用无比恭敬的语气说："指挥官，她不好。她在流血。"

我一口气差点没喘上来，可要我就这么开枪杀了他，又下不了手。而且……这个外星枪到底要怎么用？

"发生了什么事？"他的语气听起来似乎冷了几分。

"不许说！"我朝莫普比口型，枪口又朝他脑袋用力抵了抵。

可莫普的声音更洪亮了："她用您的腿骨，敲破了自己的头，拿走了我的枪，想要挟持我坐战机逃走。此刻，她正用枪对着我的头部。我想她随时可能消灭我。"

我的头阵阵发晕，血水模糊了视线，我知道妇人之仁，几乎令我断送唯一逃跑的机会。我再也不犹豫了，拿着那根骨头，用尽全身力气，狠狠朝莫普的脑袋敲去。

"嚓嚓——"我听到金属撞击的声音，然后看到莫普眼睛一闭，"砰"一声扑倒在地。原本浑圆的后脑，被砸扁了一块。而我手里的骨头，咔嚓一声断成了两截。

那个男人的骨头真的很硬。

对不起。我无声地对地上的莫普说。

然后我捂着额头，屏住呼吸看向通信器。我紧张地想，如果他再次跟莫普对话，要怎么瞒过去？

然而我万万没想到，在短暂的沉默后，竟然传来低沉含笑的声音，"华遥，干得不错。"

我呆呆地看着那一小块方方正正的金属通信器。

他是在跟我说话？他猜到我刚才干了什么？

我努力深呼吸，强迫自己冷静。我决定不说话，因为他刚才很可能只是在试探。

然而我很快知道自己猜错了，他根本没必要试探。

因为他说："待在原地，我五分钟后登舰。"

我站在医务室的门口，大口大口喘气。

我把莫普扔在房间不管，带着枪狂奔而来。时间已经过去了一分钟，或者两分钟——在他登舰之前，这是我最后的机会。

紧闭的舱门右侧，巴掌大的液晶键盘闪着莹莹的蓝光。我深呼吸让自己平静。之前莫普锁门时，密码最后两位数是 2 和 5，再联想到这艘飞船是送给我的礼物，我想我猜出了密码。

快速键入八位数字——我的出生年月日。门"噔"的一声轻响，我心头一喜——猜对了！

我抓住门把手，正要用力转动，忽听见"哗——"一声闷响，像是从很远的地方传来，又像是脚下的地板在震动。

我后背泛起一层冷汗，因为周围霎时暗了下来。

我回头，看到整条走道阴黑难辨，目力所及的所有地方，都是黑黝黝的一片。唯有狭窄的窗外，暗淡的星光洒进来，带来几丝少得可怜的光亮。

停电了。

我这才反应过来，立刻用力拧门把手，果不其然，拧不动了。

我呆呆站着，心情简直可以用悲愤形容。只是一门之遥，断绝了我逃脱的指望。

毫无疑问，一定是他用了什么方法，切断了飞船的电力供应。他早算准了我会干什么，并且迅速封杀，不给我留任何机会。

我只站了几秒钟，就转身走了。头上的伤越来越疼，我能感觉到鲜血一滴滴沿着面颊痒痒地滑落。有的滑进脖子里，黏糊糊的难受；有的直接落下，撞击地面发出轻微的破碎声。

我浑浑噩噩往前走，不知道要往哪里去。我知道一定会被他找到，可我就是不甘，就是不想像个傻子、像条丧家之犬一样，站在原地等待他的驾临。

后来头实在太晕了，我随便找了间开着的舱门，走了进去。

房间里伸手不见五指，我走了几步，撞到什么坚硬的东西上。伸手摸了摸，依稀辨认出是个大铁架。我扶着它缓缓向前走了一阵，沿着冰冷的墙壁缓缓滑坐下来，心情茫然而难过。周围是那样黑暗而安静，我的头很疼很晕，之前在房间又一直没睡，现在眼皮都睁不开了。我把脸靠在冷硬的墙壁上，心想就睡几分钟。谁知眼睛一闭，就没了知觉。

"哗——"又是一声沉闷的响声，我身子一震，猛地惊醒。

我睁开眼，视野一片明亮。

电力供应恢复了，这意味着……他登舰了。

周围还是很安静，我握紧枪，满手的汗。

触目所及，竟然是连续十多个同样高大的金属架，每个上面都放满银色的金属箱子，足足堆到天花板上。这里应该是飞船的储物间。

我就坐在进门右侧金属架和墙壁中间，狭长走道的尽头。脚边地面有几滴湿红的血迹没干，这说明我只昏过去一小会儿。

我不知道接下来该怎么办，屈服令人耻辱，再抵抗又很愚蠢，我骑虎难下。

就在这时，门口传来脚步声。清晰、沉稳，一步步靠近。

我屏住呼吸，极缓慢地把自己挪到金属架后，悄无声息地站起来，只露出一双眼睛看着门口。

从我的角度，首先看到了黑色光亮的长靴踏进来，然后是两条笔直的长腿和窄瘦的腰身。一个挺拔的男人，手插在裤子口袋里，在门口站定。

我紧张极了，用力擦了擦眼眶上的血，让自己看得更清楚。

是他吗？

男人戴着顶扁平的深灰色军帽，穿浅灰色军装。他的肤色在灯下显得有些苍白，眼眸深邃，鼻梁挺拔，嘴唇薄红，看起来非常俊美、干净。五官中最出众的，是那双线条柔和的眼睛。乌黑的眼珠像是蒙上了一层氤氲的雾气，显得非常清冷。

是他吗？

应该不是他。我松了口气。

虽然我一直没见过那个男人的真容，但我记得他的眼睛是金黄色的，眼前的男人却是黑发黑眸。而且这人长相清秀，实在不像我接触过的那个男人——他是那样强势、沉稳，在我的想象中，他应该有麦色的皮肤、凌厉的五官、冷漠迫人的气质。而不是像眼前的男人，英秀俊美，甚至苍白得有些阴冷。

我想他一定是跟随指挥官的军官。

他原本双目直视前方，像是察觉到我的偷窥，忽然转头。我立刻缩回架子后，屏住呼吸。

过了一会儿，就听到他朝我的方向走来。

脚步声越来越近，我的心提到了嗓子眼，拼命忍耐着，等待着，直到看到架子旁露出了他银色的肩章——我用最快的速度冲出去，枪口对准了他。

我一点也不喜欢这种感觉——用杀人武器对着另一个人，可我没有其他办法。

他站在离我四五步远的地方，手还插在裤子口袋里，静静看着我，似乎并不惊讶我的出现。比起他，我显得紧张很多，呼吸非常急促，握枪的手也有些发抖。

"别动，别出声。"我小声说。

他果然没动，也没出声，只沉默地注视着我。

我稍微松了口气。隔近了，我将他看得更清楚。帽檐压得很低，短短的黑色发梢紧贴着鬓角和耳朵。他的脸不长也不方，轮廓均匀柔润，下巴的线条却很硬朗。五官的确俊美，但并不显得女气，只让人觉得清俊、利落。

"指挥官登舰了吗？"我问他。

这回他点了点头。

虽然是意料中的答案，我还是心头一沉。"对不起，我不想伤害你。按我说的做，就会没事。"我尽量控制自己的声音，让它听起来平静而稳定，"你把手放在脑后，转身，我们去医务室。"

可他身子没动，目光停在我额头上，竟然从口袋里掏出块雪白的手帕，递给我。

我这才想起自己的头还破着，现在的模样可能相当狼狈凄惨。难怪他递手帕给我——没想到这个陌生男人还挺温柔的。

"谢谢……不用。"我条件反射地说，立刻又想，都什么时候了，我还跟人道谢。

谁知道他忽然上前一步，就把手帕摁在了我的额头上。

柔软而冰凉的布料摁在伤处，有点痛，但是触感很舒服。我腾出一只手接过手帕自己摁住，然后侧头避开他的触碰，说："这样就行了，你不要再乱动。"

他忽然笑了。那原本毫无感情的眸光，变得若有所思。薄薄的唇角，露出浅浅的笑。而冷漠得近乎苍白的清秀容颜，仿佛也因为这一点点笑容，生出鲜活璀璨的颜色。

我怔住了。因为顺着他的双眼，我看到了他右侧额头那里，有一块淡淡的瘀青。而他垂在身侧的手上，戴着雪白的手套。现在手套上沾着一丝我的血迹，红白相称，有些刺目。

我只觉得胸口一堵。怎么可能？他的眼睛，不是金黄色的吗？可是手套，还有脸颊被我踢伤的瘀青……

"还跑吗？"清清冷冷的语气，嗓音清润干净，就像细细的水流淌过耳际。

可这熟悉的声音，于我无疑是晴天霹雳。

真的是他。

我下意识就要举枪瞄准他的脑袋。我不是想杀他，我也杀不了他，可此刻似乎只有这个动作，才有安全感，才能保护我不受他侵犯。

然而我发现了一件更恐怖的事。

我动不了。我的手僵在半空，动不了。不是麻了，也不是脱力了，我的手臂像是被什么无形的东西缠住，我拼命挣扎，却只能剧烈颤动，不能挪动半分。

我被这诡异的事实惊呆了，慌张地抬眸看着他，却见他的目光平静温和，全无异样。

"怎么会这样？"我颤声问。

他没答，只是上前一步。

"啊！"我发出一声尖叫。因为更可怕的事情发生了，我竟然全身自动倒退，一下子撞在墙面上，就像被人往后推了一把。我的身体和四肢都还有清楚的知觉，但是像被什么紧扣在墙面上，完全动不了。

可是他根本没有伸手！他只是看着我，眸色清冷。

但直觉告诉我，就是他干的。

"你做了什么？"我问他。

他微微一笑，在我面前站定。

他先取走了枪，然后拿走了我手里的帕子，竟然开始一点点沾染我额头的鲜血。因为隔得很近，他的气息喷在我额头上，软软的，又痒痒的，我全身都起了鸡皮疙瘩。

他到底怎么做到的？太可怕了。难道是某种隐形武器？

想到这里，我脑子一个激灵，忽然冒出某个名词："精神力"。

在莫普为我导入的资料资讯里，有精神力这个词，但没有详细资料。似乎在斯坦星，有极稀少的人，能够驾驭精神力量——他们的脑电波能与星球磁场达成罕见的共振，之后形成无形的粒子流，不动手就能完成某些动作。

难道他就是其中之一？

这时，他的手忽然停在我额头不动了。我不知道他想干什么，一抬头，却看到他盯着我，清冷而阴郁的眼眸，非常的……专注？

我的心跳忽然加快，然后就看到他俯下了头。

他重重吻住了我。

遥远而熟悉的微凉气息充斥着我的口腔，冰冷有力的舌头坚决地撬开我的唇。与斯文的容貌相反，他的舔舐和吮吸相当强势凶猛，缠着我的舌头不放。我拼命摇头想要避开，可他将我的头紧压在墙上，根本不能动弹半分。我又不敢咬他，怕激怒他，一切来得更快。

他越吻越深，越吻越用力，我都有些窒息了，身体莫名发热。紧接着他整个身体都压上来，我被他紧扣在怀里，全身都贴在一起。很快，我就感觉到那灼热硬物抵着腰，不由得全身一僵。

然而他只是压着我，没有进一步的动作。

过了很久，他才松开我，脸依旧停在很近的地方，原本平静的眸色，此时暗沉一片。就算我的经验少得可怜，也看得出他眼中汹涌的情欲。

"安分做我的女人，别再惹麻烦。"他盯着我，嗓音低哑，语气倨傲。

我还微喘着，也许是因为刚才缺氧，脑子也昏沉沉的。羞耻、恐惧、厌恶、无助……诸多情绪袭上心头，压得我喘不过气来。

但听到他的话，我再难受，也不能保持沉默。虽然他很可能不会听我说什么。

我看着他的眼睛，"我知道，当时你对我做的事，是出于无奈，你是有苦衷的。而你现在要娶我，是出于兽族的忠贞习惯。"

他眸中闪过一丝讶异，但没有说话。

我继续说："你有没有想过，忠贞要以爱情为前提才有意义。你不需要对一具肉体忠贞，你完全可以去另找一个更适合你的女人，你们真心相爱，才是真正的忠贞。现在这样勉强，你我都不会……啊！"

我惊呼一声，因为他忽然将我打横抱起，脸色冷漠地往外走。

我吃不准他在想什么，心里惴惴的。脸贴着冰凉的军装布料，我甚至听到了沉稳有力的心跳声。这种感觉令人相当不适。

他始终沉默地直视前方，到门口的时候，才垂眸看我一眼，淡淡地说："我拒绝换人。"

走道里的灯柔和而明亮，像洁白细薄的纱帐在头顶无声浮动。

他的脸就在很近的上方，英俊、白皙、冷漠。他的手非常有力，也很稳，苍白修长的手指扣在我的膝盖上，令我的皮肤微微发痒。

我的脑子里一片空白。

他一直走到机库，我这才看到原本空荡荡的跑道上，停着架银灰色的飞机，体积比直升机略大，机身宽敞，双翼短而厚。机舱的门已经打开，他抱着我踏上去，把我放在紧靠舱壁、没有靠背的椅子上，替我扣好安全带。

我看了看周围，立刻吃了一惊——莫普就躺在后方的地上，双眼依然是闭着的。

"他还好吗？"我低声问。

"需要修理。"非常平静的声音。

我就不再说话了。

"指挥官，是否可以返回母舰？"前方驾驶舱传来洪亮的声音，一个着军装的男人坐在那里，侧脸俊朗，是人类。

"可以。"身边的男人答道，"走专属通道。"

"是。"

舱门缓缓放下，"咯噔"一声合拢，然后机身就开始轻微地震动。我抬头看着前方，透过厚厚的玻璃罩，笔直狭窄的黑色跑道延伸得非常远，但能看见尽头——它像一块悬空的木板，秃秃地伸入幽黑太空。

我抓紧椅子的扶手，手心沁出了一点汗。

"害怕？"耳边忽然响起他低沉的声音。

"没有……啊！"

我完全没想到自己会失控尖叫，简直就像动物被殴打时发出的尖细凄厉的声音。因为飞机以不可思议的速度突然加速，我就像坐云霄飞车一样，被惯性重重甩向身后的舱壁，眼前的一切变成银白色的光影转瞬即逝。再定睛一看，面前已是黑幕一样无边无际的太空，我们冲了出来。

我不由自主地深呼吸，心脏狂跳不已，脸也有点发热，下意识看他一眼，却注意到他的手臂不知何时抬了起来——他的手垫在了我的后背。

难怪刚才我撞到的"舱壁"是软的，一点也不痛。

我没说话，偏转目光继续看前方，他的手一直停着没动，令我不得不僵直身体，避免与他的触碰。

飞机开得很稳，机舱里静悄悄的。无数星球如同深黑水面上点点波光，在机身两侧安静掩映。我看着这令人窒息的美景，只觉得茫然。

忽然，前方视野里出现一艘椭圆形黑色飞船的轮廓，跟"天使号"看起来相差无几。只不过天使号是粉红色的——多么瘆人而违和的颜色。

那飞船越来越近，然后是第二艘、第三艘……我至少看到了十艘同样的飞船。还有一些跟我们乘坐的飞机差不多的小飞机，密密麻麻点缀在那些飞船旁边，看起来就像大象脚下的蚁群。

这是……一支舰队？

他的舰队？

我再次抓紧了椅子扶手。

我们就像一滴水落入大海，驶入了舰队阵营中。离近了我才发觉，他们都是静止的，只有我们在航行——他们在等待指挥官。

这一次我们没有进入机库甲板，而是向飞船中部的一个地方飞去，那里伸出一块椭圆形的黑色金属罩，当我们缓缓靠近时，舱门恰好对接上。

他说的"专属通道"，看来就是这个。不过我有点疑惑，他有这么多人马，之前怎么只派一个莫普看守我？

也许他没想到我敢逃，也许他认为我不值得动用兵力看守。不过现在我被他带回老巢，不可能再逃走了。

舱门打开，他解开自己的安全带，然后解开我的。我冷冷地说："我自己能走……"却已经被他抱了起来。

面前是一条阴暗狭窄的走道，没有开灯，也没有人。当我们走进去时，身后的舱门立刻关上了。他抱着我在一片黑漆漆中往前走，过了一会儿，拐了个弯，他停下脚步，原本搂着我肩膀的手忽然松开。我感觉到身子一轻，吓了一跳，条件反射地抓紧他的军装。

他的手几乎是立刻回到我肩膀上，有力地抱紧。

这时"噔"一声轻响，柔和的光线出现在视野里。我抬头，原来是一个宽敞的房间——我明白过来，刚才他只是腾出一只手开门。

这多少令我有些尴尬。

他一直走到沙发旁才放下我，然后自己站着，低头伸手整理衣领——刚才被我扯歪了。

从我的角度往上看，他的侧脸显得秀气而干净，眉目疏朗分明。黑色的睫毛微垂着，眼珠澄澈清亮，看起来不像之前那样戾气凌人。

我只看了他一眼，就低头盯着地面。

没想到他忽然转身，不发一言走了出去。

我紧张地等了一会儿，也没听到动静，似乎已经走远了。我松了口气，四处看了看，房间的布置很简单——一张干净雪白的大床，黑色皮沙发，方方正正的办公桌，灰色金属衣柜，还有个洗手间。这里跟飞船内壁一样，都铺满薄薄的暗灰色金属，色调冷硬、简洁。

我窝在沙发里发呆，过了一会儿，忽然听到门外走道传来轻盈敏捷的脚步声。我有些疑惑——是谁？

肯定不是他，他的脚步声沉稳清晰，不是这种声音……我忽然反应过来，什么时候我连他的脚步声都能分辨了？

也许是印象太深。

一个熟悉的窄瘦修长的身影出现在门口，橙红的圆眼睛闪闪发亮。

"莫普？你没事了？"我没想到他这么快就"修"好了，心里有点愧疚。

"不，小姐。"他咧开嘴笑了，"我是莫林，莫普的兄弟，指挥官的管家兼家庭医生，他让我来给您医治伤口。"

我一愣，他已经大踏步走进来，手里还提着个金属箱子。他在我面前站定，冲我歪着脑袋，显得很好奇——其实他不会有明显的表情和目光，但是他夸张的肢体语言，清晰地表达出情绪。

"听说您放倒了莫普？"他把箱子放在地上，忽然单膝下跪，朝我伸出右手，头仰得很高，"一个战斗力接近零的纯种人类女人，放倒了武装机器人卫队长莫普？还砸断了指挥官的腿骨？老天！幸运女神赐给指挥官一个多么强大的未婚妻！小姐，我是否有幸与您握手？"

虽然长得一模一样，比起莫普的严谨沉稳，他显得……异样的热情。

我迟疑地朝他伸手。

他的金属指尖刚与我相触，忽然"啊"了一声，闪电般缩回手，身体还抖了一下，好像很怕的样子。

"差点忘了！如果被那个占有欲超强的家伙知道我握过您的手，搞不好下个月我就被发配前线了。"他学人类一样大口喘着气，打开身旁的箱子，"还是先医治伤口吧，小姐，请躺下，让我看看额头。"

因为莫普的原因，我对机器人的印象不坏，而且他还是在给我疗伤。

我听话地躺下，他细长的五指十分轻灵地在我额头上活动起来。我忍不住问："你说……占有欲超强的'家伙'？"

他把手指放在嘴边："嘘！千万不要告诉指挥官我在背后说他坏话。"他继续忙碌着，嘴里喋喋不休，"……只是因为不想别的男人踏上专属您的飞船，就只留下老实的莫普护送您。结果差点让您走失。无比英明的指挥官，也会犯这种低级错误啊……"

我完全没想到……是这样的原因，下意识插嘴道："他怎么不派女兵？"话一出口又觉得后悔，为什么我要参与讨论"派谁看守我"的问题？

莫林歪着头看着我，"噢，他一心一意要向未婚妻表达忠贞，怎么会让别的女人靠近？舰队的女兵本来就不多，四年前就全被无情地调走了。"

我顿时无话可说。

过了一会儿，他合上金属箱，嘱咐了我诸多事项，然后去了趟浴室，离开时对我说："热水已经放好了，您应该放松一下。指挥官在处理军务，可能会很晚回来。"

我也觉得浑身黏糊糊不舒服，可根本没有换洗衣服。我走到衣柜前，打开一看，孤零零挂着几套跟主人一样刻板清冷的军装。我又打开另一个衣柜，这下呆住了。

裙子，塞得满满的裙子。红的、绿的、黄的、蓝的、白的；丝的、棉的、绸的、亚麻的……统统是紧身高腰、蕾丝裙边、背后蝴蝶结，跟我身上的一模一样。

他……很喜欢这个款式？

不知道为什么，这样单调的重复，让我心里有点发毛。

但应该是我敏感了。他是军人，自己衣柜里除了军装什么都没有。很可能他是贪图方便，一个款式直接买了几十条。

我找出条棉质柔软的白色裙子，当成睡衣。

我快速洗了个澡，确实如莫林所说，舒服了很多。又吃了莫林留下的药，很快感觉昏昏欲睡。

可我很怕睡着的时候被侵犯，于是努力强撑着。过了半个小时，他还是没回来。我坚持不住了，爬上床睡觉——瓮中之鳖，睡哪里都没差，无谓委屈自己。

因为始终提心吊胆，我睡得迷迷糊糊，依稀又听到那沉稳的脚步声，仿佛就在耳际。

我立刻惊醒了，睁开眼，刚好看到他关上门走进来。

他双手插在裤子口袋里，人站得笔直，挺拔的军装仿佛也沾染上窗外黑色宇宙的清冷气息。因为肤色很白皙，乌黑的眉眼格外醒目。

　　他看我一眼，走到沙发旁，摘下手套搭在扶手上，就走进浴室，关上了门。

　　我坐了起来。既然他已经看到我醒了，我无论如何也不能躺在床上，好像在等他临幸。

　　淅淅沥沥的水声隐约传来，我看到自己微红的十指紧抓薄薄的被子。我想这一切终于无可避免，我有点难过，可好像也没有之前那么难过了。我害怕即将发生的事，可又想一切早点发生早点结束。

　　我陷入徒劳的焦躁和纠结中，这时水声忽然停了，过了几秒钟，浴室的门打开了。我不由得抬头，首先看到一双修长笔直的腿迈了出来，结实光裸的身躯沾着水珠，仿佛雕塑般在灯光中闪闪发亮。宽阔挺拔的肩膀、窄瘦紧绷的腰腹、修长的四肢……

　　我完全没想到，他会什么也不穿就出来，几乎是立刻移开目光，胸口就像堵了块棉花一样气息不通畅。

　　"在等我？"低沉的声音传来，他往我的方向走了两步。

　　我怎么能让他产生这样的误会？立刻回头对他说："没有，当然没有。"

　　我的目光牢牢盯在他脸上，不去看他的身体。

第二章

危机四伏

　　他只在浴室门边矗立了一会儿，就朝我走来。

　　我后悔极了，刚才还不如装睡，至少不用面对他的赤裸。我垂下头，视线中很快出现他的双腿。笔直、干净，小腿肌肉鼓鼓的，看起来很硬，毛发浓密。脚掌很大，但纤长均匀。

　　我全身都僵了。

　　"睡里面。"他轻轻地说。

　　我立刻往里挪，躺下来，想转向里面，又觉得把后背留给他很恐怖，只得直挺挺地看着灰暗的天花板。

　　床微微一沉，他掀开被子躺了下来，肩膀和胳膊上的皮肤跟我轻轻挨在一起，我顿觉那些地方痒痒痒了起来。

　　他没说话，我瞪着天花板。忽然他翻了个身，面朝向我。我不用侧头，都能感觉他灼灼的注视和温热的气息。我的脸热得像要烧起来，一想起那个晚上的痛苦和癫狂，就觉得心里堵得慌。

　　腰间一沉，他的手搭了上来。

　　"结婚之前，我会忍耐。"他忽然说，低哑却清晰。

　　我愣了一会儿才反应过来他什么意思，心里陡然一松，就像搁在砧板上的鱼突然又被扔进水里，那种死而复生的感觉简直无法言喻。他刚才脱成这样，我还以为难逃一劫，没想到他什么也不打算做。

　　据我所知，斯坦星人根本不介意婚前性行为。那他为什么？

　　管他的，不结婚最好。

"那你'决定'什么时候结婚？"我问。

所谓结婚，不就是他单方面决定的吗？我巴不得这个日子永远不要到来——他一定听得出我语气中的讽刺和抗拒。

"穆弦。"他回答。

"什么？"我没明白。

"穆弦，我的名字。"他用的是中文，大概是音译。

穆弦……我下意识在心中重复，只觉得这个名字跟他人一样……难以形容。

他没有立刻告诉我婚期，而是静静地盯着我。也许是离得太近，他看起来没有白天那么冷漠强势，湿漉漉的黑色短发贴着额头和鬓角，清秀乌黑的眉目意外地显得安静乖巧。

然而他接下来的话，立刻证明这些只是我的错觉。

"婚姻对我的价值是满足欲望、繁衍后代。只要对象健康、忠诚，是谁没有分别。"他的语气平静而冷淡，"你已经是我的女人，就不允许再改变。结婚之后，我不关心其他事，只要求你身心的忠诚。具体婚期，需要我父亲确认。"

我的感觉，就像被人扇了一个耳光再吐一口口水——明明是他强迫我，却又如此倨傲而直接地说，不过是满足欲望、繁衍后代的工具。

我脱口而出："既然是谁没分别，当时为什么找我？为什么不找个心甘情愿的女人？何必这样？"

令我意外的是，他竟像被我问住了，沉默片刻，目光从我脸上移开，硬邦邦地答道："你不需要知道。"

这之后，我们都没有再说话。他很快睡着了，沉稳悠长的呼吸声就响在耳畔。这令我很不自在，想要翻身，腰却被他扣得很紧。难耐地忍了半个晚上，才迷迷糊糊睡去。

我做了一连串光怪陆离的梦：我梦到当日他变身的怪兽朝我扑来，我一脚踢在它脸上，它忽然又变成了一只白色的小狗，沉甸甸地趴在我肚皮上，反复舔我的手和脖子，黏糊糊的很难受。后来小狗不见了，我又看到了外婆，冲过去抱着她大哭，我对她说外婆我其实被人逼得好难受，我不知道生活要怎么继续，可我一直不敢跟你说。

外婆摸着我的头，说了很多话，可我一句也听不清。她又轻轻地一下下拍着我的背，这感觉实在太温暖，就像寒夜里温甜的米酒入腹，令我只想沉溺不醒。

这一觉前半段辗转反侧，后半段却是黑甜深沉。等我睁开眼，首先感觉眼睛有点干涸的疼痛，我知道那是哭肿了。再定睛一看，我当时浑身像沾满了刺球，又僵又痒。

我的头没在枕头上，不知何时枕在他胳膊上。面前是一片暗白的胸膛，竟然就在我鼻尖前方！

我下意识往后退，却发现自己的手正搭在他瘦削的腰上，大腿跟他交叠着，甚至能感觉到他腿上柔软的毛发。

我连忙把手脚都从他身上放下来，往后一退，立刻撞到了墙。我这才发现他都把我挤到了墙角，身后大半张床空荡荡的。

"早。"头顶忽然响起软软的懒懒的声音。

我抬头，撞上他平静清亮的黑眸，看起来他醒了有一会儿了。

我没回答，而是缩成一团靠在墙上。

他掀开被子下床，我又无法避免地看到他的全躯，立刻针扎般闭眼，转身朝里躺着。

身后传来窸窸窣窣的响动，洗手间的门开了又关，我一直没回头，直到他的脚步声远去。我才松了口气坐起来。

我去洗了个澡，换了条干净裙子，可皮肤上始终残留他的触觉，挥之不去。

封闭的房间有点压抑，我来到外面走道，站在狭窄的窗前。太空依旧深邃，星光仍然耀眼，宇宙纯净安静得仿若初生。这是绝大多数地球人穷其一生也不能看到的美景。

如果没有穆弦，这该是一段多么美好新奇的旅程。

我很清楚无法再改变什么。

那该如何面对今后的人生？被他束缚占有的人生？

不。强烈而清晰的念头涌上心头：我的人生是我的。他不过把我当成一个叫"妻子"的工具！难道我就不能把他当成叫"丈夫"的器材？

二十二年来，我对人谦恭有礼，真心尊重每一个人。可此刻，这种从未有过的高傲而冷漠的报复心态，却令我感到从未有过的快意。

　　他对我默认过，当日强迫我是出于无奈，现在要娶我，则是忠诚于兽族基因。他做所有的事，出发点并不是为了伤害我。他怎么会故意伤害我呢？我除了"性"和"繁殖"外，没有任何意义，他怎么会跟一个工具一般见识？怎么会考虑一个工具的感受和想法？

　　对，我也应该这样。我应该连"恨"都不屑于给他。我干吗要把精力放在他身上，像这段日子一样，整天只是厌恶他抵抗他，沉浸在消极情绪里？

　　他对我来说，同样什么也不是。

　　就算一辈子要做他的女人，就算永远无法离开斯坦星，我也要过肆意洒脱的人生。我应该关心自己——在这个陌生星球上，除了华遥，谁还会关心华遥？

　　我深呼吸，让自己平复，然后沉默地看着璀璨太空。

　　在我很小的时候，就曾经憧憬过将来的爱人。他应当温文尔雅、宽容正直。他应当尊重我的一切意愿，是情人更是朋友。我们应该有灵魂和情感的深刻共鸣，我们的感情是日久生情的细水长流……算了，不想了。人生美好的东西很多，我只是失去了某些而已。

　　"华小姐。"爽朗的声音在走道尽头响起，将我从沉思中拉回来。

　　我转头一看，怔住——两个机器人站在那里，是莫普和莫林。莫普没什么表情，莫林嘴咧得大大的在笑，所以很容易分辨。

　　我们一同进屋坐下，我忍不住多看莫普几眼。只见他的头颅光滑无比，完全看不出昨天被我敲扁了一块。

　　我一直认为他不过奉命行事，正想对他道歉，莫林一拍手掌，用兴奋而谄媚的语气说："小姐，我们今天来，是向您汇报指挥官的财产状况。"

　　"……财产？"

　　"当然。他可是巴不得将一切都献给您，这份报告在去地球接您之前就准备好了。"莫林说。

　　他从口袋中拿出块巴掌大小的黑色薄片，看起来像晶片。而后他手指在上面摁了摁，我面前的空气中陡然闪出一公尺见方的悬浮画面。我吓了一跳，往沙发里一缩，他已经站起来，用播音员般好听的声音开始解说了。

"指挥官的财产结构很简单，一笔钱、一颗小行星，还有他收藏的五百七十四架古董战机。"莫林指着荧幕。

报告做得很形象，左侧是一些金币在闪光——当然是虚拟画面。上头标注了一个斯坦文字中的数字，我默默在脑海里计算了一下，有点心惊——折合下来，大概相当于地球百亿级的价值。

"指挥官对理财没有兴趣，这笔钱一直放在帝国银行。"莫林耸耸肩，"所以，会有小报批评指挥官是战斗天才、理财白痴。"

我不由得想，当然是白痴。职业习惯让我忍不住在心里盘算，这笔钱随便做点低风险投资，收益都超过定期存款。莫林笑嘻嘻地说："指挥官才不是白痴，他找一个懂金融的妻子就可以了。"

我保持沉默。

画面中间浮现一颗立体星球，正在缓缓运转。星球大部分是蓝色，有少许绿色，看起来鲜嫩浑圆。莫林语气骄傲地说："索夫坦小行星，距离斯坦星球二百光年，是指挥官的母亲留下的遗产。"

原来他的母亲已经过世。能够拥有一颗星球，想来是个很尊贵的女人。

莫林用手点了点那颗行星，眼前的画面立刻变了。蔚蓝的海水像光滑的绸缎在阳光下浮动，一望无际的平原像绿色丝绒铺满大地。

我们就像乘坐直升机，从低空俯瞰索夫坦星球。忽然有一群小动物从画面中慢吞吞地经过，看起来像狗，通体雪白，四肢短小，肉乎乎的。可又不是狗，长满长毛的脑袋上，蓝色大眼睛呆呆傻傻，比莫普的眼睛还要可爱。

"那是鬃绒幼犬，索夫坦的珍稀生物。"莫林解释，"一种非常温驯的动物。"

我们又粗略看了些画面：蓝色的迷雾般的森林、五彩的河流、乳白色的群山、橙黄色会闪闪发光的高大植物……就算我本来对他的事全无兴趣，看到这种奇景，还是被深深吸引。

至于古董战机，我看了一眼，没什么兴趣。莫林关闭了画面，把黑色晶片交给我，告诉我怎么用，并表示今后还是由他打理财产，但我可以全权支配这些东西。我接过晶片，心想就当放电影给自己看了。

他们俩起身告辞，我看向一直沉默的莫普，真诚地说："莫普，昨天，对不起。"

莫林立刻歪着头看着我，我想那表示他非常惊讶。莫普的反应则平静得多，转头直视着我，"我接受您的道歉。"

他公式化的话语，让我有点不自在，但也不打算说别的。

他却继续说："华小姐，我不明白，您为什么要逃跑？指挥官这样的结婚对象，年轻、英俊、富有、忠诚，我实在想不出，您有什么理由拒绝他？"

我还没说话，莫林立刻双手抱头，原地剧烈摇晃，"是啊是啊！我也想不通。再没有比指挥官更好的男人了。"

"……是吗？"我冷笑。

莫林非常疯狂地用力点头，"当然！斯坦的十位舰队指挥官中，只有他对所有种族一视同仁，从无歧视和虐待，甚至以'狡猾多疑'著称的讨厌的橙人族，只要对他忠诚，都能得到重用。他还是个军事天才，带兵剿灭的叛逆种族比谁都多。而且他身体健壮、拥有半兽基因，性能力必然跟战斗力一样强悍惊人。您还有什么不满意呢？"

两兄弟一唱一和，一个严肃质疑，一个唱作俱佳。我看着他们同样懵懂的红眸，没有再说话。

机器人不懂，难道他年轻、英俊、富有、忠诚，我就应该感恩戴德地爱上他吗？我靠自己，也能在地球过上富足、自由、惬意的生活，为什么要依附于他？

"我饿了？有吃的吗？"我换了个话题。

"马上送到。"莫林立刻转身出去，莫普看了我一眼，深深鞠躬，也走了。

后来我吃了饭，坐在沙发里看莫林留下的资料，我看到一个漆黑的岩洞，那里的地下水发出幽蓝的光泽，七彩小鱼在其中游弋，一片浅滩上，许多圆形的晶莹石子，静静绽放五光十色的光芒。

我正看得全神贯注，忽然感觉身后有点不对劲，转头一看，穆弦静静站在沙发后头，双手插在裤子口袋里，还是那冷冰冰的样子，不知道已经站了多久。

"想去？"他的声音听不出喜怒。

"可以吗？"我转头继续看画面，用讽刺的语气反问。

"那是你的事。"

我有点意外——这个意思是，可以去？想起他昨晚的话：他不关心其他事，只要我身心忠贞。看来他并不打算干涉我的私人行为。

这样更好。我忽然觉得轻松不少。

脚步声响起，他走到一侧衣柜旁，拿出两套军装。我忍不住用余光瞟他，却看到他目不斜视走进洗手间，拿了他的毛巾牙刷出来。

"抵达斯坦星前，我不在这里过夜。"淡淡的声音从我身后传来。

惊喜涌上心头，但我不想表露出来，很平淡地"哦"了一声，他就走了出去。

我松了口气。虽然不知道他为什么这样，但实在求之不得。转念一想，又觉得自己有点沉不住气——明明已经决定不被他左右情绪，但每次当他出现，还是会神经紧绷，心跳急促。

接下来十天，他真的再没出现过。每天只有莫林来给我送饭，有时候会送些"影碟"给我看——姑且这么称呼那种 3D 立体悬浮影像吧。我开始几天还有些心神不宁，后来就习惯了。

这天，莫林告诉我，两天后再做一次超光速跳跃，就能抵达斯坦星了。这无疑让我有些怅然。

今天他没带午饭来，而是一本正经告诉我，穆弦邀我共进午餐。我觉得有些意外——因为我看过这艘舰队的介绍资料，现在是满员状态，估计到处都是男人。穆弦居然肯让我外出，看来他并不像莫林说的那么占有欲夸张。

"华小姐，您能不能劝指挥官回这里睡？"出发前，莫林问我。

我没想到他会说这个，干脆地答道："不能。"

莫林忽然朝地上吐了口口水，我着实吃了一惊！虽然他吐出的口水，其实是一种淡蓝色的液体。然后他双手叉腰，做出非常幽怨的姿态，"噢，老天，不要这么绝情！我问他为什么睡在作战指挥室，他说他高估了自己的控制力。华小姐，您让他失控了吗？"

高估了……自己的控制力？

我似乎有点明白这句话的意思，但还是装傻说："睡在别的房间没什么大不了。"

莫林很用力地摇头，"大得了大得了！这几天他一直坐在椅子上睡觉。多么可怜的指挥官！"

我不信，"飞船上连多余的床都没有？"

莫林双手捂住脸，红眼睛一眨一眨，"难道您不知道他有洁癖？又喜欢裸睡，他觉得外面的床脏得要死。华小姐，您是个仁慈的女人，不该这么虐待自己的未婚夫。"

"共进午餐的时候，记得要劝他啊！"莫林往外走，"您开口，他一定非常高兴。"

我没说话，难怪那天他二话不说脱个精光，原来喜欢裸睡。

那我更不想让他回来了。

"这是最近的路。老天，您的脸好红！"

莫林站在离我两步远的前方，瞪大眼睛看着我。我原来还没觉得尴尬，被他大嗓门一吼，就真有点难堪了。

这是一条宽敞的通道，柔和的橘黄色灯光像雾气弥漫，为颜色冷硬的舱壁平添几分温馨。从我们离开卧室开始，路上一直碰到三三两两的军人。

大部分是年轻男人，有的穿军装，有的穿背心，大多肌肉结实、皮肤黝黑，我几乎能闻到他们身上的汗味。还有一些竹竿似的纤长机器人，金属脚掌"咯嗒、咯嗒"踩在柔软的地面上，轻盈地跑步经过。

甚至还碰到了一头兽人，身高至少超过两公尺，头顶在天花板上，庞大身躯像一堵墙。露在军装外的胳膊肌肉黝黑、毛发旺盛。脖子上方是肌肉纠结的兽首，十分狰狞恐怖。

人类男人经过时，几乎都会看我一眼。那个兽人更是直接停下脚步，瞪大眼睛盯着我，一直目送我们离开。我知道，并不是自己多么美貌出众，他们只是奇怪舰上出现女人，所以才会多看几眼。

我们继续往前走，莫林突然又回头瞟我一眼，"该死，您为什么穿这么短的裙子？"然后目光掠过我露在外面的胳膊和小腿。他不说还好，这一说，前面两个男人全朝我小腿瞟去。

莫林实在太聒噪，我觉得必须制止了。

"莫林。"我喊他。

"是？"他立刻站直，眨眨眼睛。

"闭嘴。"

他张大了嘴，但没再说话了。

我们没走多久，到了一间紧闭的舱门前，莫林输入密码，拧开门锁，站在门口不动，"祝您和指挥官度过一个愉快的中午。记得劝他！"

我无语地走进去，莫林悄无声息地带上了门。

这里更像一个宽敞的大厅，与天使号的控制中心类似，墙面全是电脑荧幕，银色资料在墙壁间永不停歇地流动。

没有人。

我站了一会儿，才看到一侧墙上还开了道门，远远可以看到一道暗灰色背影坐在沙发里。

是他。

我不由自主地深呼吸几下，缓步走过去。我以为以他的警觉，很快会察觉到。没想到我都走到门边了，他还是一动不动，似乎十分专注。

他面前的空气里，浮动着淡蓝色的光影。我知道类似于莫林给我的"影碟"。只不过刚才隔得远，角度也偏，看不清他在看什么。现在离得近了，我便抬头认真看了看。这一看，我呆住了。

是……我？

画面是静止的，茵茵绿草地上，女孩穿着黑色学士服，用手压着四方帽，笑得格外灿烂。

那是我的大学毕业照。

光线一闪，是我穿着米色套头毛衣，头发乱糟糟的，赤着脚，抱着膝盖坐在阳台的角落，眼睛通红，脸上还挂着泪珠——那是被他强迫之后，我躲在老房子里颓废。

然后是上课时，我低头做笔记；我去公司面试，黑色正装、长发披肩，脸很红很紧张；我到敬老院看望外婆，抱着她的腰，把头靠在她怀里……

就在这时，他忽然转头，看见了我，眸中闪过诧异。

我也诧异地看着他。

他把手中的晶片一丢，画面骤然消失。他从沙发后站起来，双手插在裤子口袋里，神色冷冷的，"有事？"

"……莫林说你要跟我吃午饭。"我心里暗骂莫林，看穆弦的反应就知道，他根本没叫我过来。

"我吃过了。"他淡淡地说。

"那我回去了。"我转身欲走。

"坐下。"他的声音再次响起。

他这么说，我只好坐到沙发上。

他走到办公桌旁，按下通信键，"送一份午餐过来。"然后他不说话了，只静静站在那里盯着我。

这气氛着实有点尴尬，我就问："你怎么会有我的照片？"

"纳米机器人。"他语气平静。

"什么？"

"我留下的机器人。"

我忽然明白过来。

在我脑海中有纳米机器人的大概印象，是一种超微型机器人，人类肉眼根本看不到。原来当初他说留下士兵保护我，留下的是它们？这些照片，也是它们拍的？

难怪这几年我总觉得有人在窥探我，还以为是神经过敏。

他……为什么一个人在这里看我的照片？

我的脸陡然热起来。连忙暗暗告诫自己要冷静，要不为所动，可脸还是热得发烫。

"已经撤离了。"他盯着我。

我明白过来，松了口气。难怪最近都没有那种被窥探的感觉，想必是到了他身边，不再需要了。

这时门外响起陌生的声音："指挥官，我来送午餐。"

他站起来走过去。过了一会儿，银灰色军装包裹的结实手臂端着个餐盘，放在我面前的桌子上。

我讪讪地拿起勺，没想到他紧挨着我坐下。感觉到军装裤腿似有似无擦到我的小腿，我立刻全身紧绷，眼观鼻鼻观心。

这顿饭吃得味如嚼蜡。吃完后，我喝了口水，酝酿了一下情绪，转头看着他。他也看着我，目光清冷平静。

这样实在有点怪，我们坐得这么近，扭着脖子互相望着。我不由得咳嗽一声，低头盯着餐盘说："你的要求，我可以做到。"

他没说话，但我能感觉到他灼灼的注视。

我继续说："你执意要娶我，那就结婚吧。我知道除了夫妻义务，你不关心其他事，我也是。希望今后我们互不干涉，你顺心，我也如意。不过你说结婚了才碰我，这个我同意，希望你遵守承诺。"

我停下来，等他的反应。我不确定他会不会恼怒，我也不在乎。

可我万万没想到，他忽然露出微笑，然后握住我的手……送到唇边，盯着我的眼睛，开始亲吻。酥麻湿腻的感觉从指尖传来，我浑身都起了鸡皮疙瘩。再仔细一看，哪里是在吻？他把我的手指，一根根含在嘴里，用舌头重重地舔。

像动物，他本来就是半兽。

我强忍着手上的不适感，冷冷地想——这种反应，表示他不但不生气，反而很高兴？是因为我同意结婚吗？我后面说的话，他根本不在意？

果然啊……他只在乎身体和繁殖而已。

过了一会儿，我半个手掌都湿润了，恶心死了。可他不停，若有所思地盯着我，开始吸吮大拇指，痒得不行。

"等等……"我忽然想起一件事，"我还有个要求。"

"说。"他舔着我手背上浅浅的旋涡。

"我挂念外婆。"

"派兵接过来。"他头都没抬一下。

我摇头，"不行。她年纪大了，落叶归根，我也不想让她知道其他事。我想每年探望她。"

他这才抬眸看我一眼，乌黑的眼睛锐利逼人。我以为他会拒绝，谁知他只哑着嗓子答："好。"

而后，他又开始专心舔我的手，我原本强自忍耐，忽地想起跟他睡的那个晚上，梦中也有似曾相识的感觉，我梦到一只狗在舔我。所以……是他？

我忍不住问："你不是有洁癖吗？"

"嗯。"他低低应了声，舌头不停，理所当然。

我无语了。

这时两只手已经被他舔完一遍。他又伸手摁住我的后脑，整个身体都倾斜过来，将我圈在怀里，迫使我抬头看着他。

他专注的目光沿着我的脸颊缓缓下滑，我几乎可以肯定，他在选择从哪里下口。

这种被当成骨头一样啃咬的感觉，实在让我全身皮肤都在痒，我觉得不能再任凭他这么下去，万一他把持不住就坏了。正踟蹰开口，忽然听到桌上的通信器"嘀"地响了一声。

"指挥官，来自帝都的电话，是相里晟指挥官，在加密频道，声频已就绪。"莫普的声音随即在通信器里响起。

穆弦立刻松开我，站了起来。

我松了口气。

他走到桌旁，沉声说："接进来。"

"是。"

我逮住机会站起来说："我先回去了。"

他抬眸看我一眼，也许是刚才我们靠得太近，他的黑色短发看起来有点凌乱，军装领子也有点歪，白皙的脸颊……似乎有些红晕？

"坐下，我送你回去。"他顿了顿，"通话期间，保持沉默。"

我只好又坐下。

他按下通信器上一个键，那头响起了声音。

"苏尔曼指挥官，很高兴听到你即将抵达的消息。"那人说。

"谢谢，相里晟指挥官。"穆弦答道。

我听到"苏尔曼指挥官"这称呼，略有些惊讶，但很快明白——斯坦星人的名字都很长，莫林的全名念起来就有一长串。苏尔曼和穆弦，应该都是他名字的一部分。

话说回来，我都要跟他结婚了，还不知道他的全名是什么。不过无所谓。

相里晟又说："上次你提出的条件，殿下已经慎重考虑过。"

我有些好奇——殿下？

穆弦抬起脸，清黑的眼眸一片沉静，"愿闻其详。"

"只要你按照约定起事。除掉诺尔后，殿下会支持你，成为三大舰队的总指挥官。"相里晟接着说。

我吃了一惊。

起事？虽然不清楚内情，但听起来，似乎是穆弦投靠了"殿下"，除掉"诺尔"就能加官晋爵？

穆弦的嗓音和脸上的笑意同样柔和，"感谢肯亚殿下的信任。也感谢你，相里晟指挥官。"

我听得分明，肯亚殿下？他就是穆弦投靠的人？

相里晟也笑着说："你太客气了。这次事成，你就是帝国最年轻的上将，也是我的上级，以后还请多多指教。以前大家忙于军务，交往太少。其实说起来，我也是帝都军事学院毕业。"

穆弦微微一笑，"你至今是学院两百公尺手枪射击纪录的保持者。"

相里晟似乎很高兴，哈哈大笑，"过奖了。听说你上一次升任少将，就是在指挥系校友周年聚会上授勋。这次事成，不如由我私下向殿下建议，在今年的聚会上，请肯亚殿下为你授勋？一定能成为学院的一段佳话。"

我顿时了然——这个相里晟明显想巴结穆弦，趁机打校友牌呢。只听穆弦含笑道："那就多谢了。"

两人又寒暄了一阵，就中断了通话。

穆弦沉默地站了一小会儿，才转头看着我，面色如常。

我的心情难以形容。

看来我把他想得太简单了，以为他只是位高权重的军人，强势，但也简单。没想到他正经做事的时候，这么老练城府，这么……阴狠血腥。

此刻的穆弦，跟刚才抓着我的手执拗亲吻，甚至面染红晕的男人，完全判若两人。

他到底，是个怎样的人？

"我送你回去。"他淡淡地说，笔直地朝我走来，忽然脱下军装递给我，身上只剩浅灰色衬衫。

"不用。"我有些莫名的烦躁。

但他已经把军装披在我的肩头。

我不想让他再触碰，妥协了。穿好后，衣服下摆摩擦着光裸的膝盖上方，痒痒的，竟跟他的手指抚摸的感觉相差无几。我有点不自在，但装作若无其事。

另外让我惊讶的是——他的军装居然这么大，穿在我身上像个袍子，袖子长了一截。

他矗立不动，目光从我的脸移到胸口，淡淡吐出两个字："扣子。"

我只好把扣子也扣上。

可他的眉毛还是微蹙着，忽然伸手，将军装最上面的一颗扣子扣紧。

竖起的衣领摩擦着脖子，我有点不太舒服。可他显然满意了，乌黑修长的眉头舒展，嘴角甚至泛起浅浅笑意，双手插在裤子口袋，转身朝门口走去。

同样一段路，有穆弦在身边，变得完全不同。

往来军人看到他，全都立定行礼，"长官！"当然，没人把目光投到我身上，连偷瞄都没有。

让我意外的是，穆弦会朝每个士兵点头，无一遗漏，甚至偶尔还会微笑。并不像我印象中那样冷漠高傲。

我越发觉得看不透他。

终于到了舱门，他停步不前，我说："我进去了。"

他没答，从口袋里掏出……一把匕首？递到我面前。

我迟疑地接过，匕首很短，只比我中指长一点，外面套着黑色皮革刀鞘。我把匕首抽出来，愣住了——略显尖细的刀身，雪色锋利，不是金属，质地似曾相识。

"不许再毁坏。"

我明白了。这是他的骨头，当日断成两截，没想到他做成了匕首。

"为什么送骨头给我？"我早就想问。

他似乎愣了一下，才答道："这是我身体的一部分。"

我疑惑地看着他，没太明白。

"都属于你。"

我默默地将匕首随手放在进门的架子上，脱掉军装还给他。他接过搭在手臂上，目光扫一眼那匕首，重新看着我。

"随身携带。"他淡淡道。

我沉默了片刻，又把匕首拿起来。裙摆上有个很窄小的口袋，我把匕首放进去——咦，刚好放得下。

虽说有件防身武器很好，可想到今后每天带着他的骨头进出，感觉好诡异。

"我会离开几天。"他淡淡地说，"莫普和莫林留下保护你。"

我想起刚刚在指挥室的电话，他要去兵变杀人了？我看着他平静湛黑的眼眸，心情莫名有些复杂。

"把握大吗？"我问。

他一愣，脸上忽然浮现浅浅的笑容。要知道他本来就长得十分俊秀，只是平时一脸冷冰冰。这一笑，就像清风吹散了雾霾，眉梢眼角清楚分明，柔和动人。

他抬手抓住了我的下巴，指腹有力，我顿时不能动了，眼睁睁看他俯下头。我以为他会吻我，谁知道温热微痒的气息落在我的额头上。

我的脸贴着他的脖子，同时感觉到他的唇贴着我的额心，舌头轻轻舔了一下。我登时全身僵硬——我不要满脸口水！

没想到这次他浅尝即止，松开我说："我承诺十天内回来接你。"

他的语气跟平时不同，十分柔和。我不知说什么好，索性沉默。他又静静看了我一会儿，就转身阔步走了。走道里灯没开，窗外星光像是浮动的水波，掩映着高大挺拔的背影，消失在拐角处。

我原地站了一会儿，擦干额头一点口水，心想他是误会了。我问他把握大不大，只是想知道会不会被牵连，而他显然理解成我对他的关心，所以才会笑，才会承诺归期。

他为什么要我的关心？我不太舒服地想，不是除了夫妻义务，什么都不在意吗？

因为已经决定接受这种生活，我的心情轻松了不少。我又看了会儿索夫坦星球的资料，决定下个月就去那里旅行——穆弦不是说了随我吗？

后来有些无聊，我就拿起匕首玩，想试试它到底有多硬，以刀锋朝舱壁划过去。

"嗤——"轻巧滑过，如切豆腐。

我看着面前金属墙壁上一道尺许长、寸许深的裂缝，有点哭笑不得。他送这么把利器，也不怕我使坏？不过想到他可怕的精神力，就算送一门迫击炮给我，估计也不用担心我逆袭。

我跳下床，按下通信键，叫莫林赶紧过来。过了几分钟，莫林出现了，看到裂缝瞠目结舌，"老天！您的破坏力真是惊人。"我拿出匕首跟他解释，他更愤怒了，"您又拿指挥官的骨头搞破坏？"

我尴尬地笑。

他找来工具，我协助他一起把墙补了。只不过还是留下裂痕，他说完全修补，需要登陆后找专业技师。现在这个房间穆弦不允许别的男人进来。

"要不先挂幅画在这里？"我提议。

"好主意。"莫林鼓掌，"指挥官那里有很多您的照片，我等会儿去列印一张。"

"……算了，其实这样也挺好的，残缺美。"

忙完这些，莫林对我说："对了，舰队明天就登陆斯坦，指挥官有任务，您需要先在空间港停留，我和莫普会留下保护您。"

我见他提起这事，趁机问他："肯亚殿下是谁？"

莫林抬起颤抖的手指着我，相当震惊，"您为什么问起别的男人？"

"快说！"

他不情不愿地答道："肯亚殿下就是二王子啊！他也统领三支舰队，还负责斯坦星球的防卫。我不喜欢他。"

我一听，这个肯亚殿下实力相当强啊，看来穆弦找了个大靠山。

"诺尔又是谁？穆弦跟他关系怎么样？"

诺尔——昨天在电话里，穆弦和肯亚联手要除掉的人。

莫林显然是知道内情的，因为他双手捂住嘴，瞪大眼睛，足足看了我半分钟，才用很心虚的语气答道："您都知道了？还有，指挥官跟您说他叫穆弦？"

"嗯。"

莫林眨了眨眼，重重叹了口气，"穆弦，是母亲给他起的名字，他喜欢这个名字。至于诺尔殿下，是皇帝的私生子哦，统领第二、第五、第七舰队的联合指挥官。他们的关系如何，不在我的讨论许可范围内。"

我们在第七舰队，所以穆弦要杀自己的上级？

我的心情有点沉重。

大概三个小时后，穆弦带领舰队跳跃离开，不知去了哪里。我被转移到一艘"足够干净"的小型飞船上，莫林、莫普带着十多个士兵，驾驶两艘同样的飞船保护我。

"帝都空间港管理很严格，留在外太空会遇到帝国巡逻队。"莫普解释说，"我们以指挥官麾下救援船的名义登记入港，没人会注意。基于人道主义原则，也不会有人为难救援船。"

我很同意。穆弦是去干非常危险的事，要是留下重兵保护我，反而引人注目。现在大隐隐于市，更加稳妥。

十六个小时后，我们的三艘飞船做最后一次空间跳跃，抵达斯坦星大气层外。

在太空中做超光速跳跃是一种很玄妙的感觉。你会有刹那的失重感，感觉周围空间以不可思议的速度压缩，你以为会被压成肉酱，可在短暂的大脑空白后，那种窒息感消失了，周围一切如常，唯有胸口会有轻微的恶心呕吐感，就像猝死了一回。

我站在走道里，忍受着胸腹的恶心感，紧抓住金属扶手。飞船正以疯狂的速度下沉，乘风破浪般冲破灰暗涌动的云层。

我的身体随着船体剧烈震颤。这感觉非常晕眩刺激，很爽。

终于，混沌消失，视野豁然开朗。面前的空气变得干净清透，我看到了澄蓝的大海、暗黄的大陆轮廓，有点激动。

我们越降越慢，临近地面时，几乎是以飘浮的速度移动。只见蜿蜒的海岸线之后，银灰色的建筑高耸入云，形状密集严整，一直延伸到视野不可见的尽头。其间夹杂绿色树林、起伏丘陵，整个城市显得严谨而富有生机。

距离地面很远的高空中，悬浮着数艘庞大的飞船，那是星球的守备部队。

我们的飞船停靠在一个广阔的空间港。一眼望去，这里除了灯塔和仓库，全是平整光滑的停机坪，另外还有三十几架飞机停靠。

接下来两天风平浪静，我每天足不下机，顶多站在卧室的阳台上透透气（登陆后，舱顶可以打开）。空间港有不少女兵出入，有时候也会看到年轻漂亮的女人来迎接家属，所以我的出现一点也不突兀。

这种平静一直维持到第二天夜里。

斯坦星的自转周期是三十二个小时，夜晚很长。我原本在房间看碟，莫林忽然敲门走进来。

他叹着气说："小姐，有通缉犯逃入了空间港，港口守备队奉命搜查。应该很快会上我们的飞船。不过不用担心，我们不会让任何雄性靠近这个房间。"

我并不担心，反而有点想笑，"上次看到的鬈绒幼犬算不算雄性？我很想养一只。"

莫林很为难地摇头，"如果是雄犬，必须阉割。如果是雌犬，指挥官会排斥……"

"砰！"一声突兀的闷响，轻微，却清晰地钻入耳际。

莫林欢快的声音戛然而止，嘴张成 O 形。

"那是什么声音？"我疑惑地问。

"礼炮？"莫林迟疑。

"你们要干什么——啊！"有人在不远处惊呼。

房间里的通信器同时响了，莫普焦急的声音传来："莫林，是军队，快带小姐……"他的声音消失在一阵电流的滋滋声中。

莫普倒抽一口凉气，我也大吃一惊——军队？冲我的？可我们在这里的消息不是很隐蔽吗？

"莫普、莫普！"莫林拼命摁通信键，但是那头始终沉默。他呆呆地抬头看着我，事情发生得太突然，我俩面面相觑。

紧接着，我们听到密集凌乱的脚步声，就像鼓点沉重迅速地落下，从前方舱门处传来。

有人强行登舰！

我们又听到数声沉闷的枪声，还有镭射枪射击发出的滋滋声。而打斗声和呼救声一直没有停歇——一场激烈的战斗正在船上发生！

"我出去看看！"莫林自告奋勇冲到门口，轻轻将门打开一条缝，小心翼翼探头出去。

"砰！"几乎是同一瞬间，我听到一声闷响，就在门框上响起。

"莫林！"我惊呼着冲过去，莫林已经十分敏捷地将头缩回来，"砰"一声关上房门，大口大口喘气。

我松了口气。

可是，逃脱看起来很难了。

枪声渐渐消歇，我俩站在房中束手无策。莫林一直在不停绕圈，越来越焦躁。

他喊道："怎么办？通信被破坏，现在又联系不上指挥官！噢，我是个家政型机器人，怎么保护小姐您！我怎么跟指挥官交代！噢！小姐……您为什么这么冷静？您一点都不害怕？"

我一愣。

我是挺紧张的，因为不知道会发生什么，但害怕好像也不至于。于是我安慰他："要是你某一天，忽然被外星半兽抓去强暴了一个晚上，以后你遇到什么事，都不会觉得可怕了。"

莫林登时用手抱着头，瞪眼咧嘴，做出十分痛苦的表情，"那太可怕了！我不要被半兽强暴！咦，可是我不会被强啊，我没有……等等！您说的外星半兽不会是指挥官吧？"

我没回答，因为我想到一个可能。我迟疑地说："外面的人，会不会是诺尔王子派来的？"

我越想越觉得有这个可能，除了皇室，谁能调动港口的正规军队呢？一定是穆弦的计划暴露了，诺尔不知从什么地方得到消息，想抓我威胁穆弦！

一想到我很可能会被绑成粽子送到穆弦面前，再想到他阴郁倨傲的目光，我的郁闷简直难以形容。

莫林听到我的猜测，眼睛瞪得无比的大，嘴也张得很大，好像不知道如何是好。

这时，门外走道终于响起沉重的脚步声，迅速地由远及近。

我和莫林紧紧靠在一起，抓住彼此的手，他还在低声念叨："指挥官，原谅我，她现在需要我……噢，我也很害怕，我也需要她……"

"砰！"门被强行撞开，一队全副武装的士兵矗立在门口。一个俊朗的年轻军官大踏步走进来，神色倨傲、目光警惕。

我心里咯噔一下——穆弦留下的都是精锐，看来终究寡不敌众。

莫林很有勇气地挡在我面前，冷冷地说："这是私人房间，你们太无礼了！"

那军官根本不看莫林，沉着脸对我说："小姐，跟我们走吧。"

我深吸一口气，果然啊，是冲我来的。看来所谓通缉犯根本只是借口，他们一上了飞船，就展开了武装强攻。

为今之计，只能走一步看一步了。

士兵们个个高大沉肃，全盯着我。我只穿一条单薄的裙子，没来由觉得很抵触他们的目光。正想到柜子里拿一件军装穿上，又觉得不妥，随即作罢。

踏出舱门，外头有点冷。我握紧裙摆，却意外地触到口袋中小小的匕首。掌心传来属于穆弦的冷硬质感，我脑子里不由自主想起他走那天，沉默地低头亲吻，还有大雪初霁般的笑容。

停机坪里阴暗一片，一盏灯也没有开。荷枪实弹的士兵影影绰绰，将莫普和其他士兵围在正中。看到他们还活着，我松了口气。

身后的莫林拼命挣扎呼救，却被武装士兵们摁在地上。莫普等人听到动静，也开始大声地喊"小姐小姐"。我的眼眶瞬间湿了，双脚仿佛也走不动。士兵见状一把将我推上旁边的轿车。

轿车在公路上悬浮奔驰，连绵不断的建筑浮光掠影般闪过。空间港很快就看不到了，我压下泪意，问身旁沉默的军官："他们不会有事吧？"

军官看我一眼，硬邦邦地答道："不知道。"

我沉默片刻说："他们要是出事，我也不活了。"这话当然夸张，但我说得非常冷漠。

军官很诧异地看着我，沉默了一会儿，低声答道："我只收到将他们俘虏的命令。"

我一愣，明白过来，松了口气。

大概两个小时后，我们到了帝都，一座银色金属铸成的漂亮城市。

已经是深夜，这里依旧灯火通明，道路像暗灰色绸带，在空中和地面交错延伸。形态各异的建筑在星光中映出湛湛银泽，整个城市笼罩在一片朦胧的辉光里，一时分不清天空还是地面，辨不出真实还是幻影，美得令人窒息。

我有些难过地想，没想到第一次到帝都，是在三更半夜，以肉票的身份。

这都怪他，害我落到如此荒谬的境地。

城市的东面是一片绿色山林，古朴的白色豪宅在山腰若隐若现，沿山而上都是荷枪实弹的士兵。看到这个架势，我更加肯定心中猜测——这里的主人非富即贵，一定是诺尔王子。

下了车，我被带到二楼一个宽敞奢华的房间，等了很久，也没有人来。折腾了大半个晚上（斯坦星一晚上可是十六个小时），将近一天一夜没睡，我困得不行，迷迷糊糊歪在沙发上，一不留神瞌睡了。

某个瞬间，我突然惊醒。首先看到的，是头顶白如薄雾的灯光，而后是深棕色的柔顺短发。陌生而英俊的脸近在咫尺，湖水一样湛蓝的眼眸，若有所思地盯着我。

我呆了呆。

是个男人，他单膝蹲在沙发旁。他在看我，不知看了多久。

我立刻爬坐起来，身子向后靠，拉开与他的距离。他微微一笑，漂亮的五官在灯下显得明朗生动。

"别紧张。"低沉嗓音如流水潺潺，"我只是想看看，他的女人长得什么模样。"

他站起来，走到我对面的沙发坐下。他穿一身白色军装，左胸前挂满银闪闪的勋章，整个人显得挺拔颀长。

被一个陌生男人这么近地窥探，我有点惊魂未定。联想到他的人在飞机上暴风疾雨般的武装袭击，我更觉这人笑里藏刀，有点可怕。

他靠在沙发上，手臂搭着靠背，修长的双腿交叠着，显得极为闲适。几乎是慢条斯理地说："有点意思。这种情况居然还能睡着。不怕被杀吗？"他声音懒懒的，略带轻佻。

"你抓我来，应该不是为了杀我吧？"我答道。真要杀，现在我早就身首异处了。

我答得很镇定，心里却七上八下，想完了完了，他显然是诺尔王子。肯定是穆弦的阴谋暴露，我被连坐了。

他一愣，骤然笑了，英俊的眉目刹那肆意舒展，薄薄的唇角深深弯起，露出雪白的牙齿，"也许吧。"

看到他被逗笑，我有点意外，心头略松，想：最好继续保持这个气氛，他一高兴，也许我的境况能好一点。

有了这个想法，我生出几分希望，心想要尽量顺着他，哪怕讨好他。毕竟穆弦已经靠不住了，我得自保。

"你的芳名？"他盯着我。

我老实答道："华遥。"

"二十五年不近女色，你是唯一一个。"他的眸色清亮锐利，"一定很重视吧。不知道他会为你付出什么代价？"

来了，到正题了。他抓我来就是要威胁穆弦，现在是想试探我的价值吗？

可我注定要让他失望了，穆弦只当我是繁殖工具。脑海中不由得浮现出他那天冰冷的话语："只要对象忠诚健康，是谁没有分别……"

他处心积虑发动兵变，难道会为了我投降吗？绝无可能。

现在向这位殿下证明我的价值，无疑是非常愚蠢的事。我不想被送到穆弦面前，然后被无情地抛弃，到时候他肯定恼羞成怒，把我杀掉。还不如现在就让他知道，抓错人了。我根本无关紧要，最好放了我。

"贞操。"迎着他明亮的目光，我犹豫答道。

他的眉毛挑得高高的，语气非常惊讶："你说什么？"

我再次重复："你能获得他的贞操。基于兽族的忠贞，他也许会为我守节。但也只有这个。"

这真是我能想出的、他可能为我付出的代价。

面前的男人足足沉默了有一分钟，忽然爆发出洪亮的笑声，白色军装下的胸膛明显起伏，眉梢眼角都是明亮的笑意。

看他再次被逗笑，我心情又轻松了一点。

笑罢，他颇为玩味地盯着我，手指一下下敲着沙发扶手，"那你呢？他死了，会不会伤心欲绝？如果放了你，会找我报仇吗？"

我心头一惊，有些奇怪。他为什么要问这个？这个问题有什么意义？

我废柴一个，战斗力接近于零，他根本不怕我来报仇吧？

"如果你放了我，我更担心的是……回地球的路费。"这是大实话，我旁敲侧击跟莫普他们打听过，经过地球的太空船，费用很高。

他又愣住了，微抿的嘴角骤然弯起，再次笑出声，"你跟他在一起时，也是这么有趣吗？"他的声音似乎也柔和愉悦起来，"他是不是爱上你的风趣可爱？"

我摇头，"我跟他还没什么感情，更谈不上爱了。"为什么他好像对我们的恋情很感兴趣？

他瞥我一眼，露出讥讽的微笑，"哦？你不爱他？他可是帝国最年轻的指挥官，连……皇帝陛下，都夸他是个无与伦比的人。"

他的语气……似乎冷冷的，有些嫉妒和愤慨。

我心念一动。

他嫉妒穆弦？

对，这样就解释得通了。穆弦才华出众，或者声望超过他这个上级，所以他们关系一直不好，穆弦忍受不了压迫，才会兵变。

他这个人看起来自负傲慢，抓到穆弦的女人，肯定非常得意，也会好奇穆弦这个强悍的对手，会娶什么样的女人。所以才会问我那些莫名其妙的问题，什么爱不爱、风趣可爱什么的。而当他听到我跟穆弦没什么感情，觉得穆弦在爱情上是失败的，所以才感到愉悦，才会接二连三地笑。如果我刚才表现得很爱穆弦，说不定现在已经人头落地。

他根本就是对穆弦，怀着深深的嫉妒和恨意吧？

嫉妒让人发狂，我的生死或许就在他一念间，还是继续跟穆弦撇清关系吧……

"诺尔殿下，我的确不爱穆……苏尔曼……"对，外人都叫他"苏尔曼"。

他的眼睛忽然睁得很大，很惊讶的样子，打断我的话："你叫我什么？"

"诺尔……殿下？"我迟疑。

他的表情变得更奇怪了，似乎有点想笑，又觉得难以置信的样子，"你叫我诺尔？那你认为我们一直在讨论的是谁？"

"苏尔曼。"我答道。

他蔚蓝的双眸紧盯着我，仿佛不想放过我任何一点表情反应，我茫然地看着他，哪里不对吗？

我俩对视了足足有一分钟，他忽然又笑了，那真是非常愉悦的笑，整个人都显得神采飞扬。虽然我想讨好他，但还是被他的反应弄蒙了，有点提心吊胆。

终于，他再次看着我，用叹息的语气道："我还真有点嫉妒他了。有个这样傻得可爱的女人。"

他站起来，缓缓走向我。高大的身躯在我面前站定，居然欠了欠身，脸上露出玩味的笑，"聊了这么久，还没自我介绍。华小姐，我是肯亚，跟你交谈非常愉快。"

我彻底愣住了。

肯亚？怎么会是他？他不是自己人吗？

我很快顿悟，"你跟苏尔曼闹翻了？"所以绑架我做人质？

他又笑了，"对，我跟他闹翻了，知道为什么吗？"

我摇头。

他敛了笑，淡淡说："几天前，相里晟跟他通过电话……"

我顿时想起那天在书房听到的通话内容。似乎没什么异样啊！

他的眸中却浮现冰冷的愤怒，"相里晟向他献完殷勤，就来建议我在指挥系的周年聚会庆典上给苏尔曼授勋。可是一个月前，学院导师德普上校病逝。我跟苏尔曼说，今年不举办周年聚会庆典，缅怀导师。只不过校志上的庆典消息，还没来得及更新。换句话说，如果是真的苏尔曼，怎么会答应这个对导师不敬的建议？"

我心头一震。

他的意思是，穆弦不是真正的苏尔曼？

回想起来，我是听到那通电话，理所当然认为苏尔曼是穆弦名字的一部分。穆弦从未说过他叫苏尔曼。甚至莫林也只叫他指挥官，从没叫过苏尔曼。

我只觉得后背冷汗淋漓。该死，我只想对婚姻抱着冷漠的态度，所以连他的名字都没有搞清楚。可如果第七舰队指挥官苏尔曼另有其人，那穆弦到底是什么人？他为什么要假装成苏尔曼，对付肯亚？

肯亚冷笑着说："有这点不对劲，顺藤摸瓜，还查不出那个人是谁吗？"

我全身的血仿佛都冲到脑子里，那个人是、难道是……

他缓缓地说出那个名字："我的亲弟弟，诺尔。当然，他也有个低贱的兽族名字，叫穆弦。对不对，我可爱的弟妹？"

我只觉得脑子里阵阵发烫。

他的话如此匪夷所思，可是又言之凿凿。

是这样，原来是这样。我完全搞错了。

肯亚见我完全呆住，冷笑道："我跟苏尔曼曾约定兵变前不再碰面，免得泄露风声。如果没有这个电话，我根本无从发现他的计划。现在看来，真的苏尔曼只怕已经被杀。至于你，是意外惊喜——他整支舰队跳跃离开，只有三艘救援船入港，船上又有女人……"

我完全明白了，他已经知道穆弦的身份，可穆弦还被蒙在鼓里，依旧把我藏在苏尔曼名下的救援船上，以为是最安全的地方，却成了最危险的地方。

可现在我要怎么办？

我心如鼓擂地抬头，对上肯亚冷漠逼人的目光。

他似乎看穿我的惊惧，蓝色眼睛暗沉一片，语气却格外低柔，低柔得叫我胆战心惊。

"放心，你这么可爱，我暂时舍不得杀你。既然诺尔将计就计，我也来个将计就计。后天就是兵变的日子，让他心爱的女人，亲眼看到他战死，一定非常有趣，对不对？"

第三章
自救失败

肯亚身姿挺拔地站在灯光下，就像刚从电影里走出的男人，衣冠楚楚、英俊生动。

可我从他的眼中，看到森然的杀意。

死亡和杀戮对我而言，从来都是遥远而虚幻的事。报纸上刊登着谁谁谁杀了人，抑或是莫林说穆弦曾经消灭过多少敌人，虽然令我心生寒意，但不会有真切的感受。直至此刻，我第一次在一个男人眼里，看到杀意。那目光如此阴暗，就像亡命之徒嗜血的舌头，轻舔你的面颊，令你不寒而栗。

我突然就想起了穆弦。不知道他在穷途末路、兵败身死的一刻，会是什么心情？

我想象不出来。

离开那天他说："我承诺十天内回来接你。"

当时我感到不屑。可如今，这句话竟成了他的临终遗言，成了永远无法兑现的承诺。我忽然觉得当时的他，其实懵懂而赤诚，有点可怜。但愿他能活下来。

我之前对他抱着厌恶漠视的态度，但从没想过要他死。还有莫林、莫普，我喜欢他们，在我心中，他们比穆弦重要。

"在想什么？担心诺尔？"低沉含笑的声音骤然响起，我心头一惊。

肯亚上前两步，在离我不到半公尺远的地方站得笔直，修长的双腿分开半尺距离，双手背在身后，低头看着我。像个真正踌躇满志的指挥官，器宇轩昂、沉稳威严。

"没有。"我答道，"成王败寇，理所当然。"

他眉头微扬，笑意更深。

我趁机说："殿下，我飞船上还有机器人和士兵。他们没有参与兵变。你能放了他们吗？"

他一怔，陡然笑了，"为什么关心无关紧要的人？"

"因为他们在用生命保护我。"我直视着他的眼睛。

他静静看着我，忽然伸手，把我垂在身侧的右手握住。他的手很大也很有力，我不敢抗拒，眼睁睁看着他将我的手送到唇边，低头在手背印上一吻。"华遥。"英俊的脸微微抬起，明亮的眼中有戏谑的笑意，"如果我也保护你，是不是能获得你的关心？"

我浑身一僵，他的话有点危险的暧昧。但我很清楚，他当然不是对我有好感，而是在挑逗着"穆弦"标签的女人罢了。

他却骤然松开我，低声失笑，"居然吓得脸都白了。我让你这么抗拒？"

我一听，下意识想解释补救，可他已经朝门口走去，略带笑意的声音传来："这回你可以放心睡，不会有人打扰。"

大门在他身后徐徐关上，宽敞的房间重新恢复平静。我只觉得全身疲惫，双腿一软，坐回沙发上。可我哪里还睡得着？

我的感觉，就像是个无足轻重的小人物，被人强行推到了见证历史的风口浪尖。我可以预见即将到来的惨烈屠杀，却只能麻木地袖手旁观，等待命运和强者的裁决。

肯亚离开几分钟后，就有仆人把我带到楼上的房间。隔着窗户向外看，天色已经大亮，阳光将茫茫山林镀上柔和的金光，四野一片寂静，天空湛蓝无云。我不由得想，如果穆弦死了，肯亚会放我回地球吗？

我再次被肯亚召见，是在隔日的早晨。

经过一天一夜的休息，我的心情已经彻底平复。之前对穆弦的那点同情，也变得云淡风轻。我只是想打起全部精神应付肯亚，尽量保住自己和莫林兄弟的性命。

然而当我随着士兵踏入银光湛湛的作战指挥中心，还是不由自主地紧张起来。

这是间非常宽敞的大厅，银白的金属铺满墙壁和天花板，人站在里面，会被辉煌的四壁弄得晕眩，不由自主地肃然起敬。二十多名军官坐在办公桌前，每人面前有一幅或者几幅淡蓝色悬浮图像。

肯亚治军一定很严，因为当我这个不速之客，踩着圆跟鞋"咯噔咯噔"走入时，竟然没有一个人转头看我。

我跟着士兵横穿过大厅，走入侧面一扇门。这个房间不大，两名高大的黑色金属机器人矗立在门里。肯亚坐在暗褐色的书案后，听到声响抬头，对我露出笑容，"过来。"

我走到书案旁，他却朝我伸手。我硬着头皮把手交给他，他将我拉过去。

我这才看到，在他宽大的沙发椅旁，还放着把小一点的椅子，他要我坐在他身边？

"不想看诺尔战败的过程吗？"他好整以暇地看着我。

我只好坐过去。

他抬起左手，轻轻滑动面前的悬浮荧幕，上面显示出暗黑的太空，银色星系静静闪耀。这时他忽然把右臂搭上我的椅背，转头看着我，"要不要考虑做我的情人？由我来保护你，比诺尔更可靠。"

后面一句几乎是凑到我耳边脉脉低喃，我却听得全身汗毛竖起。

"……再说吧。"我勉力憋出一句。

就算我想讨好他，也绝不能答应。一旦答应，这个男人将马上把我划为所有物。我疯了才想做他的女人。

他静静盯着我，片刻后手臂从靠背离开，淡淡笑了，"还没看到诺尔死，所以不死心吗？"

我心想不是这样的，只是对你避而远之。虽然这样想着，我却有种被人说中心事的窘意，因为我的确希望穆弦不要死。无关乎爱情，那也是人命。

"来，看点能让你死心的东西。"他的手开始在荧幕上滑动。

我的心微微一沉，只见画面正中出现一颗土黄色的星体，徐徐自转。远处的星系银光闪耀，构成静谧的背景。

"这是磷石行星。一颗矿藏丰富的新行星。"他说，"按照原计划，今天上午九点整，诺尔会抵达这里考察军用矿产蕴藏量。本来，我打算跟苏尔曼舰队，在这里夹击诺尔舰队。不过他已经获得苏尔曼舰队的指挥权，想必到时候被前后夹击的舰队，变成了我。"

我听得心头一凛——其实我一直以为他们的权位之争，无外乎刺杀暗杀，没想到已经上升到舰队和舰队间的战争。

"可是……"我迟疑答道，"这些舰队，不都是帝国的军队吗？"

我难以赞同他的行为——为了登上王位，要用核弹消灭整支舰队？太自私了！如果我是斯坦的子民，一定不希望被这样的王者统领。

但转念一想，中国历史上皇权争夺，不都是如此吗？

我心里顿时有点堵堵的，既不认同这种做法，但又不得不承认这是现实。

肯亚当然听懂了我的意思，眸色微沉，"我不喜欢女人质疑我的决定。"他盯着我。

他说这话时，还真的一点笑意都没有，面容冷冷的。

我心头一惊——是我大意了，刚才的话明显会触怒他，怎么能说出口呢？大概是他一直对我很温和，我不知不觉就忘了，眼前的男人可是深深恨着跟穆弦有关的一切，一不高兴就会杀了我。

"对不起。"我只得说，"作为王者，也许你做得没错。"

"我不接受语言道歉。"他的嗓音很低沉，低沉得像蛊惑，"换一个方式。"

"那……我写封道歉信？"我看着他，尽量维持真诚的眼神。

他一怔，骤然失笑。他当然明白我在装傻，但是好在他笑了，我松了口气。谁知他忽然抬手，勾起食指，在我鼻尖轻轻一刮。

我简直从鼻梁僵到下巴，整张脸都木了，条件反射往后一退。

他淡笑道："我会给你补救的机会。"

我听他语气松动，不敢再多话。

这时，桌上通信器响了。肯亚摁下通信键，里面响起个有点耳熟的声音："殿下，战舰已经就位。"我立刻想起来，这是那个跟穆弦通话的相里晟指挥官。

肯亚沉声答道："很好。"

另一个声音响起："殿下，核弹已经就位。"

我听到核弹，一个激灵，肯亚嘴角微弯，答道："很好。"

他关掉通信器，再次滑动荧幕。画面停在一片灰暗中，模糊可见大小石块的轮廓，浮动在阴黑的太空里。"这是离磷石行星不远的行星带。"他淡然道，"很适合伏击的位置。我放了两百颗核弹。"

"你打算怎么做？"我有些紧张地问。

他笑了，"诺尔的两支舰队，十分钟后会抵达。我会马上跳跃离开，他没有防备，跳跃后引擎再次启动还需要时间。"

"然后……你就将早已经埋伏好的核弹发射？"我接过他的话。

他眉目舒展地笑了，"很聪明。不过不是我，是你。让诺尔的女人，亲手发射核弹杀了他，一定非常有趣。既然想向我道歉，就用这个方式吧。"

我心头一震，转过头去，"……我不想做这样的事。"

他淡淡看我一眼，"再加上莫普、莫林的命。"

我猛然抬头看着他，他望着我，眼里的笑意很冷。

"……一言为定。"

他似乎有点意外，"你的果断超出我的想象。"

我闷闷地答道："被逼的。"这话多少有点负气，他却一点也不生气，反而又笑了。

肯亚没有再跟我说话，而是开始翻阅荧幕，仔细核查每一项资料，询问外头的军官们一些细节。他们的问答非常简短，气氛也显得紧张。

十分钟很快过去了。

肯亚再次将胳膊搭在我的椅子靠背上，我坐直了，盯着荧幕。

深黑的太空原本平静无波，土黄色行星依旧沉默运转。突然，数道银色光芒一闪而逝，大大小小数艘战舰飞船，仿佛从黑暗中凭空冒出，占据了荧幕右侧一大片视野。

"这是'苏尔曼'的舰队。"肯亚沉声说。

我在心里说：现在指挥的人是穆弦。

这时，荧幕上方又出现了另一群战舰，肯亚说："这是我的舰队。当然，也是诱饵。诺尔是个警惕的人，如果我的舰队没出现，他的其他主力，现在不会跳跃过来。"

这时通信器响了。

"殿下，苏尔曼请求通话，在加密频道。"是相里晟的声音，很沉稳，但略带讥讽。

我心头一震——是穆弦！他还不知道肯亚已经设下陷阱！

"接进来。"

肯亚神色如常，我却心跳如擂。

一个大胆的念头涌进我的脑海：如果我在这时出声，穆弦和整支舰队，是不是就能逃过一劫？可是肯亚一定会杀了我。

我有必要为了这些陌生人牺牲自己吗？而且肯亚难道想不到这一点吗？那他为什么还让我坐在这里听这通电话？是料定了我怕死不敢开口吗？

不，我不想死。强烈的念头涌上心头，我不能出声。可眼睁睁看着成百上千人去死，我的心里就像压了一块巨石，喘不过气来。

正当我内心进行激烈而沉重的挣扎时，通信器里已经响起低沉的男声。

"很高兴与你通话，肯亚殿下。"

完全陌生的声音、陌生的语气，可直觉告诉我，那就是穆弦，跟上次在飞船上一样，他一定通过什么手段，改变了声音。

就在这时，一只温热有力的手，突然重重覆上了我的嘴，力道大得瞬间将我压在椅背上动弹不得。我的呼吸变得短促而紧张，侧眸望去，却只见肯亚神色如常地盯着通信器，一只手臂却抬起，极为强硬地将我按住。

"苏尔曼，都安排好了吗？"肯亚问。

那头的穆弦答道："是的。一旦诺尔的舰队跳跃抵达，我会立刻攻击，击毁他们的跳跃引擎。那个时候，殿下您再出兵。"

我心头一震，其实穆弦他，是想击毁肯亚的跳跃引擎吧。

"好。"肯亚嘴角浮现讥讽的笑意，"好好干，苏尔曼。预祝一切顺利，我的上将。"

通信结束，肯亚沉默片刻，这才放手。我只觉得脸颊隐隐生疼，下意识大口喘气。就在这时，荧幕中部银光闪过，密密麻麻的舰队赫然出现——那是诺尔的舰队！

我的心跳仿佛也随着他们的出现再次加速。而当我看到舰队中部的大型飞船旁，一艘粉红色圆形战舰，像一点红心点缀在舰队中，格外突兀和醒目，我的心情简直难以形容。

那是穆弦送我的天使号。

"殿下，核弹已进入发射通道，超光速跳跃引擎预热完毕。"一名军官跑到门口汇报。

肯亚点点头，伸手在桌面一按。原本平整的木质桌面嗖一声向后滑去，一块巨大的银色面板缓缓升上来。上面无数按钮、手动阀，闪动着蓝色的光芒。

他转头看向我。我浑身都僵了，全部血液仿佛都在沸腾，灼热得就快把我融化。

看我坐着不动，他拉着我站起来，将我的手放在右侧突起的一个蓝色手柄上。我只觉得五指发凉，脑子里一片茫然。我下意识想往回抽，可他紧摁我的手，我完全无法动弹。

他的掌心开始用力，压得我的手背隐隐作痛。我看着他跟我五指相缠，交叠压着手柄，蓝色的手柄发出耀眼的银光，一点点被摁下去。

终于，手柄完全没入桌面，顶到了尽头，不再动弹。肯亚冷笑一声，松开我的手。

我骇然抬头，跟他一起看着荧幕上，属于他的舰队化作一片银光，跳跃离开。

与此同时，荧幕左下角，数道淡淡的白光碎如流星，交织成密集的网络，缓缓覆盖整个画面。那是足以摧毁任何飞行物的核弹雨，悄无声息地朝正中沉寂不动的诺尔舰队袭来！

周围很安静，我的耳畔只有自己的呼吸声，仿佛带着浊重的湿气，起伏震荡着。

无声的荧幕上，核弹如同无数白色细长的触手，朝穆弦舰队抓去。弹雨的前端，已经抵达了战舰周边。一场摧毁性的屠杀即将上演。

"砰——"

我全身一抖。

却不是爆炸声，是身旁的肯亚发出近乎赞叹的声音，隐含笑意和期待。

就在这时，无数朵银色光芒突兀地凭空闪现，瞬间占据整个荧幕，密密麻麻连成一片，太空仿佛被这银光吞噬，处处银光模糊，什么也看不清了。

核弹……爆炸了？

然而几乎是下一秒，我立刻知道想错了。

因为所有的光芒又突然消逝，就像被身后的太空吸进无边的深黑里，不留一点残余。仿佛刚才那一幕，不过是我的错觉。

银光过后，我看呆了——穆弦舰队所在的地方，变得空荡荡一片。没了，什么也没了，一艘战舰也没有，甚至连点飞机残骸都没有。远道而来的核弹雨，依旧无知无觉地袭来，最后徒劳地划过天际，只留下密集的白色弹痕。

只有一个解释——穆弦居然在千钧一发之际跳跃逃走了？

"啪——"身旁传来沉重的响声，肯亚一拍桌子，站了起来。我一转头，就看到他腰背挺得笔直，侧脸紧绷着，眼神阴沉，嘴用力抿着，像一头发怒的狮子。

我不由得往椅子里缩了缩，尽量减少自己的存在感。

好在他根本没有注意我，大踏步走了出去，连门都没关。厚厚的银色金属门原地轻轻晃动着，门口的交谈声，隐隐传来。

"殿下，诺尔舰队已经跳跃离开这一片星域。相信已经逃得很远，恐怕很难找到他。"

"他不会逃，一定藏在某个地方，准备对我们发动突然袭击。命令舰队高度戒备，同时继续搜索十光年内的大型舰队。"

此起彼伏的声音响起，军官们汇报各种参数、坐标、搜寻结果。偶尔听到肯亚下达简短的命令。他们说得很专业，我听了一会儿就走了神，盯着荧幕上黑黝黝的太空，心想穆弦还是有两下子的，一定是他再次洞悉了肯亚的计划。

那他知道我在这里吗？会来救我吗？

我发觉竟然是盼望他来的。

虽然我并不想回到他身边，但他总比肯亚强一点，而且我也希望莫普、莫林能够脱身。

大概过了半个小时，肯亚才重新回到屋里。他的面色已经恢复如常，刚坐下，又有人敲门。是一名年轻的军官，表情疑惑而沉重。

"殿下，我们刚刚与星球地面防卫队，失去了联系。"

"为什么？"肯亚陷入沉思。

"一开始怀疑是通信线路出现了故障。"军官顿了顿道，"可我们尝试联络宪兵队、帝都守备队……才发现所有地面部队，都失去了联络。"

肯亚猛然转身看着军官，神色震怒，更胜之前穆弦逃走时。

"你说什么？"

"我们在地面的全部兵力，很可能被人控制了。"

肯亚足足沉默了一分钟，才淡淡道："你先出去。"

军官刚走出去，桌上通信器又响了。

"殿下，刚刚财政部长夫人、帝都守备官夫人、军事指挥学院院长的女儿，以及三名内务大臣的家人，都打来电话。他们说……这些大臣，在刚刚过去的一小时里，被身份不明的军队闯入家中或者办公室绑架了！他们的家人情绪很激动，不断打电话来，请求您出兵营救。"

我心头一震——绑架？

肯亚似乎也愣住了，但很快答道："知道了。"

肯亚大踏步走回桌前，手指在荧幕上快速滑动，很快，出现了帝都庞大的地图。他盯着看了一会儿，伸手在桌面的那块银色面板上，快速点击、调整。画面上很快出现了一些红色标注，他对通信器说："命令亲卫队，按照我的命令布防。同时联络帝都东一千光里的陆军部队，让他们全速前进，一定要在五个小时内赶到帝都。"

安排好一切，他静静坐着，我大气也不敢出。忽然，他转头看着我，眼中有一种令人不寒而栗的冷意。

"调虎离山啊！真是好计策，让我的舰队远离斯坦，来不及回来。他的大部分兵力，却早就埋伏在帝都。控制了地面，还绑架了我的大臣。下一步，是不是要血洗帝都了？"

我心头一震，原来是这样？

穆弦一开始就不打算在太空作战，所以才逃过一劫？不战而屈人之兵？绑架了肯亚在政界的支持者，效果不亚于消灭一支军队吧？

这时，通信器又响了，是相里晟的声音。

"殿下，诺尔殿下在加密频道。他似乎想跟您谈判。"

我呼吸一滞——谈判？穆弦现在占据主动局面，没理由提出谈判。看来真的是为了我？

我有点感动，看向肯亚。他静静盯着通信器，眸色很深。他一定会答应，毕竟许多大臣还在诺尔手里。

没想到他抬起头，淡笑答道："告诉他，我拒绝谈判。"

我大吃一惊。那头的相里晟也"啊"了一声，可肯亚已经挂了电话。

"你们出去。没我的命令，谁也不许进来。"肯亚忽然说，房间里的黑色金属机器人点点头，走出去带上了门。

屋内转眼只剩下我们两个，我忽然升起不祥的预感。他没有看我，在控制台上摁了一下，一个小小的……摄影机？升了起来。

他想干什么？

"看来你对他真的很重要。绑架那么多人，只为了换回你。"肯亚忽然站了起来，高大的身躯缓缓朝我俯低，"他一定以为，我不敢动你。"

我身子一僵。他这话什么意思？

肯亚抓住我的胳膊，将我提起来。我不由得往后退了一步。

"不过我刚刚想，就算他放了那些大臣，说起来，还是我输了。整个帝都，都会知道我一败涂地。"他缓步向前，我看着他阴沉难辨的脸色，一直倒退，退到墙角，无路可退，后背抵着冰冷的墙。

"可我忽然想起一件事。我还有反败为胜的机会。"他一只手臂撑在我身侧的墙上，将我整个人圈在怀里。

"什么事？"我的感觉越来越不妙。

"既然他把你看得这么重。如果我杀了你呢？"他慢慢道，"那样的话，他很可能失控。"

"失……控？"我颤声说，"不、不会的。"

他打断我，"你还不知道吧？四年前他失控过一次，那时候的他就像一只疯狗，见人就咬。如果让他看到……"他的声音低了几分，"你有多惨的结果……说不定他又会再次毁了自己，我不费一兵一卒，就能打败他。"

我心头巨震——四年前？他失控过？他来地球，也是四年前！

然而不等我细想，肯亚已经伸手锁住了我的喉咙。我全身发紧，拼命扭动挣扎，"放开我！"

他低头看着我，"不是想回地球吗？或者再给你个选择，把你的身体给我，我送你回去。如果是这样的事，也一样会让那只卑贱的生物疯狂吧。"

我全身一僵，没说话。

"我就知道你会同意的。你这么机灵。"他忽然低声笑了。

在我脑海里有清晰的念头前，右腿已经抬起，狠狠朝他的膝盖踢去！

他完全没有防备，被我踢了个正着，眉头一蹙，身子往后一缩。我趁机往旁边一滑，转身就朝门口跑去。

我知道这样很蠢，外面都是他的人，他甚至都没有上前追我，是笃定我跑不掉吧？可我真的受够了，第一次是被穆弦强迫，难道为了回地球，我又要被另一个男人强迫吗？

跑到门口的时候，我想起口袋里还有把匕首，对了，我可以用自杀要挟他！

想到这里，我精神一振，手刚伸进口袋，忽然感觉有一股巨大的力道，抓在了我的肩头。我目瞪口呆地看着自己双脚莫名离地，看到自己迅速倒退。

"啊！"我尖叫一声，后背重新撞回墙上。我看到肯亚就站在我面前，阴沉着脸，手背在身后。

这是……精神力？对，他跟穆弦是兄弟！

我的身躯和四肢紧贴墙面，拼命用力想要挣脱，但无形束缚像是钢筋禁锢，我气喘吁吁，身体却纹丝不动。

暗蓝的眼眸深深看着我，他叹息一声，慢慢伸手覆住了我的脖子。

我全身发抖。

我握住了口袋里的匕首，慢慢拿了出来。

等等！

　　我握紧了匕首——为什么，我能动了？是他解除了精神力吗？他放松了警惕？

　　他低下头，在闻我身上的味道。

　　"穆弦究竟为什么被你吸引？"他问。

　　"好吧……我愿意站在你这边，只要不杀我，想做什么都可以。"我哑着嗓子说，"你温柔一点……"

　　他似乎有些惊讶，但也不太意外，低笑着"嗯"了一声，一直盯着我。

　　然后他闭上眼，低头吻下来。

　　就是这个时候了！

　　我的手颤抖着，悄无声息地来到他的后背。

　　可我要刺哪里才能击倒他？心脏？不，那样会杀了他。我杀了一个王子，还想活吗？最好能把他弄晕？对，刺他的脊椎，中枢神经。那样他会不会变成傻子？天，都什么时候了，我还在犹豫？

　　我用尽全身力气，将手中的骨刃重重朝他背心刺去！

　　肯亚的身躯陡然一僵。

　　我一下松开骨刃，右手抑制不住地颤抖。我呆呆看着他，脑子里一片空白。他也睁开了眼，唇舌移开，一脸不可思议地看着我。然后他缓缓低头，看着自己胸口。

　　我也颤巍巍地低头，吓得魂飞魄散——那骨刃、那骨刃穿透了他的胸口，露出了短短的白色的尖刺。

　　我立刻往边上一躲，站得离他远远的，气喘吁吁。

　　他站着不动，头转过来看着我，"为什么精神力对你没用？"他的声音有点哑。

　　"我、我不知道……"我怕极了，受了这么重的伤，他居然还没倒下。他会扑过来杀了我吗？我到处看，最后一把从桌上抓起……通信器，对准他。如果他过来，我就再砸他！

　　但是他一动不动。我看到他的脸色有点发白，胸口雪白的军装上渗出点血渍，然后开始慢慢晕染开。

"原来他放了一部分精神力在你身上。"他低声道，"这样损耗，他可真舍得……"话没说完，他双眼一闭，砰然倒地。

我呆呆看着他胸口一团血迹不断扩大。只觉得转瞬之间，恍如隔世。

穆弦放了一部分精神力在我身上？难怪刚才我很快又能动了。他什么时候放的？

我忽然想起飞船上遇到他那天，他用精神力绑住了我吻我，难道就是那个时候放的？

我足足愣了有几分钟，强迫自己鼓起勇气，将手指接近他的鼻端，可我根本感觉不出他是否还有气息。我又想去摸他的脉搏，可完全不敢。

我想他肯定是死了。

我茫然地环顾房间四周，生出深深的悔意，痛骂自己冲动。刚才应该配合他的，那样我就能安全离开，回到地球；可现在，我杀了一个王子，外头还有他的无数人马，只要有人进来汇报，就会发现他出事。

怎么办？我死定了。

我站在距离尸体最远的角落，背靠冰凉的墙壁，陷入了深深的恐慌。周围很静，我的脑子里却激烈得如同万马奔腾。排山倒海般的愧疚几乎要将我吞没，因为我杀了个活生生的人，毁掉了一条生命。

然后，我又觉得难以置信，甚至愤怒。他怎么能死呢？他是王子，还有精神力，怎么戳一下就死了呢？这么不中用！这都怪穆弦，给了我杀伤力这么强的武器。

可转念间，我又觉得这么想太过分了。愧疚感重新燃起，我甚至想，就让他们进来抓我吧，否则我一辈子不安心。

但这个坦荡勇敢的念头几乎一闪而逝——我没那么善良伟大。我不想死，谁舍得死？

我的心情慢慢平复下来。

右手染上了一点肯亚的血，还在无意识地发抖。我给了自己两个响亮的耳光，火辣辣的疼痛让我清醒了不少。

我开始思考。

外头都是肯亚的人，想从这里出去是不可能的，那只能让外头的人进来了。

穆弦一定不知道我的下落。否则他能武装强攻整个帝都，难道还攻不下这里？

如果我有办法把自己的位置通知他就好了。

想到这里，我下意识地看向通信器。那是个四四方方的薄金属盒子，体积比电话大点，密密麻麻全是按键。可肯亚都联络不上穆弦，我更加没办法。

通信器旁有个精致的打火机，一盒细长的烟。我想到放火示警，但立刻觉得这念头很蠢——在封闭的金属房间里，我只能烧死自己。

桌上还有个圆柱形金属水杯，沉甸甸的像砖块。我觉得这个也许有用——一会儿有人闯进来，我就砸晕自己，他们搞不清楚状况，不会马上杀了我。

书籍、晶片、荧幕、控制台……

我的目光停在控制台上。

那是块淡蓝的、五公分左右厚度的半透明面板，凌驾在桌面上方。刚刚肯亚就是在这个系统发布命令。白色细框将面板分成几块区域，标注着"引擎控制、舰队部署、地面扫描"……每个分区里布满按键，按键上标注的都是符号和数字，我完全看不懂。

突然，我注意到右下角有个区域，导弹控制区。

里面整齐排列四十个按键，按键上都是文字，我能看懂。

第一个按键上写的是"五系统型空对地镭射导弹"。我迟疑地按下去，面前荧幕骤然一亮，显示对话方块让我确认导弹类型。

我确认了。

难道用这个面板可以发射导弹？我隐隐感觉到一点模糊的希望。

右侧跳出个更小的对话方块，写着"确认攻击地点坐标"。这时，左侧的帝都平面图上，忽然出现了横竖尺规。我的手触到平面图上，立刻明白——当手指接触某一点，相应坐标就会出现在右侧，不需要手动输入，我只需确认就行了。

我选了个帝都北面山林，点了确认。这时右侧出现提示，让我插入"启动钥匙"，就可以发射导弹了。

哪来的钥匙？

我看了眼桌面，没有。不由得看向地上的肯亚，会不会在他身上？

他还保持之前的姿势，仰卧在地面一动不动。

我鼓起勇气走到他身边。

隔近了看，原本麦色的皮肤苍白得触目惊心，他深邃的双眼紧闭着，嘴唇没有一点血色，隐隐泛着乌黑，胸口的血迹已经晕染成碗口大小，

我深深呼吸，双手合十，朝他拜了拜："对不起，我不是有心杀你。"

然后我颤抖地摸向他的裤袋。一不小心碰到他的手背，冷冰冰的，我就像触电般弹开。又酝酿了一会儿勇气，才提起他的手轻轻搁到一旁，我的手伸进他的口袋里。

右侧的裤子口袋空荡荡的，我只得又转到左边，居然真的摸到一把钥匙。我松了口气。

控制台右下角有个钥匙孔，钥匙插进去转动了三圈才停住。

这时荧幕又出现提示："发射最终确认，导弹将在十帧后自动发射，倒数十、九、八……"帧是斯坦星的计时方式，大概相当于一秒半。

我连忙摁了取消，然后拔出钥匙，气喘吁吁。

很好，我可以用这个，轰炸斯坦星任何地方。

我心里陡然多了些底气。

然后呢？

我的第一个想法是轰炸我现在的位置，如果一会儿有人闯进来，我就可以威胁他们放我走。

但立刻又觉得行不通——我不能一辈子站在面板前不走。而且他们可以派狙击手躲在角落狙死我，这个方法没用。

不！不炸这个建筑，我在周边扔炸弹，这样或许能把穆弦引来！我越想越觉得可行，精神一振。

我开始紧张地设置参数，并且选择了看起来没有杀伤力的闪光弹——当钥匙插入孔中那一刻，我的心跳快得都要从胸口跳出来。

导弹发射了！一颗、二颗、三颗、四颗……我紧张地看着荧幕，过了一会儿，在卫星云图上，果然看到我所在这座山东西南北四个方向，燃起极小的

亮点。四颗炸弹构成垂直相交的两条直线，交点就是我所在的位置。

这已经是我能想到的最好办法，但愿穆弦能注意到。

可我又觉得不妥，会不会太醒目了？于是我又选了帝都周边几个人烟稀少的地方，随便投了几颗。

往帝都东面投弹时，我意外地发现东侧一百光里，有一支部队正驾驶高速战车，沿军用悬浮通道快速逼近。我顿时想起，之前肯亚下过令，让一支部队驰援帝都。看来就是他们。

慢着……既然是肯亚的援兵——

一不做二不休，我又开始设置导弹。这次选择的是名字看起来很牛的"重型火焰弹"。

当然，给我一百个胆子，也不敢朝军队投弹。

我把炸弹投在他们行军前方的磁悬浮铁路上。

很快，部队不动了。

这时我已经不紧张害怕了，反而觉得刺激极了。我阻挡了一支外星人部队啊！莫林总说我战斗力接近于零，如果他知道我今天做的事，表情一定更加夸张，叽叽歪歪地说：噢老天，我又要重新审视您的破坏力了！

我正有点沾沾自喜，桌上通信器突然响了。我吓得全身一抖，相里晟的声音响起："殿下，我们刚刚注意到您启动了导弹系统，大部分投放在无人区，其中一颗炸毁了援军的铁路。请问这有什么特殊用意吗？"

我去！我恨不得抓起通信器砸自己的头——光想着帮穆弦了，暴露了自己！

"殿下，请回答！出了什么事殿下？"相里晟急道，"您再不说话，我们只能冲进来了。卫兵，去开门。"

我完全不知道如何是好，只听通信器中另一个声音说道："刚刚殿下交代过让我们不要打扰——门从里面反锁了。"

"立刻去拿备用钥匙。"

"是！"

完了完了！

我从椅子上跳下来，想把桌子推过去堵住门，可桌子根本纹丝不动。我想拔出骨刃防身，但要从死人身体里拔出凶器，难度实在太大。最后，我只好举着桌上那个金属水杯，对准自己的头。

我很害怕，又哭笑不得。我要第二次自残吗？上次的疤还没好呢！算了，一回生二回熟，好死不如赖活。等他们冲进来的时候，我就下手。

这时，门外响起急促的脚步声。我紧张地盯着前方，心想暗号那么明显，穆弦要是注意不到，他就是猪；但转念又觉得很悲观，帝都说不定乱成一团，谁会注意到几颗闪光弹？

就在我七上八下之时，地面忽然一震。

我疑惑地盯着脚下的暗灰色地板。

我曾经历过轻微地震，刚刚的感觉差不多，就像被地底的野兽顶了一下，整个房间都随之摇晃，但立刻恢复平静。

难道地震了？

不是地震。因为通信器中传来一个沉稳、机械化的声音："全体注意、全体注意。指挥中心遭遇空袭，指挥中心遭遇空袭。最高警戒已经启动，预计地面建筑在两分钟后损毁，请全体转移、全体转移。"

空袭？

强烈的惊喜涌上心头，穆弦来了？！这么快？！

我从没像此刻这样，盼望过穆弦快点出现在面前。我知道现在我所在的指挥室，处于建筑的地下，所以地面建筑损毁，不会对这里造成危害。然而郁闷的是，我已经看到门把手在转头，有人在外头开门。

来不及了。

"噔"一声轻响，门被推开一条缝。

我的心提到嗓子眼。

"轰——"就在这时，一声天崩地裂般的巨响从四面八方传来。我只觉得脑子里"嗡"的一声，就像被人用重锤狠狠撞击了一下，然后我看到天花板、墙壁、门，还有我手里的金属水杯，都开始剧烈晃动。刚刚打开的房门，被一股大力狠狠甩开，我看到门外黑压压地站满了军人，个个端着枪瞄准着我。但我同样看到他们脸上惊讶的表情，不少人抬头看着上方。

然后我眼前一黑，失去了知觉。

不知过了多久，我听到有人在耳边低声喊："华遥、华遥……"

那声音很低沉，有点耳熟，我甚至能感觉到他温热的气息喷进耳朵里。我觉得脑袋昏沉沉的很难受，一点也不想睁眼。我是在哪里呢？我不是在穆弦的飞船上吗？

不，不对，我被肯亚绑架了。然后我杀了他……

我脑子里一个激灵，全身开始冒汗。我一下子睁开眼。

首先看到的，是一把枪，枪口正抵着我的心口。一只被雪白军装包裹的手臂，紧握着那把枪。

我脑子里最后一点混沌也被这一幕吓得烟消云散。

"醒了？"虚弱而冰冷的声音，就在我耳畔。

我全身一僵——肯亚？！他果然没死！

莫名的轻松感和清晰的恐惧感同时涌上心头，我什么话也说不出来。此刻，我才看清，原来我和他都坐在地上，他从背后紧紧地勒住我的身体，我动弹不得。

一支枪，对准我的胸口。

我完全动弹不得。

"下手够狠啊……"他低喘着说，声音相当嘶哑。

"对不起……我刚才只想打晕你。"

他冷哼一声，问："外面的人都死了？"

"我不知道……突然震了一下，我就晕了。"我老实答道。

"看来他是怕你受伤，用了动能脉冲弹。"他顿了顿，语气更冷，"他来了。"

我惊讶抬头，可外头静悄悄的，什么也听不见，地上黑压压躺了一片人。这时肯亚忽然把下巴搁在我肩窝上，我浑身一麻，听到他说："想活命，一会儿好好配合我。"

我当然点头。他就没再说话，粗重的呼吸喷在我耳朵上，看来他伤得很重。但之前我偷袭得手，只因为他以为精神力束缚住我，完全没防备。现在他虽然伤重，可枪口正对着我，我是一点也不敢胡来了。

就在这时，外头终于响起隐隐的脚步声。

我的心跳越来越快。

那脚步声越来越密，越来越急，我听得越来越清楚。然后我就看到暗灰色军装从半掩的门口闪过。

"砰——"

门一下子被人从外面推开。两队持枪士兵弓着腰，身姿敏捷地闪进来，看到我和肯亚，都是一愣，随即从两个方向包抄，将我们团团围住。其中一人举起手腕，低声说："发现目标，中心指挥室侧厅。"

"呵……"肯亚在耳畔发出略带讥讽的笑声，我越发忐忑。

只过了一小会儿，急促而清晰的脚步声响起，一个高大的人影快步冲了进来。

"指挥官！"所有士兵恭敬喊道，他一转头看到了我们，脚步立刻一顿，沉默站定。

我怔然看着他，脑子里空空的。

暗灰色军装一如既往笔挺颀长，清冷英俊的容颜就像刚刚从画里走出来，整个人就像有无形的暗色光芒笼罩着，是那么生动醒目。白皙的脸庞上，薄唇紧紧抿着。乌黑澄澈的眼眸在看到我的时候，像是骤然一紧，目光锐利得令我心头一惊。

我从没见过他这样的眼神。那一片从来都沉寂的幽黑里，像是有强烈的暗潮在涌动。而我也从没像此刻这样，仅凭他的目光，就能感受到他的情绪。喜悦、歉疚、愤怒、痛楚，都交织在那一双漂亮的眼睛里。

他的目光缓缓下移，停在我胸口的手枪上，那眼神立刻变得又冷又狠。虽然我看不到肯亚的表情，但我知道他一定也用同样冷漠的眼神，看着穆弦。

在短暂的沉默凝视后，穆弦开口了，嗓音一如既往的低沉柔和，柔和得有些阴森瘆人。

"都出去。"

士兵们迟疑了，"可是指挥官……"

"出去。"

士兵们只好收枪离开。我听到肯亚低低笑了一声。

屋内只剩下我们三个。

穆弦的脸色已经明显恢复平静，他直视着我们，漆黑的眸中一片冰冷。

"放了我的华遥。"

穆弦站在灯光下，身体笔直得像棵傲慢的乔木，灯光在白皙脸颊染上清淡光泽，更显得眉目乌黑漂亮。可他的眼神却冷得像覆了层冰，嘴唇更是严肃地抿着。当他说"放了我的华遥"时，目光很冷酷，也很执拗，执拗地望着我。

我被他直勾勾的眼神盯得不太自在，感觉怪怪的。

对于一个冰冷沉默的指挥官来说，似乎太过肉麻直白了。而且什么叫"他的"？听着就不舒服。

"一艘'狙击手三型'战机，无追踪装置，满核动力，三分钟内准备好。等我跟舰队会合，就会放了她。"肯亚的声音在我耳边响起，"我亲爱的弟弟，不要有任何花样。"

穆弦沉默片刻，举起胳膊，对准通信器，低声重复他的要求。

我的心情还算平静，因为这样的交易在意料之中。我甚至比之前更放松了一些，因为穆弦应该不会让我再有什么事。

穆弦通知了下属准备飞机，再次抬头看着我。肯亚也没有再说话，毕竟他很虚弱。一时间我们三人都沉默下来。

我被穆弦的灼灼目光盯得有点心慌，就没再看他，盯着地面。过了一会儿，我忍不住抬头，却看到他正盯着我的腿。

我循着他的目光看过去，顿觉脸颊发热——起先没太注意，原本齐膝的裙摆，有一侧被撩到大腿根。

我心里咯噔一下——完了，穆弦肯定很生气。我倒不是怕他生气，只是不想因为这种事跟他纠缠。

这么想着，我越看他的脸越阴沉，真有点怕他像肯亚说的失控。虽然不清楚具体情形，但是肯亚的描述令我印象深刻——见人就咬的疯狗。

我正胡思乱想，他忽然开口打破了沉寂。

"导弹是你投放的？"低沉的声音，听不出喜怒。

我一怔，还没回答，肯亚突然出声："你投了导弹？炸了哪里？"

他语气不善，我当然不会实话，含糊答道："我不小心投了几颗闪光弹，哪里都没炸。"

肯亚冷笑一声，没有再追问，大概是觉得大局已定，再问也是徒劳，还不如节省气力。我松了口气，一抬眸与穆弦的视线对上。没想到他正若有所思地看着我，嘴角甚至露出淡淡的笑容。

想到他是被信号引来，我还替他解决了一支强劲的敌军，不由得略有些得意。刚想笑，立刻反应过来，抿嘴忍住。

跟他会心的相视一笑？不可能。我面无表情地转头看着另一侧。

这时，门口忽然响起脚步声，一个声音在门口响起："指挥官，战机已经按要求准备好。"

穆弦面沉如水，"所有人撤离到一光里外。"又看向肯亚，"如果她有半点损伤，我会毫不犹豫地处死你的朋友们。"

肯亚却笑，"不必担心这个。我对她一直很温柔。对吗，华遥？"

我当然只能点头，穆弦脸绷得紧紧的，沉默片刻，忽然伸手脱下了军装外套。

"别耍花样。"肯亚冷冷道。

穆弦却将军装搭在椅背上，"她冷，让她穿上。"

我不由得伸手摸了摸胳膊。军人们都穿着军装外套，我只穿条薄裙子。只是因为一直处于紧张情绪中，没有在意。现在被他一说，才发觉胳膊冰凉，脚也像是被寒气侵入，有点发麻。可他怎么知道的？

肯亚冷笑说："好。但你必须回答我一个问题——为什么在磷石行星，你会提前有准备跳跃离开？你从哪里知道了我的计划？"

我看向穆弦——这个问题，我也很好奇。

穆弦的神色淡淡的，"当时我并不知道你的具体计划。事后才发觉你布置了核弹。"

"不知道？难道你死里逃生，全凭运气？"肯亚语气讥讽。我也觉得奇怪。

穆弦的神色很平静，"一开始，我就不打算与你的舰队作战。"

"为什么？"

"他们都是帝国的军人。"穆弦淡道，"我对他们的命没兴趣。"

我心头一震，尽管穆弦语气冷漠，可意思却很明白。没想到他看起来毫无人情味，居然会跟我有同样的想法。

"哈！就为了这个原因？你认为我会信吗？"肯亚的声音有些不屑，又好像有些自嘲。大概也想起了我说过类似的话。

"的确还有一个原因，令我放弃空间作战。"穆弦盯着我，目光坚定。

我的心忽然好像被什么轻轻撞了下，漏跳一拍。这感觉很别扭，我转过头不看他。

果然，他缓缓说出答案："……华遥在地面。"

我被肯亚搂着，高一脚低一脚地往前走。

他的手臂搭在我肩上，沉重的身躯压过来。我们走得很慢。出了小屋，来到指挥大厅，这里空荡荡的，大概所有人都被俘虏了，唯有一面面悬浮荧幕还在闪动。

刚才穆弦回答完问题，就退了出去。肯亚很守信，扶着椅子用枪指着我，让我穿上穆弦的外套。厚实的布料仿佛还有男人身体的余温，的确又暖和又有安全感。

穿过大厅，我们搭乘电梯到了地面。时间还是下午，湛蓝的天空微风习习，高大茂密的树木环绕四周。我们站在凌乱灰黑的废墟里，就像站在死寂的荒原中——整个地面建筑已经被炮弹摧毁。

废墟边缘，停着架暗灰色战机，一个人也没有。但我想穆弦和他的军队一定在某个可以观察、跟踪的地方。

我们上了飞机，肯亚在主驾驶位坐下，长长吐了口气。

我按照他的命令关上舱门，就站在后舱不动。

"过来。"他命令道，"你来驾驶飞机。"他的声音有点喘，那根骨刃还插在后背。军装上的暗红血迹原本已经干涸，现在又变得湿漉漉的，大概是刚才走动牵动了伤口。

"我不会。"我走上前。

"坐下……我教你。"他淡淡说。

我只好在副驾驶位坐下。他整个身体斜靠在宽大的椅背上，深棕色短发被汗水打湿，紧贴着饱满的额头。脸色比之前更加苍白，两道浓墨般的眉毛，紧紧拧在一起。蔚蓝的双眼看起来还是那么深邃漂亮，但目光疲惫而暗淡。

我觉得他有点可怜，如果他能平安逃出去也好。

他先让我给他穿上太空衣。我只好扶他坐起来，轻抬起他的手臂往衣袖里套。这个过程难免牵动伤口，他却一声不吭。直到我拉上前面的拉链，手碰到了骨刃，他才吃痛闷哼一声，身子无力地一歪，靠在我肩膀上。

冰凉的脸颊紧贴我的脖子，虚弱的气息喷在我的下巴上。这个比穆弦还要高大的男人，居然像孩子一样无力。我小心翼翼扶他，重新靠回椅背，又替他穿好太空衣的裤子。忙完这些，我已经是满头大汗。

"对不起。"他忽然低声说，带着些许自嘲，"我差点强迫你，现在你却……照顾我。"

我拿起另一套太空衣，边穿边答："你伤得这么重，我的确过意不去。但我照顾你，不是因为想帮你，而是你的枪还对着我。"

他淡淡笑而不答。

随后，肯亚就教我启动引擎、调整方向、加速升空。当我按他所说踩下推进板，感觉到机身猛烈一震，摇摇晃晃离开地面，我居然不合时宜地兴奋了。

但我很快就高兴不起来了。

"歪了歪了！"我喊道，明明我笔直加速，飞机却像喝醉了酒，东倒西歪地朝前方一棵高大树木斜冲过去。眼看机头就要撞上繁茂的树冠，我紧张得心都要跳出来——我们好歹是一个王子加一个准王妃，没死在之前的腥风血雨风云变幻里，反而一头撞死在一棵树上，那可真是千古笑柄了！

"松开预备动力阀！"他嘶哑地吼道。我这才反应过来，松开左手——刚才太紧张了，随便抓了个东西就握在手里。

飞机陡然原地拔高，我被突如其来的力量重重抛向椅背，眼睁睁看着机头贴着粗密的树冠掠过，然后以令人窒息的速度笔直向上，一飞冲天！

"哈哈！我成功了！殿下，我们升空了！"我高兴地喊道，转头看向肯亚。他似乎比之前更疲惫，微合眼睛，嘴角浮现淡淡的笑意。

我顿时一愣——我冲他高兴个啥劲儿呢？立刻敛了笑，提心吊胆地驾驶飞机。不过当我看到飞机乘风破浪般穿过重重大气层，还是全身热血沸腾。

飞机平稳地悬浮在太空中。

因为就在近地轨道，可以清楚看到斯坦星球的大致轮廓。原来它看起来是这样美，在黑丝绒般的宇宙背景里徐徐转动，蔚蓝而静谧，闪闪发光。

但当我注视斯坦的时候，也看到无数密密麻麻的小黑点，正变得朝我们接近，越来越清晰。

"那是诺尔。"肯亚哑着嗓子说，"现在设置超光速跳跃引擎。战机可以自动导航，只需要设置跳跃坐标。"他报出了一串数字。

"去哪里？"我忍不住问。

"隶属于我的空间站。"他答道，声音很低。

我按他说的设置好，转头问他："是不是按下跳跃手柄就可以了？"

他没回答。

戴着飞行面罩的头颅，耷拉在胸口，一动不动。面罩后的双眼紧闭着。

我呆住了，脑子里一片空白。

他死了？

不，他没死。我心头骤然一松——因为还有丝丝缕缕的热气，喷在玻璃面罩上，凝结成淡淡的雾气，那显示他还有气儿。

他晕倒了，甚至原本持枪对准我的手臂，也无力地搭在扶手上。

我屏住呼吸，小心地把枪从他手中取出来。他还是没动。

我彻底放心了，他是真晕了。

我低头看着飞行控制台。正中的雷达显示，有数目庞大的飞行物，在距离我们不远的后方，安静地跟随着。那是穆弦。

现在我可以马上掉头飞回去，把肯亚交给他，我也会安全。一切就会结束。

要回去吗？

我看着已经设置好的超光速跳跃引擎。一个大胆的念头就像炽烈的火苗，点燃我的大脑，我整个人都激动起来，简直迫不及待。

我飞快地删除了刚刚肯亚说的坐标资料，而是用斯坦语在飞行系统里搜索太阳系第三行星——地球。

大概半分钟后，荧幕上出现一串坐标。

我颤抖地按下确认。很快，荧幕上出现提示，大意是说经过程式设计计算，整个飞行需要耗时三十二天，经过六次跳跃，并且计算好在中途空间站添加燃料的时间和地点。

还等什么？我都无法想象，当我驾驶一艘外星战机，出现在地球大气层里，会是什么样的情景。我的飞机上甚至还有一位外星王子。

地球人将得悉外星文明的存在，科学界和政治界势必引发激烈的动荡，我是唯一的见证。到那个时候，谁还能强迫我离开地球？

我双手摁住跳跃手柄，用力往下一摁！

短暂的平静后，荧幕上出现斯坦坦星数字倒数：十、九、八……三、二、一！

刺目的光芒陡然大作，我一下子闭上眼，什么也看不见。与此同时，"砰"一声巨响，机身猛烈一震，我感觉到一股强大的旋涡般的力量，将我和飞机一起狠狠甩了出去！

我想这是跳跃的必经过程，咬牙忍着晕眩恶心感。可周围一直"咔嚓轰隆"响个不停，我感觉到身体快速翻来覆去，就像被人提着头发当成玩偶疯狂摇晃着。

过了一会儿，颠簸感终于消失，周围恢复宁静，我立刻睁开眼，想要看清到底跳跃到了哪里。

然后我惊呆了。

我坐在太空中。

是的，我还坐在椅子上，但是除了屁股下的椅子，什么也没有了。我看到刚刚那艘飞机的机头，在距离我不远的地方浮动着；一块黑色机翼在我脚下十几公尺外快速旋转着；我的周围浮动着大大小小的金属块，我甚至看到了自己刚刚摁下的跳跃手柄。我很快看到了肯亚，他就直条条地飘浮在前方，不过他的椅子不知去了哪里。

我目瞪口呆，全身发软——尽管我知道人在失重状态不会往下掉。可四面八方都是深不见底的宇宙，我的感觉就好像随时会被那黑暗吞没！

难道是我操作错误，跳跃时损毁了飞机？

　　不，不是。因为此时我看到，静谧而美丽的斯坦星，就在视线前方，不知疲惫地缓缓转动着。我们还在原地！刚才的震动根本不是跳跃，是有人发射导弹击中了飞机！

　　就在这时，我感觉到耀眼的光亮，出现在右上方。我呆呆抬头，看到一艘暗灰色的飞机，正缓缓朝我开过来。机舱的门是开着的，一个黑影忽然从里面跳了出来。

　　我只觉得心头一抖。

　　那个人好像能在太空中灵巧地控制方向，缓缓朝我飘浮过来。隔得近了，我看清他也穿着太空衣，面罩后的容颜英俊而清冷。

　　我呆呆看着他飘到面前，静静看着我，目光深沉难辨。

　　沉默了几秒钟，他忽然伸手解开椅子上的安全带，我失去倚靠，心惊胆战，条件反射想抓住他的手臂，他却抢先一步箍住我的腰，力道大得惊人。我被紧紧抱着，脸贴着他的胸膛，完全动弹不得。

第四章

进宫面圣

我的肩膀和腰被勒得很难受,他的力气居然还在加大,我就快喘不过气来,拼命推他的胸膛。

他这才松开了些,我松了口气,有点惊魂未定。

不过有他这么稳稳抱着,我不再那么惊恐,只是心跳依旧很快。下意识抬起头看他,却忽然怔住了。

越过他的肩头,我看到天幕像是无穷的深潭,纯净悠远;星光如同失落的珠玉,璀璨密缀。它们共同交织成一幅辉煌而静谧的画卷,将我们温柔包裹。我能感觉到穆弦正抱着我缓缓飘浮转动,可我的视线里,永远有新的星光闪现,它们就像从天空徐徐坠落进我的眼睛里,美得不可思议。

我以前从没想过,有生之年能沐浴在星河里,这才是真正的"刹那即永恒"。

腰间忽然一紧,我把目光移回来,就看到穆弦静静望着我。隔着一层玻璃,他的俊脸仿佛也染上宇宙清冷优美的气息,越发显得眉目清楚、英秀逼人。

我忽然意识到,我竟然觉得这个男人跟宇宙一样美。这令我很不舒服。我当然一点也不想见到他,之前在他和肯亚间选择,不过是两害相权取其轻。我索性低头盯着他胸口,却感觉到他伸手在我的头盔侧面摁了一下。然后我就听到了他的声音,大概是他打开了通信频道。

"害怕吗?"

他不问还好,这一问,我眼角余光就瞥见他双腿下方那深不见底的漆黑宇宙。我有点胆寒,但答道:"这没什么。"

他没说话。

我立刻又想起他居然用导弹袭击飞机，心情更是愤愤不平。虽然我也隐隐觉得，以他的手段，必然是做了什么手脚，确保飞机解体时，我们能毫发无伤。但之前的感觉实在太惊悚了，而且差点能回地球的机会也被他破坏了，我实在没心情说话应付他。

就在这时，他箍在我腰间的力道陡然一松。

我完全没想到他会在这时放开我，整个人都呆住了。身体忽然变得空落落的，我甚至看到他原本与我紧挨着的双腿，正往另一个方向慢慢飘远。

一阵冷汗袭上后背，我的大脑还没做出任何有意义的思考，双臂已经拼命抓向他的肩膀，双腿也用尽全力去勾他。

好在他几乎是立刻又抱紧了我，感觉到有力的手重新将我按向他怀里，我松了口气，略作调整，找到一个感觉舒服的姿势，立刻愤怒地抬头看着他，"你想干什么？"

他是故意的！他竟然会做这样的事！

他却在笑，眉梢眼角轻轻弯起，瞳仁幽黑闪亮如星光，完全一副无害的模样。

我突然感觉不对劲，为什么我的视线变高，能看到他的头顶了？

我们的姿势变了！

我的双手紧搂他的脖子，双腿……张开缠着他的腰！而他一只手搂着我的腰，一只手……稳稳托着我的臀。

"遥。"他忽然喊我的名字，声音低沉柔和，"你比想象中更适合我，这非常好。"

听到他的肯定，我有些意外，但随即明白——是因为我用炸弹向他暗示位置，还炸了援军、重伤肯亚，所以他觉得我不再是生殖工具？甚至还能帮他，所以很适合他？

我也笑了，"是吗？你跟我想象的也不同。毕竟你说过我只要尽夫妻义务，没想到还有做肉票的任务。"

他原本在笑，闻言明显一愣，笑意全收。这反应让我感觉解气，想再接再厉说点挖苦的话，却想不出更犀利的措辞。

谁知这时他又笑了，依旧是令我被迫眼前一亮的英俊笑容。

"生气了？"柔和的声音不急不缓，仿佛一切都在他的掌控和预料中，我的人，我的情绪。

我觉得他对我的态度有些变化。之前对着我，大多时候清冷沉默。偶尔会笑，但绝对不多，而且他的笑容也令我感觉阴郁。可今天他的心情似乎很好，语气一直柔柔的。

我并不喜欢他对我如此亲昵，胸口好像堵了什么，冷冷地答道："我生气又能改变什么？"随即梗着脖子抬头看天不看他，只是不管看哪个方向，都能感觉到他两道锐利专注的目光，停在我脸上。

周围飞机的残骸不知何时已经清理干净，刚刚穆弦乘坐的飞机，就在他背后数十公尺远的地方，机舱门大开，慢慢朝我们靠近。

"抓紧我。"

我只得将他搂紧，他抱着我缓缓往舱门移动，一侧身滚入舱内，舱门立刻合上。他很快撞上了舱壁，我们停了下来。他躺在地上，我趴在他怀里。隔着两层玻璃面罩，他的目光若有所思。

我立刻松开他脖子，撑着地面要挣脱他的怀抱。好在他松手了，我立刻爬到离他最远的地方坐着，扭头不看他。

但他几乎是立刻起身走到我身旁。

我抱着双膝看着地面，肩头一沉，他的手臂搭上来，胸口也贴着我的后背，无声地再次将我搂进怀里。

我的心情很沮丧。因为经过这次失败的逃亡，今后更难有机会了。

"谢天谢地！小姐您没事！我还真怕导弹误伤您！"一道喜悦的声音在前舱响起。我一听这声音，惊喜抬头，"莫林！"

前方两个驾驶位上的人都转头看过来，正是莫普和莫林！莫林的嘴咧得很大，歪着头在笑；莫普则沉静许多，但嘴也咧开了一条细缝。

"小姐，不要听这个军事白痴的话。"莫普用彬彬有礼的语气说，"一切都在指挥官的精确计算和掌控中，您不可能被误伤。"

虽是意料之中，听到莫普言明，我还是有点惊讶，到底是怎么做到的？

"哈哈！"莫林的大嗓门又响起，"莫普说得对！小姐，我知道女性在爱情里容易患得患失胡思乱想，但指挥官是绝不会舍得您受伤的。他早让人取下了飞机上的两根螺柱，再用导弹令飞机解体……"

莫普立刻打断他，"不懂就闭嘴。小姐，指挥官预料到肯亚会启动超光速跳跃，所以提前取下了飞机上某些零件。正常航行不会有问题，一旦进行高能量跳跃，飞机的结构就会变得不稳定。再由指挥官亲自发射脉冲弹精确击中超光速引擎，飞机必然做离散型解体。过程尽在掌控，结局亦如您所见的完美。"

"这就是深深的爱啊！"莫林感叹着下了结论。

原来是这样。我不理他俩对穆弦的歌功颂德，笑着说："你们俩什么时候被救出来的？没吃苦吧？"

"我很好，小姐，多亏了您向指挥官发出导弹信号，我们才被救出。"莫普答道。

莫林却双手抱着金属头颅拼命地摇，"小姐我一点都不好，我怕死了。而且很担心您。"

我被他逗笑了，正要再说两句，莫普又出声："指挥官、小姐，机舱内氧气值已经恢复正常，你们可以摘下头盔喘口气了。莫林，检查一下能源值。"

"哦。"莫林嘟囔一声，两人都转过头去，看着控制台。

我是第一次穿太空衣，还没反应过来应该怎么解除，就听见"哐当"一声轻响，穆弦已经脱下头盔扔在地上。随即他的手伸到我脖子下方，只听"嗤"一声，我领口一松，脖子上骤然一轻，头盔已经被摘了下来。

我长长呼了口气，这感觉轻松多了。正要继续跟莫林、莫普说话，忽然一股大力推向肩头。我猝不及防，一下子倒在地面，视线一黑，男人的热气喷在我脸上，穆弦已经劈头盖脸吻下来。

沉重的身躯正面压着我，令我动弹不得。冰冷的唇重重堵住我的，非常用力地吸吮着。我咬紧牙关，瞪大眼。他笔直的鼻梁压着我的，有点疼。那双深邃的眼睛离我很近，温柔笑意早已褪去，只余深沉难辨的暗潮。

我被他突如其来的激烈举动弄蒙了。

他之前一直表现得平静、耐心，甚至多次微笑。我哪想到刚摘下头盔，他就会扑上来这么凶狠强势地亲我。他的呼吸甚至很急促浊重，分明已经忍了很久很辛苦，却硬是没露出半点端倪。

我脑子里闪过个念头——他一定很擅长控制自己。只是一旦爆发，要比常人猛烈。

我有点害怕，明知徒劳，还是拼命想推开他，可双手被他扣得死紧。

他一遍遍舔着我的嘴唇和牙齿，固执地想往里钻。我心想算了，长痛不如短痛，现在不让他亲反而更刺激他，于是松开牙关。

他当然察觉到我的变化，立刻长驱直入，舌头开始非常激烈地在我嘴里搅动。我还没反应过来，舌头已经被他用力吸住，重重地吮。这感觉实在恶心，我"呜呜呜"低鸣着想要抽身，可他就像要把我的舌头吃下去，半点不松口，滑腻腻地缠着我，鼻腔里逸出低低一声叹息，似乎舒服得不行。

我只能心情麻木地等待他吃饱喝足。可也许是我们的身躯靠得太近，他又吻得太动情，过了一会儿，我竟然感觉到浑身都软了。

突然，他的舌头停住了。我看到他眼中闪过讶异，脸色似乎也变得不太好看。我以为他吻得不舒服要停下了，还没来得及高兴，他却闭上眼吻得更用力。

"指挥官，我们就快抵达……啊！"莫林的声音就像被人生生堵住，消失在嗓子里。

"别回头！"莫普低声呵斥他。

一定是他们回头看到穆弦压在我身上，才吓得不敢说话。这让我面上火辣辣的尴尬极了，含混抗议："停……"我没能把剩下的话说完。只好认命，心想他顶多吻个几分钟就会停下。

谁知过了好一阵，他还没有半点停下的迹象。

"哇！还没停……"莫林很小声地说，语气相当兴奋，但机舱就这么大，我听得很清楚，难堪极了。

"那当然……指挥官是正常男人，憋得很辛苦。"莫普的声音依旧沉稳严肃。

"他们会不会就在这里啊……"莫林惴惴不安地说，"我会害羞的。"

"闭嘴！"伏在我身上的穆弦终于移开了嘴唇，低声喝道。前面两人立刻没了声响，我还没来得及松口气，他柔声道："我们继续。"又一脸专注地低头亲了下来。

我实在受不了了，张嘴含住他的舌头。大概这是我第一次主动，他动作一顿，伸手捧住了我的脸。我狠狠一口咬下去。

牙齿咬在滑腻柔软的肉上，感觉到某种细微的撕裂，血腥味迅速在口腔弥漫开。他眼神一震，我清楚看到某种冷酷的意味在他眸中一闪而过。

我想他当然会生气，然后推开我。谁知他只停顿了一秒钟，就用更大的力气吻我。

我彻底无语了。总不能真的把他的舌头咬断，我下不了口。算了！我闭着眼麻木地忍受着。

也许是有点缺氧，我渐渐感觉脑子里昏沉沉的，身子有些发软，好像其他部位的感觉都变得模糊，唯有被他深深吸吮占据的唇舌，变得异常敏感清晰。一波又一波细密的战栗感从舌尖传来，继而袭击全身，又酸又痒，居然很舒服。这令我郁闷不已。

迷迷糊糊不知过了多久，我听见"噔"一声轻响，睁眼一看，飞机明显已经停稳了。舱外有几声零落的脚步声。

我们回到了地面？我竟然一点也没感觉到？

我清醒过来，忽然觉得不对劲——咦，我在舔什么？天啦，我一定是晕头了，所以现在才含着他的舌头在吸吮！

我立刻用舌头抵住他，把他往外推。

他定定地看了几秒钟，终于离开我的唇，手臂撑在我脑袋旁，目不转睛看着我，隐隐有些笑意。他还舔了舔嘴唇，似乎有点意犹未尽。

"守在外面。"他说。

"是。"莫林、莫普恭敬的声音传来。

我晕头转向地挣扎着要起身，肩膀一沉又被他压在地上。

他的胸膛明显起伏着，黑色短发轻垂在额际，白皙的脸颊晕红一片，就像染上两小团胭脂。可漆黑的眼眸中，却是与英秀容貌截然不同的暗沉。那里面写满涌动的情欲，安静而激烈，就像随时会冲破束缚，将我吞没。

"遥。"他哑着嗓子，缓缓地说，"我喜欢你刚才的主动。我想跟你分享更多愉悦，只跟你。"

听到他略显急促的呼吸声，我胆战心惊。

"你说过结婚前不碰我！"我偷偷往下一瞟，果然！那里已经是鼓囊囊的一包，厚厚的太空衣都掩饰不住。

他却忽然埋首在我胸口，缓缓地说："我是说过。不过如果你同意提前，我可以马上开始。"

他说完这句话，就开始亲我的脖子。

我急急喘了口气，几乎是吼出来："我不同意提前！你可以结束了。"

他的舌头停住了，抬起头。我这才注意到，他的嘴巴明显红肿，大概是吻得太久太用力，上嘴唇还有点破皮。他的眼神很朦胧，漆黑瞳仁就像覆上了一层氤氲水汽，我脑子里蹦出一个词"意乱情迷"。

"我说……"话到嘴边，我还是斟酌了用词，"我现在不想要。"

他的眼神终于清明了些，定定看着我，"好。"

他的声音依然很哑，但我松了口气，因为知道他不会食言。

果然，他手撑着地面，翻身坐到一旁。

我连忙扣好裙子和军装，他把自己的太空衣脱下，里头只穿暗灰色军装衬衫和长裤，稍微整理了衣领。我以为该下飞船了，谁知他又抬手，搂住了我的肩膀，头也靠上来，脸颊轻轻蹭着我的长发。

"我累了，我要回去休息。"我推开他站起来，他还是坐在原地不动。

我整理了一下裙摆，握住舱门把手。

他忽然扬声喊道："莫普，立刻把肯亚指挥室里所有资料送过来。"顿了顿说，"包括监视记录。"

"是。"莫普的声音隔得很远。

我心头一凛——那他会看到肯亚对我说的话做的事？想起肯亚的话，还真怕他失控伤害我，赶紧离开这个封闭空间才是上策。于是我用力转动门把手，舱门纹丝不动。

我还没察觉出异样，以为是自己力气不够，正要再用力一次，忽然呆住了。

我动不了了。手、脚、全身都被无形的束缚绑住了。

他又用了精神力！

温热身躯悄无声息地贴上我的后背，腰间一紧，他搂住了我，下巴轻压着我的头发。那双手在暗灰色衬衫下更显得白皙修长，正在一颗颗解我身上军装的扣子。

"你要干什么？"我话音刚落，军装已经被脱掉扔在地上。然后他又开始解裙子的扣子。当光滑的布料从身体滑落，他的手覆盖上光裸的肩头，我脑海里一片空白。

"你不守信用……啊！"

身体忽然腾空，被他打横抱起，放在地上。身下触感柔软——他把军装铺在了地上，高大的身躯覆上来。

即将发生的事显而易见，我立刻想起四年前那个晚上，全身一片冰冷。我痛苦地闭上眼。即使早知这件事会发生，可我依旧感觉到屈辱。

忽然间，一缕温热的气息喷在脖子上，然后有什么，似有似无的擦过我的皮肤。不是他的嘴，可也不是他有力的手指。有点痒，但力道很轻，几乎感觉不到。

过了一会儿，他的气息，还有那轻擦过皮肤的东西，沿着脖子缓缓向下，来到胸口、腰侧。我听到他深深吸气的声音，实在有点奇怪，睁开眼一看，顿时僵住——他在……嗅我？

刚刚擦过我皮肤的，正是他的鼻尖。

我忽然明白过来，"你想闻一遍，肯亚都碰过哪里？"

"嗯。"

我松了口气，原来他并不打算违背诺言。

"那你别用精神力绑着我。"

他没作声，但是我试了一下，发觉能动了。既然他只是想闻一闻，我没有再抗拒，也不敢再说话刺激他。只是看着这么个大男人趴在我身上闻，感觉真是又怪又痒。

眼看他嗅完乳沟又嗅小腹，笔直地就要向下，我连忙说："下面不用闻，肯亚没碰过！"

他动作一顿，抬头看着我。

我愣住了。因为他的眼神昏暗幽黑，白皙的脸颊更是红得像火，连耳根都是红的。

坏了，他本来就忍着欲望，现在这么闻一遍，就算无心也变成有心了。

见他僵着不动，我连忙坐起来，结果胸口又撞上他的鼻子，他默默伸手摸了摸鼻尖，不知在想什么。我赶紧从旁边拿起皱巴巴的军装，披在肩头。好在他一直没阻止我的动作。

"遥，我看到了肯亚的伤口，也看到你为了我的胜利冒险投弹。"他注视着我，气息还有些喘，"你是这样忠贞，身为丈夫，我会加倍回报。"

忠贞？

他以为我反抗肯亚是为了他？

是因为我炸了肯亚的援军，所以他才误会？

难怪他之前的心情似乎很好；难怪他会提出"提前"的建议；难怪他吻了我那么久，都是因为以为我喜欢他了？

可他不是不在意这个吗？

不管他到底怎么想，这误会偏差太大了。我要是能逃掉，现在怎么会在这里？

这时，外面忽然响起莫林的声音。

"咳咳……殿下，很抱歉打搅您和小姐的兴致。皇帝陛下急召。"这是我第一次听到他喊穆弦"殿下"。

穆弦神色一凛，抱着我站起来。

低沉暮色笼罩着银色的帝都，公路像黑色绸缎在空中延展。我坐在军用列车里，看着两旁的景物飞逝而过。

列车偶尔减速缓行，我看清下方街道，一个行人也没有。只有荷枪实弹的士兵，三步一哨五步一岗，戒备森严。

肯亚说得没错，穆弦已经控制了帝都。在我看不见的地方，或许已经流了不少鲜血。

白天，他血洗帝都，令整个斯坦风云变色；刚才，他难以自控地在我身上……激烈释放；而此时此刻，他军装笔挺地坐在我身旁，专注地查看军情、签发命令，灯光下的侧脸英秀而沉静。

想到要跟这样一个男人过一辈子，我的感觉是那么不真实。

只不过大哭之后，我彻底恢复冷静。既然逃跑失败，再不甘也是枉然。现在能做的就是面对现实，适应和接受这个"丈夫"。

直到下一次逃亡机会出现——如果还有的话。

半个小时后，列车停下。穆弦站起来，莫林立刻把白手套和军帽拿给他。他淡淡看一眼，不接，却垂眸看着我。

莫林咧开嘴笑了，冲我眨眨眼，我只好站起来。

面前的双手白皙修长、骨节分明，掌心呈现淡淡的粉红色，显得十分匀称好看。但当我为他戴上白手套后，那双手立刻变得冰冷而严肃。

我又把帽子扣在他头顶，这才发觉他的头其实也挺大，至少比我大得多。

"小姐，这里。"莫林指了指，原来帽檐下有几缕黑发翘了起来。那个位置靠近后脑，我只好踮起脚去碰。谁知身体刚挨到他，腰就被抱住。他一低头，吻住了我。嘴唇再次被他狠狠肆虐了一回，片刻后，他才松开。我被吻得呼吸喘急，他的气息却很平稳，只是沉黑的眼眸里多了几分淡淡笑意。

"噗——"

我不用回头，都知道是莫林在笑，还是故意发出那种好像拼命憋却没憋住的笑。我觉得有点狼狈——虽然明知这是夫妻间该做的事，没什么大不了，可还是有种事态脱离控制的焦躁感。

在士兵的簇拥下，我们走出车站，穿过一个广场，就来到皇宫大门前。我曾经想象过皇宫的样子，它一定辉煌、美丽并且极富科技色彩。但当我看到眼前的建筑后，才知道自己只猜中了一半。

高大的金属门后，是连绵起伏的建筑群。它们竟然是用巨大的白色石块搭建而成。没有金属，没有钢筋混凝土，只有干净、原始的石头。

深黑的夜幕里、璀璨的灯火中，雪白而优美的宫殿，像一位丰腴典雅的美人，风情万种地横卧在我们面前。我想一定是无数能工巧匠的雕琢，才修筑出这样童话般的建筑。

"这是上古时代的建筑。"站在我身后的莫林解释。

我不禁佩服斯坦星人。他们的科技那么发达，皇帝却住在原始建筑里。可见他们很尊重精神文明。

这时，门口有位衣着华贵的中年男人走过来，脸上堆着笑，"诺尔殿下，陛下已经等待您和华小姐很久了。"

穆弦点点头，阔步往里走。那男人一看急了，"等等，殿下，您这些士兵，恐怕不方便进入皇宫……"

他的话没有说完，因为穆弦已经示意两名士兵上前，把他拖到一旁。

我心头一惊——还真是霸道啊。他想干什么？

穿过幽静的林荫道，一路碰到的皇宫警卫，都被制伏，扔到角落里。所过之处风卷残云般干干净净。

过了一会儿，有士兵汇报，先头部队已经控制整个皇宫。穆弦的表情始终淡淡的，仿佛一切都在他的计划中。

我却惊疑不定，忍不住拉住莫林，小声问："他想干什么？难道要逼宫？"

莫林迷惑地看着我，随即转身拉住莫普，原封不动地重复："他想干什么？难道要逼宫？"我哭笑不得，敢情他完全没想过这个问题。

莫普不耐烦地答道："你乱猜什么？虽然皇帝召见，但现在帝都形势不明，为防肯亚殿下的人马反扑，当然要控制皇宫。"

莫林点点头，我却皱眉——真的只是为了防患于未然吗？

终于，我们停在皇宫深处一座灯火通明的建筑前。它被一方深碧色的湖水围绕，湖边树影婆娑，建筑的倒影在波光中微微荡漾，景色静谧幽深。

建筑周围，至少有上百名警卫持枪警戒。

这回，穆弦并没有下令制伏他们，而是让所有士兵留在原地，甚至连莫普、莫林都站在台阶下，只牵着我的手，走向宫殿的门。

我有些紧张和期待——要见皇帝了。

门口站着两名警卫，其中一人手里牵着条庞大的……猎犬？

那人沉肃道："抱歉诺尔殿下，这是程序。"

穆弦点点头，松开我的手，解下腰间佩枪和匕首，走到门框下。一道淡蓝的光芒从他头顶扫描而下，然后士兵牵着猎犬靠近。谁知那猎犬的鼻子刚碰到他的军靴，就呜咽一声，惊恐慌乱地缩到墙角里。

穆弦脸上浮现淡淡的笑容，另一名士兵似乎感到尴尬，"它害怕殿下，我以为这么多次了，它会有改善……行了，殿下，您可以进去了。"

我心神一凛——穆弦到底是哪种半兽？这样强壮的猎犬看到他都怕成这样。不过想起当年那头巨大的野兽，的确很恐怖。

穆弦在门内站定后等我，我走到门框下接受扫描，这时士兵牵着狗靠近。我看到穆弦神色很平静，有些奇怪——他怎么能忍受别的雄性靠近我？忽然间灵光一闪——这条一定是雌狗！

那狗嗅了鞋子，又往上嗅小腿。我有点痒，但还是忍着。谁知它忽然低吠一声，掉头冲到墙角，拼命缩成一团，仿佛跟之前一样害怕。

我觉得奇怪极了，两名士兵也瞪大眼好像很困惑。穆弦却很平静地朝我伸手，似乎早料到会如此。

我快步走到他身边，忍不住问："为什么那条狗也怕我？"

他侧眸看我一眼："你身上有我的气味。"顿了顿说，"很重的气味。"

"哦。"我没太在意，又往前走了几步，突然明白他的意思。

只不过……他为什么要强调气味"很重"？他有洁癖，难道是嫌我脏？过分，他怎么不嫌自己？

我有点不爽地跟着他走进一扇门。

视野豁然开朗，这是间灯火幽静、装饰华美的大厅。数名仆从沉默地垂手站在厅中，最前方有张金色大床，一个人正躺在上头。

我跟着他一步步走近，心跳加快——毕竟这是我第一次见到活生生的"皇帝"。可他躺在床上，是因为身体不太好吗？难怪儿子们会争得你死我活。

床旁的侍从都退了下去，灯光很暗，但是我还能看清，那是一位穿着精致的白色长袍、形容枯槁的中年男人。他的短发是深棕色的，跟肯亚一样。眼睛却是黑色的，只是看起来非常疲惫。他的面容很消瘦，但是隐约可见年轻时的俊朗轮廓。

他的目光缓缓扫过我们，在我身上停了停，随即又回到穆弦身上。

"诺尔，饶了你哥哥，还有那些大臣。"与满脸病容截然相反，他的声音沉稳有力。

穆弦沉默一会儿才答道："其他人可以放，肯亚不行。"

父子俩如此开门见山，我也被他们之间胶着的气氛，带得紧张起来。

皇帝静静盯着穆弦，"是因为他先对你下手？可他已经受了重伤，这个惩罚还不够吗？"

穆弦没吭声，眼睛盯着地面。过了一会儿，他才抬头看着前方，神色极冷，"不是因为这个。"

皇帝一怔，随即看向我，问："他冒犯了你的女人？"

穆弦表情非常阴郁地沉默着。

我呆住了。

皇帝沉默了一会儿，忽然看着我说："华小姐，你能原谅诺尔的哥哥吗？"

我心想这皇帝果然厉害，知道挑我下手。

我斟酌答道："他并没有对我造成难以挽回的伤害，我愿意原谅他。"

皇帝露出笑容，穆弦看我一眼。

"不过……"我看着皇帝继续说，"我希望能有个保证，让他不再找穆弦和我的麻烦。"

要是就这么算了，下次他还绑架我怎么办？

他俩都有些意外地看着我。皇帝是一副深思的表情，穆弦眼中却隐隐闪过笑意。

我心里咯噔一下，想坏了坏了，他肯定以为我又在维护他！但我总不能对皇帝说，让肯亚不再找我一个人的麻烦吧？所以说的时候才把他捎上啊！

但也没办法解释，我们三人都沉默下来。

终于，皇帝长叹道："诺尔，我把肯亚囚禁在距离斯坦三千光年的小行星上，终生不允许回帝都。这样你同意吗？"

他身为皇帝，却用这样的语气跟儿子说话。我想大概是因为整个帝都、皇宫，都被儿子控制了吧！

穆弦终于点了点头："好。"

皇帝露出一丝苦笑："说吧，你要什么？你已经在跟肯亚的交手中获胜，而我的身体也不再适合管理这个国家。只要你开口，任何东西，我都能给你。"

我心头一震——他的意思是要把王位传给穆弦？

穆弦要是当了皇帝，我岂不是成皇后了？这……太诡异了。我一点都不觉得喜悦，只觉得匪夷所思，这种事情我想都没想过。

不过穆弦做了这么多事，就是为了王位吧。现在他终于如愿以偿了。

我心里冒出些许尘埃落定的感慨。

然而我没料到，这一次，穆弦沉默了很久。他的脸上既没有高兴的表情，也没有兴奋，他的眼睛盯着前方，却似乎在看很远的地方。他整个人显得有些失神，又有些漠然。我从没在他脸上看到过这样迷离的表情。

终于，他开口了。

"我要荒芜之地。"

我和皇帝同时愣住了。

荒芜之地，在我脑海里有印象。那是距离斯坦星五十光年的一片小行星带。是斯坦最重要的一个太空要塞所在地，也是片非常贫瘠的地带，主要是兽族居住。穆弦竟然不要王位，要那里？

"为什么？"皇帝盯着他，"你可以留在帝都。"

穆弦看他一眼，表情有点讥讽，"我跟母亲一样，都不喜欢帝都。"

皇帝沉默片刻，缓缓道："在帝都，你可以为国家做更多事。"

穆弦冷漠答道："你还有别的儿子，不需要我来继承。"

我一愣——对了，肯亚是二王子，穆弦是老三，他们还有个大哥。听莫林说，是个非常仁慈和善的人，还是帝都大学的高才生，现在也在协助皇帝处理政事。只是比起两个手握军权的弟弟，这个大哥显得低调很多。

我心念一动——穆弦放弃王位，肯亚又被囚禁，剩下的继承人，岂不是只有那位大哥了？

可皇帝的神色忽然变得很奇怪，似乎非常惊讶，但又有点了然。他盯着穆弦，问："难道你做这些事，都是要帮助你大哥扫除障碍、登上王位？"

穆弦沉默不答。

我却震惊了——不会吧?

原来是这样?他从一开始就不想要王位?他竟然是这样大公无私的人?

我惊讶地转头看着穆弦。他嘴角一弯,露出浅浅的笑,英俊生动的五官犹如明月清风般干净爽朗。

"如果没有其他事,我们先走了。"他答非所问,牵起我的手。我的大脑还处于死机状态,他的手冰凉有力,令我一下子回神。

皇帝盯着他,忽然笑了,暗淡黑眸染上愉悦的光亮,枯槁而不失凌厉的轮廓仿佛因这笑容变得饱满。

"好吧。不过我还有话对华遥说,你先出去。"

我一愣,感觉到穆弦的手陡然收紧,他蹙眉问:"说什么?"

皇帝的神色淡淡的,"她既然是皇室的儿媳,有些话,应该由长辈交代给她。这是对她的尊重。你母亲……已经去了,当然只能由父亲来做。"

我有点紧张,穆弦却被说动了,侧头看着我,低声说:"我在外面。"然后松开了我的手。

穆弦走了出去,皇帝沉默地注视我片刻,忽然笑了。

"他是个面冷心热的男人,对吗?"

对着一位病重的长辈,不管他是什么身份,我都不忍心冷漠对待。何况看到他疲惫而睿智的目光,我会想起许久未见的外婆。她也是这样苍老而聪慧。

"我对他还不太了解,也许是的。"我答道,"我没想到他不要王位。我不是遗憾,我只是意外。"

他含笑注视着我,"看来穆弦找了个很善良的姑娘。我在你的眼睛里,看到了对我的怜悯。"

"怜悯"这个词,对一个帝王来说太不合适。我有点不好意思,正要解释两句,他却话锋一转说:"他强迫了你,你却用这样的目光看着他的父亲。他的运气实在太好了。"

"谢谢您这么说。"我说,"我不会因为旁人对我做了什么,改变做人的态度和原则。"

他凝视我片刻,目光中有了戏谑笑意,"看来你还在生他的气。"

我没出声，根本不是生气的概念。

皇帝敛了笑，轻轻招手，"来，坐到床边。我有话对你说。"

我知道正题来了，依言坐在宽大的床沿上。离近了看，他的容貌更显憔悴，我不由得心头一软。

"诺尔十岁的时候，我才知道他的存在。"皇帝说，"他的母亲是个严肃要强的军人，认为男人从小该历经磨炼，把他扔到军队里。她的军务又很忙，他长期处在无人照料的状态，跟个野孩子没有差别。你知道，在尊重强者的军队里，他这样的小孩子，会吃很多苦。"

我有点意外——虽然知道他是私生子，但没想到他会这么惨。

皇帝又说："找到他的时候，他的性格跟他母亲一样，冷酷、严肃、固执、自制力非常高。甚至比他母亲还要阴郁。所以我们一直忽略了他身上的危险性。你知道四年前，他为什么那样对你吗？"

我摇了摇头。

"诺尔的母亲，是一名兽人，兽族基因高达百分之九十。也就是说诺尔从她那里继承了百分之四十五的兽族基因。"皇帝沉声道，"他拥有我大部分的人族基因，也继承了我的一小部分机械基因。"

我有些吃惊——机械基因？难怪他的骨头那么硬。人、兽族、机械基因混杂，有点无法想象。

皇帝继续道："虽然机械基因和兽族基因融合后，会相互促进，强化战斗力。但是这两种基因本质又是矛盾的，会加强他基因的不稳定性。多年来，诺尔一直是帝国最优秀的军人，是我和他母亲的骄傲。他从未表现出兽性和兽态，直到四年前，他的母亲病逝。当时他没有表现出任何异样，只向军部告了长假，开始宇宙旅行。我以为他只是需要散心。"

我心里"咯噔"一下——我就是那个时候遇到他的。

"大概是在与你相遇的前几天，他孤身一人攻击了一支由十艘军舰构成的星际巡逻队，撞毁了许多架战机，咬伤很多人，自己也奄奄一息。"他不急不缓地说，"那个时候，他是兽化状态——他失控了。"

我再次听到了"失控"这个词。

第一次是肯亚说的，穆弦像条疯狗见人就咬，那时我只觉得震惊，并且难以想象；这次听皇帝也这么说，我才知道肯亚没有夸张。

一直以来，穆弦在我面前都是人形。久而久之，我有点难以把他和野兽联系在一起。我甚至以为，只有在比较过激做爱时，他会控制不住变成野兽。这也是我迟迟不想跟他亲近的一个原因。没想到他当年失控到这个地步。

我的脑海中不由自主浮现出那晚的野兽，想象它冲上全是人的飞船疯狂地撕咬，想象它浑身鲜血淋漓——

"不要害怕。"皇帝锐利的双眼紧盯着我，"经过上次的兽化，他已经可以很好地控制兽族基因，绝不会伤害到你。"

虽然他这么说，我还是有些惴惴不安。

他继续说："事件发生后，他的飞船抵达地球近地轨道。当时他的情况很不稳定，很可能攻击地球。他的飞船装备的武器，足以毁掉你们整个星球，造成无法挽回的后果。而他面临的，也将是残酷的人道毁灭。当时只有莫普跟着他，没有任何办法，只好向我提议，寻找一名地球女人。对于兽族来说，食欲、性欲是最原始也是最有效的安抚手段。尤其对他这种成年的处男，应当更有效。出于私心，我批准了，并且作为命令下达给诺尔。然后莫普就为他找来你。你们一起度过的夜晚，是他最痛苦的时刻，他正在以意志与兽族基因抵抗，随时可能崩溃。但是，你成功地安抚了他。华遥，你救了他的命，也间接救了很多人，保护了你的星球。"

我彻底愣住了。我从没想过，当年的原因，竟然这样严重。这令我深受震撼，又觉得匪夷所思。如果说四年前，我对穆弦怀着一种冷酷的厌恶；那么被他掳到斯坦后，我拼命将这种厌恶转化为漠视。

可现在，他的父亲却告诉我，当时他是失控的，他是无奈的，他只是遵从父亲的命令。我失去了贞操，却救了他，保护了自己的家园？而我竟然是个倒霉的牺牲品？！

他的解释一点不让我轻松，反而令我觉得胸口堵得厉害。

皇帝盯着我说："我知道这对你不公平，但他不仅是我的儿子，也是帝国最优秀的军事统领。失去他，我和帝国都承受不起。那个命令是我签发的，我恳请你的原谅。"

我不知道要怎么回答他，我只感到深深的悲哀和无力。

像是察觉到我的情绪，皇帝静静看我片刻，说："我希望你给诺尔一点时间。"

"时间？"

"当年他刚从地球回来，就去了基因研究部建立婚姻档案，那时候我就知道，他将来要娶一个叫华遥的女人。他想娶你，一方面是出于忠贞，但我相信，也有别的原因。譬如想弥补你——毕竟他从没跟女人相处过，更别提伤害过女人；又譬如，那个夜晚，他已经爱上了你？"

我几乎是立刻摇头，"不可能！"

他反问："为什么不可能？"

我又答不出来。这时他释然地笑了，用一种疲惫而温暖的语气说："去吧，孩子。诺尔是个跟你同样善良的人，你不会后悔嫁给他。我要说的都说完了，回他身边吧。"

我沿着来时的路，穿过狭长幽暗的走道，远远便望见了两扇半圆形的白色大门。一个高大的暗灰色身影，静静矗立在门外。

大概是听到我的脚步声，他转身了。

已经是深夜，他就那样安静地站在那里，仿佛要与清冷静谧的湖光夜色融于一体。帽檐下的脸呈现素净的暗白色，幽黑的目光牢牢锁定我。

可我现在一点也不想见到他，只想一个人好好静一静。

"说了什么？"他淡淡地问。

"对不起，那是我的隐私。"我连应付他的心情都没有了。

他深深看我一眼，忽然将我的手一抓，语气冷冷的，"你完全属于我，包括你的隐私。"

"既然是属于你的，那你自己去搞清楚好了。"我缓缓地说。

他一怔，定定地盯着我，我转过头避开他的目光。过了几秒钟，他松开了我的手，低喝一声："莫普，把宫廷侍卫长带过来。"

莫普原本跟莫林站在台阶下，闻言立刻小跑进了皇帝的住所里。我看穆弦面无表情地等着，就自己走下台阶，到了莫林跟前。

"咦？"他眨眨眼，"您的心情不太好。马上要跟指挥官回家了，为什么心情不好？"

"……家？"

"荒芜之地，难道您不知道，指挥官就是在那里出生的？"

我一怔，原来如此，兽族聚居地，穆弦的家。

我站了一会儿，不经意间看向辉煌的宫廷门口，穆弦面色沉静地矗立着，另一个宫廷警卫打扮的男人，正凑到他耳边，小声说着什么。

那警卫有点眼熟，我很快想起，刚刚在皇帝的寝宫，这人也在里面。毫无疑问，他正在向穆弦汇报我们对话的内容。

警卫大概说完了退到一旁。穆弦抬头看着我的方向。隔得这么远，我都能感觉到，他锐利的目光正凝视着我。

我面无表情地转头看着另一侧。

当我再次睁眼，首先看到的是一片宽阔而白皙的胸膛，以及男人安静温和的睡颜。我被他搂在怀里，跟他四肢交缠，周身都与他光滑温热的皮肤紧贴。这样亲昵暧昧的姿势，令我全身迅速发烫。我小心翼翼将他的手臂从腰上拿开。他睡得很沉，纹丝不动。我松了口气，起身下床。

再次站在天使号的窗前，看着暗黑宇宙，我只觉恍如隔世。

昨晚从皇宫离开后，穆弦还有军务，莫林、莫普护送我回了天使号。我辗转了半宿才睡着，他应该在那之后才回来，并没有惊动我。

昨晚我躺在床上，回想起皇帝说过的话，只觉得这些年来好不容易自我治愈的伤口，像是又被人掀开，层层剖析审视。那感觉非常不好。

不过睡了一夜之后，我已经平复了很多。

我早就决定适应妻子的角色，当年真相到底如何，又能改变什么呢？再往好的方面想，他当时状态不稳，还可能攻击地球。如果地球被他毁了，我早就不存在了，还谈什么贞操和人生？我是救了他、救了许多地球人和斯坦人，但也是在救自己。

而且我也知道了，我并不是他为了泄欲抓来的女人。至少他的本意，并不想伤害我。这已经比我原本预想的情况更好。再沉溺于消极情绪有何意义？好好过属于我自己的人生，才是明智的决定。

可虽然这么想着，我的心情还是怏怏的，也不想跟他待在一个屋子里。我换了身衣服，离开了房间。

窗外的美景非常壮观。以璀璨的银河为背景，无数艘战舰像是忠诚的钢铁卫士，沉默地航行在天使号周围。庞大舰队徐徐经过一个个看似静止的星系，孤独地驶向宇宙深处。

我恍恍惚惚地想，希望这样的航行永远没有尽头。如果我能沉睡在这磅礴美景里，变成跟恒星一样的存在，多好？

不过我的沉思很快被打断。因为我闻到了一股饭菜的香味，顿觉饥肠辘辘。循着香味往前走，不多时，到了间敞开着门的大厅前，门口挂着中文牌子"弦＆遥的爱心餐厅"，下面还有一行很小的字，我凑过去一看，写着"还有普和林"。

我有点想笑，这必然出自莫林的手笔。抬眸一看，莫林戴着白色高帽、围着长围裙，背对着我站在角落的柜台里忙碌着。而莫普在餐桌前坐得笔直，拿着块悬浮晶体在翻阅。

我走进去，莫普立刻站起来，向我行了个标准军礼。莫林则将手中的锅铲用力一挥，聒噪地喊道："哎哟！我的准王妃，怎么一个人来了？指挥官呢？"

"他还在睡。"

莫普点头，"指挥官之前已经几天几夜没有合眼了。"

"可不是！"莫林单手端着个白色精致的餐盘走过来，另一只手抚着胸口，"既要控制帝都，又要寻找小姐，只为了他深爱的女人，心甘情愿地付出着。好在有惊无险，我们都平安归来。"

我听着他深情喟叹地强调，忽然间福至心灵，问他："你是不是看了琼瑶？"

"那是什么？"莫普插嘴。

莫林极为尴尬地伸手捂着脸，"小姐，机器人也是有爱好的。"

我忍不住笑了，低头一看：一荤一素两盘精致小菜、一碗生滚鱼片粥，卖相清爽可口。

"谢谢。"我拿起筷子，"你们吃什么？"

"刚充过电。"莫普礼貌地点头，莫林则趴在桌子上，瞪大眼睛看着我，"好吃吗？我按照食谱做的。"

我正要回答，他俩却同时站起来，望着我背后，"早，指挥官。"

我只觉得后背一僵，放下碗，转头看着他。

笔挺的军装整齐严谨，雪白脸庞清冷沉静，没有半点刚睡醒的恍然迷蒙。

"早。"他的目光停在我身上。

"……早。"

餐桌是圆形的，莫普拉开我右手边的椅子，他走过来坐下，扫一眼我面前的盘子，看向莫林，"她就吃这么点？"

莫林委屈地答道："她早上一向就吃这么多。"

"够了。"我说。

他看我一眼，忽然拿起我的筷子，一样菜夹了一点吃了，又拿起我的小勺，喝了一小口粥。然后点点头，看着我，"味道不错。"

他做这一切仿佛理所当然，我看着被他用过的筷子和勺，有点发蒙。莫普、莫林更是一脸震惊。

"指挥官……"莫林还是没忍住，小心翼翼地问，"你的洁癖好了？"

穆弦神色淡淡的，眸中却染上笑意，"她很干净，包括唾液。"

我不知道他干净的论断从哪里来，但我盯着面前的饭菜，着实为了难。再要新的碗筷，莫林肯定不干；继续用吧，上面有他的口水。

但我没有纠结太久。都被他吻得死去活来了，嘴里到现在还有他的味道，用他用过的筷子又算什么？无谓矫情。

我低头继续吃，莫林端了个新的餐盘过来，放在穆弦跟前。我并不关心他吃什么，可眼角余光瞥见里面的东西，还是有些吃惊。

除了跟我一样的粥菜，还有一大块方方正正的……生牛肉？虽然表面煎成暗红色，但中间大部分都是鲜红的，隐隐可见湿漉漉的血丝。

他用雪白银亮的刀切下一小块牛肉，缓缓送进嘴里。他的动作非常优雅，面色平静。他吃东西没有声音，淡红的薄唇微抿着，脸颊微鼓，轻轻起伏。

可我脑海里却无法控制地浮现出，他口腔里雪白整齐的牙齿，有力撕咬着血淋淋的肉块。然后我又想起他曾经用这样的唇齿，咬伤了许多人；最后又想起他充满掠夺性的深吻……

"为什么一直看我？"低柔的声音冷不防在耳边响起，我赫然回神，才发现自己已经盯着他的嘴看了很久。

我一时语塞，站在我身旁的莫林却"扑哧"笑了。

"哎哟！我的指挥官！情人的脉脉注视应该享受，而不是质疑啊！"

我和穆弦都没答话。莫林讪讪的，莫普扯了扯他的胳膊，两人说要去检查能源舱，快步走了。

他们一走，我就有点坐不下去，嘴里也味如嚼蜡。放下筷子刚要起身，却听到他冷冰冰的声音："坐下。"

我低头看着桌面，坐着不动。

"我不会伤害自己的妻子。"低沉而平和的声音。

我惊讶抬头，他正直视着我，苍白森然的脸上，一双眼黑如深潭，又冷如冰霜，锐利得像要看到我心里去。

"听到我会兽化失控，害怕了？"他的语气低柔温和，没有半点生气的征兆。但我已经熟悉他的阴冷，有点心惊。

"……还好。"

下巴骤然一紧，被他的手指捏住。力道柔和却坚定，迫使我抬头看着他。

他盯着我："经历过上次的兽变，我的基因已经很稳定。你是我的女人，是我将来孩子的母亲，我只会保护你、满足你，不会背叛你、伤害你。"

他说这话时，容颜清清秀秀，嗓音柔润悦耳。我知道他是认真的，也是强势坚定的。不知道为什么，我心头涌起一阵深深的无力感。

"我没有害怕你。"我说，"我只是太震惊了。"

"是吗？"他忽然起身，朝我俯下脸。我猝不及防，被他吻个正着。我呆呆僵着不动，他舔着我的嘴唇，轻声说："回应我。"

他说这话时，已经搂着我的腰提了起来。我有些麻木地伸出舌头，他一口含住。

　　舌尖被他咬得痒痒的，我却尝到一种涩涩的味道，一直涩到心里。片刻后，他将头埋在我肩窝里。

　　我身子一僵，他却松开我，盯着我说："跟我回房间。"

　　我任凭他牵着往回走。

　　他刚才的神色有点意犹未尽。我猜想等待我的，将是一场激烈的拥吻，抑或是脱光衣服的亲密抚摸。那令我心里很堵，但只能漠然接受。

　　走进房间时，他没有开灯，暗沉沉一片，一如我的心情。他在沙发前松开我的手，自己走向办公桌前。我缓缓坐下，心头茫然而冰冷。

　　一片淡蓝色的光亮，骤然在他身后的空气中浮现，我惊讶抬头，看到那些光影逐渐形成清晰的画面。那是间宽敞明亮、布置温馨的房间。墙上挂着清雅的油画，地面是暖色的木板，桌上摆满鲜花和水果。

　　穆弦沉默走到我身旁坐下，拉过我的手，将一个小小的金属薄片放在我掌心。我看不出这有什么用，也不明白他想干什么，他的侧脸沉静肃然，看不出任何端倪。

　　很快，画面中出现穿着白大褂的中年女人。我惊讶地发现，她的图像是3D立体的，我甚至能看到她一根根细细的眉毛。如果不是她周身都有一种银色光亮笼罩，我几乎都会以为房间里多了个女人。

　　"诺尔殿下、王妃。"她恭敬地说，"已经准备好了。"

　　穆弦淡淡点头。

　　画面镜头一偏，离开那女人。我看到一个老人神色安详地坐在窗前轮椅上，嘴角还带着温和的微笑。

　　我只觉得脑子里"轰"的一声，全身血液仿佛都随之一滞。我简直无法相信自己看到的，可那就是外婆，宛若真人般坐在离我不到三公尺远的地方。

第五章
口不择言

"阿姨，你看看，谁来看你了。"那个中年女人走到外婆身旁，轻轻拍了拍她的肩膀。

"外婆！"我一下子挣脱穆弦的手，快步冲过去，到了离她半公尺远的地方，猛然刹住脚步。我不知道自己在她眼里，是不是也是一团真实的幻影，我不知道当我碰到她的手，是不是根本感觉不到她的存在。

外婆缓缓将目光从窗外移回来，看到我，明显一愣，满是褶皱的慈爱脸庞浮现出无比惊喜的神色。她颤抖地朝我伸手，泪水弥漫了她的眼眶，"遥遥！我的遥遥！"

我站在原地，只觉得浑身发抖，哽咽地答道："外婆。对不起，我最近工作太忙了，没时间去看你。你还好吗？"我拼命扯出笑容，语调越到后头却越走音。

"傻孩子，外婆收到你的信了。当然应该工作为重。"她擦着眼泪笑了，"你这孩子，干吗花钱把外婆送进这种疗养院？还请专人护理？浪费钱！"

我一愣，立刻明白都是穆弦安排的。虽然我跟他提过外婆，但完全没想到他会做这种事，一时怔然。

"傻站着干什么，快过来啊。"外婆急忙双手滚动轮椅，朝我的方向移动了一段。我痛苦地望着她，缓缓往后退一步，小声说："外婆，我……"

"过去。"清清冷冷的嗓音，在我背后响起。

我后背一僵，回头看着他。他不知何时已经站了起来，双手插在裤子口袋，光影下的脸明暗难辨。

"别怕,过去。"他低声重复。

听到他的鼓励,我不知哪里来的勇气,缓步上前。我已经到了外婆跟前,心跳骤然加速。我抬起手,轻触她放在膝盖上的手背。

冰凉、柔软,略带粗糙的质感传来,我全身的热血仿佛都随之点燃——我能感觉到她,我居然能感觉到她!怎么会这样!

可我已经无暇深思了。我一下子扑到她怀里,紧紧抱住了她。

"遥遥……"头顶响起外婆无奈而心疼的声音,"瘦了好多啊。"我靠在她温热的胸口,眼泪还在掉,嘴里笑着说:"我在减肥啊。"

过了一会儿,外婆松开我,我也止住了泪,我们俩看着彼此,什么也不说,就是笑。外婆问起我的工作情况,我脑子转得飞快,告诉她我又升职了,上级有点讨厌,但是还算欣赏我。我编得有板有眼,她听得频频点头。我问她在这里过得好不好,她赞不绝口,又怪我花钱多,人家都以为她是有钱太太。我含糊说最近发了很多奖金,让她别担心钱。

这时旁边的中年女人给外婆送来午餐,我拿起勺子,一勺勺喂给她吃了。她吃得很高兴,中年女人说她吃得比平时多了半碗。

"不过你工作那么忙,不用经常来看我。"外婆说。我不知道下次什么时候能看到她,只能点头。

这时外婆低头笑望着我,小声问:"遥遥,交男朋友没有?"

我被她问得一滞,低声道:"工作太忙了。"

外婆"扑哧"笑了,看着我身后,"那陪你来的小伙子是谁啊?刚刚外婆没看到,你也不介绍一下。真不礼貌。"

我浑身一僵,转头看一眼穆弦。他还是老样子,面容隐在阴影里。

"他是我的朋友。"我说。

"我是她的未婚夫。"低柔温和的嗓音,静静地在背后响起。

我以为他根本不会跟外婆交谈,谁知他突然告诉外婆这么震撼的事!果然,外婆非常惊讶,"未婚夫?你们……订婚了?"

我只好答道:"嗯。"

外婆眯着眼打量他,"小伙子,过来让外婆看看。"

我顿觉不妙，连忙站起来，还没来得及转身，就听到他的脚步声。肩膀一沉，已经被他搂住。

"外婆，穆弦是我的名字。"清冷平静的嗓音。

外婆笑眯眯地看着我们，沉凝片刻，只连声说："好、好、好。"我不知道她为什么说好，她却忽然又流泪了。

"怎么了？"我连忙蹲下来抓住她的手，她笑着擦掉眼泪，"你有了未婚夫，外婆很高兴。你选的男孩，一定是非常棒的，外婆很放心。"

我没办法回答，她却牵起我的一只手，随即向穆弦伸手，柔声说："你们要相亲相爱。小穆，以后要好好照顾遥遥。"我猜想她是想抓住穆弦的手，跟我的放在一起，想要伸手拦住，穆弦却已经一侧身，避开了她。

"抱歉。"穆弦的声音平静无波，眉头微蹙，"我不习惯被别的女人触碰，即使是她的长辈。"

外婆一愣，有点没太明白。我连忙打岔："外婆，他跟你开玩笑呢，他会照顾我的。"

外婆还没说话，穆弦忽然又插言："我会照顾她，视同自己的生命。"

我心头一震，刚想告诉外婆他还是开玩笑，却见外婆又愣住了，神色凝重地望着穆弦。

"好，很好。"外婆的目光变得温柔而明亮，"遥遥从小就没有父母，性格也比别的女孩子倔强。但她是个很温柔体贴的孩子，小伙子，你们要好好过日子，我就安心了。"

过了一会儿，外婆感到很疲惫，就躺回床上睡着了。我趴在床头，看着她安详含笑的睡颜一点点消失，最后在我面前幻化成迷离的光影。我伸手想要触碰，却摸到了虚空。然后所有光亮骤然消失，我面前只剩下阴暗安静的房间。

我鼻子一酸，方才在外婆面前未能尽情宣泄的泪水，仿佛决堤的无声的潮，汹涌而来。我跪在地上，双手捧着自己的脸，咸湿的泪水顺着指缝滴落在地上。

我脑子里晕沉沉的，心里又欢喜又难过，什么也顾不了，只想大哭一场。谁知腰间忽然一紧，已经被人从地上抱起来。

再次落入他的怀抱，我只觉得疲惫无力，不想抗拒，也不想应对。他低头看着我，一双黑眸在阴暗的环境里有幽幽的光芒。那光芒骤然接近，呼吸已经喷在我面颊上。

他把我放在床上，人跪在我的腿中间，双手紧扣住我，令我动弹不得。然后他低头，没有吻我的唇，而是用温热有力的舌头，一下下舔去我脸上的泪水。很快，我感觉不到泪珠挂在脸上那微微的痒，只能感觉脸上一片湿热的口水。随即他把舌头移到我的眼睛上，舔了起来。

我的眼睛本来就哭得有点肿，被他这么一舔，更觉又黏又热，睁不开眼。原本满满的泪意也被他舔得烟消云散。

"别舔了……"我哑着嗓子说。

他"嗯"了一声，离开眼睛，却用力封住了我的唇。我跟他脸贴着脸，呼吸跟身体一样，紧密地纠缠着。这感觉压得我喘不过气来。

他用力吸着我的舌，大哭之后被他这样拥吻，我脑子里一塌糊涂仿佛缺氧得厉害。我把心一横，抵住他的舌头，张开嘴重重咬下去，仿佛这样才能宣泄心里郁闷难抒的情绪。

谁知他早有防备，舌头猛地一缩，我咬了个空，牙关甚至撞得酸痛。他却在黑暗里低笑一声，说："再攻击我，我就没有义务遵守承诺。"

我当然明白他说的是什么，不敢再咬了。他很快又亲上来，身体不动，舌头歇斯底里地与我纠缠。我被他吻得头昏脑涨，只觉得心里的情绪越来越压抑，就像要在胸中爆炸。我听到自己闷哼一声，张嘴含住他的舌头，重重吸着舔着，就像一只跟他一样的野兽。

过了很久，我们才结束这个吻，彼此气喘吁吁。他把我抱在怀里，手轻轻在我脸上抚摸。而我盯着眼前的沉沉阴黑，心头一片茫然。

"我什么时候可以再见到外婆？"我问他。刚刚主动吻他，隐隐也怀着这个心思。

他低柔的嗓音就在我耳边："那是你的事。"

我完全愣住了，这个意思是……

"随时都可以？"

"设备就留在房间里。"他淡淡道，"让莫林教你怎么用。记得拿着刚才的传感晶片，那样你跟她才能感觉到彼此。"

强烈的惊喜涌上心头，我颤声说："谢谢。"

他没回答，只轻轻舔着我的耳朵，我全身发麻，但忍着没动。过了一会儿，他似乎觉得满足了，才低声说："我们的婚礼定在三个月后，要不要请外婆来观礼？"

我心头一震——还有三个月？我对于这个消息已经不会感到害怕了，它甚至比我预计的要晚一些。

"不用。她身体不好。"我说。

"今年我太忙。"他忽然说，"明年你生了第一个孩子，我安排时间，去一趟地球。"

我呆呆看着他。虽然知道肯定会为他生孩子，但我从没想过会这么快，而他的意思是，只要生了孩子，他就可以陪我回地球？

"好。"我答道。

他沉默了一会儿，也没亲我。我不知道他在想什么，也不出声。过了一阵，他忽然低声在我耳边道："你的孕期是十个月，我们随时可以开始。"

我一愣，陡然明白他的意图。

他骨子里毫无疑问是个大男子主义，一个倨傲的军人。他曾经说过结婚前不碰我，就一定不会碰。但刚刚的亲吻很可能让他忍得难受，所以旁敲侧击想用生孩子说动我。

我的心情虽然还有些沉重，但知道能够随时见外婆后，着实轻松了不少。我觉得他有那么一点好笑，但不想让他看出来，只淡淡答道："暂时不想生。"

又厮磨一阵后，穆弦起身下床，一个人走到黑黢黢的镜子前整理衣着。我窝在床上不动，只盼他赶紧走。

临出门的时候他转头看着我，"今天很愉快。"

他的语气是温和的、意有所指的，又带着那么一点点喜悦。我的脸顿时有些发热。

当然知道他说的是什么——因为过程中我也主动地、凶狠地吻了他。

到现在我都不清楚，自己为什么会那样。或许是见到外婆情绪失控，难免对他有点依赖；又或许是心里情绪压抑太久，需要找到宣泄。当时我只觉得很疯狂很解气，现在恨不得把自己舌头剁了。

他带上门走远了，我立刻打开了灯，坐到桌前。镜中的女人长发凌乱、眼神迷离；裙子被解开了两颗扣子，露出雪白的肩膀；眼睛和嘴唇都有些肿，一点也不像我自己。最狼狈的是，脖子和脸上的皮肤感觉黏糊糊的，不知道被他舔了多少遍。

到浴室洗了澡，换了身衣服，我叫来莫林，教我使用全息通信设备。我再次见到了外婆，只不过开启单向通信模式，她看不到我。地球的窗外夜色墨蓝，她坐在沙发上看电视。原来那边已经是晚上了。

我和穆弦在卧室里待了这么久，居然一点没感觉到。

我趴在沙发扶手上，默默地看着她。

她看了会儿电视，就忍不住对护士说起我。那护士非常有耐心，坐在她身边倾听，时不时地发问。看来穆弦的人，的确把外婆照顾得很好。

谁知过了一会儿，外婆对护士说："我看今天那小伙子不错。虽然人愣了点，脑袋看起来不如遥遥灵光，不过感觉正直又可靠，而且还穿着军装，军人好啊。"

护士答得斩钉截铁："当然好。另外您误会了，殿……他的智商据说很高。"

外婆想了想又说："是吗？那就好，可能是书读多了人有点闷？对了，我白天没看清，小穆是几杠几星啊？这么年轻，军衔还不高吧？"

护士忍着笑说："阿姨，他的军衔一定让您满意。"

我在这边也笑了。

我知道自己一直没找男朋友，让外婆挂心。现在她明显很放心、很高兴。我继续听她跟护士聊天，心里暖洋洋的。连带"穆弦"这个名字从她嘴里说出来，都不那么讨厌了。

后来外婆睡下了，我心满意足地中断通信，到餐厅吃了午饭，穆弦一直没出现，我就回房睡下了。

再次醒来的时候，我惊讶地发觉窗外的星系和战舰都是静止的。走到窗前一看，吃了一惊。

我从没见过这么漂亮的星系。

一轮银白色的光晕中，缀满五颜六色的星体。仿佛是阳光照耀下的半透明水波，在宇宙中荡漾出璀璨光泽，定格在最美的一瞬间，成为银河中的一抹永恒。

我连呼吸都停滞了。

正在这时，桌上的通信器响了。

"小姐，这是银河系 U3 区最漂亮的一片太空，你喜欢吗？"是莫林的声音。

"不错。"我笑道。

他咯咯笑了，"我就知道你会喜欢。指挥官可是专程为了你，命令全体舰队逗留半小时呢，还让我记得叫醒你。欣赏够了就来餐厅吧，我给你准备了饭菜。"

专程为我停留？他会这么细心体贴？我不信，估计又是莫林在撮合。

再次见到莫林，我发现他盯着我笑得非常贼。连一旁的莫普，都显得心情很好，手指一下下敲着桌面，嘴里居然在哼歌。

"发生什么事了？"我疑惑地问。

莫林早等着我问呢，举起两只手，十根纤白的金属手指摇啊摇，"十天啊小姐，十天！"

"什么十天？"

"你知道婚期定在三个月后的十五号吧？"他的眼睛眯成一条缝，"指挥官几个小时前打电话给我，婚后十天，不要给他安排任何工作和活动；婚后三个月的晚上，不要安排任何工作。"

我一愣，随即反应过来，"整整十天？！"

"整整十天。"莫林美滋滋的，"殿下只想陪着你。"

"十五号是怎么确定的？"我有点不甘心。

"你不知道吗？"莫林诧异地看着我，"我们斯坦可没有迷信凶吉那一套。婚礼定在你受孕概率最大的那段时间啊。"

……原来如此。

我沉默片刻，发现自己也没有太愤怒，大概已经麻木了。

我吃完后，莫林开始收拾碗筷，莫普则拿出一叠黑色晶片翻看。我本来没太在意，因为都是些舰队图像、弹药库存什么的。

直到他打开一张晶片，画面中浮现了一个机舱。舱外星空闪烁，舱内坐着两个驾驶员。我大吃一惊——因为那正是我和肯亚。

"这是什么？"

莫普看我一眼，"这是你跟肯亚殿下乘坐战机的机载录影。指挥官吩咐要将那天所有东西给他看。

我当然明白他的意思——穆弦占有欲那么强，当时就向莫普吩咐过，要把所有资料看一遍。

穆弦知道肯亚威胁过我，却不知道那次超光速跳跃并非肯亚执行，而是我执行的，目的地是地球。他甚至还误以为，我反抗肯亚是因为对他忠贞。而他会产生这样的误会，大概是因为兵变之前，我向他说过会尽夫妻义务，会身心忠贞。

"借我看看行不行？"我朝他伸手，"我也想回顾一下那天的事。"

他迟疑片刻，把晶片交给我。我松了口气，但还是不放心，假装很随意地问："穆弦看过吗？"

"噢，这是副本交给我归档。原件三个小时前送去了指挥官的办公室。不过文件比较多，他可能还没看。"莫普说，"有什么问题吗？"

我心头一沉。

这时莫林忽然举起手腕，"指挥官，有什么指示？好的，我明白了。"

他结束通话，高高兴兴捧个餐盘走过来："小姐，指挥官一直在指挥中心工作。说请你亲自去给他送晚餐。"

"是你的主意，还是他的命令？"我半信半疑。

"哎哟！看你说的！有什么分别！我跟他主仆同心！"莫林捂着嘴嘿嘿笑，"记得告诉指挥官，你很喜欢这一片星云。"

我犹豫片刻，接过了餐盘。

该来的也躲不过，没什么好怕的。而且万一他没看过晶片，或许还有机会拿回来。我不想讨穆弦欢心，但是激怒他，吃亏的还是我自己。

我沿着狭长阴暗的通道往前走。这艘飞船果然贯彻了穆弦的命令——没有其他雄性或者雌性出现，整艘飞船安静得如同空中古堡，只有我的脚步声轻轻回响。

透过六边形的窗，我能看到飞船圆弧形的粉红色轮廓，还能看到轻纱般的银白色星系，在不远处翩翩起伏，宛如纯洁而离奇的梦境。

我的心情也变得异常平静，来到指挥中心门前，轻敲房门。

"进来。"低柔平稳的声音。

我推开舱门走进去，便看到穆弦背对着我矗立。窗外是一片迷离的白，他仿佛已经看入了迷。

"莫林说，你让我送晚餐过来。"我把餐盘放在桌上。

他转身看我，清秀的容颜在窗外的光晕衬托下，更显得净白柔和。乌黑的眉眼更是微微弯起，嘴角噙着似有似无的笑。

"谢谢。"他把插在裤子口袋里的双手拿出来，轻巧地摘掉手套，似乎很随意地扔在一旁桌子上，"过来。"

我看着他斯文而安静的容颜，有点吃不准他是否已经看过晶片。应该没看过吧？否则现在他应该是把我压在桌上愤怒地吻着。

我放下心来，缓步朝他走去，目光迅速扫过桌面。右上角果然堆着不少晶片。可我怎么弄到手呢？

我走到他跟前，他侧头看向窗外，声音相当温和："喜欢吗？"

我循着他的目光看向那片星系，有点意外。看来真的是他下令在这里停留，只为让我观赏宇宙美景。

我心里有点不是滋味。

虽然皇帝跟我说起当年事时，我很愤慨——为什么倒霉的人偏偏是我呢？但过了这几天，我也隐隐明白，穆弦当时其实没有选择；甚至如果换成我是他，于公于私，恐怕都会做相同的选择。

现在他这个样子，让我感觉有些酸涩，又有点不忍。因为我心里很清楚，他会是个合格甚至优秀的丈夫。

过去已经无力改变，也许我应该稍微对他好一点，让彼此都好过些。

我静默片刻，点头，"喜欢。"顿了顿又加了句，"谢谢你，穆弦。"我的声音居然有点抖，因为我似乎从来没对他道过谢。

他却没出声。我回头见他正盯着我。

"怎么了？"我对他露出微笑，尽管这笑容还有点僵硬。

他明显一怔，抬起手，冰冷的指尖在我脸颊缓缓滑动。他的动作很慢，感觉就像一只冰凉的蜗牛，轻轻爬过我的皮肤。

"像你。"他低声说。

"什么像我？"

"这个星系。"他的声音就像从嗓子深处逸出来，轻柔、低沉，就像在耐心地哄着我。

我有点不太适应他这样的温柔，他的比喻更是奇怪。

"人怎么会像一个星系？"

他的大拇指停在我的嘴唇上，脸微微抬起，眼睛像是笼上一层暮霭，看不清端倪。

"很白，很干净。"他缓缓说，"……很优美。"

这是……赞美吗？为什么我觉得毛骨悚然？

正分神间，他的脸已经慢慢俯下来。我对自己默默念叨适应适应，闭上眼等待。谁知这时桌上的通信器响了。他松开我，走到桌前。

"我先走了。"他的气场有点怪，我不太想继续待在这里。而且刚才我对他的态度松动了，他或许还没察觉，但我莫名觉得尴尬，所以想快点走。

他并没有回答，我以为是默许了，刚往门口走了几步，听到通信器里响起陌生的声音。

"指挥官阁下，我是舰队安全官日海。"那个声音说，"属于华小姐的机器人舰卫队已经组建完成，抵达荒芜之地后，开始全天候值勤；此外，我已经暂停了小姐在舰队的最高级别通行授权，并且将地球设置为所有战机的禁飞地。您看还有其他吩咐吗？"

我浑身一僵，心底倒生一股寒气。又听见穆弦答道："先做这些。"

通信中断了。我不用回头，都能感觉到背后两道锐利的目光。毫无疑问，他看过晶片了！并且心情很不好。所以才会吩咐下属做那些事，所以刚才的表情才会那么阴柔莫测。

我早该猜到的！现在怎么办？

身后脚步声渐近，我在短暂的慌乱后，平静下来。知道就知道吧，我松开舱门把手，转身看着他。

他的容颜依旧清秀如雪，只是目光比之前更加阴郁了几分。他的脸上甚至还挂着笑，但那笑看起来比窗外的星晕还要缥缈模糊。

"不走了？"

虽然决定坦然面对他的怒火，但看到他如此森然的表情，我还是有点心惊胆战。但我不想开口求他，更不会做徒劳的解释。

我直视着他，"你会让我走吗？"

他轻轻摇了摇头，整个人显得阴冷恍惚。他的眼中仿佛笼上一层氤氲雾气，声音轻得像从很远的地方传来："华遥，我们彼此承诺过身心的忠贞。那是我唯一的要求。你同意的时候，我很高兴。我的女人，承诺属于我。"

他的语气是那样认真，令我心头震动——他竟然把我的承诺看得这样重？可他的样子也有点吓人，我有点慌了，沉默不语。

他忽然抱住我的腰，然后将整个脸埋在我肩窝，柔软的黑发轻贴我的脸颊，喉咙里发出极为隐忍的叹息。

我全身僵硬，还没来得及说什么，他猛然将我打横抱起，走向床边。我的后背刚贴上床，"嘶"一声布帛撕裂的声音让我心口一凉，裙子竟然已经被他撕成两片，丢到一旁。

强烈的恐惧和愤怒涌上心头，重重堵在我的嗓子里，呼吸都变得艰难。

他扣着我的双手、压住双腿，沉默地盯着我几近全裸的身躯，眸中竟然闪过一丝痛楚，但很快恢复幽暗。

"你是我的。心里只有我，身体里只有我。"他哑着嗓子说。

"停下！"我吼道，伸手推他的头。他闷哼一声，嘴唇和手同时离开，直起身子，三两下就把自己脱得精光。

我全身一抖——因为他轻易扯掉了我的内裤，低头看着那里，神色幽暗。我整个肚子都麻了，大喊"滚开"，伸手就推他的脑袋。谁知刚抓住他的头发，手臂僵住了。

精神力！无耻的精神力！

"禽兽！"我嘶哑地吼了出来，"穆弦，我恨你！你这个畜生！"

他的脊背陡然一僵，动作也停下来。他抬头看着我，眼神依旧昏暗。

"你说什么？"

我根本管不了了。我冷笑道："做吧做吧，不就是交配吗？快点。你也不用娶我，真的，以后你随时想做我都配合。但别逼我嫁给你，我怎么会嫁给你呢？嫁给一个强奸犯？"

他整个人仿佛一下子清醒过来，表情森然，"住口。你在侮辱……"

"未婚夫？拥有者？还是主人？"我狠狠打断他，声音颤得厉害。因为这是我有生以来第一次，如此尖锐、狠毒、粗俗的说话，"你对我来说，就是个……就是个狗屁！"

他脸上浮现薄怒，目光彻底冷下来，缓缓重复："狗……屁？"

"对！狗屁！"我吼道，"告诉你穆弦，我一点也不后悔曾经逃跑，下一次有机会，我还会逃！什么我对你承诺过忠贞！当时我有办法拒绝吗？你还承诺过会满足我呢，我要回地球你怎么不满足？你不也没守承诺！"

他的眉头猛然蹙起，抓住我的双手倒扣在头顶。我愤怒地瞪着他，他也冷冷地凝视着我。片刻后，他长长吐了口气，一字一句地答道："我只要你。除此之外，你要什么，我都满足。"

我被他的话语再次刺痛了。

"是啊，你要忠贞你要结婚。可我要的是自由！为什么我的需要理所当然排在你的需要之后？就因为你是王子，我只是个平民吗？如果我们是同样的身份地位，你还能这样对我吗？强迫我、关着我、需要的时候就占有我？"我不想流泪，那样太懦弱，可拼命忍也没忍住，眼泪大滴大滴掉下来。

他的神色变得更阴郁了，却没说话，抬手想要碰我的脸。

我侧头避开，哽咽着说："我是来自低等文明，我比你穷，我的战斗力接近零。但我不比你低贱，不比你软弱。婚姻的前提不是权利和义务，是尊重和平等。你可以继续强迫我，但我永远也不会死心塌地，永远也不会对你忠贞！"

他神色一震，深深望着我。我不说话，可是眼泪还是往下掉。过了一会儿，他忽然松开我，翻身下床。我看着别处，但眼角余光还是瞥见那光裸的身躯，他正赤足走向浴室。

淅沥的水声响起，更显得舱内静悄悄的。我感觉身体能动了，扯过被子覆在身上，躺着等待他的裁决。

过了一会儿，他走了出来，直接到了桌前，按下通信键。

"送一套她的衣服过来。"他的嗓音低沉平静，听不出任何端倪。

"遵命。"莫林的声音中有笑意。

挂了电话，他拿起衬衫和军裤穿上，然后静静站在那里，灼灼的目光似乎在看我。我也不说话，更加不看他。

门铃响起，他大步走过去。

"指挥官，这是衣物。"莫林笑呵呵的声音传来，"还需要其他……"

"滚。"冷冷清清的声音。

莫林的声音戛然而止，脚步飞快地远离。

柔软的衣物放在我手背上，我不看他，坐起来很快穿好。他一直沉默着，我下了床，穿好鞋，梗着脖子走向舱门。

就在我走到门口时，身后忽然响起急促的脚步声。我浑身一僵，他已经闪电般到了我身后，温热的气息紧贴上来，腰被他紧紧抱住。

我紧绷着身体不说话，他也沉默着，头埋下来，嘴唇隔着裙子的布料，含住了我的肩膀。

锐利的痛骤然传来，我惊呼一声，骇然转头，他的脸近在咫尺，雪白的牙齿已经咬进肉里。我闪过个可怕的念头——难道我惹怒了他，他要咬死我？

我拼命推他，但他的手像铁钳似的纹丝不动。然而更奇异的事情发生了，我分明看到他一点点咬得更深，牙齿根都没入肉里，鲜血渗了出来。可疼痛感骤然消失了，我感觉不到痛了！

我没再挣扎，目瞪口呆地看着他。过了一会儿，他松开了我，我看到他牙齿上全是鲜血，嘴角也有血痕。而我的肩上，破碎的布料也染上血渍，有一缕鲜血流到我的手臂上。

但我居然一点也不痛，而且血几乎是立刻止住了，只是肩头赫然血肉模糊。

"你干了什么？"我哑着嗓子问。

他的脸色有些发白，眉目却乌黑无比，更衬得唇角鲜血触目惊心。他抬手轻轻擦拭掉那抹血痕，低声说："对不起。"

我心里一片酸涩，也不追问了，打开门快步冲了出去。

刚跑了一小段，远远就看到莫林站在那里，伸着脑袋张望。我现在不想跟任何人说话，掉头想走另一条路。谁知他看到我，快步迎了上来。

"小姐，你们……"他突然张大嘴，盯着我的肩膀，"这是……"

我看着肩头鲜红狰狞的伤口，低声说："他咬的。你帮我处理一下吧。"伤在这里，我自己也够不到。

他飞快地从口袋里拿出方洁白的手帕，焦急地问："痛吗？"

我摇头。他原本正要把手帕递给我，忽然又缩回去，松了口气说："原来如此。小姐别担心，指挥官的精神力凝聚在伤口周围，很快就能愈合，不需要其他处理，连疤痕都不会留下。"

我沉默片刻，问："为什么？他为什么要这样做？"

莫林小心翼翼地问："小姐，我刚听说，你之前想要逃走？所以整支舰队加强了防御。"

我不作声。

他小声说："难怪今天指挥官这么生气。小姐，两个人有矛盾可以说出来，不要离开他，他会受不了的。不然怎么会咬你一口？当然，他根本不舍得伤害你。咬你应该只是要在你的血液里留下他的气味，这样不管你到哪里，他都能找到你。你别怪他啊……"

我浑身一震——原来是这样。

所以从今以后，就算没有机器人的监视，没有通行限制，我也不可能离开他了？

我回到卧室，起初心情很麻木。可当我洗澡时，看着自己被热水浇得发红的身躯，猛地就想起他差点又再次侵犯我的那一幕。

洗完澡，我觉得很疲惫，昏昏沉沉睡着了。但睡得非常不好，梦境光怪陆离，反复看到他的牙齿，他的手，还有他的骨头。我砸在地上拼命地踩，可怎么也踩不断。就在我慌里慌张的时候，突然被人一把抱起，有个低柔清冷的声音在耳边说："你弄湿了我的鼻梁，必须嫁给我补偿。"

我焦急地大喊："没有我没有！"

骤然睁开眼，我才发觉是在做梦。

我一下坐起来，额头冷汗淋漓。看了看床头的钟，发现已经睡了七个多小时。想起刚刚的梦境，只觉得荒诞而难堪。

屋里冷清安静，他似乎没有回来过，但这并不让我轻松。

昨天对他那番痛快淋漓的斥责，让我头一次在他面前，有扳回一城的胜利感。

可过了一夜，我平静下来，又有点忐忑，话说得那么狠，他不可能不发火。为什么什么都不说就放我回来？昨晚他也没回来睡，到底打算怎么处置我？

我有点懊恼——也许不该逞一时意气，既然结局无法改变，为什么不识趣点，让自己的日子好过点？

我怏怏地去了餐厅，想到很可能见到他，越发心神不宁，只好在餐厅门外停下，默默告诉自己必须镇定——我本来就是义正词严的那一方。

这么想着，我稍微轻松了些。走进餐厅，飞快扫视一周，却只见到莫林在炒菜。

"早。"我跟他打招呼。

他看到我，把锅铲一摔，"蹬蹬蹬"快步跑过来，一副欲哭无泪的表情："小姐，怎么会这样！怎么会这样！"

我被他弄得有点紧张，连忙问："怎么了？"

"你离开后，指挥官一个人待在房间，一直没出来。两个小时前，他突然拿着行李离开了'天使号'，去别的舰上。"他哽咽着说，"他还说让我们照顾好你，他肯定不打算回'天使号'了。"

我心头一震，沉默了片刻，答道："我饿了，今天吃什么？"

莫林嘴张得很大，似乎相当震惊。但看着我的表情没有半点松动，就"呜呜呜"抽泣着去端饭菜了。

穆弦不在飞船上，那种无处不在的压迫感就消失了。

旅途漫漫，我无事可做，拿出一些影碟，可总是看不进去，脑子里都是昨天的事。

大学时听宿舍女生开过玩笑，我大概知道，昨天自己是怎么了。当时那崩溃般的快感仿佛还残着，想想都觉得难堪。

我还想起骂"禽兽""畜生"时，他震惊的表情。当时没太在意，现在才想起，他有半兽基因，还因为这点被哥哥嘲笑……

算了，不想了。我趴在沙发上，专心看影碟。硬撑着看了半个小时，只觉得头昏脑涨，翻回目录一看——《论智慧社会与多种族繁衍的冲突和机遇》——难怪看不懂。

平平静静过了一天。

到晚上的时候，我想跟外婆通话，刚打开设备，又关掉了——在外婆面前要打起全副精神，装作若无其事，今天不知道为什么，我感觉没心情。

肚子有点痛，到厕所一看，那个来了。我早早躺上床，迷迷糊糊睡到半夜，忽然听到些响动。我惊醒了，睁眼一看，舱门正被人缓缓推开。

我紧张得后背冒汗。上次被肯亚劫持还心有余悸，难道有人潜入飞船想对我下手？

没有灯，一个高大的身影走了进来。熟悉的身形令我一怔。

穆弦为什么半夜突然回来了？

我下意识闭上眼，不想让他察觉自己醒着。

轻不可闻的脚步声接近，他似乎在床边站了一会儿，就传来窸窸窣窣的声音。我把眼睛睁开一条缝，看到了站在幽暗中的两条光裸长腿——毫无疑问他把自己脱了个精光。身旁的床微微一沉，他躺了下来。

也许是夜色太幽暗太安静了，他的出现，并没有令我很紧张。我能清晰听到他的呼吸声，还有我耳后略显急促的脉搏声。

这时他的身形一动，我以为是要像平时那样抱我，他却掀开被子，坐了起来。我眯着眼看过去，他的侧脸在黑暗里模糊一片，似乎正看着我双腿的方向。

忽然，他把盖在我肚子上的被子轻轻掀起来，头俯了下去。我全身一僵——难道他又要亲那里？

谁知他把鼻子贴在我的身上，用力嗅了嗅。

我突然明白过来，脸上陡然一热——他鼻子那么灵，一定是闻到了血的味道。

好在这时他已经替我盖好了被子，重新躺了下来。

我闭紧双眼，过了一会儿，忽然感觉到唇上一热，他柔软饱满的唇几乎是一碰即走。我全身都紧绷起来，又过了几秒钟，他又亲了一下，然后又是一下。

如此重复了十来次，他终于没了动静，他的呼吸声平稳悠长，似乎睡着了。

我的心头忽然一软，有点难过，也有些不知所措。他现在在想什么？为什么偷偷溜回来，睡在我身边，似乎很隐忍很压抑地吻我，却浅尝即止，什么也不做？

这一觉竟然睡得格外沉稳，醒的时候神清气爽。伸手打开床头灯，我才猛地反应过来，可床的另一边空荡荡的，他不知何时已经走了。

我去了餐厅，在门口就闻到糖醋鱼和蘑菇汤的香味。莫林正在端菜。我飞快扫视一周，没有其他人。

"我很喜欢这两道菜。"我笑着坐下来。莫林替我铺好餐巾，长长"呼"了一声说："今天你的心情总算好了？"

我疑惑道："我有心情不好吗？"

他"喊"了一声说："你昨天一直是冰块脸好不好！"又垂头丧气地说，"你跟我们在一起过得开开心心的，可怜指挥官，每天要跟一堆臭男人待在一起……"

我一愣，看来他不知道穆弦回来过。

一天很快过去，到了晚上，我平静一天的心情，有些焦躁起来。那个的量也加大了，肚子有点疼，早早上床，睡得很沉。

半夜的时候，我忽然醒了，死活睡不着。

他今天会来吗？会跟我谈判吗？

果然，在我非常精神地等了半小时后，门被推开了。我闭着眼听他脱衣服、上床、躺下。突然，肚子上一热——他的手掌覆了上去。

我僵住，这是要干什么？

他保持着这个姿势不动，过了很久，他的呼吸已经很平稳，明显睡着了。

而我隐隐作痛的肚子舒服了很多。

我睁开眼，在昏暗中依稀看到他清秀的轮廓。他双眸微合、嘴角轻抿，睡得很沉，看起来是那样英俊而安静。

他竟然知道这样缓解我的疼痛。昨天他还没这样，难道专门去查询了？

我从没想过，这世界上会有一个男人用手给我暖肚子。更没想过，这个人会是他。他为什么要这么体贴我？在被我那样狠地骂了一顿之后？

总不可能是他愧疚了吧……我心里有点不是滋味。可这样的感觉，真的很舒服。我突然想起他曾经的承诺。

他说他会保护我。这是保护的一种吗？

三天后，舰队抵达了荒芜之地。

按照莫普的解释，本来一次超光速跳跃可以瞬间抵达，但因为没有急事，所以舰队以亚光速航行了五天，顺带休整。

莫林的抱怨则更直接：这本该是一段甜蜜的四人世界之旅。

他说这话的时候，我正站在"天使号"的环形廊道里，看着星空。他的话让我想起昨晚，穆弦半夜依然来了。想到这里，我只觉得肚子痒痒的，很不自在。但又暖暖的，仿佛他大掌的余温还在。

"所有船只注意，五分钟后登陆昆诺行星空间港，请按照船只编号，依序入港。"广播里响起低沉的男中音，那是主舰指挥中心发出的命令。

我眺目远望，在这片星系的尽头，一颗红巨星正散发出耀眼的光芒。数颗大小不一的行星，静静悬浮，沐浴在红巨星的光辉之下。

这就是荒芜之地。

那些行星中，有一颗体积最大的蔚蓝星球——昆诺行星。那是荒芜之地最繁华的地区，也是我们的地面驻扎地。

当飞船航行进入小行星带，我才发觉有几颗根本不是行星，而是体积庞大的太空飞船。荒芜之地是帝国重要的军事要塞，这些飞船应该就是当地驻军。

终于，飞船进入大气层，大陆轮廓逐渐浮现。碧蓝的海水如铺开的绸缎，包裹着中间郁郁葱葱的陆地——昆诺行星只有一块大陆。

飞船越降越低，我透过望远镜，看到黑色的建筑、白色的停机坪，继而看到闹哄哄的杂乱集市、成群成群的兽人扛着枪抽着烟在街头走过。这里跟严谨、优美的帝都完全是两个世界。

抵达空间港时，粉红色的"天使号"在十艘护航舰的簇拥下，与庞大的舰队分开，驶向陆地深处。莫林说是要直接把我送到家里。

我听到"家"这个词，有点意外。

当我亲眼看到绿色小山坡上那幢悬浮在半空中的银灰色建筑时，更是吃了一惊。

天空很蓝，云朵纯白。阳光嫩黄，山坡翠绿。那幢屋子就这么悬在如画的风景里。它的形状非常奇特。白色屋顶是多边形的，层层叠叠，极富张力；褐色落地窗和雪白墙体错落镶嵌，却不显得杂乱，反而生出和谐的美感。整幢房子看起来充满前卫艺术色彩，但又显得清雅素净。

"很漂亮。"我赞叹道，"为什么房子可以悬浮在半空？"

"磁场。"莫普答道。莫林则哑巴哑巴嘴说："这可是指挥官专程请帝都的建筑师设计的，为你设计的哦！"

我的房间在二楼。比起飞船上的简朴冷硬，这里显得相当温馨舒适。只不过房间正中目测超过四公尺长四公尺宽的白色大床，着实碍眼。

昆诺行星一个昼夜是八小时，也就是说白天四小时，夜晚四小时。当地人的习惯是休息两天工作两天。所以当我看了三个日落后上床睡觉，时间概念已经完全错乱了。

透过玻璃天花板，夜空暗蓝清透，十来颗硕大的行星悬挂在上头，看起来就像破了几个洞，露出狰狞粗犷的内在。

我躺在超级大床上，明明很舒适，就是睡不着。

穆弦会来吧？我想好了，既然他不开口，今天我要主动跟他谈一谈。那天大家都在气头上，既然要过一辈子，愉快相处对彼此都好。

这一等居然就是一昼夜。

直到莫林敲门提醒我吃早餐的时候，也没见半个人影。我疲惫地打开门，莫林看到我吓了一跳，"小姐，你昨晚做什么了？这么大两个黑眼圈！"

我也顾不了太多了，径直问："穆弦昨晚没回来？"

莫林一愣，绽放出惊喜笑容，"他、他就住在军部。要叫他回来吗？"

我一怔，摇头，莫林一脸失望，整个身体贴在墙上，用头猛烈地撞击墙壁。我哭笑不得把他拉下了楼。

走到餐厅门口的时候，我俩都呆住了。

因为穆弦正坐在洒满阳光的桌前，低头吃早餐。他还是老样子，军装笔挺，面容清秀，眉目干净。就像刚从山水画里走出来的英俊青年。仿佛从没离开过。

他抬头看到我们时，神色没什么变化，只淡淡说："早。"

"早……"我有些恍惚地答道。莫林则是连声高喊"早早早"，谁都能听得出他声音里的喜悦。他把我推到桌前，拉开椅子，然后哼着歌去端早饭了。

我低头看着桌面，他的一只手就放在面前，深灰色军装里套着浅灰色衬衫，他的手修长而白皙，握着银色的小刀。白色手套整整齐齐折好，放在一旁。

"没睡好？"低柔温和的嗓音，令我瞬间回神。

"还不错。"我立刻答道。

这时莫林端来早餐，我一抬头，瞥见穆弦的唇角浮现淡淡的笑意。

"噗……"莫林听到了我们的对话，用他自以为"耳语"的音量凑过来说："那么大两个黑眼圈哦……"

我脸上一热，难怪他会笑，必然也看到了黑眼圈。我索性闭嘴，专心吃东西。

这时他已经吃完了，将盘子一推。我顿时有点犹豫，要怎么开口表达我和平的意图？

没想到他先开口了。

"华遥，有个事想请你帮忙。"

我惊讶地看着他，他还有事要我帮忙？可他脸色平静，目光温和，显然是认真的。

"什么事？"

他从口袋里拿出块晶片放在桌面上，"之前我的资金全存放在帝都第三银行。十天前我得到消息，那家银行破产了。我的资金亏损了百分之四十……"

"四十？"我大吃一惊，要知道他的资金总额大概相当于地球上的百亿，百分之四十也就是四十亿？我隐隐猜到他要我干什么了，打开晶片的图像，果然都是些数字报表。

"我的舰队中没有擅长金融投资的人才。"他说，"你可否代我管理这笔钱？"

我快速浏览那些报表，亏损额当真惨不忍睹，看来他真是遇到难题了。我迟疑道："你为什么不去帝都找一位专业人士打理？"

他依旧淡淡笑着，"肯亚在帝都金融界影响力很大。"

我顿时明白了，但还是说："抱歉，我只在金融公司干了几个月，都是做些辅助工作。你这笔资金金额太大……"

"我的确找不到其他人了。"他微微蹙眉，似乎有些为难。

我半信半疑，"可如果我投资失误，亏损了……"

"全亏了也没关系。"他轻声说，"那本来也是你的。"

我顿时说不出话来。他也沉默着，很耐心的样子。

我心想要是真的结婚了，这些钱要是再这么亏损下去，确实也可惜。万一再遇到什么高风险事件，把穆弦弄破产都有可能，那我也会遭殃。我虽然是个菜鸟，但基本的东西是懂的，投资些低风险低收益的资产，总不会亏吧。

而且我每天待在屋子里，真的很无聊。找点事做也好。更何况，他现在主动找我。我不想关系又闹僵，平白添堵。

"那我试一试。"我低声答道。

"谢谢。"他站起来，"我明天再来，你跟我说说具体想怎么做。"

"……好。"

他走到水池边洗手消毒，回到桌前戴好手套。我一直埋头吃东西，但他每一点动静都清晰钻进我耳朵里。

我以为他要走了，他却站在桌前不动。

"华遥。"他眸色深沉地望着我，我的心突突地加速了。

"有一件事，你说得不对。我必须澄清。"

我怔怔望着他。

高大修长的身躯站得笔直，英秀干净的五官非常醒目。明亮的目光停在我脸上，表情沉静而严肃。

我的心一下子提起来，那天的事，他终于要做出最后裁决了吗？

"不仅是妻子。"他的声音缓慢而清晰，"现在，你是我的公主。"

我愣住了，公主？那是什么意思？

在我惊讶的注视中，他缓缓移开目光看着别处，净白的脸颊似乎浮现些许晕红，语气也变得淡淡的："回去再睡会儿。"

我下意识点点头，他已经迈开长腿，走出了门口。

一直自己装作隐形的莫林从旁边冲出来，兴奋而惊讶地问："小姐，你是公主？哪个种族的？难道你是爱新觉罗氏？"

我摇摇头，也是一头雾水。他说有一件事我说得不对，意思是其他的我都说对了？他也承认以前对我不公平？

我突然感觉到一丝喜悦和辛酸。我真的没想到，他会这么说。

可公主到底是什么意思？

直到上楼的时候，我的脑海里突然蹦出那天我对他说的话："……就因为你是王子，我只是个平民吗？如果我们是同样的身份地位，你还能这样对我吗……"

而刚刚他说，我是他的公主？

"按照上述策略，预计年化报酬率在6%～10%。"我放下资料，看向沙发上的穆弦。

他的目光淡淡从我身上移开，看向悬浮画面上的数字报表说："好。"顿了顿又说，"很好。"

"谢谢。"

他的目光就像流转的水波，重新回到我身上。沉默对视片刻，我低头收拾桌上的资料，"那我先回房了。"

"华遥。"他站起来，走到我面前，"我今天要巡视荒芜之地。你是否愿意出去走走？可以去机器人工厂和海伦尔要塞，那里能看到宇宙年华柱。"

我一怔。机器人工厂、宇宙年华柱，一听就是很有意思的事情。

不过，他这是邀请？

那天他提出由我管理资金，第二天一大早就如约而至，听我说明投资情况。

他的态度看起来公事公办，我自然也认真对待。

只是他表现得一点不像"金融白痴"，突然冒出的尖锐问题，居然把我问住了。我说要回去查资料。他却说"我就在这里等你答复"。

我只好当场查资料，他则打开军事指挥系统处理自己的工作，结果我解答了第一个问题，他又冒出第二个。

最后，我们在书房里耗了整整一上午，并且还有问题遗留到第二天。

一来二去，今天已经是第四天了。他没有再提问，却邀请我外出观赏美景。

"……好。"我抬头微笑。

他看着我没说话，笑意就像清浅的湖水，在他白皙的面颊上荡漾开来。

我的心头破天荒泛起一丝愉悦。

如果他把我看作公主，看作平等的妻子，我也愿意跟他和平共处。

阳光像碎金倾洒，点缀着碧绿的草地。我面前停着艘黑色飞机，体型厚重、线条流畅，像一头钢铁苍鹰。

我微微一怔，回头瞟一眼，果然看到二楼某个房间的窗前，有两个金属脑袋在阳光下闪闪发亮。见我回头，他们几乎是立刻缩了回去。

"不带莫普、莫林去吗？"我问。

穆弦抬眸看一眼房子，淡淡说："他们有别的任务。"

他们的任务不就是照顾我吗？不等我深想，他已经上了飞机。我扫一眼空荡荡的机舱——堂堂三军指挥官，外出巡视一个人也不带？只有我们俩？

战机在天空高速飞行，地上万物细如蝼蚁。他一只手握着操纵杆，另一只手放在控制台上，时不时做些调整，显得很熟练，飞机相当平稳，即使起飞降落时，都只有极小的震动。

我不由得想起以前公司老同事的话，说一个男人开车的风格，反映出他的性格。有的喜欢不断变换车道、加速减速都很突兀，令人晕头转向，这种男人性格急躁有余、沉稳不足；有的小心翼翼、车速缓慢，与世无争，一辈子都不违规一次，这种男人谨慎有余、平淡乏味。

还有一种人，开车平稳快捷，游刃有余。这种男人一般稳重、自信、体贴，实为良配。

不知道开飞机的男人，是不是相同的道理？

我忍不住看他一眼——暗灰色帽檐下，黑色短发染上些许阳光，清秀柔润的侧脸更显得白皙干净，乌黑修长的眉像是刚刚用笔描上去的，线条柔和细腻——他的长相太秀气，跟性格真的挺不搭。

"到了。"他侧眸看向我，我飞快扭头看着下方。

地面上密密麻麻的都是正方体金属建筑，在阳光下反射出耀眼的光。正中央是一片洁白的广场，零零散散站了不少人。

飞机降得更低，我看清地面上原来都是机器人。大部分两公尺左右，还有三四公尺高的，最大的两个足有五层楼高，非常醒目。

我们一下飞机，就有几名机器人军官迎上来，"指挥官，欢迎您。"

穆弦淡淡点头，看我一眼，"这是我的未婚妻，华遥。"

机器人军官非常严肃地朝我行礼，全无莫林耍宝秀逗的风韵。我不由得感慨，这才是真正的冷血机器军人！

周围的机器人看到我们，只安静了一小会儿，又开始各干各的。有的站着在聊天，有的在修理自己的……半截胳膊，大部分人围在广场的一个角落——那两个最高的巨型机器人，正挥着重重的拳头，激烈厮打在一起。沉重的身体居然格外灵活，每一拳、每一腿，快如闪电、重若千钧。

穆弦跟机器人军官低声交谈了几句，忽然转头看着我，"过去看看。"

"那是变形金刚？"我有点激动。

他笑了，"机甲。"

我一愣，更激动了——机甲是要靠人操纵的，里面有人？

他把我的腰一搂，就往那边走去。

一路上机器人看到我们纷纷退开让路。在我们走到人群最里面时，整个广场上的机器人忽然一静，包括正在打斗的两个大机甲，也突然原地立正。

"殿下！"他们齐声喊道，声音大得像要把天掀过来。我猝不及防，耳膜一震，身体也不由得吓得一抖。穆弦似乎立刻察觉了，环在我腰上的手骤然收紧。这才举起另一只手，朝机器人们行礼。

"请继续。"他的声音淡淡的。众人静默片刻如雕塑，突然仿佛同时"活"

了起来，聊天的聊天，打斗的打斗。我看得有些好笑——机器人的反应果然很机械，但也很可爱。

两个机甲又非常凌厉地打了起来，不多时，一个机甲重重摔倒在地，另一个站在原地很酷地举起一只手臂示威，围观机器人哈哈大笑欢呼。

"想试试吗？"穆弦盯着我。

我吃惊道："我？我不会。"

他顿了顿，黑眸凝视着我，声音很柔和："我可以教你。"

他的目光有些异样的深沉，我看不出是什么含义。不过威风凛凛的机甲实在令人难以抗拒，我点头，"好。"

他微微一笑，对身旁机器人嘱咐了几句。过了一会儿，倒地的机甲站起来，胸腔处弹开了一扇门，缓缓降下金属平台，一个男人跳下来，是人类。他小跑到穆弦面前行礼，穆弦淡笑着说："打得不错。"那人一脸荣幸，退到一旁。

胜利的那个机甲，还是站在原地不动。不知道是什么样的厉害人物在操纵。

这时，穆弦忽然将我打横抱起，手还按住了裙摆。我惊讶过后，立刻明白他的意思——我站到那平台上升空，裙子要是飘起来，可大大不妙。

他在这种时候，总是心细如发到不可思议的地步。

这时所有机器人都看了过来，我有点尴尬，把头埋低。他抱着我走到机甲下方，跨上了平台。

"殿下是打算挑战我吗？还带着个女人？"那个胜利的机甲发出瓮声瓮气的笑声。我有些奇怪，这人语气很嚣张啊，听起来像认识穆弦。

"是的。"穆弦平平静静地说。

广场上的机器人爆发出热烈的欢呼。我忍不住笑了，心怦怦地跳，穆弦淡淡的声音在耳侧响起："他不是我的对手。"

平台升到机甲胸腔处，我才看到里面是个窄小阴暗的空间。穆弦先把我放进去，自己也矮身踏进来，那扇小门在他身后"噔"地关上。我俩几乎胸贴着胸，一点余地都没有。

"转身。"他低声说。

我勉强转了个身，让他得以在驾驶位坐下。可他本就高大，座位上一点空也没有。

"坐下。"他柔声说。

我僵着不动。

果然，他轻轻把我的手一拉，我跌坐在他大腿上。然后他从旁边抽出两条安全带，从我腰上和胸口缠过去扣好。有点紧，我不得不往后一靠，后背贴上他的胸口，动弹不得。

整个人都在他的怀抱里，我的脸陡然热起来，如坐针毡。难怪他刚才说"可以教我"时，整个人表情都变了。他是想到了会这样吧……

他抓住我的双手，头也靠在我肩窝里，我的身体更僵了，硬着头皮问："你……想干什么？"

他的声音中有了笑意，"想让你抓住操纵杆。"

灯光骤然亮起来，前方的金属壁变得透明，能够清晰地看到对面高大狰狞的机甲。面前还有一块浮现蓝色的透明操作面板，无数手柄。他抓着我的手放上去。

"这是左拳、右拳、踢腿、弯腰、转身……"他低沉的嗓音温和得像流水潺潺，"这些是枪支，今天用不到。"

这时我感觉到有小半边身子滑到了他大腿外，坐得有点不稳，往里挪了挪，他原本正在告诉我步伐控制，忽然明显一滞，过了几秒钟，才继续解释。

就在这时，我突然发现质感不对。我当然知道那是什么，只好一动不动假装没发现，专注地看着前方。

"华遥。"穆弦忽然在我耳边低声说，"你压住了。"

我没反应过来，还以为他是让我压住什么操纵杆，问："压住哪里？"

"压住了我。"他哑着嗓子答道，"有点疼。"

他的侧脸颊微微有些发红，我突然明白了，连忙往边上一挪，"对不起！"

他没出声，只是握着我的双手，缓缓收紧。狭小的空间里仿佛有阵阵无形热浪，压抑得我喘不过气来。

就在这时，"砰"一声，像是重鼓在耳边敲下，同时一股巨大的力量迎面袭来，我只来得及看到对面机甲的钢拳，停在面前的透明金属壁上。

瞬间天旋地转。

我们像是从高空坠落，"轰"一声摔在地上，整台机甲发出哐当巨响。

我们被打倒了。

我的头"咚"地跟穆弦撞在一起，就像撞在坚硬的石块上，痛死了。

"殿下，是打算认输了吗？"控制台上的通信器里，忽然响起醇厚的笑声，"就这么打败了第七舰队昔日的机甲赛冠军，真是惊喜啊！"

我有些吃惊——穆弦是机甲冠军？对了，他是在军中长大的。

然后刚刚在众目睽睽下，他被对方一拳打倒了？

——只怕是因为，刚才他只有下半身在思考吧……

"呵……"穆弦忽然在我耳边低笑一声，重新握着我的双手，放在操纵杆上，我感觉到身子骤然升空，我们站了起来。

窗外的机甲对手正摩拳擦掌，跃跃欲试。我很紧张，但也觉得刺激。

他重新把头靠在我的肩窝上，跟我脸贴着脸，拥着我一起直视前方。

"华遥。"柔和的嗓音透着冷傲，"揍他。"

第六章
与狼共舞

我突然就有点热血沸腾，答道："怎么揍？"话音刚落，就看到对方的钢铁拳头如同急急坠落的陨石，迎面扑来。

我吓得"啊"一声尖叫，穆弦低喝："躲避！"抓着我的手往后拉，可还是慢了一步。

"轰"！我感觉到整个机甲被对方一拳揍得剧烈颤抖。我们急速往后退了两三步才停稳，但这一次，没有被揍趴下。

"太慢。"穆弦冷冰冰的声音响起，忽然语气一变，又补了句，"我是说……你可以再快一点。"

我忍不住笑了，答道："好！"他覆着我的双手开始用力，我顺着他的力气。"砰！"我们一拳击在对方机甲的肩头，他跟跄着退了两步。

"再来！"穆弦冷喝道。

我坐在穆弦怀里，慢慢忘了尴尬，眼里只有狰狞强大的机甲对手。一开始我们配合很不顺畅，他想出拳的时候，我会下意识想躲避，两股力量拧着，虽然都被他拧过来，但动作已经慢一拍，被对方狠揍。

但渐渐地，我们的反应开始一致，我全身变得放松，任由他握着我的双手，出拳、踢腿、转身、躲避。

我们和对手打得难舍难分，有时候一拳把对方打得原地转了三圈，看着健硕的机甲像是喝醉了酒摇摇晃晃，我会笑道："哈！太好了！"

穆弦会低声在我耳边自言自语："嗯，不错。"

有时我们被对方一脚踢在腹部，轰然倒地，我不等穆弦教，也会愤怒而迅速地爬起来,再次挑衅对手。这时穆弦往往会笑,声音低低软软的,像蚂蚁一样痒痒地爬过我的耳郭。

再到后来,他松开了我的手,只低声告诉我,如何展开攻击和防守。我很紧张,但也很期待,不断点头,"嗯、嗯!"

然而,他手把手带着我操控是一回事,亲自上场又是一回事。三分钟后,我以狗爬的姿势扑倒在地,身后的穆弦重重压着我。我的脸就快被压扁了,闷声喊道:"快起来!"他摸到操纵杆,机甲骤然起身。

我得到解放,松了口气,感觉脸上的肉还僵着,刚想揉,他先一步捧住了我的脸颊。

"我来。"他的声音带着笑意。

我有点尴尬,"呃……不用了,脸已经不痛了。"

他顿了顿,笑意更深,"我是说机甲。"松开了我的脸。

"……好。"我讪讪地双手交握放在腿上。事实上我已经筋疲力尽、气喘吁吁。操纵机甲也需要不小的力气。

他稳稳抓住操控杆,拥着我直视前方。我油然生出一种激动的心情:即将看到两个高手的恶战!

"还来?"通信频道里的对手有些惊讶。

"当然。"穆弦平静答道。

他的手开始在各个操纵杆和键盘上移动,快得不可思议,我根本看不清他干了什么。

然后,我就看到对面的机甲头部、胸口、大腿接连遭受闪电般的重拳袭击,原地一晃,宛如一座铁塔般,轰然倒下,干干脆脆,再无动静。

一秒钟。穆弦干掉对手,只花掉了一秒钟。

我难以置信地看着前方被 KO 的机甲,外面已经爆发出震天的喝彩声。我忍不住侧头看向他,只见英俊侧脸上,浮现倨傲清冷的笑意。

这才是他的真实水准吗?

这时他也转头看着我,我们本来就贴在一起,这一转头,鼻尖跟鼻尖相隔一寸不到。

我脸上的笑容有点僵。

之前玩得太兴起，我早忘了是坐在他身上。现在静止下来，我全身的神经末梢好像又活了过来，清晰感觉到他。

他沉默盯着我，目光暗沉。白皙修长的脖子上，喉结一滚。

他在咽口水。他想吻我。

又滚了一下。

我脸上有点烫，做好了心理准备，迎接他强势热烈的吻。谁知他却低头解开安全带，"我们下去。"

我瞬间放松，却也疑惑——他在忍？为什么？

我们刚下到地面，就被机器人们包围了。他们很兴奋地表达对穆弦的崇敬之情，还有人请求穆弦跟自己打一场。

穆弦只淡淡笑着，答道："抱歉，我的未婚妻累了。"

"我替你看着未婚妻！"一道洪亮的声音在人群周边响起，正是刚才我在机甲里听到的那个声音。人潮分开，一个高大的……女兽人？阔步走了进来。

穆弦眸中露出温和的笑意，"露娜少校。"

我还是头一次看到穆弦对别的雌性笑，不由得好奇地看着她。她的身高绝对超过了两公尺，站在那里就像一根粗壮的铁柱。暗灰色军装包裹着她健硕结实的身材。而黝黑的头颅上，纠结的肌肉、粗犷的五官看起来充满力量。她的脸上已经有些皱纹，黑色长发也夹杂着雪丝，而那双金黄色的眼睛，显得格外明亮亲切。

她看到我，似乎怔了一下，这才对穆弦说："殿下，欢迎你来到荒芜之地。"

穆弦点头，"露娜阿姨，这是我的未婚妻，华遥。"

我又吃了一惊——他叫她阿姨！

露娜对我露出笑容，"好漂亮的女孩。殿下很会挑啊。"这时旁边的机器人又一阵骚动，要求穆弦陪他们搏斗。穆弦蹙眉，露娜却说："放心，我在这里保护她，不会有事。去吧。你也很久没有活动筋骨了吧？"

我并不喜欢被他当成"弱小的未婚妻"二十四小时看着，虽然他很可能就是这么看待我的。我附和道："你去吧，我没事。"

他一怔，看着我，声音柔和下来："你想看我搏击？"我一呆，他已经露出淡淡的笑容，走向刚才的机甲。周围的机器人爆发出热烈的欢呼。

搏斗开始了，一个个机器人轮番上场，尝试被穆弦秒杀的滋味。我看了一会儿，就听到身旁露娜说："他是个很好的男孩啊。我可是看着他长大的。"

我礼貌地点头微笑。

露娜的态度很亲切，问起我和穆弦相识的过程，我简略带过。她又问了婚期，看得出来她是真心实意地替穆弦高兴。

"对了，你为什么穿这个款式的裙子？"她笑盈盈地问，"你喜欢？"

我摇头，"是穆弦让人准备的。"

她一愣，脸上浮现悲伤神色。

"怎么了？"我问。

她的脸色已经恢复如常，"那是他母亲曾经穿过的裙子。没想到他还记得。"

我瞬间了然。我一直对这些裙子心怀疑虑，原来是要纪念他的母亲。

"他的母亲，穆臻上校，也是我的上级。"露娜非常温和的笑，"有史以来最优秀的兽族指挥官。如果她还活着，看到你一定很高兴。"

我点点头。

露娜深深看着我，继续说："至于这种裙子……她跟那个人相遇那天，穿的就是这样的裙子。"

她的话语太直接，我有些尴尬。

却听她继续说："别误会，她当时不知道那个人已经结婚了。后来，她拒绝了他一起回帝都的要求，兽族的忠贞，不允许她成为情妇，哪怕他是皇帝。

后来她终生没再见过他，但每年到了相识纪念日，她会穿上这条裙子，那样的她美极了。也许穆弦跟我同样印象深刻吧……看来他非常爱你。"

我心头一怔。

曾经我看到满柜子相同款式的裙子，只觉得心里发毛，以为穆弦有强迫症，一直都没敢问。没想到会有这样一段凄凉而倔强的爱情。

露娜的只言片语，令我脑海中浮现出一个粗壮狰狞的兽族女军官，穿着可笑的萝莉少女的裙子，站在窗前，年复一年沉默望着帝都的方向。

我忽然有点难过。

原来穆弦的母亲，是这样傲骨铮铮却又一往情深的女人。这世上有几个人能拒绝成为皇帝的情妇？又有谁能为了一个人的忠贞，孤独终老？

穆弦让我穿这种裙子，是希望我像他母亲一样，忠贞地对他？

我不由得看向前方广场上，穆弦操纵的机甲一记重拳，对面的机甲轰然倒下了。

等他结束搏斗的时候，天已经黑了。

我们跟露娜告别，上了飞机，离开机器人工厂。航行在渺渺夜色中，他开口了："今天时间晚了。明天我们去看海伦尔要塞和宇宙年华柱。"

我点点头，犹豫片刻，直视着他，"穆弦，我想再买些衣服。"

他微微一怔，答道："叫人送到家里。"

我摇头，"我想自己去选。"

他沉默片刻，点头。

飞机在空中转向，驶向市中心。我俩都没再说话。

我偷偷用余光瞥他。他出了一身汗，黑发湿漉漉贴着额头，衬衫也被汗湿了。以他的洁癖程度，应该很不舒服。没想到居然愿意忍着一身臭汗，马上陪我去买衣服。

其实我也有点说不清自己的心情。听完露娜的话，我很为穆弦的母亲感动。而穆弦对那条裙子的执着，也让我有些触动。不过他的做法，也显得有点孤僻阴郁。

我突然就想做点事，改变这种阴郁悲凉的做法和气氛，下意识就提出去买新的衣服。而且既然弄清楚了，他并不是控制欲大到连我的衣物都要决定，我当然不想每天穿同样的裙子。

我们在一座高大的商厦前降落。

在飞机上时，穆弦已经打电话给莫林，所以我们走到门口的时候，商厦经理热情地迎了出来，把我们带到顶层。

面前是一间装饰辉煌、衣衫绚丽的大厅，一名中年女服务员恭敬地迎上来。

"这是帝都最著名的女装品牌。"经理殷勤地介绍，"其他女服务员已经回避了。殿下，请随意。"

穆弦点点头。我已经料到会这样，见怪不怪跟着他走了进去。

我把整个店逛了一圈，选好了几套。穆弦本来还一步不离地跟着我，后来就坐在沙发上等了——看来占有欲再强的男人，都忍受不了女人逛街。

更衣室不是普通商场那种狭窄的四方格，而是间宽敞舒适的小屋，屋中间放着红色丝绒沙发，还有道精致的木质屏风。墙上镶嵌着巨大的穿衣镜。

我在屏风后换好衣服走出来。在镜前一照，还不错。屋里只有我一个人，也没什么顾忌，我前后左右都照了照，挺满意。

在穆弦的地盘憋了很多天，头一次逛街买东西，颇有些久违的兴奋。我把所有衣服都试了一遍，最后是一件粉蓝色V领薄毛衣和深色齐踝长裙，很素净，上身也舒服，我很喜欢，忍不住对着镜子自言自语："嗯，还不错。宝刀未老。"

正心满意足间，忽然听到身后"嗒"一声轻响，像是有人踩在木地板上发出的声音。

我浑身一僵，后背一阵寒意。有人吗？我猛地转身——

穆弦不知何时进来了，以标准军姿端坐在沙发上。暗色军装、墨色军靴、乌黑的发，净白的脸，一副清清冷冷的样子。

我松了口气，见他目不转睛看着我，我只好礼节性地问："你看行吗？"

"非常漂亮。"

我被他说的脸上一热，"谢谢。"

他点点头，盯着我，轻声重复："无与伦比的可爱。"

他的眼神直勾勾的，我有点尴尬了，低下头说："我去把衣服换回来。"正要转身走回屏风后，忽然觉得刚刚好像瞄到……哪里有点不对。

我迟疑地停下脚步，回头看着他。他依旧冷着脸，是平日那副清俊英秀的冰山模样。只是脸颊上不知何时，浮现出一抹淡淡的晕红。

而他挺拔的鼻梁下，两点濡湿的鲜红色，正缓缓地淌下来。

我看得目瞪口呆，"你……流鼻血了？"

他一愣，似乎这才反应过来，蹙眉从口袋里掏出手帕捂住鼻子。

我没想到他也会有正常人的小毛病，走到他身边，"没事吧？"

他抬头看一眼我的脸，目光缓缓下移，像是完全凝滞在我身上。我不知道他在看什么，难道有什么不对劲吗？

忽然，我听到"吧嗒、吧嗒"两声，两滴鲜血落在地面。

是他的鼻血流得更凶了。

我们同时看着地上，又同时抬头对视。他沉黑的眼眸中似乎闪过一丝窘迫，捂着鼻子淡淡道："去换衣服。"

我忽然有点明白了，"哦"了一声快步走到屏风后。

转念一想不对啊，我明明穿着严实保守的长衣长裙，连肩膀都没露，他怎么就流鼻血了呢？可他刚才的表现，好像就是因为我。

脑海中再次浮现刚才他清冷的表情和汹涌的鼻血，对比极为鲜明……

越想越好笑，我实在没忍住，低笑出声。

夜色柔和而清澈，幽蓝色天幕宛如薄纱笼罩大地。

我们走到家门口的山坡上，穆弦把衣物交给巡逻机器人，柔声说："明早我来接你。"

我意外地转头看着他。原以为他会跟我一起进去。

夜色朦胧，他看起来肤色暗白、眼神澄澈，轮廓斯文又秀气，与记忆中的清冷阴郁判若两人。

"今天谢谢你。"我说，"那我进去了。"

他点点头，双手插在裤子口袋，站在原地不动。我就往里走，大概走了十几步，到了门口的悬浮阶梯前，下意识回头看了一眼。

他还站在原地，站在星光草地上，像尊优美而安静的雕像。忽然，他迈开长腿，快步走到跟前，盯着我，"有事？"

我愣住，连忙答道："没事。"

我只是回头看一眼你走了没有……

他看着我，忽然浅浅笑了，微弯的唇角像是也沾染上夜色的温润朦胧。

"哦。"低沉温和的嗓音。

我的脸莫名一热，低声说了句晚安，转身上楼。心里却隐隐明白了——他刚才是期待我吻他吧？抑或是邀请他回来睡？

所以看到我转身，他几乎是立刻追上来。

所以他会露出无奈的微笑，若有所思地"哦"了一声……

我飞快地回头看他一眼。他还站在原地，仰头看着我。只是夜色迷离，已经看不清他的五官表情。

我有些失神地关上屋门。

他真的在改变，像他承诺的那样。那我呢？我该怎么办？

我默默抬头，立刻愣住。这是什么状况？

没有开灯，橙黄的烛光在幽暗中温柔摇曳；婉转的音乐像是从夜色深处传来；桌上缀满鲜花，清香沁人心脾。正中放着个深蓝色酒瓶，两个水晶酒杯。

很温馨，也很暧昧。

我有些惊讶，难道这也是穆弦布置的？他还会再上来？

但一个洪亮的声音，很快否定了我的想法。

"小姐！你怎么一个人回来了？指挥官呢？"

灯骤然亮起，莫林不知道从哪个角落"蹬蹬蹬"跑出来，一脸幽怨，身后跟着沉默的莫普。

我随即释然——走到沙发坐下，扶手上摆着粉红色的心形蜡烛，明显是莫林的品位，而非穆弦。

"他回军部了。"我答道。

莫普见怪不怪，开始吹熄蜡烛、关掉音乐，收拾现场。莫林扑倒在沙发上，脸埋进红丝绒里，闷声闷气地大喊："进展好慢啊……亏我们准备了一整天！"

我拍拍他的金属脑袋，笑道："别沮丧了，下次我继续努力。"

他猛地抬头，眼睛狂眨，"真的？"

我静了片刻，点头。

他立马坐直了，捂着嘴笑。这时门铃响起，巡逻机器人把我的新衣服送了进来。

我想起流鼻血的穆弦，忍不住笑了。

莫林眼尖，好奇地问："什么事这么开心？"

我笑道："问你们个事，穆弦有流鼻血的毛病吗？"

莫林摇头，"没有啊。他比机器人还健壮。"

"我见过几次。"莫普忽然插嘴。

我俩都好奇地看着他，他微笑着说："指挥官与小姐分离的四年里，有时候他会待在指挥室欣赏小姐的照片，我看到他流过两次鼻血。"

莫林呆了两秒钟，听明白了，喜笑颜开地跳起来，抬起手跟莫普响亮的一击掌。莫普动作优雅的配合，两人一起笑眯眯地望着我。

我也在笑，可笑着笑着心里就有点发酸，笑不出来了。不知道是为了自己，还是为了穆弦。

大概是看到我的表情有点僵，他们都愣住了。莫林小心翼翼地问："小姐，你还为当年的事怪指挥官吗？请相信我，指挥官绝不想伤害你。"

我发觉这个问题没办法回答。我还怪他吗？

"我知道他不想伤害我，是兽族基因的问题。皇帝告诉我了。"我含糊答道。

莫林和莫普都有些吃惊，莫普说："原来你已经知道了。"

莫林高兴地说："知道就好。我们的许可权不能谈及皇族的隐秘，啊这些天可憋死我了。指挥官是无辜的啊！你放心大胆地爱上他吧！"

我没理莫林，看向莫普，有些自嘲地问："那天我是不是刚好从你们飞船下经过？所以你为他选择了我？"这个问题，我想问很久了。

莫林也好奇看向莫普，当时他不在飞船上。

然而我没想到，莫普摇了摇头。

"不。当然不是。"他直视着我，"既然你已经知道兽化，我就有权对你谈及那件事——选择你，是指挥官的决定。"

我不敢相信自己的耳朵，"你说什么？"

莫普沉静答道："我清楚记得，指挥官从兽化昏迷状态苏醒时，我告诉他，皇帝陛下下达了命令。他只说了一句话。"

我的心怦怦直跳，莫普目光温煦地看着我，"指挥官说：'如果可以，我要华遥。'"

天际已经露出鱼肚白，我躺在床上，翻来覆去睡不着。

莫普还说，穆弦之前来过几次地球，但那回是他第一次听穆弦提起我的名字。他当时听了穆弦的话，没抱太大希望，但还是让飞船直飞到我所在城市。结果运气很好，在几条街外找到了我。

我忍不住推测，难道我们早就相遇过？可他那样出众的长相，我见过不可能没印象。

而我的印象中，从小到大，也没营救过落水大黑狗、受伤大黑狗、流浪大黑狗。所以我肯定也没见过兽态的他。

只有一个可能。

他在某种契机下认识了我，但是我不知道。而且他可能暗恋我，不然不会在那种危急时候，还坚持要我。可这实在匪夷所思——穆弦暗恋我？他喜欢我？

我一直认为，穆弦是想跟"妻子"彼此身心忠贞，而不是跟"华遥"。即使当年不是我，换一个女孩，他也会相同地对待她。

他自己也说过，除了忠贞，他不关心我的任何事。只要结婚对象健康，是谁没有分别。如果喜欢我，怎么会说这种话？

不可能的，他不可能喜欢我。

我对自己说：别胡思乱想了，喜不喜欢根本无关紧要，既然他愿意尊重我、保护我，我做个合格的妻子就行了。

虽然这么想，心里还是乱糟糟的，一夜辗转难眠。

结果第二天莫林来敲门时，我根本没睡着多久。坐到镜前一看，赫然发现两个醒目的黑眼圈。我有点沮丧，又觉得好笑，换了套昨天新买的裤装下楼。

阳光早就洒满整个客厅，穆弦坐在沙发里，闻声抬头，目光凝滞在我身上。片刻后，才移到我脸上，闪过怔然。

我已经看得懂他沉默的惊艳，而他显然也注意到我的黑眼圈，这令我有种被人窥见心事的窘迫感。

"没睡好？"穆弦站起来，走到我跟前。

"没事。"我答道，"可能是前天睡多了。"这个借口比承认失眠令我感觉好得多。

穆弦盯着我，脸上浮现清秀动人的笑容。

"那就好。"

我的脸陡然热起来，什么叫"那就好"？他在暗示什么？难道莫林把我们昨天的谈话内容汇报给他了？或者是以为没有他我睡不好？

我飞快地说完"我去吃早餐"，转身走向餐厅，他的脚步声缓慢而轻盈地跟过来，就像踩在我的心尖上，颤颤的、麻麻的。

吃完饭我们上了飞机。因为要去外太空，穆弦穿上了太空衣，还拿了一套给我。我穿上正合身，还以为他找了套女兵衣服给我。

谁知他眸色沉黑地盯着我，柔声说："这是我少年时的衣服。"我顿时了悟——他怎么会愿意在我身上闻到别的女人的气味？

离开大气层，幽暗的太空星光点点，一派静谧璀璨。他执行了一次超光速跳跃，然后对我说："再航行两个小时，就能抵达年华柱的观测地。"

我点点头。

我看过一些资料，也听莫普和莫林说过。能够观测到年华柱的星域，位于海伦尔要塞后方。海伦尔要塞之所以重要，是因为银河系臭名昭著的流亡雇佣军团时常在附近星域出没。他们以掠夺星球资源为生，是文明星球的公敌。他们曾多次入侵海伦尔要塞，荒芜之地也曾被他们占领过，但最终被帝国舰队夺了回来。

负责要塞的指挥官白朗少将，是露娜的丈夫，也是穆弦多年的好朋友。听莫普说，他是一位非常忠诚和优秀的将领。穆弦这次只带了一支舰队来到荒芜之地，其他两支舰队留在了斯坦星。他虽然是白朗的直接上级，但不打算干涉当地驻军正常运转，只是利用自己的兵力，加强防御。

我们虽然只有两个人去看年华柱，但一般不会有危险。那片星域跟海伦尔要塞还有较远距离。如果有雇佣军入侵，肯定会惊动要塞守军。换句话说，除非要塞失守，否则年华柱周边不可能出现雇佣军。

不过我本来就犯困，跳跃后更晕了。我知道不能睡，一直瞪大眼睛看着窗外漂亮的星云，可不知什么时候就睡着了。

不知过了多久，我迷迷糊糊感觉到嘴唇上有点痒，有一股轻微而熟悉的气息拂过脸颊。我没太在乎，伸出舌头舔了舔嘴唇。

过了一会儿又感觉到唇上一痒，这回感觉清晰多了，有什么湿湿的软软的东西在舔我。

我一下子清醒过来。感觉很熟悉，是他的舌头。

我僵着没动。

因为以前睡着的时候，他也曾偷吻过我，每次都是浅尝即止。我打算等他停下来后，再假装刚醒。

谁知他舔了一下，又舔了一下，一直没有间断。我还能感觉到他把鼻子贴在我嘴唇和脸颊上深深地嗅。

我默默忍着，数到四十五下的时候，只觉得整张脸都被他呼出的热气挠得奇痒，嘴唇也麻得不行。我忍不住了，抬手捂住嘴，假装打了个哈欠，睁开了眼。

我一睁眼，就看到一张白皙俊秀的脸杵在眼前。黑黢黢的双眼紧盯着我，嘴唇看起来湿漉漉的。

我微微向后一缩，这才发觉他不知何时把我俩的座椅调整到并排靠拢，没有一点距离。然后探头过来看着我。

见我醒了，他没动，甚至又把脸往前移了移。

"我吵醒你了？"低沉温和的嗓音。

"没有，我是自己醒的。"我答道。

他看着我，眸中隐有笑意。

我陡然明白过来：他的问题分明是试探，而我的回答，暴露了我在装睡——"我是自己醒的"，不就是在说"我不是被你舔醒的"？

我微觉窘迫，他也不出声。

我俩的脸隔得很近，鼻尖蹭着鼻尖，呼吸仿佛都纠葛缠绕在一起，痒痒的软软的。

他保持着这个姿势不动，我想他大概是要吻我了。也对，他忍了这么多天。我平静地等待着。

谁知他沉默片刻，骤然直起身子，转头看着前方。脸上少了他的气息压迫，我感觉一阵轻松。而他的神色淡淡的，仿佛刚才什么也没发生，只是脸颊似乎有些薄红。

过了一会儿，我忽然明白了。

他还在忍，忍着不吻我。

我静默片刻，转头看着窗外。这一看，我呼吸一滞。

这是……

"华遥，这就是年华之柱，宇宙的起源地。"他低沉柔和的嗓音响起。

我有些失神。

我见过缥缈纯净的星云，见过极速闪耀的双星，也见过银河系的繁星如梦。可我从未料到，宇宙中还有如此磅礴古朴的景色。

一根根灰褐色的柱体，矗在深黑的天幕中，远远看去，就像数根倔强的脊梁沉默挺立。幽蓝色的尘埃，仿佛雾气般笼罩着，稀疏的红色星光，如同萤火虫点缀其中。

我看不清柱体到底是什么构成的，那里一片混沌，纯净而幽深。它们形态各异，有的似巨人狰狞屹立；有的似野马扬蹄嘶鸣，没有一根形状规则，但都有同样嶙峋桀骜的棱角。就像随性泼墨而成的画作，粗犷肆意、波澜壮阔。

我静静凝望着它们，心情无比平静。在如此浩瀚恢宏的美景前，所有的一切仿佛都变得渺小，变得微不足道。

忽然，我觉得哪里有点不对劲。

余光一瞄，这才发现穆弦根本没看前方，一只手不知何时搭上我的座椅靠背，另一只手撑在扶手上托着下巴，脸偏过来在看我，很专注的样子，不知道已经看了多久。

我瞬间僵硬。

之前没发现不觉得，现在只感觉他两道目光跟火焰似的，燎得我半边脸颊阵阵发热。眼前的壮丽景色仿佛也无法令我专注了。

"那些星星是什么？"我指着年华柱上浮动的星光。他这才转头看着前方，答道："超新星。"

我根本不知道超新星是什么，不过还是点头。少了他的凝视，感觉自在多了。

过了一会儿，他忽然非常温和地说："这边超新星更多。"

"哦？在哪里？"我转头看着他那边的机舱，但茫茫一片什么也看不见。

"坐过来就能看到。"他柔声说。

过去？

我看着他高大的身躯霸占着座椅，丝毫没有要起身把座位让给我的意思。而清秀淡然的容颜上，黑眸显得有点幽深。

他……不会是想让我坐在他怀里吧？毕竟不是第一次了。

在他的凝视中，我感觉脸颊有些发烫。我没有动，只是默默转头看着前方。

他的目光依然如同芒刺在背。

机舱里安安静静，似乎有点闷热，又有点压抑。

过了一会儿，他淡淡道："返航吧。"

"好。"我点点头，用余光瞟他，却见他侧脸安静清秀，似乎没什么表情。我没来由松了口气。

"嘀嘀嘀——"

突兀而清晰的警报声，在船舱中响起。我低头看到驾驶仪的星系雷达图上，出现不明飞行物的闪烁标志。那是什么？

"戴好头盔、系好安全带。"穆弦忽然说。

我看向他，却见他抬头看着机舱外。左前方很远的地方，几艘跟我们一样的暗灰色战机，正从一片碎石带后绕行出来。机体上隐隐可见帝国空军的标志，是自己人？

我按他说的准备好。

这时，驾驶面板上有个灯在闪，穆弦拿起了通信器。

"我们是海伦尔要塞第十四巡逻分队，识别码……"对方报上一串数字，"你们的身份？"

穆弦没有丝毫停顿，沉静答道："我们是诺尔殿下第三舰队机器人卫队。"然后报出一串识别码。

我有些奇怪——穆弦为什么要隐藏身份？也许是不想惊动对方吧。

这时，对方礼貌地说基于安全要求，请我们迅速离开这一片星域。穆弦答应了，掉转机头，匀速行驶。

我发觉他还是冷着脸，就问："没事吧？"

他眉头微蹙，看都没看我一眼，淡道："安静。"

突如其来的冷漠语气，令我心头微微一堵。难道刚刚我不肯坐到他怀里，让他不高兴了？

我索性闭嘴不再说话。

他又拿起通信器，输入频道代码，沉声说："我是指挥官。命令全军警戒，做好防御准备。我在年华柱附近，遇到五艘可疑战机。这个时间，第十四巡逻分队不应该在这个星域。立刻联络白朗……"

我听清他的话，暗吃一惊。可疑战机？难道那些人不是帝国空军？那会是谁？雇佣军吗？

而且穆弦说那支分队"不该出现"——他居然能把巡逻分队应该出现在哪里都记住？记性也太好了吧？

这时头盔里传来机载系统的声音："注意，镭射炮、火箭炮就位，安全装置解除，进入发射准备，进入发射准备。"

我心头一震：穆弦准备好了武器？难道要交火了？

还没等我询问，就听到穆弦低喝一声："坐稳。"话音刚落，机身骤然偏移，一股巨大的力量狠狠将我往右抛去，却马上被安全带猛地拉了回来。

我被颠得晕乎乎一阵恶心，抬眸看到一道白色的光亮，风驰电掣般从机身右侧擦过，几秒钟后，在太空中爆炸成一团火焰。

那是炮弹！有人在攻击我们！

机头正前方，那五艘可疑战机，正呈扇形朝我们包抄过来！刚刚他们与穆弦的交谈只怕是幌子，我们差点被击中。显然穆弦也有了防备，刚刚我们才躲过那发炮弹。

这时，几束密集的亮光，从我们的机腹飙射出去。它们在太空中勾勒出飘浮弯曲的弧线，最后落在前方一艘战机身上。那战机猛地燃起一团红黑的火焰，瞬间炸裂成数块。

我呆呆看着那些残骸——穆弦击毁了一艘敌机？可还没等我缓过劲，就看到对方同样疾猛的炮火，朝我们袭来。

　　之后很长时间，我什么也看不清了。

　　因为飞机开始以不可思议的速度在空中翻飞滑翔。我只看到一道道白光"嗖嗖嗖"从舱外闪过，只听到头盔中"轰隆隆"炮火声不断。

　　我感觉像是被扔进了洗衣机里，颠来倒去高速旋转。这比我坐过的任何云霄飞车都要恐怖。我觉得头晕目眩，开始阵阵干呕，耳朵里也痛得厉害。

　　我忍不住看向穆弦。却见他冷着脸，神色专注地看着前方，仿佛眼里根本没有其他事。我明白他正以一敌五，不能分心，只好继续强忍着。

　　就在这时，飞机忽然一个剧烈的翻身，我吓得一声尖叫，冷汗淋漓。耳边忽然传来穆弦短促的声音："华遥、华遥！"

　　我牢牢抓紧座椅扶手，勉强侧头看着他。他飞快看我一眼，语气有些意外："你害怕？"

　　我也察觉到自己刚才的失态，咬着唇不说话。

　　"还有两艘，就结束了。"穆弦直视前方，目光冷冷的，"如果害怕，过来抱着我。我的精神力场可以帮助你平衡。"

　　"不、不用。没事。"我勉力答道。

　　穆弦没再说话，大概也没办法分神。

　　战斗还在继续，我继续忍受着他恐怖的飞行速度和刁钻的飞行角度。

　　终于，在飞机再次毫无预兆地一头栽进幽黑的宇宙深渊，开始高速坠落时，我受不了了。我开始连声尖叫，闭着眼拼命大喊，仿佛这样才能宣泄心头极致的恐惧。我只觉得分分秒秒都是煎熬。

　　"过来！"耳边传来清冷的低喝，我一下子回神，睁眼看向穆弦。他还是冷着脸看着前方，俊秀的容颜、乌黑的眉目透着种陌生的坚毅。

　　我的心忽然一定。

　　他的座位本来就跟我紧挨着，我的身子倾斜过去，伸手一把抱住他的腰。也许是我的动作太猛，他被我撞得重重靠向椅背，但很快就稳住。我用力将他箍紧再箍紧，一头埋在他怀里，恨不得整个人钻进去。

　　飞机还在剧烈颠簸，轰鸣声还是连绵不断。但也许他的精神力真的有用，过了一会儿，我就感觉舒服多了，不由得把他抱得更紧。

"还有一艘。"淡淡的嗓音在头顶响起，"别怕。"

我抬起头，微微一怔。

明明清秀俊美至极的容颜，此时却像覆上一层森然的寒气。眼神沉静，嘴唇紧抿，显得倨傲又冷酷。与跟我相处时完全不同。我看了一会儿，就把头又埋了下去。

也不知道过了多久，飞机似乎已经平缓下来。他低柔得不可思议的声音在耳边响起："结束了。"

他隔着头盔，面容沉静地看着我，目光非常的……怜惜？

"结束了？"我喃喃重复。

"我们已经在返航。半个小时后进入可以执行跳跃的星域。"他柔声说。

我松了口气，低声说："谢谢。"想要起身，却被他按住。

"危机还没解除。"他盯着我。

我顿时又不敢动了，抱着他的腰不松手。

他眸中闪过笑意，"你的胆子没我想的大。"

我顿时想起刚才几乎是不要命地扑在他身上，有些尴尬，却听他又说："不过你没接受过宇航训练，表现还算不错。"

我正要开口问他到底敌机是什么人，忽然见他原本含笑的脸庞又冷了下来。

与此同时，"嘀嘀嘀——"的警报声突然响起，越来越急促，越来越密集。

我身子一僵，循着他的目光回头，只见前方一片遥远的星云中，密密麻麻的战机，正缓缓驶来。

年华柱依旧灰暗壮丽，太空仍然幽深静谧。因为隔得远，那些战机看起来还是一小片密密麻麻的暗点。

穆弦松开了我的腰，目光淡淡扫过舱外，随即掉转机头，徐徐往回开。我不知道他想干什么，又怕突然交火，只好抱着他不放。

"不会再让你身处战场。"略显阴郁的声音在头顶响起。

我一怔，抬头。他也垂眸看着我，脸色有点冷。

"这是最后一次。"他说。

是看我害怕，他才突然做出这个表态？

他……心疼了？

我心里有点酸酸的不是滋味，低声说："谢谢，我其实也还好。你专心做你的吧。"我没问他打算怎么做，因为他肯定已经有了主意，而我也帮不上忙，安静地听他安排最好。

他就没再说话。过了一会儿，我们航行到一块悬浮的黑色巨石背后。那里有一艘残破的战机，静静飘浮着，正是穆弦刚刚击落的敌机之一。穆弦驾驶飞机缓缓接近，直到我们的舱门靠上了那残机的机翼，然后关闭了飞机引擎。

"先松开一会儿。"他柔声道。

我讪讪地放开他的腰，直起身子。

他解开安全带站起来，又从墙上拿下一捆长长的金属绳索，将一头系在自己腰上。我看到另一头固定在座椅后背上。

我反应过来，有点不安，"你要出去？"

他点点头，"待着别动，我很快回来。"他从后舱取了个大箱子，然后打开舱门跨了出去。我瞥见他足下宛如万丈深渊般的黑色太空，只觉得小腿一阵颤抖，可他已经没了踪影。

我的身体慢慢飘浮起来，但还是被安全带固定在座椅上方。时间一分一秒过去，周围静悄悄的，头盔中只有我的呼吸声。我突然想起头盔中有无线电可以跟他通话，连忙压低声音问："穆弦，你还好吗？大概还有多久？"我的嗓音听起来沙哑而颤抖。

通信频道中静默了一会儿，传来他低沉干脆的声音："我马上回来。"

我一怔，连忙说："我不是催你，你办完再回来。我只是……"

只是看看你在不在。

话音未落，一个人影已经缓缓飘了进来，舱门"噔"一声关上。我扭着头看他，心头如同卸下巨石。他的身体缓缓落地，把手里的箱子往地上一放，快步走到我面前。

我看着他沉肃的容颜和关切的眼神，颇为后悔刚才说话干扰了他，忙说："我没事的……"话还没说完，他已经俯下身体，朝我伸手。

我以为他是要抱我，现在身在危境，我当然顺从地抱住了他的腰。谁知他身形一顿，把我的腰迅速一搂又松开，声音中隐隐有了笑意："稍等，先解开安全带。"

我一愣……解安全带？

"啪啪"数声轻响，安全带弹开了，他扶我站起来，握着我的手腕走到箱子旁。我看着他唇角久久未褪的笑意，有点尴尬。但当他打开箱子，我的注意力立刻被吸引了。

那是两套黑色军装和一些形态各异的金属元件。军装我认出是在影碟上见过的雇佣军装——这令我心情有些沉重。而元件我自然不认得是什么。

他看我一眼，嗓音低沉："把衣服脱了。"

我一怔，随即明白——军装皱巴巴的，刚刚我还看到其中一件的袖口上有湿漉漉的深痕，看起来像是血迹。显然是从敌机驾驶员身上剥下来的。莫非他想让我俩扮成雇佣军混过去？也对，那么多敌机，他根本不可能打赢。

可假扮也很冒险。

我点点头，摘下头盔，开始脱太空衣的扣子，"脱成……什么样？"

他已经脱掉了太空衣，露出里头的暗灰色军装，闻言定定地看我一眼，答道："只留内衣。"

我脸上有点发热，但身后的敌机群正在逼近，容不得迟疑。很快我就脱下了上身的衬衫，只剩一件胸罩。

他原本一边脱，一边沉着脸似乎还在想事情。这时忽然目光一闪，缓缓上移，明显停在我身上不动了。

我微微一僵，又脱掉了长裤。他扫一眼我的腿，把手里的军装递过来。我迟疑："会不会大？"他答道："副驾驶是一个橙血人，个头很小，跟你差不多。"

我心想自己的个头也不算很小，抓起军装正要往身上套，他忽然又说："先穿上这个。"

他把身上的军用背心脱下来递给我，自己只穿一条短裤。我以为有什么玄机，随口问："你不用？"

他深深看我一眼不答，拿起旁边的雇佣军装，皱着眉头似乎很忍耐地往身上套，不过目光又自然而然地回到我胸口。

　　皮肤接触到柔软的、微带汗意的背心，我突然灵光一闪——让我穿着他的背心，是想尽量减少我的皮肤跟雇佣军装的接触吧。虽然有点掩耳盗铃，不过也难为他了。他自己还有洁癖呢。

　　很快我俩都换好了衣服，他匆匆看我一眼，目光略有凝滞，低声说："出乎意料的……漂亮。"随即挽起袖子，拿着那些金属元件去后舱了。

　　我低头看看身上的军装，胸有点紧，腰有点大，裤腿肥肥的，穿在我身上一点也不笔挺，他居然说漂亮？

　　我不由得抬头看向他——他还是那样高大笔挺，纯黑色越发衬得他眉目俊朗、皮肤白皙。比起穿暗灰色时的清肃，黑色显得更冷峻。

　　十几分钟后，他才重新坐回驾驶位，还是一副清冷倨傲、有条不紊的样子。

　　这令我也奇异地淡定下来。

　　这时，远方的战机群已经航行到年华柱前了。现在它们看上去，就像一只钢铁大鸟，遮住的不再是一小片星空，而是我的整个视野。

　　穆弦打开飞机引擎，拿起通信器。英俊的侧脸看起来淡然而平静，眸色却显得清冷锐利。

　　"报告，我是第五纵队三十七小队丛恩上尉。我们刚刚与一艘帝国战机发生了战斗……我的识别码是……"他报出一段数字，"敌机已经被歼灭，有人员伤亡，请立刻派救援船过来。行动许可？你是哪支部队的通信官？第三纵队？少尉，这不在你的许可权范围内，告诉你的上司安瑞上尉，有问题直接问第五纵队指挥部。还有什么问题？派人过来，动作要快。"

　　通信结束，他转头看着我，"你是诺伊少尉。其他问题交给我回答。"

　　我完全听得一愣一愣的，点点头，迟疑问道："他们会不会核对我们的身份照片？"

　　他淡淡一笑，"雇佣军由多个星系多个种族的流寇组建，鱼龙混杂，资讯系统并不能及时更新。他们最有效的核对方法是识别码和许可权口令。"顿了顿说，"我都有。"

　　我忽然想起莫普说过，穆弦的那根腿骨就是在三年前与雇佣兵团作战中受伤的。他对雇佣军这个对手的了解一定很多，所以现在才有恃无恐吧。

我放下心来，跟他一起静静看着前方战机群中，有两艘偏移原来的航向，朝我们飞来。

事情的发展还算顺利。对方战机上过来两个兽人，两个机器人。检查完我们的电子证件（不知道穆弦怎么准备的，上面甚至还有我们俩的照片），又询问了穆弦一些问题，就去那几艘残骸打捞尸体了。其中一个走的时候说："既然是第五纵队的人，跟着我们走吧。"

穆弦说："好。"掉转机头，缓缓驶入了雇佣军的战机群中。

周遭全是暗沉冷硬的战机，我们就像蜂群中最平凡的一只，只能被簇拥着不断前行。穆弦依旧沉着脸，过了一会儿，拿起了通信器。

这回他说的是我完全听不懂的语言。我猜他是通过加密频道在向舰队发布指令。通信结束后，他沉思片刻，忽然转头看向我。

"这样很好。"

"……怎么了？"

"你很镇定、很乖巧。"他顿了顿，嗓音低沉柔和了几分，"继续这样，一切交给我。"我顿时明白——他是在夸我一直没多事，安静地听从他的安排。我本来就觉得应该如此。

只不过他的语气中透着淡淡的愉悦，令我脸上微微一热。

大概又航行了十几分钟，前方出现一艘非常庞大的黑色飞船，跟穆弦舰队的主舰差不多体积。

"所有战机，返回太空堡垒，休整十小时。"通信频道里传来沉稳的命令声。

穆弦抬眸扫一眼太空堡垒，我则心头一惊——到敌方大营待十个小时，绝不是让人感到轻松的事。谁知道会发生什么事？

可是那太空堡垒的机腹处已经缓缓打开了闸口，一艘艘战机像回巢的小鸟，降落驶入纵深的甲板里。

在短暂的滑翔后，我们也开了进去。

飞机颠簸着停稳，我们刚出飞机，就有两名地勤迎上来，我看着他们，有点紧张，手已经被穆弦用力握住。

"蠢货，别拿你们的脏手碰我的飞机。"穆弦冷冷道，"加满燃料就滚开。"

　　地勤一怔，露出些许愤恨的神色，立定行礼："是，长官。我保证没人会多事。"

　　我还是第一次听到穆弦骂人，暗吃一惊。往前走了一段，我回头，就见那地勤果然挥挥手，让另一个小兵把战机拖到角落里，看都没看一眼。

　　我明白了——虽然战机外观看起来一模一样，他之前又进行了改装。但万一地勤发现点什么，就不太妙了。他倒是……倒是胆大心细，我忍不住斜瞄他一眼，清冷白皙的容颜上，没什么表情。

　　甲板上非常乱，飞机越停越多，人来人往嘈杂喧嚣。不断有士兵从身旁经过，有的还会撞到我们身上。

　　穆弦一直冷着脸，环着我的腰往前走。到了机库出口，忽然有个兽人走过来说："上尉，我已经叫后勤安排了你们的食宿。可以先去餐厅吃饭了，在那边。"他指了指身后的一条通道。

　　我认出这人正是刚刚检查我们身份证件的飞行员。穆弦朝他点点头，就搂着我随人流往餐厅走去。

　　餐厅非常宽敞，灯光柔和，桌椅整洁，比机库里感觉舒服多了。人不算多，数百个座位，有三分之一还空着。

　　我闻到饭菜香味，还真觉得饿了。但穆弦的脸色并不好看，像是覆上了一层寒气。刚才遇险时，他的脸色都没这么难看。

　　我不由得担忧——难道有了什么新的大问题？

　　我们挑了个左右无人的角落坐下，他把两个餐盘都端过来，又拿了两副刀叉过来，低声说："刀叉可以用，他们有消毒器。"

　　我没太在意他的话。餐盘是长方形的，里面放着四个盒子。最大一个里面是一块方方正正的米饭，这里的米饭每一颗足足有地球米饭的三倍大。另外三个盒子分别是熟牛肉、糊状的菜羹和一块面包。

　　我刚要开吃，忽然听到他淡淡道："等等。"语气有些莫名的……忍耐？

　　面前的米饭盒子被他拿走了。我疑惑地看着他，却见他深深望我一眼，蹙眉拿起自己的餐刀，冷着脸沿着米饭边缘切下一块，又切下一块。那块米饭本来大概就是普通一碗的量，被他这么一切，体积变得不到原来的二分之一。可他还没停，用叉子把米饭叉起来，把底上又切掉了一层。

他的眉头这才稍微舒展，举起叉子递给我，"可以吃了。"

我疑惑地接过只剩三分之一的米饭芯子，他扫一眼我盘中的菜，淡淡道："那些没办法处理，只吃米饭吧。飞机上还有储备粮，明天你可以吃。"

我突然顿悟了。

他有洁癖，他嫌这里的饭菜脏。所以刚刚脸色才会那么难看？

当然这也可以理解，之前我们走过橱窗时，的确看到光着臂膀浑身是汗的大汉在整理餐盒。

但飞机上的储备粮我知道，是莫林亲自准备的，因为预备当天返回，量非常少，最多够一个人吃。

不等我回答，他又开始削自己的米饭。我一直愣愣地看着他。很快，他把自己的米饭芯子也削好了。虽然他皱着眉头，但明显也饿了，很快就把饭吃完了。

这时我才吃了几小口，想了想，递给他。

"我没有洁癖。你要带我们脱身，吃饱点吧。"我把他的餐盘端过来，把剩下的米饭块划到自己餐盒里。

他目光一滞，嗓音骤然变得低柔，缓缓问："你……给我？"

我还没作声，他的神色已经恢复清冷，眼神却隐隐透着异样的涌动，"我很高兴，但不接受。我不会让自己的女人……"

他的话没说完，因为我已经拿起一块牛肉塞进嘴里。

他眸色微震，盯着我不说话。

我被他看得有些不自在，只好低声说："你把这个吃了，飞机上的东西，你也吃了。我吃这些正常餐，没什么问题。外婆年纪大，我读中学开始就是寄宿，一直吃食堂。这个比学校的伙食强多了。"

过了一会儿，我抬头看向他，"我饱了，你不吃就浪费了。"

他默了片刻，终于将那块米饭芯子送到嘴里，轻轻地一口口咬着。

"好。"声音听起来很低，很柔。

我笑了笑。

不过我很快笑不出来了。因为他就这么盯着我，慢慢地吃。他的姿态依旧非常优雅，但是清俊白皙的容颜慢慢浮现薄红，暗沉隐忍的眼神牢牢锁定我。

周围人看到我俩怪异的表情，吃吃笑笑。穆弦根本不理他们，一直盯着我。我的脸阵阵发烫。

饭吃完的时候，餐厅里人已经很满了。放眼望去，处处都是黑色身影攒动。有不同种族，也有部分女兵，但大部分是年轻健壮的男人。当我们往外走时，一路不少人侧目，我也能感觉到很多人盯着我。

看一眼穆弦，他微垂眼眸、表情淡淡的。察觉到我的目光，他也扫我一眼，那眼神无疑是阴郁的带了几分狠意，只是隐藏在寡淡的表情和长密的睫毛下。

以我对他的了解，现在与数百雄性共处一室的情形，绝对已经触怒了他的底线——他连我在的飞船都不让别的男人踏足。但他看起来几乎没什么异样，不得不说，他的自控力和大局观相当好，而占有欲也是很牢固的。

刚到门口，之前叫我们来餐厅的兽人迎上来，给我们指明了宿舍的位置。望着他的背影远去，我忍不住低声说："这人是不是太热心了？"

穆弦却忽然有些失神，缓缓转头看着我，默了片刻，才淡淡答道："他不是热心，是盯着我们。"

我吃了一惊，穆弦却已经揽着我快步往前走。一直到了个无人的拐角处，他才低声说："大概二十四小时内，他们会从总部取得资料，完成对我们身份的二次核查。"

我一怔——也就是说我们到时候会暴露？所以在那之前，兽人军官会一直监视？

那穆弦还这么淡定？

他却盯着我，似乎又有点走神。把我从头到脚看了一遍，最后回到我脸上，四目凝视。他却只淡淡道："走吧。"

我满心疑惑，不知道他到底在想什么，只能感觉到腰间的手收得很紧。

狭长的走道灯火昏暗，窗外星光如白雪点点铺洒，衬得夜色清新干净。我们路过一间间舱门，最后在一间微敞的舱门前停下。一缕黄色光芒透出来，隐隐能听见里头有人在交谈。穆弦一手搂着我，一手紧握门把，竟然就这么沉默矗立了足足几分钟，才拉开舱门。

里头柔和的灯光迎面射来，我看到穆弦的脸已经恢复平静，甚至还浮现微笑，整个人显得俊秀而温和。耳边的人声在门开的一瞬间变得嘈杂，又突然安静下来。我循着穆弦的视线向前望去，顿时一僵。

舱内洞深而狭窄，两排上下床铺顺次延伸，一眼望去，全是年轻男人坐在床头、立在床边。有的只穿军用背心，有的干脆裸着上身，结实的臂膀、古铜色的胸肌，甚至黑茸茸的长腿随处可见。而我鼻翼间闻到混乱难闻的气息，烟草味、男人的汗味，甚至脚臭味，全都弥漫在空气中。

我在短暂的尴尬后，忽然就明白了。

之前隐隐听莫普提起过，太空堡垒上男女飞行员一向混居。那个兽人给我们安排的住宿，自然也在飞行员宿舍。

穆弦刚刚神色有异，就是想到了这个吧？

我突然感到一点点心疼。那感觉一闪而逝，但非常清晰。

以前他屡屡表现出独占欲，我只会觉得无奈且无所谓。而现在的情况——跟十多位雄性荷尔蒙旺盛的男人睡在一个房间，这要在从前，绝对是令他阴沉震怒乃至冷冷发飙的事。

可今天，他什么也没说，什么也没做。他只是失神地凝视着我，沉默地矗立在房门前，然后神色如常地应对一切。

我当然知道他是以大局为重。但他此刻的冷静和自制，反而让我比以往每一次，都要真切地感受到他对我的强烈欲望，隐忍而深沉的欲望。

我忽然就感到了心疼，陌生而柔软的心疼。微酸微痛，可好像又有一点甜。我侧眸看着他，他的容颜英秀而安静，在灯光下漂亮得像温润的玉。那柔和的玉色，仿佛令我的心中也浮起一丝暖意。我怔然片刻，侧转目光，跟他一样平静地看着前方。

看到我们俩，男人们明显也愣住了，互相交换个眼神，有人淡笑着说："你们是哪支部队的？没见过啊。"

这时穆弦已经拉着我往里走，找到一个空的床铺，扫了一眼，却没有让我坐下，而是微笑看向提问那人："我是丛恩上尉，这是我的搭档诺伊少尉。我们是柯顿上校的人。"

那人"哦"了一声，另一个更强壮黝黑的男人说："听说今天有人跟帝国军交火，几乎全军覆没，是你们吗？"

穆弦答道："很不幸，就是我们。"

众人一愣，都笑了。先前那人又问："柯顿上校还是我的同乡呢。"穆弦看他一眼："你也是维曼星球的人？你们的末儿酒难喝得像尿。"

男人们一静，骤然爆发出哄堂大笑，那个维曼星的男人也点头笑，"是很难喝，我也从来不喝。"另一个人走过来拍了拍穆弦的肩膀："嘿，我喜欢这哥们儿。"我看到那人的手掌粗糙、指甲盖还很黑，穆弦却似全无反应，脸上一直挂着微笑。

这时，我感觉到更多的目光停在我身上。那个维曼星人问："诺伊少尉真是漂亮，你们是一对？"

我略有点紧张，但觉得不能表现得太拘谨，就抬头冲他们笑笑。男人们的笑意似乎更深了，忽然我的腰上一紧，就感觉到穆弦的热气喷在我脸上——他把我搂进怀里，脸亲昵地蹭了蹭，淡淡道："她是我的。"顿了顿说，"我是兽族。"

众人明显一怔，其中一人说："那可真是可惜了。"这话有点挑衅，穆弦看他一眼，没出声。

男人们没有再管我们，径自交谈起来，也有人上床躺下，戴上眼罩耳塞睡觉。穆弦回头扫一眼床铺，那就是个单人床。他低声道："上去。"我脱了鞋爬上去，他的眉头蹙起，也坐了上来。

床边有帘子还有灯，倒算是个封闭空间。他沉默片刻，平躺下来。他本就高大，我顿时被挤到角落里，身子忽然一轻，被他抱了起来，放在身上。

我们几乎面对面全身紧贴着，他的脸色还是冷冷的，目不转睛看着我。

"趴着睡……不太舒服。"我有些不自在。

他顿了顿答道："我不能让你躺在这张床上。"

我明白了，这宿舍不知多少人睡过，他才抱着我睡。

我忽然想起他刚刚沉默站在门口的样子，心头一软，点了点头，趴在他胸口不动了，听着他沉稳的心跳，紧绷了一天的身体，不由自主放松下来。他也没再说话，只是手无声地覆上我的长发，轻轻抚摸着。我的感觉有点奇怪，痒痒的软软的，但……挺舒服。

"我说上尉，还有几张空床。现在可还在打仗，就这么迫不及待？也考虑考虑我们的感受好不好？"有人在帘子外头问，随即传来零落的笑声。

"抱歉。"穆弦沉稳的声音响起，"习惯了。"

"动作小点，别吵到老子。"上铺的人吼了一句。

"不会。"穆弦淡淡答道。他们的意思很明显，我脸上一热，看向穆弦，谁知他也看着我，眉头紧蹙，眸色暗沉。

忽然感觉到一股微热的气流，从全身皮肤浸入。

这感觉似曾相识，那天他咬我一口时，就是这种感觉——那是他的精神力场。我惊讶地抬头看着他：难道怕有人暗算我们？

他也看着我，眉头微蹙，嘴唇微抿，暗白的脸显得严肃而冷峻。过了一会儿，我感觉全身都被那种温热感包围，他的眉头这才松开了，只是眼神依旧暗沉。

"怎么了？"我压低声音，警惕地问。

"隔绝了。"他盯着我，"精神力场里，只有你跟我。"他将我搂紧，缓缓说，"只有我的气味、我的温度……你可以睡了。"

我心头一震，有点哭笑不得，又有点酸酸的感动。趴在他胸口，没有再说话。过了一会儿，我就迷迷糊糊睡着了。

只是趴在一个骨头很硬的男人身上睡觉，绝不是舒服的事。我的睡眠完全断断续续，过一阵子就警觉地醒来。可每次都能看到他冷着脸、睁着眼、神色阴郁的样子。我甚至能感觉到他全身肌肉都紧绷着。

他察觉我醒来，并不说话，只是沉默凝视着我。我也迷迷糊糊望着他。有的时候他会吻我，我也分不清当时自己是醒着还是睡着了。只是迷梦间总有湿热温软的感觉，缠绕在唇舌间。

醒的时候我发觉自己还趴在他胸口，抬头看向他，却见他垂眸看着我，眸色温和而……疲惫。我想起他几乎一晚上没睡，维持着精神力场。

他抱着我坐了起来，低头看着我，"该走了。"

我点点头，他拉开了帘子。外头的男人们少了一半，其他人看我们一眼，穆弦跟他们打了招呼。

"嘿，没听到动静啊，还累成这样。"有人笑着打趣。

穆弦没答话，牵着我走到门外。窗外已经有几十架战机散布在堡垒周围，他沉默地看了一会儿，眼神重新变得锐利沉静。

我们的飞机，就像深夜海面中一朵不起眼的浪花，航行在宇宙中，航行在庞大的雇佣军舰队里。

穆弦沉默低头看着面前的星系雷达图，模样淡定，大概在思考脱身之策。只是，离他说的时间期限越来越近了。

我抬眸望向不远处，在太空堡垒正下方，还有一艘中型黑色战舰静静航行着，看起来低调又漂亮。我注意它很久了。

"那艘战舰是什么？"我忍不住问。

他淡淡瞥一眼，"易浦城的指挥舰。"然后继续盯着雷达。

我没想到雇佣兵指挥官会有这么隽永大气的名字，下意识喃喃重复："易浦城？"

穆弦抬头看我一眼，挺冷的样子，"忽略他。"

"……哦。"

事实上我对这个臭名昭著的指挥官也没什么好感。不过我没想到，提到易浦城，穆弦竟然没有表现出敌意或者怒意。他首先关注的点，居然是要我忽略他，一如对待我身边的其他男性。

这只说明一点——易浦城或许是穆弦的劲敌，但穆弦依然维持一贯的倨傲姿态，根本没把这个人放在眼里。

我忽然有预感，这易浦城劳师动众来入侵，最终很可能还是一败涂地。有句话不是说"以其不争，故天下莫能与之争"吗？

只是，穆弦那颗冰冷强大的心，到底是怎么练成的？他好像对于身边的一切，都抱着一种隐隐的漠视态度，除了……

除了我。他对我是那样强势、执拗……沉默的热烈。

兽族的基因，真是一种神奇的存在。

又航行了一阵，雇佣兵通信频道里忽然传来沉稳的男中音："注意，注意，前方发现身份不明的舰队。全体分散隐蔽，分散隐蔽。"

话音刚落，就见我们身旁许多艘战机，成伫列往不同方向一个漂亮的侧翻，在空中划出银色的弧线，偏离了航线。

穆弦微微一笑，调整驾驶仪，我们的飞机也平平稳稳地跟着右前方的伫列，滑翔出去。我顿时明白过来——他一直在等这个。

"身份不明的舰队"一定是他昨天安排的，这样我们就能浑水摸鱼溜走，负责监视的人仓促之间也无从追踪。

果然，跟着伫列往右侧航行了一会儿，背后的太空堡垒越来越远。我们的飞机速度忽然减慢，掉转机头，悄无声息地与前方伫列分道扬镳。穆弦沉声道："过来，准备加速。"

我搂着他的腰，闭上眼，居然听到他低笑着柔声问："坐我的飞机就这么可怕？"

我讪讪地刚要回答，就感觉到一股大力袭来，我们同时往后一撞，飞机以不可思议的速度飙了出去。舱外繁星顿时幻化成一道道白色激流，嗖嗖往后射。

我头晕目眩，赶紧把头埋进他怀里。我看不到他的脸，可直觉告诉我，他一定还在微笑。

但我完全没想到，自己在这种情况下还能睡着，也许是"晕机"太厉害了吧。醒的时候，发觉自己还是以相同姿势埋在穆弦怀里。他不知何时居然腾出一只手，搂住了我的腰。我讪讪直起身子，他还是老样子，容颜沉静直视前方。

我抬头看向舱外，立刻吃了一惊——因为有三艘暗灰色战机，跟我们保持同一航向，高速向前行驶。

"那是我的人。"穆弦柔和的声音响起。

我一愣，松了口气，太好了。难道我们已经安全离开雇佣军的地盘了吗？

然而这个美好的猜测很快被粉碎了。因为头盔中传来一个陌生的声音："指挥官，第三小队传来消息——二十艘敌机朝这个方向开过来了。预计十分钟后与我们正面相遇。前方有一个雇佣军的临时空间站，我建议去那里避一避。"

"同意。"

我看着右前方，只见一片苍茫的星云后，隐约可见一个黑色的圆柱形建筑，悬浮在空中。

之后，穆弦跟他们又有些短暂的交谈，我大概听明白了——昨天遇险后，穆弦就跟舰队取得联系。舰队已经秘密派出十来个分队搜寻我们。今天穆弦带我跑掉后，终于在这片区域，与这个第四小队相遇。大概再航行一个小时，就能离开年华柱的磁场辐射范围，启动超光速跳跃，瞬间抵达荒芜之地的基地。那样我们就彻底安全了。

只是雇佣军也不是吃素的，我们逃跑后不久，就有敌机追了上来——当时我正趴在穆弦胸口睡得全无知觉。

穆弦并不想正面交火陷入对方大军的泥潭，所以一直率这个小队绕行躲避，我们现在已经航行到一个很偏僻的角落。这一次差点被正面撞上，所以穆弦决定到空间站一避。

航行到近处，那小型空间站看起来就像个棱角突兀的黑色大圆桶，缓缓旋转着。空间站外还停靠着两艘飞机。

攻占空间站的过程出乎意料的顺利。小队长阿道普上尉是个约莫二十八九岁的高大俊朗的黑人，看起来非常沉稳精干。他谎称我们是雇佣军，靠近对方战机，然后在对方查验证件时，制伏了所有人。

当时我坐在穆弦的飞机里，只看到阿道普让对方的人上了他的飞机。过了一会儿，他就在通信频道里告诉穆弦："可以进空间站了。"可见他行事的效率。

我们把飞机停靠在空间站外头，阿道普一共有六个人，他带三个人留在外面，伪装成雇佣兵，应付一会儿即将到来的敌机。

"难度不大。"他对穆弦说，"其他搜寻小队已经撤离，没有惊动雇佣军。他们以为您只有一艘飞机，不会对我们起疑。"

剩下两个飞行员保护着我和穆弦进入空间站暂作躲避。但这个时候，出了点意外。

这种临时空间站一般有五层，最下方两层用来住人，上面三层是武器室和机舱。士兵搜寻了下两层，发现一个人也没有。谁知等我们进入第四层武器舱，打算寻找点能源燃料时，却意外地撞见六个雇佣兵扛着枪，靠在墙壁上打盹。

当时武器舱灯光很暗，那些雇佣兵反应很快，抓起枪就瞄准我们，一个个神色沉厉。而我们这边只有四个人，我没有战斗力，等于是以三敌六。

我紧张极了，对方的人数是我们的两倍。这么近的距离，穆弦再牛也没有三头六臂，混乱枪战肯定占不了便宜。保护我们的两个飞行员神色也很凝重，我看到他们把枪端得笔直，胸口起伏得厉害。

而穆弦冷着脸盯着对方，倒不显得慌，就是寒气瘆人。

双方瞬间僵持，我还是第一次遇到这种剑拔弩张的局面，觉得全身都僵直了。

然而我万万没想到，估计当时在场的所有人都没想到，穆弦忽然淡淡开口了，是他一贯的冷得快要掉冰碴的声音，只是言辞简洁有力：“少尉，下了他们的枪；中尉，检查其他楼层；通知阿道普，关闭底层涡轮器，在空间站周围安设炸弹。”然后冷冷瞥一眼那些士兵，“我不杀俘虏，别给我惹麻烦。”说完根本不看那些雇佣兵惊惧或茫然的表情，转头看向我，“走吧。”

我有些发蒙，直至走到外头通道，我才感觉到明显的后怕，迟疑地问：“你……”

他瞥我一眼，“怎么了？”

我还没开口，军衔为少尉的年轻飞行员已经小跑出来，语气透着种异样的敬畏：“指挥官，他们已经缴械了，没有反抗。其他楼层没人。”

穆弦淡淡点头，“阿道普那边一完事，立刻动身。”少尉坚定地点点头，跑步离开。

穆弦带着我下到底层，那里有几张床，还有张沙发，看起来还算干净。穆弦蹙了蹙眉，还是屈服了，跟我一起在沙发坐下，这才转头看向我：“刚才你想问什么？”

“你那么说，就不怕他们攻击吗？”

穆弦微微一笑，“阿道普小队都是我舰队中的精锐，这些雇佣兵不是对手。”

我“哦”了一声，点点头。可想了一下，觉得不对啊——阿道普是精锐没错，可当时他们都在空间站外，穆弦就带了两个兵，怎么就那么有恃无恐呢？丢下句让人缴械，还敢转身就走？

我忽然就想起曾经在书上看到的军事典故。大意是说某著名军事将领当年与敌军作战时，也曾有过被困某处的经历。可他不知怎么豪气顿生，背着手就往敌军战壕前走了圈。那些士兵看着他慢悠悠晃过去，硬是被他强大气场压制，一枪也没敢开。

我不由得瞄一眼穆弦那白皙冷漠的侧脸，他似乎有些疲惫，头靠在沙发上，似乎在沉思。

他到底是生了急智和对方玩心理战，还是真的就是倨傲到完全不把几个士兵放在眼里？

尽管第二种推测有点荒谬，但我觉得以他的性格，还真可能是第二个原因。

底舱静悄悄的，灯光也暗得像雾，周围的军用器材线条简单、色泽冷硬，看起来幽静而陌生。穆弦的手忽然就摸上了我的下巴，将我的脸挑起来，漆黑的眼眸沉默地盯着我。

过去的二十多个小时，我们一直处于战斗、潜伏、逃亡的状态，大多数时候，我们都依偎着，是情势所致，好像也顺理成章，我更不会有什么情绪起伏。可此刻他的再一次靠近，却令我感到了一种焦灼的紧张。

他并没有马上吻我，而是低头凝视着。眼神说不上温柔，只是幽深而专注。而在这封闭的、只有我俩的空间里，我的脑子里忽然变得空空的。

我低头避开他的视线，谁知他也低头，继续凑过来盯着我。也许这只是他自然而然的举动，但显得有些孩子气，我有点想笑。

他看着我，眼神慢慢有了变化。明明还是一片清冷的暗黑色，却令我感觉到微微发烫的温度。

"一会儿你坐阿道普的飞机，莫普会去接你。我直接跳跃到舰队驻地。"他近在咫尺盯着我，声音很轻，"可能会离开一段时间。"

我有些讶异，但随即理解。他居然主动提出让我坐别的男性的飞机，可见军情相当紧急，他也不得不妥协。

我点点头，"好的。"

他盯着我不再说话。房间里柔和的灯光，映在清俊暗白如浮雕般的脸颊上，修长乌黑的眉毛，如同两道墨色晕开。他的眼睛澄澈得像夜空下的湖水，幽深而专注。我看着他的脸一点点接近，看着他暗红的唇微微张开，我下意识闭上了眼。

温热的唇覆了上来，熟悉的气息、热烈地纠缠。我又感觉到那电流从他舌尖触发，蔓延至我的脸颊我的全身，我又变得全身微僵不太自在。

可又好像跟以前有些不同。

那是我的心跳，"咚、咚、咚"！清晰而急促，像是有一只无形的手，在我心口轻轻抓紧，又放下；抓紧，又放下。我感觉到一种前所未有的紧张，也感觉到轻微的战栗眩晕。我的胸口仿佛被塞进了杂草，有点痒，有点躁。那种轻微的躁动感驱使着我伸出原本僵硬的舌头，轻轻舔了舔他的。

我没有睁眼，但清楚感觉到他的怀抱骤然收紧，他的吻变得更加深入有力。而我顺从着他，唇舌无声地纠缠在一起。

过了一会儿，他松开了我，头埋在我肩膀上，什么也没说。这时我才发现，我俩不知何时在沙发上躺下了，他整个人压在我身上。

刚刚结束的吻就好像一个梦，我也不知道自己怎么突然就"接受"了他的吻，脸上滚烫滚烫。他不说话，正合我意。

我平复了一阵，他还是保持原来的姿势没动。我微微侧眸一看，却见他俊美如画的脸庞安静地对着我，修长的眼线微合，气息均匀悠长——竟然已经睡着了。

我想起他昨天耗了一晚上的精神力，一直就有倦色。但没想到他会趴在我身上入睡。回想起以前，我俩之间，他的确一直是睡得比较沉的那个。

也许是睡着的缘故，他的脸上再无平日那冷傲气质，清秀生动的眉目透着异样的乖巧安静。我看了他一会儿，就抬头望着天花板，一动不动。

第七章

别后重逢

飞机平稳航行，没有一丝颠簸。我靠着舱壁发呆。

前方驾驶位上，阿道普与另一名少尉背影笔直。

穆弦驾驶的飞机就在正前方。暗灰色的战机沉稳而安静，保持固定的距离，为我们导航。

刚刚阿道普成功应付了搜寻的雇佣兵，我们从空间站脱身，已经安全航行了有一个小时左右。不过据说还可能遇到零散敌机。

头盔中不断传来他们和穆弦对话的声音。

"指挥官，跳跃坐标已经设置好。"

"好。"

"指挥官，右侧航道调校十五度。"

"执行调校。"

"前方发现敌机信号，重复，前方发现敌机信号，全体隐蔽、隐蔽！"阿道普冷静的声音突兀响起，我心里咯噔一下——又遇到敌机了，刚想抬头往舱外张望，忽地机身骤然翻转，我只感到天旋地转，后背被狠狠抛向舱壁。我闷哼一声，飞机已如苍鹰般斜斜往下方坠落。

过了好一阵，飞机才平稳下来，我松了口气，一头冷汗。飞行员们也在通信频道中交谈起来。

"他们走了吧，真是险啊。"

"应该不会再遇到了。再过几分钟就到安全区域，我可迫不及待要跳跃走了。"

他们很快安静下来，我还有点惊魂未定。

"华遥。"就在这时,一个低柔的声音在耳边响起。

我一怔,是穆弦。

"在。"我答道。

他似乎停顿了一下,才说:"刚才有没有害怕?"

我心头微微一软,刚刚的颠簸突如其来,他居然想到了我。

我想他应该是通过加密频道在跟我讲话,所以现在只有我们俩的声音。

"没事。"我顿了顿,"你别担心。"

"嗯。"他的声音中似乎有了丝笑意,"你的身体左边,储物柜侧面有一根金属柱。"

我是坐在后舱对着门的座位上,扭头一看,还真有根黑漆漆的柱子。

"需要我做什么?"我以为他有什么安排。

"你可以抱住。"

我一怔,只觉脸颊微微发热,答道:"……好。"

"当成我。"他这句话几乎低不可闻,就像在我耳边,嘴唇微动轻喃着。

我的脸更热了,看一眼前舱,阿道普他们还是坐得笔直,并没有看过来。我居然有点偷偷摸摸的感觉,伸手把柱子抱住,低声答道:"……我抱住了。"

"嗯。"他没有再说话,头盔中安静下来。我想他一定是关闭了秘密通信频道。

就在这时,有人"噗"地笑了一声,是那种拼命憋也没憋住的笑。

我目瞪口呆。

紧接着又有几个人笑了,声音都很低。但听在我耳中,简直如同警报一般"呜呜呜"呼啸而过。我想不可能吧,一定是他们在公用通信频道讲话,恰好讲到了好笑的事。

"穆弦。"我喊道。

耳边的笑声、呼吸声戛然而止。过了几秒钟,他低柔平静的声音响起:"在。"这之间的停顿,让我相信,他一定是听到我喊他,又切换到加密频道。

我小心翼翼地问:"刚才我们是在加密频道通话对吧?"

穆弦没出声,可我却悲催地听到了别人隐约的笑声,然后穆弦云淡风轻的声音才响起："不是。你的头盔里只有公用频道。"

骤然之间，男人们爆发出大笑，似乎再无之前的忍耐和顾忌。我羞愧得恨不得挖个洞钻进去，他真是旁若无人啊！

过了一会儿，笑声才停下，有人含笑说："指挥官请原谅，我们只是很感动。神会保佑你们幸福一生！"

穆弦低低"嗯"了一声，隐有笑意。我郁闷地抱着柱子，脸如火烧。

这时，我听到阿道普的声音响起："指挥官，我以前晕机也相当厉害，是否可以由我向华小姐说明一些简便易行的改善方法？"

"好。谢谢。"穆弦答道。

这时我就看到阿道普站了起来，走到我对面的座椅坐下，摘下了头盔，我见状也摘了下来。

他看着我，黝黑的面容浮现明亮笑意，牙齿雪白整齐，"华小姐，世界上像指挥官那样、不需要任何训练就能通过飞行测试的人是很少的，更多的是我们这种正常人。而他的天分，也导致他不能告诉你减缓痛苦的方法。"

我心想太对了，穆弦就是个怪胎。

"你试试将呼吸的频率放缓，膝盖屈起……"阿道普缓慢而清晰地说了几点措施，我一一照做，他温和地夸奖道，"非常好。如果还有下一次颠簸，你可以尝试看有没有改善。"

我对他的印象好极了，笑道："谢谢你，阿道普。"

他微笑，"能够护送你回基地是我的荣幸。相信指挥官也会带领舰队获得战争的胜利。"

我听到"战争"这个词，心头一震。

"战况如何了？我能知道吗？"

阿道普微微一怔，笑道："当然，你的许可权级别跟指挥官是一样的。"

哎？上次我逃跑不遂，穆弦不是暂停了我的所有权限吗？又调回来了？我不由得有些高兴。

只听阿道普继续说道："根据侦察结果，雇佣军这次出动了大约三艘太空堡垒、三十多艘战舰，战斗机不计其数。目前主要在年华柱周围十光年范围内活动。"

我虽然不懂这些数字的概念，但他的神色凝重，应该不好对付。

"但要命的是，整整三十个小时，我们与要塞守军和白朗指挥官失去了联络。"他英武的眉宇间浮现忧色，"已经可以判断，要塞军出了问题。否则雇佣军也不可能堂而皇之越过要塞，抵达年华柱附近。"

我点点头，这点不难推测。

他又说："往要塞派出的侦察机都没有回来，应该是被雇佣军拦截了。如果能得到要塞内部的消息，情况就能明朗得多了。"他又放松了语气，"不过你不必担心，有指挥官在，雇佣军不会如愿以偿。"

我点点头，看向前方舱外。他的飞机平平稳稳，还在相同的地方。

又航行了一个小时，我们到了一片开阔的星域。年华柱已经遥不可见，漆黑夜空、雪白星辰干净而温柔，隐约可见黑色巨石带，如同深夜里最纯粹的一片墨色，飘浮在星空尽头。

引擎预热需要二十分钟，大家安静地等待着。我听着空寂寂的通信频道，居然感觉出一丝离别的怅然。

我想众目睽睽之下，即使是出于礼貌，我也应该向他告别。怎么措辞呢？祝他大获全胜？让他保重身体？

"等等。"阿道普的声音忽然响起，"指挥官，我接收到一段求救信号，离我们的位置很近。比较模糊……清晰了！识别码解读中……"

他的声音骤然变得激动，"是露娜少校！是她！她的信号正迅速接近，就在巨石带后！"

众人悚然一惊，我也吃了一惊——我知道露娜是白朗的妻子，两人一同镇守着要塞。她为什么突然出现在这里？

穆弦冰冷的声音响起："阿道普，你继续执行跳跃。其他人关闭跳跃引擎。"

我心头一震——穆弦要先把我送回去，自己去救露娜？可这不会是陷阱吧？

不可能，阿道普说过，他是利用系统随机制定我们的返程路线，被追踪的可能性极小。不可能有人设好陷阱在这里等着。

"嘀嘀嘀嘀——"机舱雷达响起发现不明飞行物的预警声，我听到穆弦简短有力的声音响起："露娜、露娜！"

短暂的"滋滋"嘈杂声后，一个熟悉而略显断续的声音传来："指挥官！是我！你也在这片星域？要塞被控制了，重复，要塞被控制了！副长卓午叛变了，他杀了白朗！卓午投靠了雇佣军，控制了指挥部。"

她的声音焦急而痛苦，可穆弦回答的声音却显得异常冷静，"你是怎么逃出来的？"

"白朗一直秘密准备了几艘紧急逃生船，应付突发情况。我们逃出来三艘船。现在有八艘雇佣军战机在追击我们！"露娜答道。

如果露娜真的是从要塞逃出来的，那她掌握的情报，就对战局有非常关键的作用。

"你的最高安全代码。"穆弦忽然说。露娜迅速报了一串数字。

我想这一定是他们之间某种确认情报的方式。

穆弦说："我们来救你。"

话音刚落，我就看到舱外原本跟我们平行的三艘战机，同时一个漂亮的侧翻，于空中划出淡淡的暗银色弧线，迅速消失在视野里。

我心头一震。

我们来救你——很平实的一句话，穆弦的嗓音甚至略带清冷。

可我却莫名觉得这句话很热血。一种平静的、略带倨傲的热血。

我的脑海里突然就浮现出穆弦的侧脸，白皙俊秀、冷漠而安静。

我们的飞机在跳跃引擎预热的同时，继续向前航行，离穆弦离去的方向越来越远。

这时阿道普忽然抬手，从舱顶上拉下来一块荧幕。蓝光一闪，画面从模糊到清晰。我知道战机上一般都装有高倍摄影机，看来他是打算要看看后方的战斗情况。

驾驶仪上，超光速跳跃的倒数计时还在继续。

夜色茫茫，也许是心境不同，此时那飘浮的黑色巨石带，看上去就像狰狞的怪兽，匍匐在星际。

数艘暗灰色战机赫然从巨石带后冒出来，火光密集，混战一片。穆弦带领的三艘战机几乎是笔直地猛扎过去，在极近的地方骤然分开，占据了战场高处三个位置，开始朝下方疾射。

我不懂打仗，可看着他们漂亮的变换队形，就觉得很好。我一直牢牢盯着中间那艘飞机，它们的样子都长得一样，只怕一不留神，就认不出哪一艘是穆弦的了。

但很快我就知道，自己的担心是徒劳的。因为他实在太好被辨认出来了——他的飞行轨道最为简洁清晰，他的飞行速度最快，他在很短的时间里，已经打掉了三艘敌机。

这场战斗结束得非常快。也许只过了七八分钟，巨石带周围已经满是飘浮的残骸。而穆弦他们一共六艘飞机（包括露娜那三艘伤痕累累的战机），迅速结成尖楔形伫列，掉头朝我们驶来。

"指挥官，我们立刻离开这里。我怕其他追兵赶上来。"露娜的声音已经镇定下来。

"启动超光速引擎。"我听到他淡淡的声音说。

"是。"众人齐声答道，听得出他们语气中的尊敬和激动。

"还有两分钟执行跳跃。"阿道普说。

我看着他们远远驶过来，只怕驶到跟前时，我们已经跳跃走了。我踟蹰了一下，低声喊道："穆弦。"

频道里一下子全安静下来。

穆弦柔和的声音响起："嗯，我在。"

我说："我……"

我的话没能说完。

因为一阵急促的雷达警报声，突然响彻头盔，压过了我本就很低的声音。与此同时，我抬起头看到正前方，穆弦他们驶向我们的航道上，一团团白光如同平地炸起的闪电，转瞬即逝。

我呼吸一滞——那是……超光速跳跃？谁跳跃来了？

"雇佣军！"阿道普失声喊道。

追兵来了！

之后的一切发生得快如闪电。

五艘中型黑色战舰，出现在穆弦他们的周围，每一艘的体积比他们加起来还要庞大。短暂的沉默后，密集的炮火交织成网，将他们困在正中。

双方实力相差悬殊。

我看到一艘艘暗灰色战机旋转、坠落、炸裂；看到有飞机在足以毁灭一切的炮火中横冲直撞却逃出无门……最后，我看到一艘机身着火的飞机，如同凤凰涅槃般自包围圈中平地拔起，直直冲到数千公尺高，然后掉头朝下方一艘中型战舰射击。

两者体积相比，如同弱兔与大象。可就在那飞机的一阵疾射后，战舰中部突然升起剧烈的火焰，然后猛地炸裂开，瞬间尸骨无存。

"是指挥官！"阿道普的声音在颤抖，"他击毁了战舰的能源舱！"他的声音听不出一点喜悦。

因为穆弦迅速被四艘战舰重新包围，他的一只机翼已经燃得只剩一半。

然后我就看到一枚炮弹正中机腹，滚滚浓烟冒了出来，他如同折翼的孤鸿，一头扎向下方一艘战舰。

那艘战舰遭受他的撞击，仿佛被人用力从内部撕扯着，无声而迅速地四分五裂，爆炸开去！

而他撞击的地方，燃起一团熊熊的火焰，飞机残骸如同碎屑成雨，然后……荡然无存。

"指挥官！"阿道普和副驾爆发出嘶哑的怒吼。

"华遥我不会……"缥缈得仿佛不存在的声音，在我耳边一闪而逝。

我呆呆看着这一幕画面，脑子仿佛已经凝固住。

发、发生了什么？穆弦被、被……

爆炸发生时，我只有瞬间的失神。

因为几乎是同一时间，我感觉到一股巨大的无形的力量，从各个方向撞击过来。撕肉裂骨般的疼痛袭击全身，我胸口一热，喉咙腥甜，"哇"地吐出一大口鲜血。整个面罩顿时猩红黏湿，我也溅得满脸是血。

"小姐——"我听到阿道普他们的惊呼，与此同时，模糊的视野被银光填满，超光速跳跃的窒息感迎面而来。我眼前一黑，失去了知觉。

我不知道自己到底是昏迷还是沉睡着，头一直非常痛，就像有人拿尖锥不断地往里钻。全身热得发烫，肩头某处更是炽痛难当。

那种热力非常熟悉，那是穆弦的精神力。它们突然变得无比的强烈，强烈地包围熨烫着我。令我一直处在炽热的煎熬中。

"杀了他。"

就在我痛不欲生的时候，脑海中冒出个模糊而陌生的声音。

谁在跟我说话？杀了谁？我拼命想听得更清楚，头却痛得更厉害了。我就像陷入了一个疼痛而诡异的梦境，居然还出现了幻听？

"啊——"我忍不住尖叫。

"小姐、小姐！"熟悉而焦急的声音清晰地在耳边响起，我猛地睁眼，看到一个圆圆的金属脑袋，背光对着我，瘦瘦的身躯低伏在床边。

"莫林？"

他点点头，我松了口气，浑身的疼痛仿佛也随着意识的清醒消散了。

我看了看周围，这是间陌生的机舱，只有我们两个人。

"这是哪里？"我问，"穆弦在哪里？"

这个名字脱口而出时，我的脑海中浮现他坠机的一幕，清晰的疼痛感骤然袭上心头。我顿时怔然。

莫林低声答道："这是荒芜之地上空的太空堡垒，你已经安全了。阿道普上尉执行跳跃时，你忽然吐血晕倒。我检查过，你晕倒是因为受到一定的精神力冲击。应该是指挥官坠机时，精神力场也遭受强烈震荡。而你身上……有他少量精神力，所以才被波及。现在没事了。"

精神力场强烈震荡？我只觉得心头重重一堵。他当时到底承受了多么强烈的痛楚，甚至连精神力场都被重创？

"他现在在哪里？"

莫林纯红的眼眸看起来有点呆，也有点压抑，"他们说……要不惜一切代价，夺回飞机残骸。"

残骸……他的意思是，穆弦生还的可能性很小了？

我的脑海一片空白。浑身上下唯一的感觉，是他的精神力依然包裹我的全身，肩头的伤口更是持续散发着热量。

那感觉温暖而柔软，是穆弦残存的精神力还萦绕着我吗？

"我带你去指挥中心。"莫林低声说，"莫普和舰队副长交代过，等你醒了，要送你先回帝都。"

狭长的走道灯光炽亮，人来人往。每个人都行色匆匆、面色凝重，甚至有魁梧的军人眼睛红肿，好像刚刚哭过。

莫林不发一言地走在前头，我的心情也越来越压抑。

推开指挥中心的门，就见数名军官坐在四周的电脑前，而一小群军人站在正中，看着悬浮画面。

荧幕中播放的正是穆弦坠机的画面——中弹、坠落、燃烧、爆炸……

突然就有一股湿意涌进我眼睛里，我低头不再看。

"小姐。"有人喊道，我抬头一看，是莫普。

他正站在那堆军人中，看到我，立刻跟一个中年男人走了过来。

"小姐，我是舰队副长尤恩。"中年男人长得眉目俊朗、气度沉稳，声音温和而恭敬。

莫普看着我，柔声说："小姐，现在由尤恩副长代为指挥舰队。"

我点点头，"穆……指挥官他……"我深吸一口气，"他还活着吗？"

话音刚落，周围所有人，仿佛都同时停下手中工作，沉默抬头看着我。这时我才看到，许多人眼睛都是红通通的。

尤恩副长沉默片刻，眼中似乎噙满泪水，但很快就恢复了沉稳神色。

"请放心，我们不会放弃寻找他。"

我的心彻底沉下去。

十几分钟后，莫普和莫林陪着我来到甲板，五艘战机已经在待命。我看到阿道普就站在第一艘飞机旁，朝我行礼致敬。

莫普说："小姐，荒芜之地已经是战时状态。我派人送你先回帝都。"

我还有些恍惚，点点头，"你们也要保重。"

莫林忽然哽咽了，"小姐，如果你想哭，就哭出来吧。不要忍着。"

我一怔。他误会了，我没有想哭。

我只是……心里很难受。

"我没事。你们专心去营救他。"

"可是……"莫林的头垂得很低，"已经爆炸了……"

"莫林你给我闭嘴。"莫普有些冷漠的声音响起，"残骸还没打捞回来，闭上你的臭嘴。"他僵硬刻板的面容没有一点表情，声音却沉稳坚决得让人心头一震，"就算指挥官真的死在爆炸里又如何？我们也不会放弃，帝国也不会放弃。我会去请求皇帝陛下，寻找时光之族。"

我心头一震——时光之族？那是什么意思？

莫林语气沉痛地诘问："时光之族？那只是个传说！不是真的！能够操纵时间、穿梭时空的种族？他们根本不存在，几百年了，没人见过他们！"

莫普冷冷道："哪怕穷尽一生，我也要找到他们！请求他们把我送到爆炸发生之前，把指挥官救回来。他不会死。一定不会死！"

莫林看着他，呆呆地答道："好，我会跟你一起找，把他找回来。"

我看着他俩沉默的容颜，只觉得不忍。

时光之族，一个传说？他们俩是不愿意接受穆弦的死，所以把希望寄托在一个传说上？可如果真的能找到这样的种族，那就太好了。

飞机平稳地航行在太空中，后方的太空堡垒和荒芜之地，越来越远。

我一个人坐在后舱，呆呆地看着手中的骨刃。这是莫林刚刚给我的，据说上次我用它伤了肯亚后，穆弦没忘了拿回来。因为"插进过另一个男人的身体"，所以他没有再送给我。

而现在，它很可能是穆弦仅剩的遗骨。

虽然不会像其他人那样痛哭流涕，可一想到他坠机的那一幕，想起他出事前我们那个微甜微涩的吻，我的心头仿佛湿漉漉地陷下去一块，陷入哽塞的疼痛中。

有些事改变了。是从什么时候开始的？

按理说，他死了我就可以回地球了，可我为什么一点也高兴不起来？反而还难过？

他坠机的时候到底想说什么呢？

华遥我不会……

不会什么呢？不会忘了我？不会再回来了？

我身上依旧能感觉到他的精神力。

不知道人死之后，精神力还会残余多久？他会在我身上残存多久？

"第一次跳跃倒数计时：十、九、八……"阿道普的声音传来，我索性闭上眼，什么也不想了。

因为我刚受了精神力震荡，莫林建议阿道普分三次跳跃送我回帝都，免得一次跳跃距离太远，能量场太强烈，我会受不了。

几秒钟后，我们已经到了另一片星域。阿道普说："小姐先休息一会儿，再做第二次跳跃。"

我没答话。

我忽然感觉有点不对。那包裹着我的温热的精神力场，似乎……弱了下去，而一直疼痛的肩头，仿佛也瞬间缓解了不少。

难道他残余的精神力，已经开始消散了吗？

"杀了他。"

那个声音又在脑海响起，只是更模糊了。我悚然一惊，把背死死抵住舱壁，到底是谁在讲话，我为什么能听到？

第二次跳跃很快也执行了，我们来到了一片雪白的星云中。

"还有一次跳跃，就能抵达帝都。"阿道普沉声说。

"等等。"我猛地抬头，"等一下再跳跃。"

"……是。"阿道普疑惑地同意了。

我觉得不对，明显有哪里不对。刚刚那次跳跃，精神力场突然又弱了很多。这让我感到不对劲。隐隐地，我脑海中闪过一个模糊的念头，似乎是个非常重要的念头，可我就是抓不住。那到底是什么？

阿道普和副驾都疑惑地等待着，其他几艘护航飞机也静静悬浮在我们周围。我深呼吸让自己平静下来，仔细地想，到底是哪里不对。精神力突然减弱了两次，跳跃了两次……

我的脑子突然一个激灵——我知道哪里不对了！

如果我身上残余的精神力是随时间变化，那应该是匀速渐弱，而不是像现在这样，突然骤减了两次。

这说明，力场的渐弱是因为距离造成的——我们执行了两次跳跃。

为什么？为什么我离荒芜之地越远，力场越弱？

难道是因为……我离穆弦越来越远了吗？所以我其实能感觉到他的存在？

那有没有可能……我循着感觉更强的方向找，就能找到他？

而且我从来没有幻听的毛病，为什么脑子里有"杀了他"那个声音？难道这个声音跟他的精神力场也有关系。莫非……是他听到的声音？

所以……他还活着？有人要杀他？他正处于危险中？这个想法匪夷所思，可却让我莫名地激动起来。

"阿道普，你能不能跳跃返回刚才的位置？"我颤声问。

"啊？为什么？"阿道普惊讶道。

"请再跳一次。"我缓缓说。

我的猜测很快得到了证实——因为当我们又用了两次跳跃回到荒芜之地时，我身上强烈的精神力场又回来了。

阿道普还在沉默而疑惑地等待我的命令。

"带我去见副长和莫普。"我坚定地说。

当我再一次踏入指挥中心时，所有人都惊讶地看过来，莫林最先失声："小姐你……"

我的心跳快得厉害，我颤声把刚刚自己的发现和推测告诉了他们，然后说："我觉得穆弦可能还没死，我能感觉到他的精神力场。也许……也许我能找到他。但是要快，因为他好像处在危险中。"

所有人都震惊地看着我，莫林激动地捂住了自己的脸颊，莫普和尤恩则陷入了沉思。我怕他们不相信我的感觉，刚要继续说，忽然，尤恩像是突然惊醒一样抬头，伸手飞快地调整悬浮画面。

我们全看着他。而他眉头紧蹙，似乎很疑惑，又隐隐有压抑的激动神色。过了一会儿，他忽然将画面暂停、放大，死死盯着看。

画面定格在穆弦的飞机与敌舰撞击的一瞬间，他的机头刚刚触到对方的飞机外壳。

"小姐说得对。"他的声音微带喘息，"指挥官真的有可能没有死。"

他这么一说，大家更惊讶了，不少人脸上闪现激动光芒，而我的心跳也更快了。

"小姐你过来，你们也过来。"他指着面前的悬浮荧幕。

"之前我一直在看指挥官的飞行画面，就是因为觉得哪里不对。我发现撞击发生前，他的飞行轨迹有些突兀的、并不理智的转折，不像他一向的飞行风格。起初，我以为是当时飞机有损坏，他已经不能很好地控制飞行轨道。

可刚刚小姐的话提醒了我——我怀疑指挥官当时的撞击，是经过他精确计算的！你们看这里——我看过这种战舰的结构图。指挥官撞击的位置，恰好是战舰的泵舱。那是条狭窄的管道，但有非常结实的防火涂层。"

他又将画面一拨，变成那战舰崩裂成四五块炸开的画面，指着其中一块说："因为构造原因，爆炸发生时，整个泵舱都包裹在这一块残骸中。如果指挥官撞击的角度准确，并且能在爆炸前从机舱弹跳出来，整个人连同座椅撞入泵舱，就有可能活下来！"

众人鸦雀无声，我只觉得胸口阵阵激荡，"所以……你是说，他的确有可能活着了？"

尤恩深吸一口气，平复了刚刚略显激动的语气："这对于普通飞行员来说，几乎是不可能完成的操作。但如果驾驶飞机的人换成了指挥官，那就是可能的！如果小姐你能感受到指挥官的位置，我们现在就可以出发！"

"太好了！"周围的军官们爆发出热烈的欢呼，尤恩、莫普、莫林，还有很多人，都期待地望着我。

我点点头，心里又激动又紧张，耳边仿佛又响起穆弦坠机前的低语。

他当时是不是说：华遥，我不会死。

我离开荒芜之地那天，易浦城正式向军方提出谈判。他手里的筹码，是海伦尔要塞。

据说指挥部的全体军官，都对易浦城的行为鄙视不已。

按照他们的分析，易浦城原本神不知鬼不觉占领要塞，接下来是打算对荒芜之地发动突然袭击，大肆搜刮资源后逃之夭夭。这才符合雇佣军一贯的流氓作风。

谁知那么巧，被我和穆弦撞破阴谋，穆弦当天就果断发布严防死守的命令。闪电战打不成了，易浦城当然不愿意硬拼，索性直接勒索。

"好在他不知道，指挥官此刻就在他的地盘。"尤恩说，"否则这只狐狸起码要敲诈半个帝国的财富！"

尤恩请示了皇帝，决定先拖延与易浦城的谈判，希望能在这期间，把穆弦救回来。

这个任务当然很危险，而且人不能太多。我们一共十个人、五架飞机。阿道普是队长，莫普是副队长。精通医学的莫林也被带上，其他的都是空军精锐。

莫普和另一名飞行员驾驶飞机，我和莫林坐在后舱。航行了一阵，都没什么人说话，气氛显得很凝重。

后来还是莫林先忍不住了。也许是因为有了希望，他也恢复了些活力，一脸感慨地对我说："小姐，患难见真情，你肯为指挥官冒这么大的风险，他一定感动死了。"

我有前车之鉴，意识到他是在公用通信频道讲话，就没搭腔。

谁知他继续唠叨。为了阻止他，我索性答道："如果是你被困了，我也会去救。"

莫林张了张嘴，立刻高兴地咧开嘴，转头问莫普："小姐这么说，我是应该替自己高兴，还是替指挥官小小地郁闷一下？"

莫普答道："你还是替自己难过吧！如果指挥官知道了，你说他会不会找你决斗？我的战斗力为个位数的弟弟？"

通信频道中，顿时有数人失笑。

立刻有人说："莫林，一见到指挥官，我就去打小报告。"

另一人说："莫林，想要我们闭嘴，把你珍藏的那些酒都拿出来。一个机器人搜刮那么多酒干什么？当润滑剂吗？"

莫林本来捂着脸在郁闷，闻言立刻喊道："呸！那些酒是为指挥官的婚礼准备的！你们这些强盗！"

大家笑得更厉害了，我也忍俊不禁。可笑完之后，频道里忽然安静得不可思议，气氛莫名的又沉重起来。

"一定会把指挥官救出来。"阿道普沉声说。

"是。"众人齐声应道。

然而事情并不如我们预想的顺利。

一开始进展非常慢，我只能感觉到大致的方向。可星空如此辽阔，差之毫厘谬以光年。有时候越前进，我的感觉反而越弱，只好又重新开始。

甚至有一次，我们刚好跳跃到五十多艘雇佣军舰附近，吓得埋头逃窜。幸运的是他们好像也在休整，追上来时，我们已经跳跃逃走了。

但这次意外对我来说苦不堪言，颠簸的飞行让我难受得只想一头撞死。

但我完全没想到，当时通信频道中，居然有好几个人对我喊话。

"小姐，柱子！"

"抱着柱子！"

"指挥官的柱子！"

我一呆，顿时明白——估计那天我们的"经典对话"，显然已经传遍了整支舰队。

莫林还插嘴："什么柱子？我也要。"

这些军人的关心让我又窘迫又感动，抱着柱子没理莫林。

只是脑海里忽然就浮现，那天的穆弦容颜清俊，笑容浅淡，低声问我："坐我的飞机就这么可怕？"

好在随着距离的推进，我的感觉终于越来越清晰了，第二天开始，我们基本没再走弯路。

不过后来出了个意想不到的插曲。

眼看离穆弦越来越近了，我突然变得很疲惫，精神不能集中，方向感也变得模糊。我甚至又听到那个声音"杀了他"，诡异得令我胆战心惊。

莫林为我检查了身体，也找不到原因，最后推断也许是上次精神力震荡的后遗症。

"我从没见过这种情况。"他说，"但实在没有其他解释了。总不可能有人在干扰你的脑电波吧？这可是在太空，没人能办到。"

后来他给我打了一针兴奋药物，效果倒是很好，我又精神起来。三个小时后，我们抵达一片幽静的星域，我能肯定穆弦就在这里——因为每个方向的感觉强烈程度都是一样的。

但这片星域也不小，他的精确位置，我已经无从辨识了。

怕被敌军雷达发现，阿道普命令把引擎调到最低能耗状态，大家分头缓慢地在这片星域搜寻。终于，在二十分钟后，他们发现不远处有一个小型的雇佣军空间站。站外堆放着些飞机残骸。还有八艘雇佣兵飞机停泊。

大家又兴奋又担忧。

兴奋的是，那些残骸也许是上次交战留下的，穆弦很可能随着残骸被带到这里；担忧的是，他的伤势肯定不轻，不知是否被俘了。

阿道普上尉表现了出色的指挥能力。他先把我们的方位报告给尤恩，万一我们失手，就只能冒着引起易浦城注意的风险，派重兵过来强攻。

然后阿道普把我们分成两队，他带三艘战机六个人，引开空间站外那些敌机；其他人趁机潜入空间站寻找穆弦。

"我会不惜一切代价，消灭、拖延敌机。为你们争取时间。"阿道普出发前说，"请代我向指挥官问好。"他说得非常轻松，我的心情却有点沉重。

以前因为穆弦对我的霸道主义，我想他带出的兵肯定也是又践又傲的，印象并不好。可经过这些天的相处，我发觉其实他们是一群热血、可爱并且值得尊敬的军人。我很喜欢他们。现在阿道普要以三敌八，承担了很大风险。

"保重。"我说，"救了穆弦就会合啊。"

阿道普微笑看着我，"小姐，你也保重。万一情况不对，莫普会保护你先撤退。让一个女人来到战场营救指挥官，是整个舰队的惭愧。"

几分钟后，他们伪装成侦察机，"无意间"飞过空间站，然后迅速"逃跑"。

甚至还启动了超光速引擎做出要跳跃的样子。敌机果然被吸引，倾巢而出追击上去。

眼看他们飞得没了影，我们悄无声息地飞抵空间站。

整个桶形空间站都静悄悄的，好像一个人都没有。我们首先检查了供人员起居的下面两层，一无所获。这让大家微微有些沮丧。如果穆弦不在空间站里，那会在哪里呢？

因为有了上一次跟穆弦在空间站的经历，我们格外小心。到了第三层，按照之前的做法，莫普和两名少尉在前，我跟莫林等确认无人后再进。

莫普在门边打了个手势，表示没人，我们立刻跟了进去。

一个个大铁架黑黝黝矗立着，架子上堆满大大小小的金属箱。低暗柔和的灯光像是雾气浮在舱内，大家的轮廓都变得朦胧。

虽然看起来没人，但保不准受伤的穆弦躲在架子后藏身。所以我们蹑手蹑脚地一排排检查过去。

最里面的一排铁架，跟舱壁间还有一块空地，那边灯光更暗，寂静无声。莫普三人端着枪走过去、转身、停步。

我和莫林也跟上去，然后我俩就震惊地看到起码有超过十个男人，或躺或坐在空地上，一起转头看着我们。

事后莫普回忆这天的情况时，坚决认为是我和莫林两个菜鸟太不专业了。他说他分明打了手势，表示有危险让我们不要靠近。但我因为正警惕地看着另一侧，所以没有注意到莫普的手势；而莫林更干脆，"看到了！我以为你让我们过去啊。"

于是就在我和莫林冒头的同一瞬间，那些雇佣兵已经从震惊中反应过来，十之八九都抓起了身旁的枪，与我们对峙。只有一两个躺在地上没动。

我看着那些黑洞洞的枪口，只觉得全身都要僵掉了。同样的情形，居然让我遇到两次！而这一次，我身边没有穆弦，外头也没有援兵，敌人反而更多。

莫普他们明显也愣住了。舱内静得出奇，只能听到男人们略显粗重的呼吸声。但连我也知道，只要任何一方稍微有点动作，立刻就会发生惨烈的枪战，大家一起死。

在我脑袋几乎蒙掉的时候，眼睛还是管用的。我看到他们每个人身上都搭着毛毯，显然之前是在这里睡觉，所以才没察觉我们的动静；我还看到他们身上大多缠着绷带和血迹，应该是伤兵。

不过，伤兵应该没什么斗志吧？

我手心全是汗，心跳越来越快，伟人的典故、穆弦的模样，在我脑子里一闪而过。我清晰地感觉到一种从未有过的豪情和勇气，驱使着我。驱使我打破这个僵局，保护莫普他们！

我开口了，模仿某个人傲慢的、没有任何温度的声音："少尉，下了他们的枪；莫普，检查其他楼层；通知阿道普……"

他们全盯着我，看不出有什么表情变化。我心里有点发虚，但立刻又把心一横，心想反正是豁出去了。于是我的语气更硬了："关闭底层……"

就在这时，我突然看到离我最远的地方，那些伤兵的背后，一个原本躺着的人，猛地坐了起来。灯光这么暗，我还这么紧张，可一看到他模糊的身形轮廓，我就感觉到心口重重一震。而当他迅速抬头看过来，清秀柔润的面颊、漆黑深邃的双眸依稀可见，我的呼吸都要停滞了。

是他！虽然看不清楚，但我敢肯定就是他！

可他为什么会躺在雇佣伤兵中间？啊，他胸口缠着绷带，一定是受了重伤，假装成雇佣兵，停留在这里。他一向是足智多谋的！

强烈的喜悦涌上心头，我与他相隔甚远地凝视着，只感觉到心"扑通扑通"跳得厉害。我心想太好了，机器人的视力远超我这样的人类，他们肯定也看到穆弦了！

"关闭底层、关闭底层……底层……"我突然呆住，意识到自己还在讲话呢！

关闭底层什么来着？天哪我怎么能走神！我完全忘了后面怎么说了。

我一口气没接上，整个气势仿佛瞬间散掉了。我呆了几秒钟，目光生生从穆弦脸上移开，回到那些伤兵身上。

好几人盯着我，脸上慢慢浮现古怪的神色，然后就有五六个人端着枪站了起来。

"你们是什么人？"有人喊道，"放下武器，你们才三把枪，别找苦头。"

"这女人脑子有病吗？"还有人说，"啊，还挺漂亮。"

我彻底搞砸了，只觉得又窘迫又尴尬，简直无地自容。心想坏了，穆弦又受了伤，现在这个情形，难道我们要被雇佣军一网打尽？

"小姐，把双手举起来，站到我身后。"莫普忽然低声说。

我没明白，但立刻照做。站定之后，忽然就懂了他的意图——大概他想保护我，又怕我突然移动引起双方开火，所以让我举手表示没有武器。

也许看我是女人，也许雇佣兵也害怕枪火混战，真的没人开枪打我。但我站在莫普身后，一点也不轻松。

"放下武器！"有雇佣兵厉厉喝道。

莫普他们戳着没动，也没说话。我想他们肯定是在等穆弦的指示。可穆弦开口，不就暴露了自己的身份？

怎么办？穆弦会怎么办？

就在这剑拔弩张的气氛中，一道低沉柔和的嗓音突然响起了。

"关闭底层涡轮器。"

我心头一震。

我没想到他会冒险开口。更没想到他第一句话，是把我刚才崩掉的台词，接着说完。

一句只有我能听懂的话。

我眼中忽然就涌起隐约的湿意——他知道我刚才想干什么，他懂我刚才说出那番话，需要多大的勇气。

我忽然觉得这句话，比他对我说过的任何莫名其妙的"深情"话语，都要贴心。我心中的窘迫和难堪瞬间烟消云散，我看着那些雇佣兵，忽然重新有了底气，他淡淡的话语，给我的底气。

他这一开口，莫普等人显然也愣住了。那些雇佣兵更是立刻察觉不对劲，后面有两个人马上看着穆弦，"上尉，你刚才说什么？"看来穆弦果然是混进了他们中间。

穆弦没躲避，甚至看都没看他们，只有淡淡的声音传来："莫普，让开。"

这下不仅雇佣兵迷糊了，我们也疑惑了，莫普不是在保护我吗？为什么叫他让开？

但莫普还是立刻闪开了。我隔着十多个雇佣兵，与他对望着。

"啊！""啊！"痛呼声突然此起彼伏。

这绝对是我见过的最诡异的一幕。

阴暗的空间里，紧张的气氛中，那些雇佣兵却突然像遭受了巨大的撞击，身子同时撞向两旁的舱壁和铁架。空气中仿佛有无数双无形的大手，揪着他们扔了出去。撞得头破血流鼻青脸肿。最后个个摔在地上，武器掉得满地都是，挣扎着却似乎再也爬不起来。

"指挥官！"身后莫普等人激动而喜悦地喊道。

就在这时，我突然感觉到一股沉重却柔和的力量推上后背，双脚瞬间离地，眼前一花，莫普等人的身影一阵风似的就到了后头。

眨眼间我人已落地，穆弦高大的身形、俊秀的容颜已在眼前。这下我看清了，那白净的脸颊上破天荒地有些血污，黑色短发也显得凌乱。

唯有那双眼，依旧漆黑干净得像无底深渊，令我忽然有点惴惴不安。

刚才的一切，都是他的精神力？他不是剧烈震荡了吗？竟然还有这么强的精神力？

那他刚才叫莫普让开，就是要清除障碍，然后……

然后抱我。

我的腰已经被他搂住，脸压在他的胸膛。他的头埋在我的肩窝，有力的手臂越收越紧，紧得叫我就快喘不过气来。

我的脸颊陡然发热，心跳也快得厉害。但当我听清他沉稳有力的心跳，忽然就清晰地感觉到……踏实。

但此刻身在敌营，走为上策。我刚要抬头说话，他沉重的身躯突然朝我压过来。我猝不及防，被他扑倒在地。侧头一看，他的脸颊贴着我，眉头微蹙双眸紧闭，呼吸微不可闻，竟然已经晕了过去。

休息舱里灯光暗柔、被褥雪白，空气里有淡淡的药味。穆弦躺在床上，脸色跟纸一样白。

我望着他的眉眼，心里就像揣了块热豆腐，又软，又满，又烫，又慌。

必须正视这个事情了——我在意他。我变得很在意他了。

让我有点不舒服。可是，某种欢喜的冲动，就像一株嫩生生的爬山虎，已经在我脑子里冒头了。

"小姐。"一颗金属脑袋突然凑到跟前，吓得我瞬间回神。

"你盯着指挥官的样子，就像要把他吃下去。"莫林啧啧有声。

我颇为尴尬，立刻转换话题："一会儿他醒了，有准备吃的吗？"

莫林当然上当，拍着胸脯答道："都准备好了！我可是最优秀的管家。一会儿开会时就让他先吃点。等等——"他眨眨眼，"你以前从来不关心他的饮食哦，现在这么体贴？"

我一滞，随即熟练还击："莫林，如果躺在床上的是你，我也会……"

"噢我错了，小姐饶了我！"他立刻点头哈腰，"我走了，我走了。他的伤口已经处理完毕，估计再有十几分钟就醒了。醒了你通知我，尤恩他们都等着呢！"

我点点头，莫林走到门口，又语重心长地嘱咐："千万别让他做剧烈运动啊！伤口还没好！"

"去你的！"

室内重新恢复宁静，我坐得太久腰酸，趴在床边看他。他的眉毛跟用笔描画出来似的，又干净又俊秀。

一想到这样一个男人属于我（他说过的），我的心又躁起来。

谁知他就在这时醒了。

刚睁眼时，他平躺直视正上方，眼神还冷冰冰的，脸色也不太好看。但下一瞬间，他就察觉到我，立刻转头，黑眸牢牢盯着我。

我就趴在他枕头边，顿觉讪讪，起身道："莫林说你醒了就叫尤恩他们……呃……"

他长臂一捞，就把我箍到胸口，不发一言看着我。病容显得比平日更加苍白清秀，看起来就是个斯斯文文的大男孩。只是眼神执拗暗沉得厉害。

我的脸阵阵发烫，心想他是不是看出来我喜欢他了？以他的性格，是要像以前那样，狠狠地吻我吧。然后在床上亲密厮磨一番。

那这次，就由着他吧……

可我等了半阵，他也没动静。

抬眼一瞧，他的眼神已经暗得有些灼热，白皙的脸颊也染上红晕。我看他这个样子，心跳更快了。暗想他如果把持不住要做那个，我是绝对不同意的。

谁知他忽然把头转到一边，慢慢地呼出口长长的气，像是深呼吸平复自己。过了一会儿，他才重新看着我，眼神已经恢复清明。

"叫他们过来。"他松开我。

我微微一僵，起身点点头，神色如常地走向桌前通信器。

我当然看得出他想亲我，他有话对我说。只是现在战事紧急，他才控制自己。可尽管明白，我心里还是有一点……小小的失落。

我居然会感到失落？

"我会尽快结束战事。"他的声音忽然从背后传来，"现在不能分心。"

我的脸一热，没答话，默默拨通电话。尤恩说他们很快就到。

我转身时，他已经坐了起来。我吓了一跳，快步走过去，"莫林说你的伤还没好。"

"没事。"他看着我，目光明显又凝滞了一会儿，但很快移开了。看到他这样不动声色的忍耐，我的失落忽然奇妙地烟消云散了。

他沉默片刻，淡淡地问："是谁的主意，让你上战场？"

我看他有点生气的苗头，立刻解释了精神力的事，但是没说我是从回帝都的路上跑回来的。最后我说："只有我能感觉到你，所以我必须去。"

他原本一直低头沉思，听到这里，忽然看向我，目光又有点微滞的灼热。

我被他看得发窘，倒了杯热水给他，他把头转到一边喝了。

"我受伤时穿的衣服在哪里？"他放下水杯问。

"都在这里。"我指着桌旁的敞口箱子，莫林说过不能随便丢掉。

"上衣口袋有东西，拿出来。"

我找到那件衣服，果然在口袋里摸到个冰凉冷硬的东西。拿出来一看，我愣住了。

这是一个……手镯？

那是个细细的白色金属圈，线条圆润、做工精致。质地看起来有点像银，但又隐隐泛着蓝光。它没有任何复杂的花纹，看起来简单大方。只是表面沾了点黑色的灰，大概是穆弦一路颠簸弄脏了。

我完全没想到，穆弦会在这时候送礼物给我。虽然他已经送了我很多东西。

一定是我们去年华柱之前，他就准备好的。只是出了意外，所以一直偷偷放在上衣口袋里，现在才给我？

我默默走回床边坐下，感觉到他正盯着我。我低着头，缓缓把那手镯套在左手腕上。有点大，但勉强也过得去。

我脸上火辣辣的，鼓起勇气抬头直视他，"谢谢。我……很喜欢。"

他的表情一开始还挺平静深沉。我说完这句话后，他明显一怔，忽然眼神就炽烈起来，脸上也隐隐升起红晕。

我哪想到他会有这么大的反应，更不好意思了。谁知他把我的手一抓，就扯到怀里。我的腰一紧，已经被他抱上了床。他一个翻身，他居然一个翻身！把我压在床上，重重吻了上来。

"你的伤……"我在他嘴里呜咽。他却吻住不放，手甚至摸到了我的衣服里。我顿时气喘连连，心想他刚刚还说不能分心，怎么转眼就把我丢床上蹂躏了？他的定力不是很好吗？

"指挥官！"喜悦而响亮的声音从门口传来，然后是一阵一阵的脚步声。

糟了！尤恩他们来了！

压在我身上的穆弦也是浑身一僵，骤然离开我的唇瓣。脸色微变，整个人仿佛刚清醒过来。

我喘着粗气侧头一看，以尤恩、莫普为首，一排男人齐刷刷站在门口，尴尬地看着我们，然后纷纷转头。莫林更是双手捂住脸。

"快！快出去！"莫林大吼一声。可门外不知内情的、正往里走的军人们还在不断增多——莫普早就说过，这是穆弦回来后，指挥部全体军官的第一次会议。足足有二十多人！

我恼羞成怒，一把推开穆弦，跳下了床。他大概也蒙了，没有防备，被我推倒在床上，眉头还微微一皱。我知道是碰到伤口了，有点后悔，站定看着他不说话。后背的那些目光跟火烤似的，我的脸热得好像要被点燃了。

他倒镇定，撑着身体坐起来，冷脸看一眼众人，然后又看我，"进去。"

我绷着脸点点头——里面还有间卧室，跟这间相连。刚走了两步，又听到他说："把磁力圈先给我。"

我一僵，回头看着他。他忽地就笑了，清冷的眉梢眼角间，都是浅浅的笑意。

我反应过来，看向手腕上的"镯子"，这是……磁力圈？那是什么玩意儿？

"这是飞机元件，现在开会需要。如果你喜欢，我让兵工厂再给你做。"他柔声说。

我浑身一僵——飞机元件？开会需要？兵工厂？不是礼物？

难怪他看到我往手腕上戴时，表情有点异样。我还羞涩地跟他说很喜欢，然后……他就受不了似的忽然爆发，把我扑倒了……

我只觉得整张脸都要掉下来了。一把摘下磁力圈，往他手里一塞，根本不想看他噙着笑意的脸，埋头冲进里间，身后还听到莫普疑惑的声音："小姐喜欢磁力圈？"

阿道普的声音响起："不愧是指挥官的未婚妻，品位如此与众不同。"

"是啊是啊。"众人附和。

我抓起里间床上的枕头，压在自己滚滚发烫的脸上。

可脑子里却浮现穆弦刚才埋头亲吻我的模样，俊脸薄红，眼神暗沉，就像要把我吃下去。他忽然情动，就因为我犯了傻吗……多奇怪的萌点啊。

我扑到床上，一动不动。

外头却传来他淡淡的嗓音："这个磁力圈，是我从露娜的飞机残骸里找到的。"

原本还在笑的众人，全都沉默下来。我也愣住，露娜？

那个粗壮的兽人阿姨，在那场战斗中，已经阵亡了。

只听穆弦继续道："露娜出事前说过，她是乘坐紧急逃生机躲过追捕的。我在空间站的残骸里，发现了这个磁力圈。它跟飞机上的普通磁力圈密度和磁性都不同，这应该是逃生机能够躲过雷达，从要塞逃出来的原因。莫普，立刻把这个磁力圈给技术部，分析成分，批量制作。"

尤恩答道："指挥官，你的意思是，白朗一开始就在要塞的雷达设置上留了一手，防患于未然——只要使用这种磁力圈，就不会被雷达捕捉到。"

"是的。"穆弦淡道，"易浦城提出谈判了吗？"

我微微吃惊——他居然连这个都猜到了？

尤恩立刻汇报了易浦城的谈判条件，另有技术军官报告了雇佣军的兵力分布。穆弦听完后，淡道："我没兴趣谈判，尤恩，你继续拖着他。磁力圈如果证实可行，二十四小时内全军装配，立刻攻打要塞，营救被困的守军部队。"

我一想，觉得这个主意的确很妙。易浦城能够嚣张勒索，就是因为他秘密起事，控制了要塞，不仅军事物资，还有守军都落在他手里。如果穆弦神不知鬼不觉率大军逼近，打个措手不及，简直就是以其人之道还治其人之身了。

不过……穆弦居然能躲过空间站的雇佣兵，去研究残骸，还找到了这么重要的……磁、力、圈。他有这个精力，又怎么会无法脱身？

他其实是为了找残骸，才专程留在那里的吧？他根本不需要我们营救吧？

这个男人还真是……可靠。

他们继续在说进军方向、任务分配。我听得晕头转向，救他回来之后我还没休息过，昏昏沉沉睡着了。

醒的时候，只觉得周围很暗，首先映入眼帘的，是几块暗白、微鼓的腹肌，还有低陷的肚脐——这是他的怀抱，什么时候被他抱过来了？

我的脸贴着他光裸的胸膛，耳边是温热有力的心跳，腰上搭着他的大手，正来回……抚摸着。

我微微一僵，刚要起身，就听到他用很低的声音问："你说她在回帝都的路上，半路折返？"

"是的。"莫普沉静的声音响起，"当天折返。"莫林很小声地补充。

我一怔，目光微微一偏，原来他们就站在床边。我立刻闭上眼睛，继续装睡。

又听穆弦继续问："我不在这几天，她还好吗？"

我心里忽地一软，甜甜的酸酸的。

莫林答道："吃饭睡觉都正常，就是你出事那天，她也遭受精神力震荡波及，吐血晕倒了。"

原本在我腰上缓缓移动的大手忽然一停。

莫林又说："不过请放心，现在已经好多了。我会再给她调理身体，她不会有什么事。"

"如果我撤去她身上的精神力，有没有帮助？"

莫林答道："那倒不用。少量的温和精神力，甚至能帮助她修复。"

穆弦没出声，过了一会儿忽然问："两个月后就是婚礼，她的身体可以承受我吗？需不需要推迟？"

我脸上陡然一热——他果然脑子里总是想这些事！最好推迟！

谁知莫林欢快的声音传来，"指挥官放心，小姐只是大脑受了点震荡，身体还跟以前一样强壮呢！"

"很好。"穆弦答道。

我好想掐死莫林！

这时又听莫林说："你的精神力检测结果已经出来了。一个很好的好消息，一个不太坏的坏消息。"

莫普插嘴："别说废话。"

莫林嘟囔："我用词很精准的。指挥官，你这次遇险，遭受强大的外力冲击，精神力在震荡重创之余，也反弹到前所未有的强度，自发对你产生保护。目前的测试数值超过了帝国所有记录在案的精神力数字。也就是说——指挥官你因祸得福，精神力已经是帝国最强的人了。"

我听得微微一笑，莫普低声说："太好了。"穆弦沉默片刻，答道："坏消息呢？"

"坏消息是这一次的创伤太大，增长又太强，目前你的精神力还处于极不稳定的状态。所以半年之内，你绝不可以大规模动用精神力！否则很可能造成精神力失控，后果不堪设想。"莫林的声音鲜有的严肃。

我吃了一惊，就听到穆弦问："你是说，我会变成疯子？"

莫林答道："可以这么说。不过小规模使用，是没有影响的。现在你最需要的是睡眠，睡眠最能调节精神力。"

"好。"穆弦淡淡道，"辛苦你们了。"

"我们先出去了。"莫普说，"莫林？还不走？"

却听莫林支支吾吾说："指挥官，我们理解你的心情。但能不能不要一直抱着小姐？这样会压迫你的伤口。你已经抱了一个小时了。"

"她不重。"淡淡的声音。

我的脸又蹭蹭地热起来，又甜又暖，心想一会儿不能让他抱了，折腾伤势。

这时莫普也附和了："莫林说得对。指挥官，把她放下来吧。要是你的伤口恢复不好，婚礼推迟怎么办。"

我有点好笑——莫普还是很聪明啊。

"我知道了。你们先出去。"环住我的手还是没动。

细碎的脚步声响起，屋内重新恢复宁静。我刚想"苏醒"，他却忽然松开了我，将我放在床上，侧卧对着他。

看来莫普的劝诫起了作用。那我就不要醒了，继续睡吧。他还光着呢，现在醒多尴尬。

他也没了动静，也许是睡着了。

我眯着眼偷偷一看。

黑色短发遮住了他的眉毛，俊秀的侧脸神色安详。黑密的睫毛微合着，挺拔的鼻梁——紧紧地挨着我。

我静默片刻，轻轻握住他的一只手，也闭上眼睡了。

第八章
日久生情

我们俩是一起醒来的。

我假装若无其事地下了床，穿好鞋，刚想问他饿不饿，却听他说："华遥，谢谢。"他的嗓音柔和而低沉。

我只觉得心头突突地跳，讪讪道："没什么。"

"不过。"他缓缓道，"今后我再有任何事，你也不必来救。"

我怔住："为什么？"

他看着我，语气淡淡的，"你是我的女人，不是部下。不应该涉险。"

"哦。"

他让我给莫普打了电话，莫普说三分钟后就到。挂了电话，舱内又重新陷入沉静。

我发觉自己还真的不太会跟他相处，好像也没什么共同话题。之前我们仅有的相处，几乎都是在床上。

"现在知道什么是底层涡轮器了吗？"他忽然问。

我对这个词印象实在太深刻，脸一热，答道："不知道。"

"战事结束，我带你去看。"他低声说，隐有笑意。

"……啊？不用了。"其实我对涡轮器什么的完全没兴趣啊！

不过想起那天的事，我也笑了，说："如果不是突然看到你吓了一跳，我不会忘词的。"

这点我是真有自信，当初听他这么跶跶地说过一回，我其实还蛮震撼的，把他的话在心里琢磨过许多遍，早已滚瓜烂熟。后来才敢装腔作势学他。

"嗯。"他深深望着我。

这目光叫我又有点不自在,低头说:"你说如果那天我没说错,他们会束手就擒吗?我会成功吗?"

他没有马上回答,只是静静望着我。我顿觉窘然,估计他那天也许有点感动,但也觉得我是在犯傻吧。可我又有点不信,没准儿那天能成功呢,我平生第一次那么有气势……

"一定会。"他的声音忽然响起。语气并不温柔体贴,反而带着他惯有的倨傲淡然。

可就是这样疏淡的语气,却让我的心好像被什么轻轻撞了一下,然后就冒出一股暖暖的热流,熨帖得我舒舒服服。那热流又有点烫,令我感觉到心尖仿佛都在胸膛中微微颤抖。

我好像……越来越喜欢他了。

他也没再说话。我们沉默着,可空气里好像有无形的热气,熏得我有些晕眩。

我忽然就很有冲动,过去亲他一下。

飞快地看他一眼,却见他已经拿着床头莫普送来的军事报告在看了。他说过的,战争结束前,不能分心。

我就有点憋得慌,心跳快得厉害。亲不亲?走过去、低头、啵,然后回来坐下,应该很快,也分不了什么心吧。

可看着他俊白如玉的脸,望着他微抿的漂亮薄唇,我的全身仿佛注了铅,死活迈不出步子,脸越来越热,整个人都有点晕乎乎的了。我受不了了,一咬牙站了起来。他抬头看向我,目光沉静,我顿时又僵住。

就在这时,门被推开了,莫普、莫林走了进来。我马上坐了回去,大大松了口气,可又隐隐有点后悔。

"指挥官,还有一个小时,舰队就出发了。"莫普说,"是否马上就去?"

"去。"穆弦淡道。

"好的。"

我听得不对劲,立刻问:"去哪里?"

莫普答道："去做战前动员。"我松了口气，看一眼穆弦，他嘴角又有了笑意。我脸一热，扭头到一边。

"莫林。"穆弦忽然说，"先扶我去洗澡。"他的起居一向是莫林负责。

莫林小跑过来，"指挥官，我知道您讨厌脏兮兮的。但是现在伤口不能进水，咱们只能用水擦澡，然后全身消毒。"

穆弦点点头。莫林搀着他缓缓站起来，嘴里念叨："我拿毛巾，得有人帮我扶着你……"看到站在一旁的我，他脸上瞬间绽放灿烂笑容，"小姐，帮忙帮忙。"

他话音刚落，穆弦立刻扭头看着我，眼睛黑黝黝的。

给穆弦擦澡？

我脑子里忽然浮现他高大光裸的身体，脸上滚烫起来，避开他的目光："还是莫普去吧。"

他们都没说话，静默了一会儿，穆弦先开口："莫普。"莫普立刻走上前，扶住他另一只手，三人沉默着小步走进了浴室。

听着浴室里淅沥的水声，我有点郁闷——他们刚才干吗那种反应？好像是我铁石心肠，委屈了穆弦一样。但要现在对着他的肉体，确实不自在，我不喜欢那样。

过了一会儿，他们出来了，穆弦已经换上了干净的衬衫和长裤。他们又给穆弦穿了军装、佩戴勋章、戴好军帽和手套。

暗灰色军装衬得他肤色细白、眉目俊黑。只是气质太过冷冽，加之病容苍白，整张脸透着森森的寒气。就跟冰雪雕砌出来的人没什么两样，只是雪人不会有他这样暗沉锐利的眼神。

刚穿戴整齐，就有人来敲门，是尤恩，身旁还站着几名军官。

"指挥官，飞行员们在等你。"

"好。"穆弦看我一眼，"你留在这里，等我回来。"我点点头，这时莫普和莫林忽然松开了他，退到一旁。我有点疑惑，他们要干什么？

他吸了口气，极慢极慢地站了起来。站稳之后，他直视前方，迈了一小步，忽然停住不动，似乎在暗暗用力。

这时，莫林转头看我一眼，抿着嘴，有点难过的样子，但什么也没说。

我顿时明白了——难道穆弦要自己走到指挥中心去？他连下床都困难好不好？

他的脊梁挺得笔直，长腿又往前迈了一步，又一步。步伐很慢，但是已经变得连贯起来。

而门外尤恩、阿道普，门内莫普、莫林，看着他沉默而迟缓的步伐，看着他平静但是苍白的脸色，都站着没动。

我知道这一定是他们的军事规定什么的，但我有点难过，立刻上前一步，抓住他的胳膊，"我扶你去。"莫普、莫林同时在背后喊："小姐……"

他脚步一顿，目光偏转看我一眼，眸中升起几分柔和，但很快恢复清冷。

"松手。"

他的语气有点冷，也带着隐隐的威严。我一怔，不由得松开了他的胳膊。这时莫林已经把我往后一拉。穆弦没再看我，迎着门外射进来的灯光，缓步走了出去。尤恩、莫普等人跟在他身后离开。

屋里只剩我和莫林，我想起他刚才的话，虽然知道他是公事公办，但还是有点不畅快，还有点心疼，坐在沙发上不作声。

莫林眨巴着红眼睛盯着我，"小姐，你千万别误会啊！他不是要凶你！这是他的习惯，也是舰队的传统——身为指挥官，他总是站在大家面前，给大家信心。不能让人扶着去指挥战斗啊！那样有损士气！"

我心头一震，问道："难道今天战斗全程他都要站着？"

莫林叹了口气，点点头，"等着吧，回来的时候，肯定会出好多血。可是没办法，莫普说，大家跟了指挥官很多年了，他往那里冷冰冰一站，再冷冰冰一说话，大家就觉得浑身充满力量。"

我心口一疼，士气这东西我也能理解，可是……

"那要是他腿断了站不起来怎么办？"

莫林摇头，"你也不要太担心啦。上次天狼星战役，腿骨不就断了吗？刚换上金属腿骨，就去指挥战斗了。你知道，换骨是很疼很疼的。就像有根小棒子，在伤口一直戳，他那次站了两天。啊，战机出发了！"

　　他指着窗外，只见暗黑的天幕下，一艘艘战机宛如灰色大鸟从甲板翱翔而出，于漫天繁星间划过道道淡如水纹的痕迹，随即骤然消失在一团团银白色的璀璨光芒中。

　　战机群纷纷跳跃离开，他们的姿态如此安静，甚至如此优美，我却感觉到庄严而肃杀的气息，宛如穆弦刚刚的冷漠而性感。

　　我跟莫林对坐了一会儿，就有些无聊。有时候走到外头一看，零星经过的军人行色匆匆、神色紧张。估计现在整艘舰队的人都跟箭弦一样紧绷着，唯独我们俩无所事事。

　　"啊！我想到件很有趣的事！"莫林走到桌前打开悬浮电脑，嗖嗖地翻看，不多时，画面定格，一幅真人大小的穆弦军装照浮现。莫林笑嘻嘻地看着我，"小姐，想看指挥官的裸照吗？有鸡鸡没牙齿的时候哦！"

　　我忍不住笑了，也走过去。意外的是，资料夹里只有三十多张照片，对于一个二十五岁的男人来说，太少了。

　　打开一看，更是印证了我的想法——几乎有二十多张是证件照、纪念照。譬如荒芜之地军校毕业照，譬如通过飞行员考核时与同期学员的合影，相片上的他一如既往的英俊漠然，不过我看得多了，倒不觉得惊艳。

　　最后几张才有趣，粉嫩嫩的一团婴儿，莫林还专门给我指出鸡鸡的位置。小小细细白白的一根，像鱼肉肠，令我油然而生"你也有这种时候"的爽感。

　　不经意间，我看到穆弦的个人电脑里，还有个资料夹，写着"华遥"。我登时想起曾经撞见他看我的照片，有点好奇，就让莫林先走了。

　　把门锁上，这才打开资料夹。一看数量，一千五百多张……

　　翻看了一阵，大多是我读大学和工作的照片。很快就发现了一些裸的，还是高清版，看得我自己都汗颜，想也没想就删掉了。

　　我接下来的任务变成了迅速寻找并删除裸照……想到穆弦还在前方打仗，我躲在屋子里干这个，有种……说不出的感觉。

　　看到某一张我笑了——因为我只穿吊带短裤，一脸笑容对着天上的月亮比出V手势，二得不行。照片上的女孩站在一汪清澈的溪水里，干净、白皙、青涩，略有曲线。我记得那是老家后山山顶，那年我念初三，期末考进了年级前三，才会在溪水里扬扬自得。

慢着！初三？！十五岁？

我忽然紧张起来，快速往前翻，果然看到不少张类似照片；甚至还有我穿着高中校服优哉游哉坐在山间小溪钓鱼的照片。我的心跳越来越急，最后被我找出一百多张，从十五岁开始每年都有，地点都在老家那座山上。

看完这些，我往沙发上一倒，竟然生出一种颓然的感觉。

为什么穆弦会出现在那座山上呢？如果他早就喜欢我，为什么不早点对我讲清楚，让我难过那么久？

我想了想，打开通信系统，连接地球的外婆。那边刚好是上午，我跟外婆闲聊了几句，就问："外婆，以前每年暑假，还有中秋，你都带我回老屋那边住。我记得咱们那边一直没有生人出现吧？或者……野兽什么的？"

外婆说："没有啊，那个村子人很少的，咱们那座山就两户人呢。你怎么这么问？"

外婆说"咱们那座山"，是因为村子地广人稀，几乎按人头一人一座山。这在大城市可能匪夷所思，但在乡下，真的就是这么分的。

我有些失望，说没什么，小时候事情记不太清了才问问。

却听外婆嘀咕道："就是听别人说，在山上看到过野猪，又黑又壮，很凶的。不过这个我是不信的，山上的野猪早被打光了。"

我："……他们是在哪里看到野猪的？"

外婆想了想说："记不太清了，好像是洼子溪那边，就是我不让你下水的那条溪啊。你没去过，所以不知道。"

我微微一僵——不仅下水了，还去了很多次。

我心里大概有了猜测——也许是穆弦的飞船刚好停靠在那里，看到过我？

所以我的确没有营救过落水大黑狗，但是被大黑狗默默地偷窥过？这算是缘分吗？

我决定等他伤好了，找个机会问清楚。

到中午的时候，莫林来送饭。等我吃完了，他就开始调试通信系统。我奇怪地问道："要干什么？"

他说："哎呀，刚才我给指挥官送饭，他问我你在干什么。我说你一直在房间祈祷他大获全胜。他就高兴地笑了，还给了我一组许可权，可以看前方战场的情况。他肯定是想让你看他指挥战斗。"

我心想他笑肯定是不信你说的话，我怎么可能干祈祷这种事。不过看看战场倒是不错，就当星战片了。

"这跟地球的孔雀开屏一个道理。"莫林打开了悬浮荧幕。

"什么？"我没反应过来。

"他想在你面前展示胜利，展示武力值啊！"莫林挤眉弄眼，"你要知道，帝都多少少女，想要看到指挥官的英姿。三年前，《帝都日报》的美女记者，专程跑到前线，想全天跟随采访记录指挥官的生活，人家还有皇帝的亲笔批函。"

我来了兴趣，"然后呢？"

"然后指挥官说……"莫林忽然站定，模仿穆弦冷冰冰的语气，"抱歉，请换个男性记者。莫普，送她回帝都。"

"噗。"我笑出了声。这时悬浮画面已经变得清晰，太空之中，五艘堡垒呈环形排列着，密密麻麻的战机，正从各个方向朝堡垒飞去。一排排核弹，像是流星雨一般，落在堡垒表面，溅起小团小团的火花。

"发动总攻了！"莫林兴奋道。

我也被他带得有点紧张起来，问："谁占上风？"

就在这时，一道熟悉的嗓音响起："实施侧翼轰炸。摧毁他们的超光速引擎。"

"是！"有人答道。

是穆弦！他的声音听起来平静又冷漠，难怪那些军官们都服他，你要是在战场上，听到这么一把冷冰冰的、仿佛天塌下来都不关他事的声音，你也会镇定下来。

他又陆续下达了几道命令。很快，海军陆战队员登陆了一艘堡垒，救出了被俘的数百名要塞守军。这时，阿道普略显激动的声音传来，"指挥官，我们发现了易浦城的指挥舰。"

我又在画面中，看到那艘漂亮的黑色战舰——属于某个被穆弦视为对手的男人。

战舰周围很快发生了激烈交火。帝国军以牺牲十艘战机的代价，击落了易浦城的指挥舰，陆战队员持重火力强行登舰。

"要是能抓到易浦城就太好了。"我听到尤恩在通信频道中说。

"小姐，抓到这只狐狸，指挥官就可以晋升帝国元帅了！"莫林兴奋道。

"别高兴得太早。"

"你别高兴得太早啊！"

两道声音同时响起，是通信频道中的穆弦……跟我。莫林一呆，捂着脸倒在沙发上，"绝配啊！"我失笑，但直觉的确告诉我，易浦城没那么好抓。不过……看着画面中被超过五十余架战机包围的中型战舰，易浦城想逃走也很难吧。

过了大概二十分钟，阿道普略显沉重的声音在频道中传来："指挥官，易浦城被俘了。但我们阵亡了二十名海军陆战队员。"

这一刹那，频道中安安静静。过了一会儿，才听到穆弦的声音响起："结束战斗。"

然后就看到军舰和战机，有条不紊地在要塞附近飞行着。而二十艘战机，呈扇形伫列先行飞离堡垒——那是押送易浦城的队伍。

忽然画面一闪，变成了一艘战机的舱内画面。阿道普的脸出现了，"指挥官，易浦城人在这里。"

"好。"穆弦淡淡的声音响起。

这时阿道普退开镜头前，跟五名战士持枪站在一旁。我看到后舱坐着一个男人，缓缓转过头来。

我一怔。

那是一个非常……美的男人。

虽然是高大的军人体格，五官也显得深邃饱满，但肤色很白、眼睛太黑、嘴唇太红、脖颈修长，就显得有点妖气冲天。

难怪被称为狐狸。

"是他。"穆弦淡淡道，"杀了。"

我有点吃惊，也听到尤恩略显局促的声音，"指挥官，按照帝国法律，必须对他进行公开审判。"

"不用等到审判那天，他早跑了。"穆弦淡道，"杀了他，所有后果我来承担。阿道普上尉，执行命令吧。"

"是。"阿道普同样沉静的声音传来。

我不由得想，穆弦下手还挺狠的。不过易浦城给荒芜之地造成那么大的伤亡，露娜夫妻也死了，这人的确该死。

就在这时，易浦城忽然露出了个笑容。

薄薄的唇角轻轻勾起，脸颊上露出浅浅梨涡，那双漂亮的眼睛更是波光荡漾。隐隐地让人觉得，那双眼仿佛能看透一切，一直看到你心里，忽然就让你觉得危险起来。

我觉得这个男人有点可怕。虽然在笑，可是感觉比不笑的穆弦可怕多了。

"滋……"一声轻响，画面忽然消失了。莫林不满地说："怎么就没了？"谁知这时频道中却传来尤恩的声音，"阿道普，怎么回事？为什么没有信号了？"

"第二、三、四飞行小队，立刻支援阿道普。别让易浦城逃走。"穆弦冰冷的声音响起。

画面突然切换到外太空，正在发生的一切令我大吃一惊——一艘战机正如离弦的箭般，一头猛冲上天！而它身后，超过二十架飞机穷追不舍。它们的正下方，飞出了几个黑点，我还没看清是什么，就听到有人焦急喊道："阿道普他们被扔出了飞机！救援船！救援船！"

那些黑点……是阿道普他们？那么现在驾驶第一艘战机的是谁？难道是易浦城？

可是具体情况已经不知道了，因为它们全都飞离了镜头范围，要塞周围重新恢复了宁静。

我和莫林对望一眼，都长长地出了口气。"我给你拿点水果。"莫林走到冰箱边，我也没看荧幕了，回想刚才的一幕——易浦城是怎么逃脱的呢？太神了，也不知道穆弦的人能不能抓到他。

"滋……"通信频道响了一声。我以为是电流声，没去管他，接过莫林给的水果，咬了一口。

"呵……"低低的仿佛叹息。

"你听到有人在低笑了吗？"我问莫林，他点点头，"可能是飞行员呗。"

"呵呵……"那人又笑了，莫林一愣，我忽然觉得后背有点发毛。我俩同时看向桌上的通信器。

一个低沉磁性的声音传来，缓缓的语速，就像正若有所思的自言自语，"诺尔王子殿下，兽族名穆弦，未婚妻纯种人类华遥小姐。"

我一怔，低声对还在发呆的莫林说："马上通知人过来。"

莫林点点头，刚要迈步，就听那人用无比温柔的语调缓缓地说："华遥，我喜欢这个名字，也喜欢黑头发黑眼睛的纯种人类女孩。再见了，诺尔的小姑娘。"

通信中断了，莫林和我面面相觑。

"他是谁？他什么意思？"莫林急问。

我也被这人阴恻恻的话搞得心慌，答道："他……不会是易浦城吧？"

就在这时，门被推开，穆弦大步走了进来，反手带上了门，表情淡淡的。莫林就跟被人扎了一针似的，一下子跳起来，冲过去，"指挥官！"话音未落，穆弦身子一倒，跌在他怀里。

我也吓了一跳，快步冲过去，跟莫林一左一右把他扶到床上。他的脸色比离开前更苍白了，身上也有淡淡的血腥味传来。

莫林拿过医药箱给他处理再次崩裂的伤口，我坐在床边看着他，忍不住问："易浦城抓到了吗？"

"让他跑了。"穆弦脸上浮现寒意。

我和莫林都没出声。

这时穆弦转头看着我，声沉如水，"虽然有遗憾，但易浦城的部队这次伤亡很大，短期内不会再进犯。"

我点点头，"太好了。"刚想开口说那通恐怖电话，他头一偏，已经把我吻住。我侧头想避，他却一把扣住我的后脑，将我整个人拉过去，扣在胸膛上，令我动弹不得。我知道他已经忍了很久，否则绝不可能在莫林面前就这样迫不及待。可那通电话……

"指挥官，伤口处理完了。"莫林低低的声音传来。

穆弦的唇没离开，反而将我的身子搂得更紧，我挣扎着想说话却是徒劳，又急又躁。我看到他朝莫林摆了摆手，示意他出去。

莫林却没动，犹豫道："指挥官，刚刚有人在通信频道跟小姐说话了。可能是易浦城。"

穆弦动作一顿，松开我，目光瞬间阴沉下来。

"……喜欢黑头发黑眼睛的纯种人类女孩。再见，诺尔的小姑娘。"重放一遍，那人的声音依旧叫人心惊肉跳。

穆弦的脸色冷得不能再冷了。

"把这段资料送给技术部。"穆弦说，"华遥的机器人卫队数量增加一倍。"莫林领命离开了房间。

我坐在床头，穆弦沉默地躺着，什么也不说，也没吻我。我知道易浦城此举犯了他的大忌。他连别的男人看我一眼都吃醋，易浦城还说什么"黑发黑眸我喜欢"。

而且这个易浦城会卷土重来加害我吗？

"别怕。他无法伤害你。"穆弦忽然开口。我转头，对上他黑黝黝的眼睛。

手一紧，被他握住，送到唇边轻轻一吻。他抬头盯着我，眸中闪过一丝分不清是冰冷还是温暖的笑意，"从现在开始，我会二十四小时，跟公主在一起。"

"小姐，这样真的不会有事吗？"莫林怯生生地问我，一边问还一边回头看穆弦的房门。

我瞄他一眼，"怕你就回去。"

他顿时蔫了，默不作声跟在我后头。

那天穆弦丢下"二十四小时不分离"的狠话，我又感动又不安，刚想说点什么，他已经晕倒了。据莫林诊断是疲劳过度，没有大碍。

为了防止穆弦醒来后"抱小姐的动作过于剧烈"，莫林采取封闭疗法，给穆弦打了镇静剂，确保连续睡眠五十个小时。这样精神力能够得到修复，而在轻度精神力作用下，伤口也基本可以愈合。但不可以过于操劳，痊愈至少还需要半个月。

穆弦睡着之后，莫普过来了一趟，随口提起阿道普等人都受了伤。我想起当时像稻草似的，被易浦城随意丢出机舱的阿道普，有些担心，就决定去探望。穆弦醒来也许会生气我接触别的男人，但我还是想去，况且我也在机舱里闷得够久了。

莫林当然不乐意，但他更不愿意让我一个人去，只好成为同谋。

医疗舱很宽敞，整整齐齐摆满了床位，都用白帘子隔开。我们问清阿道普的床就在拐角处，位置挺偏，周围也没其他人。白帘子遮得严严实实，莫林说："是不是在睡觉？"

我俩走过去，莫林掀开帘子一角。迎面就看到男人光裸的背，和女人模糊的身体。

我目瞪口呆，莫林倒吸一口凉气，用力甩下帘子。

"啊！"里头的女人传来一声尖叫，然后是窸窸窣窣穿衣服的声音。阿道普尴尬的声音传来，"小姐、莫林，等一下……"

莫林一直呆呆站着，也许他已经濒临崩溃了。我也胆战心惊——如果被穆弦知道我看到了什么……

"这件事谁都不要说！"我压低声音，莫林哭丧着脸点头。我的心也乱了。

就在这时，帘子拉开，一个白衣护士背对着我们快步跑走。阿道普靠坐在病床上，被子盖到腰处。古铜色的脸庞明显还尴尬着，他问："小姐，找我有事吗？"

我知道穆弦的舰队没有女人，但要塞边防军是有的。刚才的护士多半是从要塞过来帮忙的。只是没想到阿道普有这么狂野的一面。

我的脸还在发烫，微笑说："没事，只是来看看你。"

阿道普很感动，连声道谢。看着他真诚的神色，我的尴尬也烟消云散。又聊了一阵，他也询问了穆弦的伤势。

跟阿道普道别的时候，他犹豫了一会儿说："小姐，明天你还能来吗？"

我有些意外，莫林则一脸警惕。

却听阿道普说："我的飞行小队和海军陆战队员，在这次战役里折损了一半，还有三分之一跟我一样，躺在医疗舱。如果能够得到小姐的鼓励，他们会很荣幸。"

我立刻答应了，莫林也没反对。

两天后，穆弦醒了。当时莫普在查阅战后军务报告，我和莫林在看阿道普的护士女友介绍的当地电视台高收视率连续剧。

正看得津津有味，忽然腰一紧，被人抱起来。我吓得全身一抖，回头一看，穆弦高高大大地站着，清秀澄澈的眼眸正凝视着我。

我心头一喜，"你好了？"

他点点头，眸中浮现淡淡笑意，忽然就转身，抱着我往床走去。

"你们先出去。"他头也不回地对莫普、莫林说。我顿时一僵。

"等等！"

"等等！"

两个声音同时响起，是我和莫普。

穆弦脚步顿住，低头看我一眼，目光若有所思。我被他瞧得不自在，他却已转身看着莫普。

莫普咳嗽两声答道："指挥官，这是舰队伤亡报告和防务安排日志。你入睡前说过，一醒就要看。"

穆弦的表情有瞬间的凝滞，抱着我的双臂忽然一紧——但他很快松手让我落地，俊脸已经恢复沉静。

我不用跟他单独待在床上，心头一松，刚想退开，他忽地偏头，温热的唇在我额头一触即走。这个吻显得有些隐忍克制，但又像是在安抚我。我心情微微一荡，他已经大步走向了办公桌。

不过一进入工作状态，穆弦就变得心无旁骛。低垂的脸庞温润如玉，峰眉星眸乌黑清秀。等他彻底忙完，再吃了饭、洗完澡，十多个小时已经过去了，他也显得很疲惫，搂着我坐在沙发上，整个人仿佛才放松下来，也没有再次提出"清场"的要求。我看着有些好笑，估计是心有余而力不足了。

"指挥官……"莫林鼓起勇气把一叠资料递过去，"按照计划，我们今天该返航回家了。不过……家里有二十多拨人等着见你。有皇帝陛下的特使、有国防部官员，还有荒芜之地当地贵族……能推的我都推了，这些不行。另外庆祝帝国军战胜雇佣军的宴会，已经排到了下个月。"

穆弦顿时皱眉，我听着也烦。莫普忽然插嘴："要是指挥官不想理这些事，就先别回去好了。"

"那去哪里？还留在堡垒？憋死人啊。"莫林问。

莫普想了想说："可以去索夫坦小行星。"

我瞬间来了精神，坐直看着莫普。穆弦侧头在我耳边低喃："想去？"嘴里的热气令我的耳根阵阵发烫。

我点点头。索夫坦小行星是穆弦母亲留下的遗产，上次莫林给我放那颗漂亮行星的录影，就令我向往不已。

莫普又说："现在那边正是夏季，很合适指挥官调养身体。而且第五舰队就在那附近星域驻扎。不会有安全问题。如果你同意，我可以让机器人卫队先过去准备。"

在很长的时间里，我一直以为两个机器人中，莫林更乐于扮演红娘的角色，莫普大多数时候恪守本分。直到几天后我们从索夫坦离开，我仔细一回想，发觉莫普做起红娘来，才是不动声色、一击即中——如果不是他安排这趟旅行，我绝不会这么快就被穆弦再次吃得干干净净，并且从此被他每晚顺理成章地吃吃吃吃，最后不知不觉成了习惯……

这天傍晚我们的战机跳跃离开前，出了段小插曲。阿道普和几个年轻飞行员听说了我们要走的消息，跑来送行，还拿着个小巧精致的战斗机模型。

穆弦问阿道普："新机型？"

阿道普忙说不是，把模型递了我，"小姐，这是全体飞行员一起亲手制作，送给你的小礼物。希望你喜欢。"

我接过模型，条件反射地看向穆弦，他的目光停在我脸上，幽深难辨。

等我们坐上战机时，穆弦的神色一直淡淡的，莫普则凑到他耳边低语。我知道肯定在说那天的事。

那天我答应阿道普去看望伤患，不知怎的消息传出，几乎所有飞行员都去了医务室。原本我定义的朋友间的探望，变成了"指挥官未婚妻专程慰问全体飞行员"的活动。我又不是能言善辩的人，当时窘得不行，只好连连点头微笑握手，说一些客套的、鼓励的话。不过看得出来，年轻的飞行员们很兴奋也很感激。

所以他们今天才送这个礼物吗？

这时穆弦转头看着我，目光暗沉，看不透在想什么。

我开始没作声，因为认为自己没做错什么。可他一直沉默盯着，我有点受不住，淡淡地问他："有问题吗？"

他却把我从座位上抱起来，放在怀里："谢谢你，去看望我的人。"

我没想到他这么说，心头一甜，笑了，"不用谢。"

他盯着我，目光变得灼热，我就有点笑不出来。他打开我俩的面罩，低头开始吻我。舱内静悄悄的，莫普、莫林坐在前舱一言不发，只有我俩略显急促的呼吸声。

过了很久，他才松开，将我扣在怀里说："下次必须有我在。不可以握手，不可以站得太近，任何身体触碰都不允许。"

飞机停稳在一望无际的绿油油的草地上，我看清眼前的景色，几近窒息。

天空的底色是碧蓝的，云朵却是橙红色的，像一盏盏红灯笼浮动在半空。树干是绿的，绿得粉嫩清新，树叶却是五颜六色的，远远望去，每棵树都像一位穿着花裙子的美人。

嫩黄色胖乎乎的巨鸟群"咕咕咕"叫着从头顶飞过，白色的幼犬群趴在山坡顶上呆呆望着我们。远处还有一片湖水，蓝得幽深。水底不知什么东西，密密麻麻闪闪发光，就像天上的繁星已经沉入水底。

但这都不是让我最惊讶的。

我看着半空中悬浮的熟悉房屋，"这是……"

莫林得意地解释："家里配备了超光速跳跃引擎。你们在哪里，家就在哪里。"他的话本来无心，但我听得心头一暖，下意识侧头看向穆弦，他却看着前方，眉头微蹙。

我循着他的目光看过去——是房子门口那些白毛毛肉乎乎、蓝眼睛小短腿的鬃绒幼犬。

好可爱……

"已经挑选过。"莫普平平稳稳的声音响起，"都是雌犬。"

穆弦的眉头瞬间舒展，我期盼地看着他，他微微一笑，乌黑的眉目在落日的余晖中跟水墨画似的，生动醒目。

"让莫林陪你去。"

我顿时了悟——他不愿意接近其他雌性。可那些看起来那么小啊，最大的不过足球大小，最小的只有我巴掌大。不过不管他了，我和莫林兴冲冲地跑向幼犬群。

它们并不怕人，歪着脑袋看着我们，"汪汪汪"的叫声跟婴儿似的。莫林拿来些食物，很快就获得信任，它们开始舔我的皮鞋、舔莫林的金属脚丫。莫林"呵呵呵"地笑，装作很痒的样子在地上打滚，结果十多只幼犬齐齐一愣，同时卧倒在地，也学莫林的样子，打滚耍赖。我哈哈大笑，也好想打滚，但是想到穆弦就在身后，还是拉不下脸。

回头一看，距我们不远的房子门口，摆了两张躺椅，穆弦和莫普坐在上头。阳光尽洒，穆弦的脸在金黄色光线下，仿若美玉般熠熠生辉。我看不清他的表情，但是能感觉到他的灼灼目光一直跟随着我。

这么遥远的凝视，忽然就令我紧张起来。好像一举一动都被他捕捉，一笑一颦都会落在他眼里。

"小姐，它们可聪明呢。你做什么，它们都能模仿。试试看。"莫林兴高采烈地说。

"嗯。"要是穆弦没在后头，我一定来一段生涩的骑马舞，让幼犬跟我一起蹦跶。可现在，我只能蹲下跟它们握手、敬礼、做鬼脸，表现得像个淑女。它们真的很聪明，一教就会。虽然没有骑马舞，但看着一堆肉乎乎的小狗先打一个滚，再一起朝你扮鬼脸，感觉也不错。

约莫是我们玩得太开心，莫普也被吸引过来。他难得地表现出活泼，跟莫林两人一组开始打滚、跳舞。小狗们纷纷模仿，我在旁边实在忍不住，笑得眼泪都快出来了。

不经意间回头，却见穆弦端着杯茶，静静地喝着，眼睛依然看着这边。日光已经跑到了屋子后头，他坐的地方笼罩在大片暗色的影子里，看起来清凉而安静，好像是另一个世界。

我忽然就笑不出来了。

望着他头顶的黑发、挺拔料峭的身影，我心里冒出来一点点心疼。我不知道这心疼是从哪里来的，或许是这几天看他强撑着指挥战斗，或许是他此刻因为"忠贞"只能一个人坐在远处无法靠近我……我忽然就有了冲动，想要走到他身边，想要亲吻他。

我把心一横，一步步朝他走去，脸越来越烫。渐渐地，他的容颜变得清晰。他的目光起初很柔和，慢慢就浮现诧异。

我走到他身边，低头看着他。他的脸润白干净，嘴唇暗红饱满。

"不舒服？"他蹙眉问，身子一动似乎想站起来。

"别动。"我听到自己的声音低哑中带着颤抖。

他动作一顿，目光越发凝重锐利。

我已经紧张得说不出话来，一低头，就亲了下去。

飞快地含住他的唇，舌头钻进去，找到他的舔了舔，他的舌头似乎还没反应过来，僵在那里没动。这样的反应顿时令我生了怯意，立刻退了出来，草草结束这个吻，僵硬地直起身子，尴尬而……期待地望着他。

一抬头，就撞上他黑黢黢的双眼。那眼神简直难以形容：凝滞、了然、动容……最后只余一片深不见底的黑，灼热而锐利。

我听见自己热烈急促的心跳，慌忙转头躲避他那迫人的视线。谁知却发现那边草地上也安安静静。莫普、莫林，还有幼犬们，全都扭头，呆呆看着我们的方向。

所以……他们都看到了我吻穆弦？

我只觉得自己现在就是块烧红的铁，又烫，又僵……

"啊！"莫林忽的一声惊呼，我一愣，就看到至少有七八只幼犬，同时跃起扑向他的脸。

"哎哟！别舔我！啊！别舔我的嘴！这是我的初吻！"莫林呜呜咽咽喊道，

莫普在旁边放声大笑，结果其他犬也同时朝他的脸扑去，但是被他眼明手快轻轻拍掉了。

我突然反应过来，哈哈笑了——一定是幼犬们看到我吻穆弦，所以模仿着去吻莫林了！他还真是遭受无妄之灾啊，一会儿肯定满脸口水，也不知道他会不会短路……

"啊！"我腰间一紧，身子已经腾空，落入穆弦怀里——刚刚只顾着看莫林，都忘了他刚被我吻了……

他把我放在大腿上，白皙的脸颊泛起淡淡的红晕，竟像涂抹了胭脂一般……可爱。黑眸沉沉，却又清亮逼人，像是有温柔的月光洒在里头。

"你愿意了。"

我本来还在笑，闻言脸上滚烫——他是说我愿意跟他在一起？这时他把我后脑一按，狠狠亲了上来。

莫林来叫吃晚饭的时候，我从穆弦怀里抬头，嘴已经被他亲得红肿。莫林一副忍俊不禁的表情，我也冲他笑。"莫林，你的嘴也肿啦。"他一呆，冲进屋里照镜子了。

我笑得不行，回头一看，穆弦眸光暗沉地盯着我，脸上没有笑意。这眼神叫我莫名有点心慌，不过进屋吃饭时，他又恢复正常，表情淡淡的。所以我也就没太在意了。

吃完饭，莫普带着机器人去周边布防，莫林开始打扫屋子，穆弦看我一眼，"去洗澡。"我猜想是抱过幼犬身上有味道，他才特别叮嘱，就依言进了主卧的浴室。

热气蒸腾，我靠在浴缸里，舒服得不想起来。想起我吻穆弦时他动容的表情，只觉阵阵心悸。我想我们可以这样愉快地相处下去，我能够不在意以前的事，慢慢地就能彻底接受他。我们已经有了新的开始。

就在这时，我听到已经反锁的房门，咯噔一声轻响。我浑身一僵，缓缓回头，穆弦走了进来。

高大、光裸的身躯还沾着水珠，湿漉漉的黑色短发贴在额头上，白皙的身体泛着热水冲刷过后的微红。

那双漆黑漂亮的眼眸，隔着浴室淡淡的雾气盯着我，就像覆上了一层氤氲的光泽。我呆呆地看着他，他开口了，嗓音似乎有些低哑难耐："我好了。你可以了吗？"

听着他沙哑的声音，我的嗓子仿佛也瞬间干涸了。

"可以……什么？"

他不答，笔直朝我走来。

我慌忙抬头看向他的脸。他直勾勾地盯着我，白皙的脸颊仿佛被热气熏起阵阵红晕，更显得眉目清秀——一个清秀如画、饥渴如兽的男人。

"等一下！"我大吼一声，"你不是说、不是说结婚之前不这样的吗？"

他已经走到了浴池边，闻言一怔，负手站定，眼神依旧暗沉灼热，"不必等到婚礼。华遥，你向我表达了爱意。这是我作为男人给你的回应——我会尽我所能，我们会很愉悦。"

他说得太自然太低沉，我愣了一会儿，才反应过来，不由得有些感动，但更多的是尴尬和慌乱。

这时他忽然迈开长腿，跨进了浴池。

"不，穆弦。"我伸手抵住他的小腹，"我现在不想。"

他神色一滞，垂眸盯着我，缓缓问："为什么？"

我别过脸看着一旁，"因为我还没做好心理准备。你能不能先出去？"刚说完，他的手已经伸过来。腰身一紧，被他从水里捞了起来。

湿漉漉的被他抱在怀里，我只觉得周身像是着了火。他的目光雾蒙蒙的，好像根本没听到我刚才拒绝的话。

"穆弦，你不是说我是公主？你不会强迫我的，对不对？"我低声问。我们这些天相处得这么好啊！

他看我一眼，没出声，从边上拿了条浴巾包住我，就往卧室走去。

卧室里灯光柔和，窗帘全部拉得密密实实。我被他放在那张超级大床的正中央，他在我身旁侧卧着，单臂撑着脑袋，我僵着脖子看天花板，但依然能听到他略显急促的呼吸声，又紧张又尴尬，还有些难过。

"我不会强迫你。"

我一怔，惊喜缓缓涌上心头，转头看着他。清俊的侧脸安静而温和，黑眸中暗沉褪去，但专注依旧。

"你说要尊重和平等，我会给你。"他低声说。

我呆呆地看着他，又听他继续说："华遥，我一直在等你心甘情愿。"

我的心好像被什么重重撞了一下，撞出一股暖暖的热流，淌过原本有些难受的心脏。那天我是说过，说这辈子不会对他心甘情愿，不会身心忠贞。我也知道这些天他一直在改变。但听他这样倨傲的人，亲口说出这样的话，心头的感动却是难以言喻。

"谢谢你穆弦。"我喃喃道。

他的目光这才回到我脸上，目光幽深，"你做心理准备需要多久？"

"啊？"

"给你一个小时，我就在这里等。"他的目光也变得灼热而专注，"我先……"

我一僵，这才明白过来，他以为我只是对这一次……需要心理准备？我连忙推开他的肩膀，"一个小时不够。"

他蹙眉答道："两个小时？不可以再多了。"顿了顿说，"华遥，我……忍得难受。"

我一怔，要他这样的男人开口承认"难受"，应该是很难受吧。

可我还是深吸一口气说："穆弦，我说的心理准备，不是指今天，也不是明天。我是喜欢你，不知道什么时候就喜欢了。那并不代表我想跟你做……我还需要时间。既然你说会等我心甘情愿，那现在我的确不想做。"

他猛地一怔，眸中情欲迅速褪得干干净净，重新恢复清明。原本微红的脸色，更显得有些冷。

看到他这个样子，我心头一揪，转头看着一边。沉默过后，我说："四年前你对我做了那些事就走了。也许你认为以后跟我结婚顺理成章，对我来说，却是无缘无故被人强暴了一个晚上。我甚至连你长什么样、叫什么名字都不知道。后来我难过了很久，我不喜欢那件事。"

他没说话，只灼灼盯着我。过了一会儿，握着双峰的手忽然松开，他平躺下来没出声。

他的反应让我心头一酸，更难过了。可我还是觉得应该拒绝他，不想做就是不想做。

就在这时，腰间一紧，他把我搂过来，让我靠在胸口上。赤裸的皮肤紧贴着，我能感觉到他的温度和心跳，不由得心头一定——他不生气？

"对不起。"

"对不起。"

我俩的声音同时响起。

我心头一震，他是在为四年前的事情道歉？我抬眸看着他，他也正静静凝视着我。

"结婚再做。"他缓缓问，"可以吗？"

我一怔，不由自主就答道："好。"其实我并不知道结了婚是否能坦然面对，但我现在只想答应他。而且结婚还有将近两个月，应该可以吧？

"到了晚上，祈祷泉会更美。"莫林愁眉苦脸地看着我，"可是指挥官说过晚上不许安排任何事，怎么办呢？"

我脸上一热，抬头看向书桌旁，正在跟莫普商议军事的穆弦。虽然是度假，但还是会有些加急事件传送过来。他神色专注，似乎并没听到我们的话。

我看一眼莫林，"别乱想，我们没有……"

莫林："哦哦哦？"

我却滞住了，没有？没有什么呢？

抵达索夫坦行星之后的三天，莫林、莫普都安排了一些景点，供我和穆弦游玩。有五光十色的玉石沙滩，有雄伟壮阔的红色大瀑布，还有群兽咆哮的蓝色平原……实在让我大饱眼福。关键穆弦最后还淡淡来了句："喜欢？莫林，回去后把索夫坦行星过户给她。"

我下意识拒绝了。只是那天夜里，他抱着我，厮磨得更亲密。之后，每晚如此。

但经过这个事，我也明白了——他对性事的态度，跟军事态度一样坚决。他是在等我心甘情愿没错。但只要我在哪一方面松了口，他就会把它视为"已攻克战果"，不允许我再拒绝。

所以当他提出进一步的要求时，都被我果断拒绝了——否则这些亲热方式，肯定也会被他加到每晚的固定安排中去。

莫林现在犯愁的是，穆弦每天吃完晚饭就带我进房，严禁任何人打扰。可莫林明天打算安排的"祈祷泉"——一个地处大陆腹地、适合晚上观赏的景点。

"一天不回来没关系。"我说，"你就这么安排，听我的。"

"可是……"莫林还在犹豫，大概在他看来，没有什么事比我和穆弦上床更重要。

"可以带帐篷去。"莫普沉静的声音在我们背后响起，"指挥官的军用帐篷我一直带在飞机上，很干净。小姐，你们可以在泉边过夜。一定会是个非常美好的夜晚。"

我们的行程，第二次在莫普的好心"提醒"下，定了下来。

第九章

坠入异世

我们抵达大陆深处的时候，已经是傍晚。前方是一片繁密的树林，神奇的是每棵树上都缀满荧荧灯火，在迷蒙暮色中显得恬静而幽深。一种淡淡甜香味浮动在空气中，闻着舒服极了。

隔近一看，才知道那些不是彩灯，而是树上结的又大又圆的果实！它们居然是半透明的，还在发光。而那香味正是这些果子散发出的。

"可以吃哦。"莫林摘了个幽蓝的果子给我，"你会爱上它的味道！"

我接过咬了一口，果肉香软多汁，清甜无比，唇齿留香。

等我们走到密林掩映的深处，我已经干掉了三个果子，饱得不行，胃里也暖暖的。穆弦阻止了继续给我摘果子的莫林，"别让她吃太多，她会醉。"

我有点讶异，"醉？"

莫普答道："祈祷泉的水质含酒，这里的树木被称为'酒木'，果实也含少量的酒。不过度数不高，小姐完全可以放心。"

他这么一说，我的头好像还真有点晕了，就没再吃了。

穿过这片果林，眼前豁然开朗，水声如滂沱大雨隔窗倾落。我看着近在咫尺的祈祷泉，心跳慢了一拍。

天色已经全黑下来，一条瀑布自低矮的山崖坠下，下方是一片幽静的深潭。这本是常见之景，可那水却是不同的——它会发光。它白得像雪，荧光湛湛，宛如水缎在林间缠绕。那淡淡的光芒笼罩着整片树林，如同迷离梦境。

莫普他们去搭帐篷了，穆弦牵着我往水流深处走。空气中的酒香味越来越浓郁。不知是空气的原因，还是吃了果实的后劲，我的头也渐渐沉了起来，眼前穆弦的背影，也变得有些飘忽。我想坏了坏了，要是真的醉了，被穆弦乘虚而入怎么办？今晚我一定要警惕。

不过，如果当时我知道莫普说的"度数不高"指的是四十度酒精，我一定扭头就走，不会继续在这一方酒池肉林越陷越深。

到了一方寂静的水潭深处，穆弦沉默地立了片刻，开始脱衣服。

我顿时头更晕了，"你要干什么？"

他已经脱得精光，淡道："游泳，这里水很干净。"他的脸映着幽暗的水光，像隐匿在夜色深处的俊美浮雕。

我看着他迈开长腿，沉入水里，白皙结实的身体显得优美而充满力量。他轻轻一头扎下去，无声地潜出数公尺远，再湿漉漉地探身出来。

"华遥，下来。"他的声音在空寂的林中显得格外悦耳低沉。

"不。"我想了想说，"如果我下来，以后每天你都会跟我一起洗澡的。我要坚持立场，我不会上当。你就是这么坏。"

他似乎一愣，又游回水边，抬起如墨般的双眸看着我，声音中带了笑意，"你……醉了？"

我摇摇头。

意识还很清醒，当然没醉。就是头有点沉，心里还莫名感到美滋滋的。

我淡淡地说："你快点游！游完我们早点回去，我还要去、要去……"

"去干什么？"他从水中冒出上半身，看起来就像一尊精瘦的象牙雕像。

"去跟你睡觉啊。"我十分肯定地答道。

他站在水中，抬头望着我，忽然笑了，英俊的脸庞沾满晶莹的水珠。

脚踝一紧，一股柔和的力道传来。我的身体骤然倾斜，吓得我低声尖叫，双脚已经离地，扑通一声落水中。

"我不想游……呜！"我呛了一大口水，连声咳嗽。有力的臂膀环上来将我的身体轻轻托起。我一抬头，对上那双幽深动人的黑眸。

他的容颜在水光掩映下就像一幅清隽的画，我就笑了，把嘴唇送了上去。

在水里吻了好一会儿，我感觉嘴里有醇厚甜香的味道，松开他，张嘴又喝了一口水。

"好喝。"我推开他，又喝了一口。

他搂着我的腰，嗓音低哑，"别喝，你会醉。"

他的话好像很有道理，但我有点反应不过来是什么意思，也就没管他。双手捧了水，送到他跟前，看起来就像捧着流动的美玉，"你喝不喝？哦，你肯定不喝，你有洁癖……"

他已经低头，就着我的手汲了起来。喝完他抬头，伸出舌头舔了舔暗红的唇，黑色湿发贴着光洁的额头，眼神看起来很灼热。

那眼神我很熟悉，心头一个警醒，严肃地说："穆弦，我们结婚才做爱，对吧？"

"嗯。"他盯着我，"除非你愿意。"

我放了心，头更沉了，心情更畅快了。伸手紧紧地抱住他。

他身子忽然僵直，然后就将我一把抱起，往岸边走。

过了一会儿，我疑惑地问："为什么我没穿衣服？"

"你的衣服湿了，我用精神力帮你烘干。"他低声道。

"哦。谢谢你。"

忽然听到一个无比沙哑的声音在耳边说："躺下。"

他的话让我莫名地感到很燥热，心跳也加速了，我说："哦。"

他没说话，过了一会儿，我忽然感觉有人在推我，我顺势躺了下来，看到朦胧的星空，身上还有凉凉的风拂过，很舒服。

过了一会儿，忽然觉得身上一沉，一具温热光滑的身躯紧贴上来。我睁眼一看，穆弦俊美如玉的脸正在眼前。眼睛深黑得像头顶的夜空，只看一眼，我就觉得自己要陷进去了。

我抬起手，勾住了他的脖子，开始轻轻舔他的嘴唇，"穆弦，我喜欢你。"

他嘴角弯起，但没说话，漆黑的眼眸似乎更灼热了。

异物闯入的感觉如此清晰，我猛地睁眼看着他，他跨在我身上，一动不动，直勾勾地看着我。

我们盯着彼此，都没有说话。

我的心跳忽然变快，越来越快。

我的脑子越来越晕了。但我知道正在发生的是什么，清楚地知道。而他正看着我，焦灼地看着我。

我不想拒绝，一点也不想拒绝。我全身都是软的，提不起劲拒绝。

"会不会……很痛？"我哑着嗓子问，欲盖弥彰地问，阵阵晕热袭上了我的脸颊。

"我会轻一点。"光是他低沉的声音，听起来就让人的心抑不住地颤抖。

"嗯。"我伸手捂住了自己的脸，好烫。他却已分开我的腿，拉开我的手，低头吻了下来。

我们的唇舌激烈地交缠着，我的脑子又变得晕晕沉沉。可下面忽然传来的剧烈胀痛，令我瞬间回神，伸手推他，"好痛！"他却一把将我扣进怀里，"我刚进去了一点，忍一忍。"说完另一只手往下探。

当再一次的战栗到来时，我感觉到身体仿佛陷入湿滑的泥沼，完全放松下来。就在这时，他一边捏揉着，一边缓缓往里挤。

深得不能再深的时候，他喘了口气，紧紧抱着我，并没有马上运动。我感觉到从未有过的……踏实，身心同时感到踏实。他却在我耳边轻声道："华遥，我又在你的身体里面了。"

我觉得很高兴。那些伤心的事，好像一点也想不起来，眼里只有他，身体里只有他，世界上只有他。可就在这个时候，我的眼眶莫名涌进一股湿意。

星辉缀满天空，水光似雾气弥漫。穆弦仰面躺在地上，我趴在他怀里，两人的气息都还有点急。

我的酒意已经醒了不少，只是感觉还有点迟钝——譬如这么赤身相对，我就一点也不紧张。

"休息好了吗？"他忽然转头看着我，黑眸幽深。

"嗯。"我答道，是要回去了吗？

"趴下。"他把我抱起来，翻了个身。

我有点没反应过来，问："为什么？"

他的身体已经从后面覆上来，托住了我的腰身，哑着嗓子说："华遥，我最喜欢从后面拥抱你。"

天亮了。

阴暗一点点从密林褪去，阳光渐渐耀眼起来。我迷迷糊糊醒来的时候，发觉他抱着我躺在一堆衣物上，黑眸近在咫尺地盯着我，目光温和……而满足。

我只觉得大窘，挣扎着想要站起来，却被他抱得更紧。

"我要回去！"我闷闷道，昨天我居然酒后乱性。

"好。"他把我抱起来，在水里清洗一番。我觉得自己好像又醉了。

洗干净之后，他抱着我，抓起地上散落的衣物往深潭外头走。我看他神色沉静目不斜视，吓了一跳，"穿衣服啊。"

"脏了。"他淡道。

"你……"我呆了，"莫普他们看到……"

"不会出现。他们不笨。"

"……"

泉水清亮，密林幽深，果香扑鼻。广阔的天地间，好像只有我们两个人存在，赤身行走在荒原之中，清风吹拂着身体每一寸皮肤，阳光暖洋洋地包裹着躯体。这感觉令我又紧张，又有点莫名的刺激。慢慢地我也习惯了，对穆弦说："我自己走。"

他松手，我赤足踩在草地上，松软柔嫩。回头一看，他负手走在我身后，高大、光裸、修长的身躯笼罩在阳光中，一点不让人觉得粗野，反而如他的容颜般，净美无瑕。

我忍不住对他笑了。

他也笑了，俊美的容颜仿佛微风吹过的湖面湛湛生辉，低沉的声音就像一根白色羽毛，温柔地拂过我的耳朵，"我们回家吧。"

"杀了他。"

"命运的时刻终会到来。是末日，也是新生。"

我冷汗淋漓地惊醒，睁眼只见一室昏暗，窗前残余稀薄星光，幽清寂静。原来还是午夜。

梦中那个陌生而冷酷的声音，仿佛还在脑海中萦绕不去。我用手捶了捶脑袋，疼痛和震动，似乎稍微减轻了思维的沉闷淤滞。

穆弦安静地躺在我身旁，高大的身躯微蜷着包围住我。他的脸半埋在枕头里，短发蓬松、轮廓干净，像一幅色泽浅淡的画。

我把他横在腰间的手拿开，轻手轻脚地起身，披上睡衣，赤足走上阳台。夜色迷蒙得像浓重的雾，暗黑中透着薄薄的白。不远处的山坡上，隐约可见机器人沉默而忠诚地矗立着。

我们在索夫坦行星又待了三天。穆弦就像一只永远无法餍足的兽，不分昼夜地拥抱我，根本不容我拒绝。而我也是食髓知味，不知不觉被他拖进欲望的泥沼里，甜蜜、刺激、满足，彻底地放纵。

我对他的喜爱，仿佛也随着身体一起得到纵容。不做的时候，我们会像真正的情侣一样黏在一起。他工作的时候，我靠在他怀里，不知不觉我们就吻得身体燥热；我看书的时候，他会默不作声坐在边上，手指缠绕我的头发，或者拿起我的一只手舔。有时候我放下书，发现他已经自己玩了一个多小时。

莫普、莫林已经学会自动隐形，哪怕穆弦大白天当着他们，把我打横抱起走进房间，他们都不会吱一声。

回到荒芜之地后的半个月，穆弦的工作逐渐增加，不能再全天陪着我。我有时候一个人待着，会觉得甜蜜来得太迅速太强烈，总给人不真实的感觉，会有点心慌害怕。就像此刻，我站在阳台上俯瞰荒芜之地，只觉得摇摇欲坠。

刚刚的梦，更让我有些不安。本来我已经好多天没听到那个声音，这几天做梦又忆起了。莫林给我做了全面检查，证明没有异样，只是潜意识作怪。我也想起那句"是末日也是新生"，好像是看过的某部电影的台词。但每当我在梦中听到那个声音，还是有点烦躁。

"睡不着？"略显低沉的声音从背后传来。

穆弦披了件黑色睡袍，夜色中的容颜出乎意料的清冷俊美。

"嗯。"在这么夜深人静的时候，忽然好想依赖他。我抱住了他的腰，头埋进他的胸膛轻轻地蹭，"穆弦……我有事问你。"

他把我放在床上，眼神专注，"问。"

"你……为什么会在我十五岁的时候，见过我？"

他动作一顿，抬头看着我，眸光淡淡的，"我在地球度假。"

我来了兴致，"为什么会在我那座山度假？"

他的手和嘴继续在我身上游走，含混答道："那里的粒子环境很好，对于精神力的提升有帮助。"

原来如此，还真是巧了。虽然不知道他说的"粒子环境"是什么，但我的老家的确人杰地灵，历史上好多大文豪还曾隐居在那里，可能外星人的粒子环境跟地球人说的风水有点关系？

不过，这不是我的关注点，我在意的是……

"你为什么每年偷拍我的照片？"

"因为想看。"

我的心却扑通扑通加速。这是什么回答，因为想看，所以偷拍？

"为什么……想看？"

"第一次看到你，没穿衣服，在溪里游泳。"他说，"很白，很软，很性感，很可爱。"

我心头一荡——记忆中我好像真的在夜深人静的山中小溪，干过裸泳的事。不过……

"性感？"那时候我才十五岁。

"嗯。"

"……"

穆弦抱着我躺在床上，已经是两个小时后。这种时候，他会很难得地露出神清气爽的表情，看起来温和又俊美，跟刚刚野兽般的男人判若两人。

此刻，他就在我身上来回地嗅，而我无聊地在玩他头顶的发旋儿。

"你对我笑了。"他的声音忽然传来。

我一怔，伸手捧起他正在忙碌的脸，"你是说十五岁的时候？"

他的目光变得深邃而平静，"我在草丛里，看到你对我笑。"

我一愣。

也许是看到我表情迷茫，他淡淡瞥我一眼，"不记得了？那时我是兽态。"

不是不记得，而是肯定没这回事。也许我当时是笑了，但肯定不是对他笑，他还在"草丛里"，是"兽态"。我会对疑似野猪的他展颜而笑吗？

不过听到这里我大概也明白了，八成是他当时自作多情。

这时，他忽然起身下床，走向桌前电脑，打开了那个叫"华遥"的资料夹。我忍不住说："难怪有人说在那里看到黑色……野猪，是你啊？"

他动作一顿，回头瞥我一眼，目光凉飕飕，"谁说的？"

"……路人。"

他盯着我，黑眸忽然变得深沉，似乎还泛起一丝灼热。然后他转身背对着我，过了一会儿，低柔徐缓的声音传来，"以后，你会更了解兽态的我。"

他还在快速翻动照片，忽然停住转身，大踏步走到我跟前，居高临下看我。我也有点紧张地抬头看着他。

"那些照片被你删掉了。一共少了二百五十七张。"他蹙眉，眼神锐利逼人。

我尴尬地沉默着。他的眼神有些阴郁，就像覆盖上了氤氲的轻烟淡雾。

我以为他会生气，没想到他只看我一眼，淡淡道："不许再删改。"

我看着他平静的脸色，忽然顿悟："你还有备份？！"

"嗯。我在帝都银行有保险箱。"

我沉默了片刻，有些头疼，"你把这种东西放在银行保险箱……"

一个月过去了。

荒芜之地草长莺飞，越来越暖和宜人；雇佣军销声匿迹，海伦尔要塞风平浪静；我操作的资金账户，短期内赚到了 4% 的高额收益；远在地球的外婆，身体也有好转；而我也没再做噩梦了，跟穆弦的恋情和欢爱，也一天比一天和谐愉悦……

一切如此畅心如意，我已完全沉溺——沉溺于生活，沉溺于穆弦。

唯一让穆弦不太满意的，是在他如此彻底的浇灌下，我的肚子还没有反应。莫林表示我俩身体很正常，没怀孕只是概率问题。我倒无所谓，也没做好当母亲的准备。

时间过得这么快，还有五天，就是我们的婚期。这几天，发生了件不大不小的事。

按规矩，我们要回帝都举行婚礼，莫林、莫普是当之无愧的护卫。结果近期帝都的恒星黑子活动频繁，磁场波动，有可能造成机器人的性能不稳定，所以穆弦改命阿道普带人护送我们回帝都。不能亲眼看到我们结婚，莫普很沉默，莫林很焦躁。

我站在镜子前，望着自己发呆。

我穿着一条白色长裙，腰上系了条绿色腰带，裙边绣着绿叶花纹，整个人看起来很清新，也很干净。长发垂落肩头，唯有额头上佩戴了一块绿莹莹的宝石，衬得我的肤色也亮了不少。莫林还给我化了点淡妆，桃红唇蜜、淡色眼影，看起来倒有点楚楚动人的韵味。

莫林在我身后探头探脑，终于忍不住叹息，"啧啧啧！小心指挥官今晚……"他压低声音，"兽性大发哦！"

"去你的！"我笑着瞪他一眼，心中却被他说得有点惴惴不安。

这时莫普的声音在门外响起，"好了吗？飞机已经到了。"

"小姐，准备好了吗？"莫林握住门把手。

我被他说得脸上一热，点点头。

门开了，莫普看到我，微微一怔，笑了，转头看着前方。我循着他的目光看过去，穆弦正负手站在走道里，徐徐转头看向我。

依然是暗灰色军装、黑色长靴、白色手套。可也许是因为他站在阳光里，也许是因为我的心情不同，他看起来比平时更加俊美白皙、赏心悦目。

而他看到我时明显一愣，目光就有些深沉难辨，锐利，但又灼热。我心头一甜，心跳仿佛也加快了，微垂下头。

"指挥官，可以走了。"莫普恭敬道。

我等待着他过来牵我的手。

他没动，依旧目光灼灼地盯着我。

"指挥官？"莫普的音量大了一些。

穆弦这才淡淡抬眸看一眼莫普，"什么事？"

我和莫普都是一愣，同时笑了——他看我……看走神了？这么机敏的一个人，居然会走神？

我心头的甜意发酵般就要满溢，而他望着我，目光幽深得就像要把我吞没。

"我的新娘，无与伦比的美丽。"他轻轻地说。

听到"新娘"这个词，我的心脏仿佛漏跳了一拍。而他已经阔步走过来，牵起我的手送到唇边，黑眸紧盯着我，缓缓印上一吻。

屋外的天气非常好，阳光把遥远的海面点缀成金光一片，山坡上的岩石都被照得闪闪发亮。十艘崭新的战机，就停在草坪上，每艘旁边都站着两名飞行员。阿道普作为负责本次护航任务的队长，穿着专程定做的白色太空衣，看起来庄重又俊朗。

"啪啪啪啪啪——"飞行员们热烈地鼓掌，阿道普深深鞠了个躬，说："两位殿下，能够护送你们回帝都成婚，是第三飞行小队无上的荣耀。"

他们已经开始叫我殿下了……

穆弦朝他点点头，"辛苦了。"

我也笑着说："谢谢你阿道普。萨缪最近好吗？"

穆弦原本目视前方，闻言立刻转头看着我。

我一怔，明白过来——他是听我提到陌生名字，留心着呢。我笑着解释："萨缪是阿道普的护士女朋友。很漂亮，人也很和善。"穆弦的目光淡淡移开。

阿道普微微一笑，答道："萨缪的确是个好姑娘。"他看向穆弦，"殿下，可以登机了。"

穆弦点点头，牵着我往前走。我却忍不住又看了阿道普一眼。

怎么总觉得哪里有点不太对。

"指挥官，小姐！早点回来啊！"莫林站在草坪上用力挥手，莫普负手站在他身后，也抬头望着我们。我朝他们比了个放心的手势，心里又激动又不舍。

太空中繁星点点，像一条波光粼粼的大河。一开始我们的速度并不快，就像小船缓缓航行在夜色水面中。通信频道里没人说话，只播放着低柔的结婚乐曲。

不过我并不轻松，想到几个小时后，就会抵达帝都的和平广场，在万众注目下，与穆弦完成结婚仪式，还是有点紧张。

"华遥。"穆弦忽然拨开我们俩的面罩，低声对我说，"我有东西给你。"

我以为是结婚礼物，心头一甜，随即暗叫糟糕——莫林没提醒我要准备礼物啊。略带歉疚地看着他，他却似乎没察觉我的异样，伸手从身旁的箱子里，拿出了……一条白纱？

我接过一看，就是一条很大、很软的半透明白纱，周围镶了些闪闪发光的细钻。

"谢谢。我很喜欢这条披肩。"我有点感动，虽然从不用披肩。

"不是披肩，是头纱。"低沉的嗓音传来。

我愣住。

"今天和平广场上，至少有十万人观礼。"他看着我，缓缓地说，"戴上这个。"

我立刻明白了。

十万人，也就是大约有五万个男人会看到我。这肯定是他非常不愿意的事，但婚礼又是皇室的规定。所以才想出戴头纱这么……老套的法子？

我心里有点甜，又有点好笑。我本来就紧张婚礼的事，也不介意戴着头纱，有个遮蔽物更加壮胆。

"好。"我抬头笑望着他，"我戴，不让其他人看。"

他眼中浮现笑意，清俊的眉目舒展开，显然我的话让他很愉悦。

"殿下，舰队正在鸣炮致敬。"阿道普的声音传来。我们同时往窗外看，只见前方很远的星空中，五艘太空堡垒呈一字形排开，正同时发射炮弹。天空中划出一道道弧形痕迹，又白又亮，就像一朵巨大的盛开的烟火。

"殿下，恭祝新婚愉快！"尤恩的声音在频道中响起，"敬礼！"

"新婚愉快！"无数沉稳的声音同时响起，我知道那是舰队的飞行员们。

"我和华遥，感谢诸位的祝福。"穆弦温和地说，"从帝都回来后，恳请你们参加在荒芜之地举办的婚礼。"

频道中传来欢呼声和笑声，热烈得就要把我的耳膜冲破。这种军事风格十足的庆贺方式，让我又激动又感动。

过了一会儿，前方的炮火庆祝才停歇。阿道普笑着说："殿下，我们准备跳跃了。"

"所有战机，按照我的口令，倒计时十、九、八……二、一，跳跃！"阿道普的声音再次响起。

银光骤然亮起，空间仿佛瞬间收缩压迫过来，但转瞬已经恢复了平静。

我一怔。

眼前是一片沙尘迷蒙的星空地带。

可我们不是应该跳跃到阳光灿烂、彩带飘扬、热闹繁华的帝都广场上空吗？

腰间一紧，穆弦的力道加大。他清冷的声音同时在我耳边响起，"阿道普？"

我也看向前排，阿道普背对着我们坐着，却没有回答。副驾驶员也一动不动。机舱内静得出奇。

忽然"咚"一声巨响，阿道普像一颗炮弹似的，连人带座椅向上弹射出去！眨眼间，机舱顶部开了又关，阿道普已经没了踪迹。

这是……怎么回事？阿道普为什么要启动紧急逃生装置跳出去？

穆弦松开我站起来，冷着脸拔出腰间配枪，另一只手牵着我，缓步走向前舱。看到他凝重的神色，我也绷紧了神经。

"姜峰。"他叫副驾驶员的名字。可姜峰依旧僵坐着不动。穆弦脸色微变，我们走到姜峰身旁，看到他的眉心赫然一个血洞，俨然气绝。

我心头一沉，看向穆弦。他的目光只在姜峰身上一顿，就移向舱外太空。我也看过去，更觉不妙——

原本有两艘战机在我们前方护航，其他战机在四周护卫。可现在他们都不见了，正前方不远处，却多了艘中型的黑色战舰，静静悬浮着。

机身喷涂着黑色骷髅标志——那是雇佣兵的战舰。

我感觉到自己的心仿佛抖了一下——突然离开的阿道普、被杀的副驾、陌生的星域、消失的战机、雇佣兵战舰……一环扣一环，我们被暗算了。

不，还不止这些。

穆弦只看了他们一眼，就低头看向驾驶面板。他飞快地伸手摁下几个键，荧幕上闪现一行行简略但是含义清晰的文字：

燃料剩余量：零；

通信系统：故障；

武器系统：故障；

紧急逃生装置：失效；

……

连我都看得出来，飞机的基本性能全部被人为破坏了。

我们被困住了。

"是阿道普干的？他是叛徒？"我觉得难以置信，可事实已经摆在眼前。

穆弦不答，他看着前方的雇佣军战舰，眼睛里就像覆上了一层阴冷的雪雾。

"别怕，我会处理。"他的声音平静而有力。

我心头一定，又感到心疼——每次遇到危险情况，他面对我时，总是轻描淡写。总是说"交给我""我来处理"。

我牢牢抓住他的胳膊不吭声。

他忽然又伸手，灵活十指在键盘输入一串串我看不懂的命令。过了一会儿，他停下来，似乎在沉思。我也没说话。

就在这时，驾驶仪上方的机载荧幕忽然闪过一道白光，然后就亮了起来。

画面逐渐清晰，一个男人缓缓浮现。那人穿着白色太空衣，轮廓深邃，眉目修长，眼睛黑亮，唇红齿白，嘴角还挂着漫不经心的笑。

易浦城！果然是他策划了一切。虽然只听他说过几句话，但这个男人给我的感觉，像狐狸一样狡猾，像狼一样凶险。

穆弦目光冰冷地看他一眼，低声对我说："站到一边。"

我知道易浦城通过机载摄影机，也能看到这头的我们，也知道他们俩肯定要谈话了。穆弦让我站到一边，是不想让我跟这个危险分子有接触。

我依言退到一旁，贴着舱壁站着，心里却阵阵发冷——眼前的一切只有一个可能，阿道普是易浦城的人，只有他有可能安排这一切。可是那个温和内敛的阿道普，竟然背叛了穆弦？

看我站定，穆弦这才转头看着荧幕，神色平静，眼神清冷，没有半点慌张或愤怒。

画面中的易浦城笑容加深，低沉的嗓音传来，"落到我手上还这么沉得住气，诺尔殿下是第一个。"

穆弦静静看着他，白皙的侧脸上，黑密的睫毛如同森林般遮蔽着漂亮的眼眸。

"我的人在哪里？"

我一怔，反应过来——他问的是其他九艘战机。易浦城明显也是一怔，旋即笑了，那张线条深邃漂亮的脸，就像一张浓墨重彩的油画，腻腻的，让我觉得很厌恶。

"我对那些小角色没兴趣。"他慢悠悠地说，"他们现在应该已经抵达了帝都上空，然后非常不幸地发现，新郎和新娘……不、见、了。"最后几个字他说得很轻，带着明显的玩味。

原来如此，应该是易浦城暗中调整了我们的跳跃坐标，把我们带到这里，跟其他战机失散了。

"你的条件？"穆弦问。与易浦城略显嚣张的态度相比，穆弦就像冰封的水面，清冷倨傲。

易浦城却没有马上回答，颀长的身躯往后一靠，目光微微转动，这才浮现出笑意。我紧张得屏住呼吸，等待他的答案。

"让殿下失望了。"他缓缓说，"这一次，我不打算提条件。"

我心头一惊。不打算提条件的意思是……

我只觉得遍体生寒。

他要杀了穆弦。

隐隐的钝痛，仿佛潮水一样，缓缓没过我的整个胸腔。我不知道穆弦是否有办法脱身，可易浦城的话听起来太过笃定，太过冷酷，让人无法不心生惧意。

"杀我？可以试试。"低沉柔和的嗓音，仿佛带着一种冰冷的力量，划破我心头的阴霾。我抬头一看，穆弦站得笔直，侧脸清冷，神色平静。

舰队的飞行员们说得很对，无论何种险境，他只要站在那里，就有令人心安的力量。

穆弦的硬气也许让易浦城意外了。因为他敛了笑，沉默下来。

过了一会儿，他才再次开口："上一次战役，你让我损失了两千四百人。

作为回敬，我在飞机上为二位准备了结婚礼物——一颗重磅炸弹。过不了多久，你们就可以一起去另一个世界。"他说得又慢，又冷。

炸弹？！原来他早就做好准备，要炸死我们两个。

我的心跳骤然加快，掌心也沁出层层的汗。我茫然地转头看向穆弦。他原本直视前方，像是察觉到我焦灼的目光，忽然转头，看了我一眼。

平静而深邃的一眼。

宛如他每天望着我的眼神，仿佛我们目前的困境、易浦城的恐吓都不存在，仿佛任何事都不能改变他对我的笃定。

我的心跳忽然平复下来。

我不会死。我们都不会死。

我信他。

"易浦城，我知道你是怎么办到这一切的。"穆弦忽然说。

我一愣——穆弦是什么意思？难道今天我们身处险境，并不是阿道普投靠易浦城那么简单？还有玄机？

易浦城明显一怔，笑了，是那种傲慢又讥讽的笑，"你确定？"

穆弦点点头，"我们可以打个赌。"

易浦城沉沉笑了，"你在我手上，我随时可以杀你，为什么要跟你打赌？"

穆弦就像没听到他的话，继续淡淡地说："如果我说中了，你放华遥走；如果我猜错了，不仅我们的性命归你，我马上以皇族名义，写一封公开致歉信，向整个银河系的雇佣军道歉。"

易浦城瞬间沉默下来，目光锐利地盯着穆弦。

我心头剧震——穆弦竟然是要给我换一个活命的机会？那他呢？

可穆弦盯着易浦城，根本不看我。清俊的侧脸就像覆上了一层寒气，倨傲、冷漠。

我又茫然地看向画面中的易浦城。他会答应吗？

他会答应的。

联想到关于他的传闻，还有他之前的种种行径，我想这个人虽然唯利是图、老谋深算，但本质上，是个相当自负、相当心高气傲的人。

穆弦让他吃了大亏，他一直怀恨在心。这次成功抓到我们，他宁愿不要帝国可能支付的巨额赎金，也要置穆弦于死地，可见他把面子看得比利益更重。

以他的性格，肯定很得意抓住穆弦。现在穆弦提出打赌，他一定很好奇，穆弦是否能猜出来。而穆弦提出写道歉信，更是正中他的软肋。

穆弦轻而易举就改变了局面，让易浦城没有马上动手杀我们。

可就算穆弦猜到了，易浦城真的会放我走吗？就算放我走了，穆弦怎么办？

果然，易浦城低头看了看表，抬头淡笑道："成交。诺尔殿下，我给你两分钟。"

机舱外的太空依旧昏暗，对面的雇佣军战舰就像一只黑色怪兽，跟我们沉默对峙。画面上的易浦城说完这句话，修长的眼睛就微微眯起，有点挑衅的意味。

穆弦沉默矗立，表情清冷，让人捉摸不定。机舱里一时静悄悄的，我只能听到自己有些沉重的呼吸声。

这时，穆弦忽然弯了弯唇角，淡淡地笑了。

"易浦城，你是机器人。"他说。

机器人？！

我感觉到自己的脑子滞了滞。

记得莫林说过，在斯坦帝国，制造全人形机器人是犯法的。可在其他星球，不一定受限制，机器人可以造得跟人类的外形没有任何差别。

所以穆弦的意思是，易浦城外表是个人，里头全是金属？

我不由得抬头，却看到易浦城明显怔住，眸中竟然闪过一丝恼意——这个反应顿时让我相信，穆弦真的说中了。

我的感觉顿时难以形容。本来易浦城给我的感觉阴狠、狡猾，还很可怕。可他居然是机器人？在皮肉外表下，其实是个跟莫林一样的呆头呆脑的机器人？

虽然情势还很危急，可我想到莫林，立刻就没有之前那么紧张了。

这时，易浦城已经敛了恼色，意味深长地笑了笑，身体忽然前倾，脸紧贴上荧幕，看起来英俊又狰狞。

"很可惜，你猜错了。"他淡淡地说。

猜错了？他不是机器人？可他刚才的表情……

我还没来得及细想，就听到穆弦淡淡地插嘴，"我还没说完。更准确地说，你是半人，也是半机器人。"

我更不明白了。半人半机器人，那是个什么东西？虽然穆弦也有一点机械基因，但是听莫林说只是 DNA 序列中存在些调节性的金属微元素，穆弦跟机器人是半点不沾边的。

可穆弦显然说对了。

因为易浦城笑意顿失，沉默片刻，身子往后一靠，没出声了。

穆弦脸上浮现略显轻蔑的笑意，随即道："一百年前，银河系曾经兴起过一项'活体机械改造技术'，理论上，经过活体改造的人类，也就是半人半机器人，可以利用液态金属制成的皮肤，类比、改变相貌、提升武力值。后来这项技术被银河系联盟认定为不合法，销毁了所有资料；发明这项技术的邢氏机械种族，也离开了银河系不知所踪，这项技术失传。但一直有星系在违法研究这项技术，现在看来，已经有人成功了。"

易浦城嘴角扯出个讥讽的笑容，"你知道得倒不少。"

我听着两人对话，只觉得毛骨悚然——活体改造，把活生生的人改造成半机器人？想想都很恐怖。所以易浦城还是人，只是经过了改造？他可以利用液态金属皮肤随意改变相貌？

所以……

所有的线索电光石火般在我脑海里串起来——决战之日突然被丢出机舱的阿道普、跟护士在医务室行为放浪的阿道普、意味深长说萨缪是个好姑娘的阿道普，还有刚刚穿着白色太空衣从机舱弹射出去的阿道普，以及眼前……同样穿着白色太空衣的易浦城？

穆弦有些冰冷的声音已经响起，"你在战败之日，就杀了阿道普，取代了他。"

易浦城居然又眯着眼笑了，"为什么你宁愿相信我是几乎不可能存在的半机器人，却不怀疑阿道普是我的人？"虽然在笑，他的语气却很冷。

穆弦沉默了片刻，才答道："阿道普的父母被雇佣兵杀死，他不可能是你的人。"

原来如此。

所以今天穆弦一看到"阿道普"逃离我们的飞机，就已经知道他是假的了？

慢着，如果阿道普一开始就是假的……我想起了去索夫坦星球前，他代表飞行员送给我的模型，不由得一阵冷汗——模型肯定也有问题，若非穆弦嫌弃，只怕我们早就出了事。

"啪！啪！啪！"清脆的掌声响起，易浦城一脸似笑非笑的样子，而后抄手看着穆弦，缓缓吐出四个字："很好。全中。"

穆弦平静地看着他，"希望你遵守诺言。"

"穆弦……"我忍不住出声，他让我一个人走，他怎么办？

穆弦飞快地转头看我一眼，目光严厉，示意我闭嘴。我一怔，他眼中闪过一丝柔色，但立刻又回头看着易浦城。

"抱歉。"易浦城慢悠悠的声音响起，"刚才的赌约，只是个玩笑。斩草，当然要除根。"

我听得又恨又怒。虽然易浦城出尔反尔，隐隐也在我意料之中，但他实在是无耻。

我不由得看向穆弦，他的脸色也是一片冰冷，眸中闪过讥讽的笑意。

可看着他，我心中的愤怒又没那么强烈了。因为……

因为我不用丢下他一个人，可以继续跟他待在一起了。

我怔怔地望着他。

忽然，荧幕一闪，画面模糊了。易浦城的声音，随着图像缓缓消逝："还有一分钟。诺尔殿下，华遥小姐，好好把握最后的时光向彼此道别吧。再见。"

机舱内彻底恢复了寂静，死一样的寂静。

我看向穆弦，他也转头看着我，清秀如雪的容颜上，表情竟有片刻怔忡，但目光很快又恢复冷静锐利。

"穆弦，现在怎么办？"我尽量让自己的声音听起来很镇定，我想让他知道，我完全信任他。

他不答，阔步走过来，拉着我快步走向后舱，抱着我坐下，用安全带将我们俩牢牢绑在一个椅子上。我看着他白皙如玉的脸庞，安静地任由他摆弄。

忽然，我感觉到他温热有力的手扣住了我的后脑，然后我的脸就被压到他怀里。力道有点大，我的脸有点痛。可闻到他身上清新熟悉的气息，听着他沉稳的心跳，莫名就觉得安心。

这时，他低沉的声音从头顶传来："刚才我已经启用紧急通信系统，易浦城并不知道。舰队收到信号，很快会派人跳跃到这里。"

我一怔，随即大喜——原来是这样！我想起跟易浦城通话前，他就在键盘输入一串串命令，原来是启动了紧急通信系统？

我从他怀里抬头，"你刚才跟易浦城说那么多，其实是要拖延时间？"

"嗯。"

难怪他一口气说了那么多话，不像平日言简意赅的他；而且我也觉得，他不可能会相信易浦城会遵守承诺。

我忍不住笑了，一把抱住他，"太好了。吓死我了！我还以为会被炸死。你实在太厉害了。那我们现在做什么？舱门被锁了，我们要怎么出去？"饶是已经习惯了他的淡定自若，我望着他清冷沉静的容颜，心中还是抑不住的阵阵悸动。

可他却没答，也没笑，黑眸幽深如水，忽然就低头吻住了我。他吻得很用力，竟像带着熟悉的强烈欲望。我的气息仿佛都被他完全吞噬，整个人更是被他重重扣在胸口，不能动弹半点。

我很奇怪他怎么在这种时候索吻，我们不是应该想办法迎接救兵吗？刚想推开他，他的唇已经显得极为克制的、缓缓地移开。他把下巴搁在我头顶，低沉柔和的声音缓缓响起，"华遥，时间不够。"

我被他吻得还有点喘不过气来，脑子一蒙，呼吸仿佛都滞涩了。

时间不够？不够援兵赶来救我们？

我呆呆地抬头看着他，"来不及了？"

他不答，只看着我说："你不会有事。"

听他这么说，强烈的不祥预感涌上心头，我的声音都沙哑了，"你要用精神力？可莫林说你会……"

你会死。

他根本不答，只定定望着我，黑色的眼睛里就像覆了层冰霜，清冷而坚硬。

"别怕，我有分寸。"

他有分寸？他能控制精神力吗？

我脑中一片空白。今天早上他还是那样沉静温秀地看着我，看得走了神；他说他的妻子很美，他说帝都有十万人会看到我，霸道地要我戴头纱。

可现在，他要冒生命危险使用精神力，保护我们两个？我知道已经没有其他办法了，可我真的害怕，如果他出了事，如果失去他……

我不想失去他。

我的鼻子一酸，眼泪掉了下来。

模糊的视线里，他仿佛始终沉默地盯着我。然后他低下头，把脸轻轻贴近我的。鼻尖贴着鼻尖，唇挨着唇。他温热的气息萦绕在我的面颊上，声音几乎低不可闻。

"如果我死了，华遥，对不起。"

如果我死了，华遥，对不起。

这是我失去意识前，听到穆弦说的最后一句话。

他话音刚落，我就感觉到一股灼热的气流，从他身体猛冲出来。转瞬之间，我整个人被包在滚烫的气流里，包在他的怀抱里。那是他的精神力场，比以往强烈数倍的精神力场。他闭上了眼睛，长长的睫毛微微颤动，大理石般光洁的容颜像是陷入沉睡，又像已经死去。

淡蓝色的光芒笼罩着我们，包围着我的视野。外界已经翻天覆地，而我们的世界无声无息。我看到头顶的机舱爆裂成一块块狰狞的碎片；我看到熊熊火焰像毒蛇般从脚下蹿起。然后我看到淡蓝色的光泽，如同恒星的纯洁光晕，安静的，却磅礴的，朝周围快速蔓延开去。

所有的一切，都泯灭在这柔和而广阔的光芒里。飞机的残骸被吞没，火焰被抹去，甚至太空中悬浮的碎石带，都被那光芒夷平。

而我们开始旋转，疯狂地旋转。天昏地暗间，我看到耀眼的银光包围着不远处的雇佣军战舰——易浦城要跳跃逃走了。

而下一秒，蓝光已经抵达。易浦城的军舰就像被一只无形的手，生生从跳跃的光芒中拖拽出来，无声地被撕成几块，悄无声息。

我眼前一黑，失去了知觉。

水声，隐约的水声拍打着海岸，模模糊糊钻进我耳朵里。我只觉得头疼欲裂，睁开双眼抬头。

首先看到的，是一片浑浊的灰色天空。不是阴天的灰暗，那浓郁的暗淡，仿佛是天空的本色。我的视线缓缓垂落，就看到了大海。海水也是灰色的，看起来就像一望无际的暗色绸缎，在徐徐浮动。

然后是沙滩、岩石、土壤。统统都是灰色的。甚至在石头旁边，还有一两株弱小的植物，也是灰色的。

这是一个灰色的世界。我到底掉到了哪里？掉到了哪颗……星球上？

我坐起来，发现偌大的沙滩上，只有我一个人。除了海浪声，这个世界安静得像没有任何气息。

穆弦……去了哪里？

想起他山呼海啸般扫平一切的精神力，想起他在蓝色光芒中宛如沉睡的容颜，我心头一痛，升起个可怕的猜测，他不会……随着精神力消失了吧？

不，一定不会。

我压下心头的痛楚，摇摇晃晃站了起来。衣衫还算完好，身上也只有几处轻微的擦伤——穆弦保护了我。

眼前的沙滩碎石嶙峋，一望无边。远处隐隐有树林和山脉。太空衣显示这里空气品质良好，我打开面罩，呼吸还算顺畅。

高一脚低一脚地走着，不知道走了多久，我的脚跟已经开始隐隐作痛，但忍着继续往前走。我一定要找到穆弦。可是万一他没有掉到这颗星球上，我该怎么办？

心里想着他，恍恍惚惚地走着。终于，来到了一条蜿蜒的小溪旁，它也是灰色的，镶嵌在同样灰色的草地中。我用太空衣自带的微型探测针试了一下，水质居然可以服用。我早已口干舌燥，掬起一大捧水，咕噜噜喝了起来。

喝了水，我感到筋疲力尽，颓然倒在草地上，望着苍茫的天空发呆。如果他也在这个星球，一定离得不远。可我该往哪个方向走？

"呃……"

背后忽然传来一声沙哑的呻吟，那声音几乎低不可闻，可于我耳中，简直就跟电闪雷鸣一样震撼。

我心中涌起难以言喻的狂喜，猛地转身，却只见一块巨大的灰色的岩石，立在山坡下。岩石背后，躺着个高大的人。

穆弦！

我跌跌撞撞跑了过去。

近了，更近了。那人身上的太空衣被烧得灰黑破碎，面罩也脱落在一旁。我一下子扑倒在他身上，抱住他的胳膊，看清了他的脸。

我僵住了。

灰黑的痕迹，难掩英俊的容颜。那人的浓眉拧在一起，眼睛也紧闭着，还没清醒过来，但显得十分痛苦。

居然是易浦城？为什么不是穆弦？

我想起他的飞船当时也被穆弦的精神力波及，所以他也跌落到这个星球了？他怎么没死呢！祸害遗千年！

我一下子站起来，心里的愤怒和失望难以言喻。看他还昏迷着，我根本不想多看他一眼，掉头就走。

刚走了几步，我心中就闪过了个念头，停下来。

他昏迷着，毫无防备。如果他醒了，第一件事，就会杀了我和穆弦。

我转身看着他，有些僵硬地站了片刻，下定决心，快步又走回他身边。

他没了动静，也没再发出呻吟，只是胸膛隐隐起伏着，应该是又晕了过去。我在他身上翻了一会儿，居然没找到手枪和匕首——也许是他跌落星球时已经掉了。

我只好从旁边捡起了一块沉重的石头，对准了他的脑袋。

深呼吸……我要砸死一个人，要活活砸死他。他可能会脑浆迸出血肉模糊……我把心一横，强迫自己不想了，闭上眼，手里的石块狠狠砸落——

"咚！"一声重重的闷响，我感觉到自己的心都随着那声音猛烈地颤了一下。

"啊！"一声痛呼响起，我猛地睁眼，看到易浦城的头部已然鲜血淋漓，而他一只手捂着头，突然开始猛烈地咳嗽……

失败了！没把他砸死，还把他砸醒了！

我无比沮丧地想，自己真是病急乱投医，他是半机械人啊，怎么砸得死啊！

无论如何不敢砸第二下了，我慌忙把石块一丢，转身就跑！

"啊！"我刚起身，就感觉到右脚脚踝被一只有力的大手抓住，瞬间难以动弹。我脚下不稳，被他拽着扑倒在地。

我吓得魂飞魄散，颤巍巍地转头，看到易浦城一只手还摁着额头，一只手抓住我的脚踝，正抬头看着我。鲜血淌了他一整脸，看起来森然可怖。

"易浦城你放开！"我吼道。

他的浓眉再次拧在一起，起身逼近我，眼睛又黑又亮，竟像是在认真打量我。我看着他脸上的血就害怕，把头扭到一边不看他。过了一会儿，却听到他开口了。

"我们认识？"

我一呆，转头看着他。

他探头四处看了看，嘴里还在问："怎么不说话？这是哪里？"

"……我不知道这是哪里，我醒来的时候，就已经在这里了。"我看着他答道。

他用手捶了捶脑袋，松开我的脚踝，从地上抓起一把草，压在额头的伤口上，狐疑地又看向我，"你刚才叫我易什么？"

我一愣，喜悦小心翼翼地从心头升起——他不会，难不成……

八成是失忆了。

他强我弱，以他的性格，根本不需要伪装失忆骗我。不知道是脑子被我打坏了，或者是在太空中被穆弦攻击的时候撞坏了。

这算是……不幸中的万幸吗？不知道他的记忆多久会恢复？

"……易浦城。"我一时想不起对策，只好如实答道。

"易浦城？"他缓缓重复自己的名字，沉思片刻，锐利的目光重新回到我脸上，"还有呢？"

我摇摇头，"我不知道，我们一起乘坐一艘客运、客运飞船，你坐在我前排，我只听到你的名字。后来飞船失事，发生什么我就记不清了。"

他目光灼灼地看着我，我尽量让自己的眼神显得清白无辜。可被他这么盯着，实在让人心头发虚。

对视片刻，他又问："你是什么人？"

"斯坦星的平民。"我答道。

他点点头，也不知道有没有相信我的说辞，只是上下把我打量一番，居然笑了，"长得还不错，看来老子运气不算太差。落难还有美女陪。"

他流里流气的语气让我心生厌恶，勉强冲他笑笑，心里打定主意——等他下次睡着，我就偷偷溜走。现在要是跑，一是跑不掉，二是他会起疑。毕竟正常女人落难，谁会愿意离开同伴？我要是走了，岂不是暴露我跟他有仇？

这时，他又摸了一把额头，"为什么我在流血？"

"可能是撞的吧。"我假装疑惑地答道。

他看了看身旁那块大岩石，上面溅有血迹，点点头，"过来帮我包扎。"

我没办法，硬着头皮正要走过，忽然看到他的目光移向我身后，而后就听到背后的小溪里传来一阵淅沥的水声，像是有什么东西从水里踏了出来。

我的心猛地提了起来，飞快转身——

一个衣衫破烂的高大男人，捂着额头，从溪水中站了起来。俊脸看起来异常苍白，眉眼更显乌黑，黑得触目惊心。

穆弦！

我的喉咙瞬间仿佛被硬块堵住，巨大的喜悦蓬勃而出，几乎要将我吞没。什么危险，什么易浦城，都被我丢到九霄云外。我用尽全身力气跑向他，而他站在原地，漆黑的眸像是一潭幽深的水，定定地望着我没说话。

我几乎是撞进了他的怀里，紧紧抱住他的腰，"穆弦！穆弦！"我根本没有其他言语，只是反复地叫他的名字。

他全身湿漉漉的，冰冷极了。可我管不了了，把脸往他怀里埋了又埋，泪水模糊了视线，"你没事！太好了！"

再次感觉到他柔韧的胸膛、有力的臂膀，我整个人瞬间松弛下来。

可我抱了他一会儿，发觉他并没有回抱我，而且异常安静。我脑子一个激灵，反应过来——易浦城还在背后！穆弦一定是戒备着他！

我立刻踮起脚，把嘴凑到他耳边，用只有我们俩才能听到的轻微声音说："易浦城失忆了。"不用我说更多，他肯定知道这是个机会！

然后我抬头看着他。

意外的是，那双幽冷的黑眸并没有看向易浦城，而是牢牢地锁定我。看到我抬头，那眼眸中明显闪过怔忡，然后乌黑的眉头轻轻蹙起，他缓缓地开口："你是……"

我是？

我脑子一蒙，就听到身后易浦城的声音传来，"美女，你情人？兄弟，知道这是哪里吗？"

我僵硬地转身看着易浦城，听到身旁的穆弦淡淡答道："不清楚。你又是谁？"

第十章

险象环生

他说这话的同时，身体后退了半步，我的双手一空，与他的距离被拉开。这个举动叫我整个心都沉下去，沉进难过和苦涩里。

"她说我叫易浦城，你是？"易浦城的语气略显自嘲，说完还意味深长地看着我。

然后我就看到穆弦伸手揉了揉白净的额头，也看我一眼，说："她说我叫……穆弦。"

我茫茫然地看着，眼眶阵阵发酸。这时他俩对视一眼，穆弦从溪中走了出来，易浦城也走到他身旁，两人站在一起，同时看着我。

这目光……质疑？

"她说是飞船失事。"易浦城似笑非笑地抄手看着我，额头的伤口已经不流血了，脸上的污渍也被他擦去大半，"美女，如果我们俩都失忆，为什么你没事？解释一下。"

穆弦盯着我，沉默着。

我这才从震惊中回过神来，冲着易浦城吼了声："你先等一下！"然后盯着穆弦，他的目光看起来是那样……审视，我一把抓住他的手，"你真的不记得我了？"

他垂眸看一眼被我紧握的手，然后摇了摇头。我的眼睛瞬间被湿意塞满，喉咙里又热又梗，没有任何缓冲，眼泪大滴大滴往下掉。他的容颜模糊起来，周围的一切更是褪成恍惚一片。我沉默地哭着，哭着将他的手握紧。

他们都没有说话，过了一会儿，我的眼泪流得没那么快了，可心口开始隐隐作痛。我擦了擦眼泪，哽咽道："我是你的妻子。我没有受伤失忆，是因为空难发生的时候，你用身体护住了我。"

"有什么证明？"易浦城低沉的嗓音传来。

证明？我含着泪，下意识低头，在自己身上翻找起来。可身上穿的是一条结婚用的裙子，连个口袋都没有；外面就是太空衣，哪有什么证明呢？

忽然间下巴一紧，被人捏住，脸被迫抬了起来。我有些慌乱地看向穆弦。他也正看着我，纤长的手指捏着我的下巴，乌黑的眉头轻蹙着。

我想他大概是不耐烦了，心里更难受了。谁知他轻声说："好了，别哭。"顿了顿说，"你是我的女人，不需要任何证明。"

我脸上还挂着泪，倏然惊喜地望着他，"你想起来了？"

令我失望的是，他摇了摇头。也许是见我和易浦城都望着他，一个凄然，一个疑惑，他忽然把我的腰一搂，神色有些不太自然，但语气平静而笃定，"她身上都是我的气味，她是我的人。"

我心头一震，只觉得悲喜交加，又甜又痛。易浦城的声音传来，"气味？看来你是兽族。"

穆弦还没答，我已经用力地、紧紧地抱住他，把脸深深埋进他的胸膛里。我真想永远抱着不松手，谁知道下一秒有没有凶险，谁知道他会不会有连我的气味都不认得的那一天。

忽然，我感觉到脖子上有点痒，像是有某种柔软的气息萦绕着。转头一看，穆弦低着头，挺拔的鼻尖凑在我脖子根的皮肤上，像往常那样，用力地嗅。

我了解他的表情，看得出来他有点感兴趣，也觉得舒服——因为他一直紧蹙的眉头，不知何时漂亮地舒展开了。

他对我是有感觉的。看着他清俊白皙的侧脸，乌黑干净的眉眼，我的心狠狠一酸。

"卿卿我我可以先停下吗？"不冷不热的声音在旁边响起，"还是先看看怎么离开这鬼地方吧。"

我这才想起易浦城还在边上，穆弦也抬起头，若有所思地看我一眼，把我的手从他身上拿开。但他的手依旧箍着我的腰不放，一如以往，凡事都由他强势主宰。我心里有点不是滋味，但他既然毫不迟疑地认定我，我还是安心不少，轻轻把头靠在他的胸口。

这时穆弦抬头四处看了看，对易浦城说："往山顶走，更容易被救援人员发现。"

易浦城点头："我也这么想。不过呢，山顶气温低，就快天黑了，我们到山脚下休整一晚，天亮上山。"

"好。"穆弦答道，"沿途留意食物和水源。"

"对。"易浦城双手插在裤子口袋里，看我一眼说，"不过大家一块落难，只有齐心协力才能活得更久。我想先约法三章：一、所有食物和水充分共用，如果不足，她是女人，体弱，留给她；二、遇事不能擅自行动，必须三个人一起商量；三、你俩是一对，我跟你们互不相识，信任度等于零。为了我的安全，我希望自己不要落单，有什么事及时沟通，不能隐瞒。"

他之前一直吊儿郎当，这番话却说得异常流利，听起来也很客观。我还没来得及说话，穆弦已经点头："合理，我同意。"易浦城咧开嘴笑了，举起右手。穆弦手一挥，跟他一击掌，然后简单拥抱了一下。

我看得目瞪口呆，连忙喊道："等一下！"

两人已经松开彼此，同时转头看着我。

"穆弦，我还有些话想单独对你说。"我低声说，"我们夫妻之间的事。"

穆弦一怔，易浦城已经不客气地开口了："刚说了要互相信任，转眼就要把我丢到一边？生死关头，你还谈夫妻间的事？那不好意思，我也要听，你说。"

我顿时警惕——他不会已经恢复了记忆吧？正迟疑间，穆弦淡淡道："有什么事直接说。"

我怎么能！我是想告诉他易浦城是敌人啊。

我看一眼易浦城，他虽然嘴角还挂着笑，但神色有点冷，似乎不太高兴，又有点嘲讽的表情。我有点明白了——他不一定恢复了记忆，只是生性狡猾多疑。估计我跟穆弦相认那会儿，他就想好了那几条规矩，怕自己吃亏。

我觉得很郁闷——明知一个不定时炸弹在身旁，还只能忍着。踟蹰片刻，我只好沮丧地开口："我是想说，这里的水虽然看起来灰不溜秋的很脏，但是人喝了没事，我试过了。"

他俩的太空衣都被烧坏了，只有我的完好，附带的一些基本探测工具还可以用。

易浦城眼睛一亮，穆弦已经松开我，转身掬了捧水，尝了尝，仰头一口喝干，对易浦城点头，"水质很干净。"

易浦城大步走到溪边趴下来，把脸都埋在水里，咕噜噜喝了起来。穆弦则一捧一捧喝着，不急不缓，动作斯文。我在他身旁蹲下，他一边喝水，一边目光锐利地盯着我，像是在进一步审视。我当然是坦然地、热切地回望着他。

四目相对了一会儿，他居然别过脸去，薄玉一样的脸颊，还泛起了淡淡的红晕，好像不太习惯被我这么凝视。我有点好笑，又觉得心疼，抱着他的胳膊，把头靠上去。他沉默了片刻，把手放在了我肩膀上。

我看易浦城背对着我们，刚想小声说话，易浦城已经一把抹去脸上的水，往旁边随意一甩，站了起来。

"你这女人有意思啊，水源的事为什么要瞒着我？"他眯着眼睛看着我，贼贼的，又有点凶的样子。

"我不是瞒你，水这么多又喝不完。没必要瞒你。"我假装有些生气地争辩道，"他是我丈夫，我一直习惯有什么事先跟他说，让他来决定的。"

刚说完，穆弦就抬眸看了我一眼，目光灼灼。

易浦城盯着我几秒钟，笑了笑，没说话，看向穆弦。

穆弦自然而然把我的手一牵，拉我站了起来，说："以后不会再发生。我替她承诺。"又看向我，"记住我的话。"我只得点头。

"好，兄弟，我信你。"易浦城干脆地说，然后瞟我一眼，就看向东侧的山林，"走吧。"

穆弦忽然转头看着我，"你……叫什么？"易浦城也挑挑眉，看着我。

我心里立马又酸涩起来，"华遥，我叫华遥。"

穆弦点点头，"走得动吗？需不需要我抱你？"他的话听起来实在生疏而客气，我酸涩地摇头，"不用，我走得动。"

刚走了几步，我忽然感觉到手一紧，是穆弦用力地握了我一下。然后他飞快侧头看了我一眼，目光……似有深意。

他是在跟我暗示什么？

难道他恢复记忆了？

狂喜刚刚在心里冒头，又迅速被我压制下去——不可能，他刚刚在水边对着我，那不自在的表情，不可能是装的，也没必要装，易浦城又看不到。

还是他察觉到，我想避开易浦城，对他说重要的事？所以给我个眼神，示意我少安毋躁？

我们走到一座高山脚下时，天已经黑透了。一眼望去，整个大地黑黝黝的，没有一点光亮，就像个无边的黑洞。

我根本什么都看不见。可穆弦和易浦城在崎岖的山谷中行走，还是如履平地。不过也正常，一个半兽一个机器人，自然可以夜视。

我只好让穆弦背着。没想到少了我的龟速拖累，两人竟然还在山林里跑了起来。我趴在穆弦肩膀上，感觉到他奔跑带来的风呼呼刮在耳边，很温暖踏实，可想到前途未卜，旁边还有个"易狐狸"，又难免让我心难安。

"小穆，前面有个山洞。"易浦城沉静的声音传来，"就在那里过夜吧。"

"好。"穆弦停下脚步，我听到他鼻子深深吸了吸气，应该是在闻里面的气味。然后他说，"里面没人，安全。易，你走前。"

我听得无语——刚在路上，易浦城说："兄弟，我怎么称呼你，穆什么？叫你小穆吧。我年纪比你大，可以叫我一声易哥。"

穆弦自然是不愿意叫他哥的，就叫他"易"。

我想，等以后他们恢复记忆了，估计自己都会觉得恶寒吧。

又听易浦城笑道："看来咱俩视力差不多。莫非我也是兽族？搞不好我们以前还认识。"

"有可能。"穆弦淡淡答道。

我继续沉默不语。

进了山洞，却有了意外之喜——洞壁不知道是什么石质，竟然散发出柔和的淡光，比外面亮了不少。我们都能看清彼此的轮廓。

洞里都是干硬的泥土，看起来倒是干净，就是气温略有点冷。穆弦把我放在一块平整的地上，我刚坐下，就看到易浦城毫不避嫌的，在相距我们不到一公尺的正对面坐下，我甚至能看清他眼中懒洋洋的神色。

他精得很！被他这么盯着，我还怎么跟穆弦偷偷说话？

这时易浦城往地上一躺，说：“我头上有伤，先睡半个晚上。你先守夜，到时候叫我。”

“好。”穆弦在我身旁坐下。一路上两人商议任何决定，都是这样快速简洁，没有一句废话。

我心头一喜，想易浦城睡着了，就可以跟穆弦说话了。

我先在一旁躺下，山洞里彻底安静下来，我贴着冰冷的地面，身上也凉飕飕的。躺了一会儿就觉得犯困，可我不能睡啊。于是我翻来覆去，时不时看一眼易浦城。那厮虽然躺着，眼睛却瞪得很大，似乎饶有兴致地望着我们。

“睡不着？”穆弦低柔的嗓音忽然响起，我抬头一看，他靠在洞壁上，侧头看着我。

我一看到他清冷的神色，就想到他已经不记得我，只觉得委屈难受，低声答道：“以前你都是抱着我睡的。”

他静静看着我不说话，那头的易浦城哧笑了一声说：“小姐，旁边还躺着一个血气方刚的单身男人。”

我被他说得尴尬极了，可穆弦依然沉默着。我心头一凉，刚想躺下，却见穆弦忽然把原本屈起的两条长腿放平，然后低声说：“过来。”

我心里软软的一甜，爬起来坐到他大腿上，整个人依偎上去，双手勾住他的脖子。不知道是不是我的错觉，他的身体好像有片刻的僵硬，连脖子仿佛都梗住了，脸笔直地朝着前方，一动不动。

我哪里管得了那么多？说不定跟他的身体接触越多，他会越快想起我。想到这里，我抬起头，脸软软地贴着他的脖子和下巴不动。

静静地抱了一会儿，他的皮肤好像越来越热了。忽然，他把头低下来，正对着我的脸。他的鼻尖挨着我的鼻尖，沉黑的眼睛近在咫尺，呼吸更是喷在我脸上。

"穆弦……"我忍不住低喃他的名字，闭上了眼睛等待着。他搂在我腰间的手一紧，低头就吻了下来。

热热的唇覆上我的，似乎略有些迟疑，才探进来，在我的舌头上舔了舔。我主动与他纠缠，胸口像是有阵阵暖流激荡着。可刚亲了一小会儿，他就退了出去，然后伸手捏住了我的下巴，黑眸静静地望着我。

"以前……我也是这样亲你？"他的嗓音略有些哑。

"不。"我把唇又凑上去，"你亲得更重……"

还没说完，嘴唇已经被他重重含住，有力地吸吮起来。这个吻的感觉跟过去一模一样，我紧紧抱着他，在他嘴里含混低喃："想起来了吗？"

他没答，吻得更重更深入，我们的气息都喘急了。

过了很久，他才结束这个吻，但依然灼灼盯着我，我靠在他肩膀上抬头看着他，手指轻轻挠着他胸口细致的肌肉。

忽然他就握住了我不安分的手指，哑着嗓子说："脱险以后，跟我做爱。我不会记不起来。"

我忍不住笑了，他真是一点没变。刚想说好，就听到易浦城有些戏谑的声音，"好办法。出去之后，我也找女人多做几次，说不定就恢复记忆了。"

我早就忘了他还在边上，只觉得大窘。穆弦却只微微一笑，拍了拍我的腰身，"先睡。"然后手停在那里不动了——也许他自己都没意识到，那是他习惯性的动作。

我点点头，但不打算真睡。谁知眼角余光一瞄，发觉易浦城居然又坐了起来，对穆弦说："明天必须想办法找到食物。"

穆弦点头，"这里有植物，希望应该很大。"

两人开始低声交谈，推测这里到底位于什么方位；大概多久会有救援船；如果遇到危险怎么应对……我听着听着，就撑不住了。穆弦的怀抱好像有魔力，我的眼皮沉得像铅，不知不觉就睡着了。

再次醒来的时候，耳边寂静无声。我发现穆弦就躺在身边——手跟铁钳似的箍着我，眼睛紧闭着，显然已经陷入沉睡。我的太空衣搭在我们身上，遮住了大半躯体。

可能是心一直悬着，我应该没睡太久，山洞外还是漆黑一片，天没亮。

我立刻抬头寻找易浦城，然后僵住——他就坐在离我俩头的方向不远的空地上，两条长腿随意舒展开，一只手撑在膝盖上托着下巴，眼睛清清亮亮，目不转睛地看着我们。我的感觉，就是被他居高临下的清楚俯视着。

看来是穆弦已经跟他换班了，他会值勤到天亮——我有些沮丧，只能等下次机会了。

"这地方还真邪门儿。"

一道声音同时传入耳朵里，我睁开眼，就看到穆弦和易浦城都站在我身旁，但目光都看着洞外。刚刚是易浦城的声音。

外头已经大亮，我也起身望过去，顿时怔住——这是……

易浦城说得对，这个地方，还真是邪门。

我眼前的世界，变成了白色的。

白色的天空，白色的大地，白色的高山和流水，白得那样纯粹，没有一丝杂色。但那白又有深白浅白、亮白暗白之分，所以万物还可以辨认出淡淡的轮廓。

昨天，这个世界的主色调还是惨淡的灰。一夜之间，宛如魔法降临。

"应该是星球的云层折射，导致光线颜色变化。"穆弦淡淡地说。易浦城点头表示赞同。

"不会还有赤橙黄绿青蓝紫吧。"我说，易浦城闻言也没看我，只是嘴角微勾；穆弦则转头看着我。不知道是不是我的错觉，他看我的目光，比起昨天的生疏，似乎要温和许多。

我起身走过去，一把抱着他，脸在他胸膛蹭了蹭，柔声说："早。"旁边传来易浦城嗤笑的声音，我才不管它，索性踮起脚跟在穆弦脸颊轻轻一吻。

穆弦不发一言看着我，清秀漂亮的脸庞显得有些紧绷。

很好，这样，他就会更快地想起我了吧。就算想不起，我也要我们像以前那样密不可分；我要他像以前那样，强烈地喜爱我。

我有点心满意足地松开他，转身想要捡起地上的太空衣。谁知刚迈出半步，腰间一紧，被他用力拉回去，搂得紧紧的。

……他不想让我离开他怀里。

他盯着我，黑眸显得阴郁，似乎还有些灼热。但他什么也没说，唯有手劲还在加大，我的腰被他勒得有点疼。

这么沉默地僵持了几秒钟，他的手劲才变小，替我拾起太空衣，另一只手始终紧扣着我的腰，淡淡说："走吧。"

一旁的易浦城早已见怪不怪了，递给穆弦一个戏谑的眼神。穆弦却只是微微一笑，跟他并肩朝前走。

我有点头疼——怎么感觉过了一夜，他俩似乎更有默契了呢？谁知道昨晚我睡了之后，他们又聊了多久。

这一路，穆弦始终搂着我。

他表现得冷静而沉稳，跟易浦城进行简短的交谈、讨论，确定我们前进的方向和其他问题。只是偶尔侧眸看到我时，目光会变得有点暗沉逼人——就像回到了他刚把我从地球接走那段时间，他看我的眼神，总是极具侵略性。

我被他瞧得脸一次次发烫，想找机会跟他说话，或者在他手背写字也成啊。可易狐狸也时不时地瞧瞧我们，还是没有稳妥的机会。

山上并没有路，好在山势还算平缓，我们一直在林间穿行。大概走了五六个小时，到了半山腰。

雪白的天空上，一轮又白又亮的恒星，也刚好升到最高处。放眼望去，纯白的大地就像一幅淡淡的水墨画，山川、河流，还有远处的海洋，都只在这一片白茫茫中，留下疏淡的痕迹。

"我感觉这里一天的时间，跟地球上差不多。"我说。听莫林说，不同星系中，两颗行星的自转周期相同，是很少的现象。没想到这颗行星的规律跟地球这么类似。

身旁的两个男人却都没应声。

我转头一看，发觉他俩都转头看着背后，穆弦微蹙眉头，易浦城像在沉思。我顿时警惕起来，可身后就是一片茂密的树林，看起来没有异样。

他们听到了什么声音？

忽然，易浦城做了个手势，我没看懂，但穆弦点了点头，两人一左一右，悄无声息地向前逼近。

这时，低矮的灌木丛"哗啦啦"猛地一阵晃动，一团白色的东西，风驰电掣般冲了出来。它跟急刹车似的，四肢摩擦得地面沙沙作响，突兀地停在我们面前。

是一只……独角兽？

它站在树丛前的空地上，抬头看着我们。长得有点像狼，身体彪壮，全身无毛，头生独角，不知道是什么奇怪物种。它的眼珠也是一片浑浊的白，看起来很吓人。

"嗷——"它突然就低鸣一声，一跃而起，四肢张开，朝我的方向猛扑过来。

尖利的爪牙在阳光下湛湛发光，苍白的肌肉纠结的脸看起来更是阴沉。我倒吸一口凉气，身子一矮往旁边躲。

一道人影比我快无数倍，也比独角兽更快，眨眼就插入我跟独角兽中间。我腰间一紧，穆弦清冷的容颜已在眼前。

眼看独角兽的爪子就要抓到他的脸了，他搂着我不躲不闪，一个手刀平平稳稳斩落，正中那畜生的脖颈。独角兽呜咽一声，身体在半空中猝然下坠。穆弦眉都没抬一下，伸出另一只手稳稳接住。随即看着我说："别怕。"我看着他手里一动不动的独角兽，呆呆点头，他已经转过头去，提着尸体端详起来。

一系列动作流水行云，就像只是跟独角兽打了个招呼一样轻松。

果然，他除了开飞机……身手也是很好的，只是以前从没见他施展过。我想起莫林说过，穆弦是 S 级的武力值。

不过，据说易浦城也是 S 级，雇佣军中的不败战神。所以就算我提醒了穆弦，他生性狡猾，要对付他也不容易。

我不由得抬头看向他，那厮双手插在裤子口袋，挺拔的身躯在阳光下像棵大树似的，正一脸放肆的笑意，朝我们大步走来。

"赶紧吃！"他几乎是低吼道。

我顿觉饥肠辘辘口水横流，穆弦的眉头也瞬间舒展，点点头。

然而，饿了一整天之后的第一顿饭，跟我的想象，有点不同。

几分钟后，我坐在地上，两根手指捏着血淋淋的肉块，死活下不了嘴。

我们没有火源。

本来如此险境，我以为自己能忍受吃生肉。可他们决定开吃后，就跟俩人形铡刀似的，一人扯着一条腿，痛痛快快把那兽尸撕成两半。易浦城捧着血肉模糊的一半，往地上一坐，毫不犹豫地就咬上去。我看看他又尖又白的牙齿咬在白花花的肉上，满手满脸的血污，只觉得一阵反胃。

而穆弦自然不像他那样张狂粗野，斯斯文文地把手里半边肉打量一番，秀气的眉微蹙着，修长而骨节分明的手按上去，"嗤嗤嗤"几下就把皮给剥了。

被剥了皮的半边独角兽，看起来更加血肉狰狞，白骨森森。穆弦又把白皙纤长的手指插入肉里面，仔细翻找一番，最后微微一笑，扯出一长条漂亮的肌肉。

然后……他就把那条生肉递给我，淡淡笑道："最嫩的。"

"……"

易浦城已经秋风扫落叶般，干掉了小半边尸体，他四肢往地上一摊，摸了摸肚子，叹息道："爽。"

穆弦也吃得差不多了。虽然他的姿势比易浦城优雅，但速度同样惊人。

我发现他失忆之后，洁癖已经表露得不太明显，但似乎潜意识里还有影响。刚刚咬第一口时，他还皱着眉，略显嫌弃。但入口后立刻眉头一展，开始风卷残云。我猜想是因为肉质干净鲜嫩。

话说回来，这个世界真的很干净，走了半天我的双手还是干干净净。刚刚的独角兽身上也是一尘不染。

"为什么不吃？"穆弦放下手里的肉块，侧头看着我，微蹙眉头。

"我不是很饿。"我把肉还给他，等饿到不行，再双眼一抹黑吧。

他接过，不发一言地盯着我。他身后的易浦城，慢悠悠地说："女人啊……饿着吧。"我瞪他一眼，柔声对穆弦道："可以继续走了。"

谁知穆弦手一勾，就把我抱起来放在大腿上，黑眸灼灼，隐有笑意，"你以前就这么挑食？"

这怎么算挑食？我摇摇头，"饿点再吃。"

他一手搂紧我的腰，另一只手把那块肉重新送到我嘴边，低沉的嗓音就在耳畔，"听话，吃了。"

我原本艰难地盯着那块肉，听到他的话，忽然浑身一震，转头看着他。

听话，华遥。

听话，以后戴面纱。

听话，给我。

也许连他自己都没意识，他又用以前的语气跟我讲话了，那种听着温和，实则强势的大男子主义口吻。他总是淡淡地对我说，听话，按我说的做，我来处理。可每次当我死活不肯听话时，他也会说"华遥，我会等你心甘情愿"。

我怔怔地看着他俊秀的容颜，忽然心头一酸，眼眶就湿润了。

接过他手里的肉，低头就咬。可是喉咙里有点堵，嘴里也涩涩的。只感觉到血腥味在口腔里蔓延，味如嚼蜡。而我的眼睛里盈满了泪水，只感觉到他锐利的目光，始终停在我身上。我用力把眼泪忍回去。

刚咬了几口，手里的肉就被人夺走了。他的嘴重重压了上来，堵着我近乎狠厉地纠缠。锁在腰间的手，更是收紧再收紧。我被他吻得气都喘不过来，眼泪也终于掉下来。

直到我全身都软了，他才松开我，黑黝黝的眼睛里，一片暗沉。

"看到属于我的女人，只能无助地哭泣……"他慢慢说，"让我想把自己揍一顿。"

我一怔。

以前他就认为，如果让自己的女人伤心流泪，那是男人无能的表现。所以每次看到我哭，他都会变得焦躁阴郁，然后耐着性子哄我吻我。

现在还是没变吗？我心里又甜又酸，哽咽道："我不哭了。"

他没说话，只是手指轻轻摩挲着我的下巴。

"我们以前一定很相爱。"他忽然说。

我心头一震，"为什么？"

他看着我，漆黑的眼睛幽深无比。

"否则不会这么心疼。"

我刚刚忍回去的眼泪，一下子又涌了上来。

可是穆弦，我在心里说，你不知道，以前我们从没对彼此说过爱。

我把脸深深埋在他胸口。他也没再说话，只轻轻抚摩着我的长发。过了一阵，听我彻底平复了，他才重新开口。

"不过，让你吃生肉，就这么伤心？"他在我耳边低声说话，隐隐含着笑意，"哭得像一只猫。"

话音刚落，一旁的易浦城已是哈哈大笑起来，仿佛已经忍了很久。

我听得羞窘难当，刚想解释，却听易浦城止了笑，懒洋洋地说："小穆，我教你一招，免得我们在这里待多少天，她就哭多少天。"

我和穆弦都看过去，只见他大摇大摆站起来，从旁边的树上摘了些树枝树叶，丢在地面上，窸窸窣窣捣弄一番，然后用浅麦色的手握住一根更细的树枝，在一块堆满树叶、薄而大的树干上，飞快地钻动起来。

他居然在钻木取火……

不愧是 S 级战斗力，那根树枝在他手心里，旋转得很快，根本看不清，只听见"嗤嗤嗤"的声响。而他气定神闲，还扭头看着穆弦，"只有我这种贫民窟出生的军人，十几岁就被丢到最荒芜的星球开垦，才懂钻木取火。"

穆弦颇有兴趣地看着他的动作，点头，"我的确不会。我所在舰队的取火装置都是自动的。"

我原本好奇地盯着易浦城的动作，忽然反应过来不对，后背倏地就开始冒冷汗，紧张地看着他俩的表情。

果不其然，易浦城握着树枝的手猛地一顿，眼神极为锐利地抬头看着我们，"我刚刚是不是说，我是军人？"

穆弦的神色也凝重了，朝他点点头，然后看着我，"我以前……也在军队？"

我全身都僵了——因为有易浦城在旁边，我一直没跟穆弦说他的身份，怕激发了易浦城的回忆。而且这一路时间也紧迫，穆弦也没问。谁想他俩不经意间都流露出以前在军队的习惯和经验？

"嗯，是的。"我含糊答道，"你是个……上尉。"穆弦看我一眼，也许是察觉了什么，没有再问，而是转头对易浦城说："快钻。她很饿。"

大概半个小时后，我拿着烤得熟透的肉条，坐在地上满足地吃着。

易浦城坐在火堆旁，一脸笑意，把穆弦的肩膀一搭说："小穆，说不定我们很快就能恢复记忆，以前搞不好还在同一支舰队。"

穆弦淡笑着点头。

我默默地咽下一口肉。

不能再拖了，必须马上让穆弦知道真相。

"马上就到。"穆弦柔声说。

"嗯。"我伏在他背上，看着他耳后微翘的发梢，忍不住伸手摸了摸。他没出声，脚步也没停，但我看到他的脸部线条变化了——他笑了。

心里甜甜的，又看一眼旁边的易浦城，他似乎正直视前方，没注意这边。

刚才吃了饭，走了一段我累了。穆弦二话不说背起我，可易浦城隔得挺近，还时不时跟穆弦讲话，所以一直没机会。现在快到山顶了。

我缓缓把手指移到穆弦后背上，悄无声息的划动：易……

"小穆，累不累？"易浦城忽然从斜前方露出脸来，神色自若，"我替你背她一段？"

我连忙把手指一收，冲他笑笑，"不用了。"

"不用。"穆弦的声音同时响起，顿了顿说："易，我不喜欢别的雄性触碰她。"

易浦城意味深长地看我一眼，很是洒脱地笑了，"好。"

只是他这么一打岔，我又不敢乱动了。正郁闷间，忽然感觉小腿肚被穆弦捏了一下。我心中一动，又听他淡淡地说："累就睡一会儿，别担心，我和易会安排好一切。"

易浦城闻言笑道："这话没错，女人等着男人保护就行了。"

我笑笑没作声，头伏在他背上，心怦怦地跳。他懂了，肯定懂了，虽然我第一个字都没写完。

他让我等他安排。

越往山顶走，树林越稀疏，我们要做的就是寻找一片足够大的空地，留下求救符号，这样搜救战机来到这个星球后，才可能发现我们。然后我们要做的，就是生存和等待。

终于到了峰顶。

这是一片平坦的土地，但是零散分布着许多圆形巨石，看起来像一个个超级巨蛋。我们穿过石阵往里走。刚走了两步，前头的易浦城忽然停下不动了。

他低声骂了句脏话。

穆弦脚步一顿，绕到他身旁。

我一下子直起身子，也僵住了，只觉得身上冷汗蹭蹭地冒。

巨石围绕的中心，的确是我们期盼的空地，而且非常宽阔，差不多有足球场那么大一片。可是现在空地上不是空的，密密麻麻趴满了——

独角兽。

每只的体积起码有刚才的三倍大。显然刚才那么凶狠的一只，还只是幼兽。

独角兽们似乎还没察觉到我们，依旧趴着餍息着。穆弦和易浦城交换个眼神，悄无声息地往后退。我也屏气凝神，趴在穆弦背上不发出一点声音。

刚退了四五步，两人又同时停住，对视一眼，穆弦眉头微蹙，易浦城露出苦笑。我心头一沉，就听到背后隐约传来"沙沙"的声音。

沙沙的，爪子在地上摩擦的声音。

我觉得整个后背都要僵掉了。

他们俩同时转身，我倒吸一口凉气——至少超过二十只独角兽，堵在刚刚上山的路上，苍白而恐怖的眼珠，全都盯着我们。

"你之前有听到声音吗？"易浦城沉着脸，低声问。

"没有。"穆弦答道。

"真他妈邪门儿。"易浦城骂道。

我明白了——以他们俩的耳力，山顶上还有这么多动物，他们不可能听不到，否则不会这样毫无戒备地上山。

那说明什么？这些动物之前没有发出一点声音？太不可思议了。

而且它们一点也不害怕穆弦。可在斯坦星时，所有野兽怕穆弦怕得要死。

来不及细想了，因为独角兽就像一群猛虎出笼，嗓中逸出愤怒的嘶鸣，朝我们扑过来。而身后，兽蹄声纷至沓来。

山顶很快成了尸和血的海洋。

独角兽疯狂地攻击着，无论我往哪一个方向看，都是狰狞的兽脸和它们飞扑过来的身影。但一时半刻并没有独角兽能够触及到我，因为穆弦跟易浦城，就像两台绞肉机，冷着脸绞杀各个方向逼近的野兽。

他们用之前杀死那只独角兽的兽骨，狠狠敲击它们的脑袋，一棍下去，脑浆迸裂；他们的双手比利刃还要强悍，一拳将独角兽打得横飞出去，或者干脆抓起来一把撕成两半……他俩背对而立，我被护在中间，尽量敏捷地跟随他们的步伐移动，不让他们分神。

他们披荆斩棘般杀出一条血路，以缓慢的速度往山下移动着。

也许他俩的凶悍坚韧，震慑住了野兽。过了一会儿，我感觉它们的攻击变缓了，甚至远处开始有野兽掉头跑了。但大多数野兽还是不甘心地包围着我们。

我心头一松——看来很有希望逃脱出去。

这时，穆弦忽然伸手一带，把我搂进怀里，单手迎敌竟然丝毫不乱。我心生疑惑——这样他的对敌压力不是更大？

可过了一阵，我忽然发现，不知不觉中，我们跟易浦城被兽群分开了，而且相距越来越远。

穆弦是故意的？他真是胆大心细。

我心里倏地升起喜意。

终于，在我们都快看不见彼此的时候，易浦城远远地焦急地吼了一句："山洞会合！"

暮色笼罩大地，树林里也变得一片暗淡。穆弦搂着我，靠在一棵大树上，低低地喘着气。

刚才他抱着我一路跑下来，这里已经是山脚，离我们栖身的山洞不远。我们终于摆脱了兽群。

穆弦全身溅满了兽血，白玉般的脸颊上都是浓淡不一的痕迹，看起来俊美又恐怖。他稍微平复了呼吸，就抬起墨黑的眼眸看着我。

我瞧着他疲惫的样子，很是心疼，"是不是很累，要喝水吗？"

他不答，忽然抓起我的脸，重重吻了下来。

不知道为什么，这一次他吻得极为绵长激烈。恍惚之间，我被他推倒在草地上，他的吻像暴雨一般，落在我的脸颊、脖子、肩膀、手臂上……

过了许久，他的唇才离开，只是依旧压在我身上，双眼暗沉，似乎意犹未尽。

我喘着气问："为什么突然吻我？"

他微微一怔，似乎也才意识到这个问题。

但他眼中很快浮现淡淡的笑意。

"奖励自己。"他低声说。

我扑哧一笑。

他伸手捏住我的下巴，沉声问："想跟我说什么？易有什么问题？"

我早在心里把说辞过了千百遍，此刻终于如释重负，飞快地把他和易浦城的身份、恩怨说了个清清楚楚。

穆弦本来还面沉如水，越听到后头，脸色越冷。待听到易浦城在我们婚礼当天企图炸死我们，导致落入这个境地后，他的脸色已经很阴霾了。

我说完之后，静静望着他。

他沉思片刻，再看向我时，神色已经恢复平静，"我清楚了。"

我明白他心里已经有了计较，就问："那……我们还回山洞跟他会合吗？"

他点点头。

我知道他是要找机会杀易浦城，现在易还失忆着，是最好的机会。但我还是忍不住嘱咐："他这个人狡猾阴险，你要加倍小心。那我们现在回去吗？他可能已经回去了。"

穆弦眸中闪过一丝冰冷，"晚点去。"

我点点头——虽然要继续与易浦城虚与委蛇，但穆弦肯定是不愿意多跟他待在一个空间里。

周围一片死寂，我俩也没说话，只有头顶的树叶"哗哗"摇动的轻微声响。他抬着头，目光放得极远，神色沉静而冰冷，仿佛在深思。

可他好像忘了，他是压着我在思考——沉重的身躯让我有点喘不过气来。

"先让我起来。"我说。

他这才低头，乌黑的眼睛定定地望着我。他不说话，身子也没动。

"起来啊。"我推他。

他抓住我的双手，轻而易举扣在地上，黑漆漆的眼睛，居高临下地盯着我。

"华遥，还有时间。我想看看，我的女人。"他哑着嗓子继续说。

我一怔，低声应道："嗯。你看。"

多看看我的样子，没准儿还能帮助他早点恢复记忆。不过他这么一直盯着，我倒有点不好意思，微垂眼眸，避开他的视线。

他灼灼的目光停在我脸上一会儿，就低头又吻住了我。

"你有两个机器人，莫林很可爱，莫普很忠诚。"

"嗯。"

"你送给过我一艘粉红色的飞船，一根腿骨，还有一幢房子，那是我们的家。"

"家是什么样的？"

"家？很大很温馨。我们的房间最大。一开始墙被你叫人刷成粉红色，后来我刷回了白色。可是家具是粉红色的，我只能忍了。说起来我好怀念家里的大床，昨天睡在山洞里，腰好痛。还有莫林做的香喷喷的饭菜，和我那些干净的衣服。"

穆弦停下脚步，低头看着我，黑暗里我看不清他的表情。

"你吃苦了。"他缓缓说。

我本就被他抱着，头往他怀里钻了钻，"别误会，我不是诉苦，只是想让你早点想起从前。其实跟你在一起，遇到什么都不觉得苦。哦，除了要吃生肉。"

他没出声，过了一会儿，忽然低声说："你很好。"顿了顿又说，"非常好。"

我只觉得整颗心，仿佛都被他简单的话语给软化了。

"那你现在……喜欢我了吗？"我的嗓子都有点哑了。

他沉默了几秒钟，轻声答道："你让我无法抗拒。"

听到穆弦的答案，我的心情彻底荡漾了，连易狐狸的潜在危机，都被我暂时丢到脑后。直到他在洞口把我放下，我才看到，洞里影影绰绰坐着个人。

穆弦搂着我，一边往里走一边问："易？"

那人原本靠在洞壁上，这才懒洋洋直起身子，挪动了一下长腿，淡淡答道：

"你们怎么才回来？"

我们走近了，只见易浦城也是一身血污，英俊的脸庞似笑非笑。

穆弦跟我在他对面坐下，答道："路上耽误了。"

"是吗？"易浦城抄手看着我们，"咱们有过盟约，不会私自行动。知不知道我又回了山上，找了你们至少三个小时？"

我一怔，穆弦刚刚跟我待在偏僻的后山山脚，易浦城要找到的确不容易。但他居然会返回危险的山上找我们，真让我意外。

穆弦看着他，忽然微微一笑，白玉似的俊脸看起来温和极了，"易，你担心我们？"

易浦城嗤笑一声答道："我们利益攸关。"

"抱歉。"穆弦身子往后一靠说，"这种事不会再发生。"

易浦城没说话，过了一会儿又问："你们被什么事耽误了？"

穆弦伸手把我抱进怀里，淡淡答道："跟她做亲密的事。"

我倒不觉得尴尬，这是最好的借口。可没想到易浦城忽然笑了，看我一眼，慢条斯理地对穆弦说："我就知道。下次把身上的气味洗掉。老子也是个男人。"

我这下才真尴尬了。

我抬头一看，他俩淡淡地笑着，都没说话。一副男人间心照不宣的样子。

这一晚风平浪静。

再次醒来的时候，我又看到他俩并肩站在洞口，仿佛两尊英俊的雕像，沐浴在柔和的红光中。

等等，红光？

我从地上坐起来，朝洞外望去。

红色。

这个星球，一夜之间变成红色的了。浅红的天空，深红的大地，血红的河流，暗红的树木。

我呆呆地看了几秒钟，走过去抱着穆弦的胳膊，易浦城有些漫不经心地笑道："华遥，真被你说中了。赤橙黄绿青蓝紫，明天看看是什么颜色。"

我想起昨天确实说过这样的话，没想到一语中的。

"真是个色彩鲜艳的不毛之地。"我有些无奈地说。

两个男人都没说话，只是嘴角同时勾起。

过了一会儿，易浦城中气十足地说："出发。"

我疑惑道："去哪里？"

"昨天那座山。"穆弦淡道。

易浦城从脚边捡起一根又粗又大的兽骨，在手里掂了掂说："昨天独角兽被我们杀得差不多了，今天索性全灭了。"

我没作声——看来昨晚我睡着的时候，他俩又定下计策了。我忍不住看向穆弦俊秀安静的侧脸——他打算如何下手？

中午的时候，我们到了昨天吃独角兽的山腰处。这里地势较为平坦，易浦城把路上捡的一只独角兽尸体扔在地上，跟穆弦一起剥了皮、两个人风卷残云般吃了绝大部分，只留下几块嫩肉给我。

"易，她还没吃。"穆弦淡淡道。

易浦城盯他一眼，"你没学会？"

穆弦看我一眼，"昨天她在哭，完全没看你怎么做。"

易浦城舔了舔手指上的血，很是幽深地盯我一眼，然后站起来走向旁边的树，"老子去给你钻木。"

穆弦笑笑，搂着我坐到一旁。

很快易浦城就捡了些枝叶过来，刚丢到地上，穆弦蹙眉说："过去，别让烟熏到她。"易浦城大概吃饱喝足心情不错，没说什么，把那些东西往悬崖边的地上一丢，边钻边道："老子就是怜香惜玉的命。"

穆弦没答话，而是抱起我放在大腿上，低头亲了亲，眼神就有些灼热了。于是吻得更用力，手甚至摸到我裙子里面。我有些诧异他为什么在这个时候亲热，却见原本正对着我们的易浦城，骂了句脏话，就转过去背对着我们，约莫是眼不见为净。

穆弦亲了一会儿，抬头问："还没好？"

易浦城头也不回，语带讽刺："你们办完事应该刚刚好。五分钟够不够？"

穆弦笑了一声，把我放在地上，站了起来。我看着他淡定的侧脸，忽然心就提了起来，大气也不敢出。

他要动手了，他要偷袭易浦城，就在悬崖边。

"我来学。"穆弦不紧不慢地走过去，我甚至都感觉到他身体的紧绷，他在无形中凝聚的力量。

越来越近，两个高大的身躯，只差几步远了——

谁知这时，易浦城忽然毫无预兆地站了起来。

穆弦的脚步微微一顿，我的手心也开始冒汗——难道他察觉了什么？难道他恢复记忆了？

易浦城没有动，也没有转身。他背对着我们，手里还拿着截冒烟的树枝，沉默不语。

"有点不对劲。听到了吗？"他突然说话了，声音听起来前所未有的凝重，"看那边！"

穆弦竟然点了点头，走到他身旁，跟他一起看着远方。我也站起来往那边看，可是红彤彤的一片，什么也看不清——我的目力是远不及他们的。

忽然，两人转头对视一眼，易浦城冷冷道："去山顶！"

穆弦点点头，俊脸阴沉，眉头紧蹙。不等我出声询问，他走过来，一把将我扛上肩头，跟易浦城一起朝山顶跑去！

我完全不明白发生了什么事，远方到底有什么东西，让他俩如此全副警惕对待。但情势看起来如此危急，他俩几乎是脚不点地，一阵风似的往山顶跑。

然而就快到山顶的时候，我伏在穆弦颠簸的肩头，终于看清发生什么了。

洪水。

红色的洪水，铺天盖地的洪水。

它们宛如一条条巨龙，从远方的山川背后冲出来，正以肉眼可见的速度，淹没过土地、吞噬掉大河、冲刷平森林。它们从四面八方而来，正缓缓连接成陆地上的汪洋大海，然后蔓延再蔓延，升高再升高。

没过多久，整个地面，放眼望去，我能看到的所有地面，都被洪水淹没了。一些低矮的山峰，甚至就要被没过峰顶。可洪水仍不甘休，它们就像一条条焦躁的龙，不断地从远方涌过来，轰隆声不断，水面波涛汹涌。

我们三个站在峰顶上，望着眼前正在被洪水吞没的一切，都没出声。

可怎么会这样？没有下雨，也没听到大海涨潮，为什么突然就有这样的洪水？就像凭空从地底冒出来，要把这个星球摧毁一次。

或者，这个星球本来就是这样？

水面已经升到了半山腰，淹没了我们刚刚吃东西的位置。

易浦城已经笑不出来了，他沉着脸看着汹涌如恶狼般的水面，不发一言。穆弦的脸色也很难看，阴沉的脸上，两道乌黑的眉毛紧拧在一起。我从未遇到过这种场合，脑子里一片空白，也不觉得害怕，只是茫然。

要是真的会死……我转头看着穆弦清冷如玉的侧脸。

还好，我们死在一起。

察觉到我的目光，他也转头看着我，眼神柔和下来，"别怕。我会保护你。直到洪水退下去。"

我点点头，易浦城看我们一眼，居然也点头说："没错，只能熬到洪水退下去了。"

他俩这么一说，我又有点信心了。

这时穆弦走向一旁的树林，扯了几根粗粗的树藤出来。易浦城看见了说："没用的，整座山都会被夷平，这些树更加固定不了你。"

穆弦没答，拿着树藤走到我身边，"抱紧我。"

几分钟后，我被穆弦用树藤牢牢地缠在了怀里——原来树藤是这个用处。看着他把树藤的末端在自己腰间连打三个死结，我的喉咙里瞬间像被堵了东西，什么话也说不出来。

终于，第一个浪头，拍打在山峰边缘的白色巨石上，撞击成漫天的水花，如雨点般落在我们身上。而后，来势汹汹的洪水，瞬间覆过了峰顶。

"闭眼。"穆弦低声说。我牢牢抱紧他的身躯，听话地闭上了眼睛。

之后很长的时间里，我的感觉非常痛苦。

穆弦紧紧抱住了我，可湍急的水流撞击在他的身躯上，仅仅是残余的力量，都打得我五脏六腑剧痛无比；我们在水浪的旋涡里急速旋转，恶心得我快把苦胆都要吐出来了；可刚一张嘴，水浪就灌进了喉咙里，呛得我眼泪涟涟，差点窒息；有时候我浮在海面上，大口大口喘息；有时候不知道沉入哪里的水底，意识都变得昏昏沉沉……

可不管什么时候，当我清醒或者糊涂地睁开眼，都能看到赤色的天空下，漫天的洪水里，穆弦清冷的侧脸宛如浮雕般，在我的视线里摇晃。而那双墨色的眼睛，始终牢牢地锁定着我。

再次醒来的时候，我感觉到喉咙非常疼，胃里跟火烧一般。耳边是海浪拍打海岸的声音。

我一个激灵，睁开双眼，看清了周围。

蔚蓝的天空，细白的海滩，迎风轻轻摇摆的棕榈树。一切看起来正常无比。这是哪里？

我再一转头，就看到穆弦趴在离我半公尺远的沙滩上，浑身湿漉漉的，半边俊脸埋在细沙里，脸色苍白，双目紧闭。而原本缠着我们的树藤，颓然断成好几截，散落在身旁地上。

"穆弦！"我喊道，却发现声音嘶哑得厉害。浑身好痛，我强忍着，爬过去抓着他。可他依然一动不动，只有胸膛轻微起伏着，俨然已经昏死过去。

"穆弦、穆弦！"我拍拍他的脸，轻轻推他，可他还是丝毫未觉。

"这样他醒不了。"熟悉的低沉嗓音从背后传来，我浑身一僵，转头就看到易浦城擦了一把脸上的水，有些踉跄地从沙滩上站了起来，看来他也是刚醒。

我怔怔望着他。

他深呼吸几口气，苍白的脸色似乎恢复了些，走过来，在我面前蹲下，看着我说："咱们三个命还真大。"

"他为什么还没醒？"我根本没心思搭他的话，急匆匆地问。

他瞟我一眼，又看向穆弦，忽然伸手，抓起穆弦的头发，把他的脑袋从沙子里提起来看了看。我吓了一跳，连忙拍掉他的手，挡着穆弦问："你干什么？"

他又看着我，也许是大难不死，他的心情看起来很好，居然笑了，有些流里流气地说："你说你也不是长得绝顶漂亮，怎么就让小穆这么死心塌地？他为什么还不醒？这不是明摆着的事？我们三个掉到洪水里那一阵，他大部分时间，都是把你托到水面上呼吸；撞到树撞到山，都是他拿背挡，他负担着你，不如我灵活。要把我换成他，现在也醒不来。"

我听得难受极了，一把抓住易浦城的胳膊，"那现在怎么办？"

他斜睨一眼被我抓住的麦色胳膊，又似笑非笑地看着我，"这可是你要碰我。小穆醒了别赖账。"

"你别废话！快说怎么办？"我几乎是吼道，眼睛里都涌上了泪水。

他定定看我一眼，忽然甩开我的手，站了起来，漫不经心地说："人工呼吸，这么简单，你不会？"

我惊喜地冲他点点头，这个我是会的。

"谢谢！谢谢！"我匆忙地连说两声，然后用尽全身力气把穆弦的身体翻转过来，刚刚低下头，忽然感觉到头顶传来一阵温热柔软的触感。我疑惑地抬头一看，易浦城居然正伸手在揉我的头发！

看我惊讶地看着他，他却神色自若地收手，嘴里还说："快点搞定。"然后就转身往沙滩后的小山坡走去。

我没再管他。

人工呼吸了一会儿，穆弦终于咳嗽两声，吐出了一大口水，那双乌黑的眼睛缓缓睁开。

我只觉得自己的整个世界，都随着那双眼睛带来的光芒，明亮起来。

他的瞳仁有片刻的迷茫，但瞬间就聚焦到我身上，眸中闪过明显的动容。我们几乎是同时伸手抱住彼此，紧紧抱着，谁也没说话。

"醒了就过来。"易浦城的声音从远处幽幽传来，"看看我们到了什么好地方。"

第十一章
虚拟空间

我们面前，是一个海滨村庄。

草地就像丝绒，细细柔柔地蔓延到远方；一座座精致而颜色鲜艳的小屋，矗立其中；还有一条蜿蜒的小河，从房子周围淌过。金色的阳光洒在河面上，闪闪发亮。

而更远的地方，是一片雾气弥漫的森林，平坦而一望无际。大陆的另一端有什么，根本看不清。

这油画般的一幕，叫我情不自禁地放松下来。刚想赞叹我们大难不死必有后福，就听到易浦城凉凉的声音在旁边响起："又是个古怪的地方。"

穆弦哑着嗓子答道："嗯。"

我愣住了。转头望去，易浦城就站在离我们几步远处，双手插在裤子口袋里，直挺挺站着。下巴略略抬起，硬朗的线条透出几分自然而然的傲慢。那双墨黑而深邃的眼睛，微微眯着，一副似笑非笑的狐狸样子。

穆弦站在我身旁，脸色已经恢复如常。头发刚干，显得乱糟糟的，衣服更是破破烂烂。可被海水冲刷过的皮肤，在阳光下却像美玉一样柔润白皙，衬得眉目更加乌黑动人。他的目光锐利而沉静，也望着这些房子。

"怎么回事？"我低声问。

他看我一眼，"没有声音，也没有人的气味。"

我一怔，"你是说……这些房子都是空的？"

他点点头。

我再次望去，果然十多幢房子周围，没有任何动静，耳边只有微风吹过树叶的沙沙声。

这……

"老子闻到食物的香味了。"易浦城忽然改为双手叉腰，伸出舌头舔了舔下唇，"不管你们怎么想，天塌下来，老子都要去找个房子吃一顿，睡一觉。明天见。"说完他竟迈开长腿，朝最近的一幢咖啡色小屋走去。

看来我上次跟穆弦独处过后，他也就不防备这个了。

穆弦始终盯着易浦城的背影，直到他一脚踹开屋门，走了进去。我看着眼前的一切，疑窦丛生——同一个星球上，竟然有两个相差这么大的地方。而且居民都去了哪里？

对了，他们一定是逃走躲避洪水了，过一段时间还会回来。

"我们也去休息。"穆弦垂眸看着我。

"嗯。"我抓紧他的胳膊。

他的嘴角浮现笑意，声音低柔，"害怕？"

是有一点不安，不过我答道："当然不怕。这比之前的荒原强多了。"

毫无疑问，穆弦挑了跟易浦城直线距离最远的一幢褐色小屋。屋前的石阶看起来很老旧，应该有了些年头。但这里跟之前的荒原一样干净，屋内屋外一尘不染，可能原主人离开没几天。

穆弦在地窖里找到些熏肉、面包、压缩饼干，还有酒，味道都还不错。我们吃了一点，就找到了主卧。

原本要在陌生人的卧室过夜，我心里还有点排斥。穆弦肯定也不喜欢，因为推开房门的时候，他微微皱了皱眉。

但当我们站在宽阔明亮的主卧里时，我真的非常惊喜。

很干净，也很温馨。

嫩黄色窗帘随风飘动，褐色地板光洁柔实。白色的大床净如初雪，甚至连床单都没有一丝褶皱。穆弦拿起被子闻了闻，眉头瞬间舒展，"很好，没有任何异味。"

衣柜里只有几件男人的衣服，都有七八成新，看着很干净。我还找到两套干净的男人睡袍，很宽大，看起来跟新的没什么两样。

"这里真不错。"我对穆弦说，"获救之后，我们要好好感谢一下这里的主人。希望他们别生气。"

穆弦点点头，"去洗澡。"

"你先去。你有洁癖。"

他微微一怔，"原来如此。"

我忍不住笑了，他眼中也闪过笑意，"等我。"

我心头一动，点点头。他走进了浴室。

淅淅沥沥的水声传来，我站在窗前，望着翠绿的村庄发呆。易浦城那幢房子看起来安安静静，估计那家伙现在已经酣然大睡了吧。

过了一会儿，浴室的门响了，我一转身，就看到穆弦什么也没穿，高高大大地站在那里。

一如在荒芜之地时，每个华灯初上的夜晚，在只有我们俩的房间，不许任何人打扰的世界里，他洗净那充满力量的修长身躯，暗沉着双眼，一步步朝我走来。

我的心阵阵悸动，忍不住踮起脚，轻轻吻了吻他。他的眼神越发幽深，声音也低哑了几分，"华遥，我们……"

"我先去洗澡。"刚迈出半步，手臂被他抓住，黑眸沉沉望着我。我被他瞧得脸颊有点发热，他却已经松开了我，脸上浮现淡淡的、若有所思的笑意："去吧。"

我觉得自己在男女关系上，脸皮已经变厚了不少。可此刻他一个简单的表情，居然让我心跳快得不可思议，低头红着脸，快步进了浴室。

不过疲惫了几天，泡一个热水澡实在太舒服了。虽然明知他在等，我还是软软的不想动，热气氤氲间还打了瞌睡。清醒过来的时候，水都温了。

我赶紧起身，穿上一件睡袍，有些期待而激动地走出去。

卧室里安安静静，只有清风拂过窗棂，发出轻微的声响。穆弦赤条条地躺在床正中，双手放在身侧，乌黑的眼睛紧闭着，胸膛微微起伏，显然已经陷入了沉睡。而那只小兽，也乖巧地耷拉了下来。

望着他安静而俊美的容颜，我的胸腔慢慢被一种柔软的情绪填满。

他其实……累坏了吧。

给他盖好被子，在他身旁躺下，把他的一只胳膊拿过来，轻轻枕上去，闭上眼就是天昏地暗、香甜无边。

不知睡了多久，我迷迷糊糊感觉视野里有光，很柔和的光。

天亮了吗？我睁开眼，却看到暗黑的窗棂。身边的床已经空了，穆弦不在。光线是从床的另一头传来的。

我迷蒙地抬头望过去。

穆弦不知何时搬了张椅子，坐在床尾。

原本立在墙角的一盏落地灯，被他拿过来放在身旁。灯光照得床尾一片明亮。而他微垂着脸，一直盯着我，不知他已经看了多久。

"你怎么不睡了？"我笑着问。

"睡够了。"他盯着我，眼神暗沉，脸颊绯红，"你呢？"

问这话时，他高大的身躯已经完全笼罩在我上方，也许是夜色太迷离，又也许是昨天的我被他撩拨得太厉害，下一秒，我居然做了个从未做过、自己都没想过的动作。

完全是下意识的，我抬起了一只腿，用脚心轻轻踩住他的腹部。然后我哑着嗓子回答他："我也睡够了。"

他一把握住我的脚踝，黑眸紧盯着我，声音明显哑下来，"好。"

嫩黄色的窗帘，被晨曦染成金灿灿的黄色。空气中飘来花草和河水的气味，这个早晨安静美好得就像梦境。

"再睡会儿。"穆弦含着我的耳朵说。

"他怎么办？"易浦城说今天要会合。

可穆弦大概以为我在担心易浦城这个隐患，头也不抬地淡淡答道："今天找机会。"

我明白他是要找机会杀了易浦城，沉默片刻，搂着他的脖子说："对我来说最重要的，是跟你活着离开这里。你不要再让自己受伤了。"

他抬起乌黑的眉眼看着我，目光幽深，面颊微红。

"对了，我跟你说过的，易浦城能够模拟人的外貌。万一他哪天恢复记忆，扮成你或者我怎么办？我们定个暗号。"我问。

"我不会被骗，我能闻出你的气味。"

我想也是，于是说："那万一咱俩不小心走散又遇到，我就问你'我们能从这里出去吗'，你回答'天气很好'。"

他微微一怔，笑了，点点头。我也笑，两人安静下来，一时都没有说话。

我想了想，觉得应该跟他说点以前的事，也许能帮助他恢复记忆。就柔声说："我十五岁的时候，你在一条小溪旁窥探我偷拍我。拍了一千五百多张照片。那条小溪又宽又清澈，旁边还有一棵大树……"

他脸上浮现淡淡的笑意，"你成为我的女人是那时候？"

"当然不是！"我觉得无语，"那时候我还没成年呢。"

"继续说。"

"嗯，你教我开过机甲，黑黑大大的一只，足有五层楼高；你第一次陪我买衣服，是去荒芜之地第一商厦……"

我絮絮叨叨说了起来，他安安静静听着。不知不觉，我在他怀里睡着了。只是隐约感觉到他的吻一直在我脸颊上流连。

"小姐、小姐，醒醒！快醒过来！"

"唔……"我依稀辨认出那个声音，嘟囔道，"莫林，让我再睡会儿……好累……"

这么一说，莫林的声音又模糊起来，只隐隐约约听到些嘈杂声。我不满地睁开眼，赫然发觉自己还躺在昨天的床上，阳光已经把半个房间都照射成金黄色，穆弦还在身旁睡得正香。

"假的……"一个断断续续的声音，忽然又在我脑海里清晰地响起来，"小姐……指挥官……"

我悚然一惊，整个人都清醒过来——那是莫林的声音！我到底是在做梦还是出现了幻觉？

不是在做梦。刚刚我已经醒了，分明清清楚楚听到他的声音，就在我脑子里。

"莫林！莫林！"我大声喊道，穆弦骤然睁开眼，坐起来抱着我，"怎么了？"

我仔仔细细听着周围，可只剩下窗外的风声和溪流声。

"你刚才听到莫林的声音了吗？"我看着穆弦。

他盯着我，"没有，一直很安静。"

我把刚刚的一切告诉了他，他微蹙眉头，"假的？"

就在这时，窗外传来一道洪亮而漫不经心的声音，"下来。出发。"是易浦城。

穆弦起身穿衣服，递给我一个安抚的眼色。我点了点头。而后他打开窗，淡淡对楼下道："稍等。"

我刚穿好长裤，一抬头，就看到穆弦静静站在床边，阳光把他的脸涂成淡淡的金黄色，俊秀的眉目就像墨笔画上去一样精致。而他的目光是那样清冷而平静，隐隐透着冰霜般的寒气，令人无法直视。

我心里忽然就诡异地咯噔了一下。莫林断续的话语再次在脑海中浮现。

"假的……小姐……指挥官……"假的……指挥官？

"好了吗？"淡淡的嗓音忽然响起，穆弦转身看着我，黑眸中升起些许温存。

我瞬间回神，在想什么呢。穆弦怎么可能是假的？那么熟悉的身体感觉，那让我怦然心动的言行举止，谁也不能模仿取代。

我连忙把衣服也穿好，笑望着他，"走吧。"

他脸上也浮现淡淡的笑意，走过来牵着我的手。冰冷的指尖刚刚触到我的，我没来由微微一抖。他侧眸看着我，"怎么了？"

"没事，有点冷。"

他脚步一顿，把我搂进怀里。我再没去想那匪夷所思的念头，紧紧偎在他怀里，下了楼。

穆弦跟易浦城在楼下讨论了几分钟，定下了计策。他们决定暂时在这个村子住下来——既然我们对这个星球一无所知，留在哪个位置，获救概率都是一样的。而且这里的条件实在不错。

不过今天要去森林里弄点木材回来，这样一旦有救援机进入大气层，我们就可以燃放烟雾示警。

过了河，就是雾气弥漫的森林。土壤深黑而潮湿，一棵棵灰白色的大树像柱子一样笔直。正午的阳光从繁密的树冠投射下来，把那雾气都镀成淡淡的金色。

易浦城走在最前头，高大的背影像一块门板，线条却显得修长有力。穆弦牵着我步伐不急不缓，面色平静，似乎在沉思。林子里安安静静，只有我们踏在厚厚树叶上的声音，沙沙作响。

我没办法平静下来，脑子里一直想着莫林的声音。

有两个可能：一、那根本就是我的幻听，毕竟以前也出现过，那也就没有深究的必要；二、的确是他在对我说话，通过某种我不得而知的神秘方式。

如果是第二种，他到底要说什么是假的？穆弦肯定不是假的，那么易浦城是假的？

抑或是……我脑子里一个激灵——这个世界，是假的？

我几乎是立刻否定了这个推测——怎么可能？这里的一切感觉都很真实——森林里的湿气、洪水的澎湃、野兽的凶狠……而且要是假的世界，我们又怎么可能身处其中？

可脑子里，却又偏偏想起这几天来，在这个世界里发生的所有离奇的事和特殊迹象——

之前所在的荒原，万物的颜色都会一起变化，灰、白、红，也许还有其他颜色；可这里的颜色又如此正常；

这个星球刚好二十四小时一昼夜，跟地球一模一样；

我们碰到数百只独角兽栖息在山顶，却不发出一点声音，正常的野兽，怎么可能这样；

还有地底冒出来的巨大洪水，瞬间就覆灭整个大陆，它们来得那样毫无征兆；

还有干净的水源，干净的土地，甚至连独角兽的肉都很干净，整个世界一尘不染；

还有突然出现的村落，漂亮、舒适、物资充足，就像是专门为我们准备的；

还有穆弦和易浦那么巧的同时失忆……

"我的朋友们，又一个惊喜诞生了。"易浦城慢悠悠的声音传来。我心头一惊，抬头望去。只见前方已是树林的尽头。透过稀疏的树叶，眼前是一片碧绿而广阔的草地，一座洁白而巍峨的巨石城堡，矗立在我们面前。

联想刚才的猜测，再看到这个神秘的城堡，我不由得倒吸一口凉气。易浦城和穆弦几乎是同时转头看着我。

"有事？"

"怎么了？"

迎着两人锐利的目光，我摇摇头，"没事，就是很意外。"穆弦目光幽深地望着我，"别怕。"易浦城看我一眼，忽然嘴角浮现一丝莫名的笑意，转过头去，第一个走出了树林。而我看着他的背影，想起穆弦今天还要杀他，越发惴惴起来。

隔近了看，这座城堡更加恢宏美丽。墙体在阳光下散发着玉石一样青莹的光泽，整个城堡的造型也是雅致而圆润。易浦城走上前，敲了敲红木铸成的圆形大门，谁知门根本没锁，缓缓被他敲开一条缝。

这个城堡跟预想的一样，依然空无一人。

但当我们一间间房子搜寻过去时，还是震惊了。因为这里每一个房间，都装饰得美轮美奂；每一个房间，都堆满了珍宝。整整一屋子的首饰，有钻石，有银饰，也有我没见过的材质，大多样式大方、璀璨精美，令人目眩神迷；一柜柜的女人衣衫，有的素雅、有的亮丽，质地精良柔软，看着叫我都有些怦然心动。甚至还有一箱箱儿童玩具，精致又可爱；还有易浦城宣称的"银河系最昂贵的能源矿石"，石质晶莹透亮得宛如水纹……它们堆满了这个城堡。

我到过斯坦星的皇宫，也不及这个城堡奢华逼人。而且大部分东西，是为女人和孩子准备的。不知道原女主人是什么样的人，被城堡主人这么奢宠着。

最后，我跟穆弦回到了楼下大厅，而易浦城没有跟我们一起下来。

"皇帝的城堡？真他妈穷奢极欲。"他这么说，"老子不打包带走，简直对不起天地良心。"但他不可能真的全部打包带走，此刻他正在装满能源矿石的房间里，精心挑选。

大厅里静悄悄的，周围墙上挂满了毕加索风格的夸张抽象油画。穆弦松开我，蹙眉走上前，仔细端详，大概是想看看能否找出些端倪。

我也绕着油画瞎晃，可完全看不懂，心思也根本不在上头。到了城堡之后，我越来越觉得这个世界有问题。

想到这里，我不由得看向几步远外的城堡大门，忽然就很想再看一眼外头的世界的样子。我缓步走过去，轻轻把门打开。

我彻底僵住了——这是……怎么会这样？

"华遥？"穆弦疑惑的声音在背后响起。

我咽了咽口水，声音有点抖，"穆弦，你过来。外面……"

外面已经不是刚才的世界。

没有，什么也没有了。蓝天、阳光、森林、草地，统统不见了。我的眼前是一片灰色的混沌，一条条水波形的暗色光线，密密麻麻遍布其中，茫茫仿如深深的海底。可它们又不是水，也不是雾气。它们看起来是透明而无形的，可你又看不清里面有什么。

倚着城堡大门往上看，无穷无尽；往下看，万丈深渊。

混沌无边无际，哪里还有之前那个阳光明媚的世界！这幢城堡根本就孤零零地悬浮在一片虚无的世界中。

我后背冒出阵阵冷汗，手脚也有些冰凉。这到底是什么鬼地方？

穆弦已经走到身旁，我呆呆地转头看着他。只见那白皙的面颊上，乌黑的眉头猛地一挑，他的眼中也闪过震惊。

"穆弦……"我的声音听起来干巴巴的，"我想我知道莫林在说什么了。他是说，这个星球，这个世界，是虚假的。"

穆弦的两道眉毛拧在一起。他沉默不答，只是紧盯着门外的虚无。

过了好一会儿，他脸上闪过淡淡的、近乎冷漠的笑意，他的嗓音听起来低柔而阴冷，"你说得对。这是虚拟空间才有的景象。"

这个表情和语气我很熟悉，他显然有些动怒了。可虚拟空间是什么意思？

他用那双锐利的黑眸看着我，沉默了片刻，才缓缓地继续说："华遥，真实的人体无法进入虚拟空间。如果这个空间是虚拟的，那么我们，也不是真实的。"

我心头重重一震——什么？！

我呆呆看着他几秒钟，几乎是艰涩地问道："那我们是什么？"如果我不是真实的华遥，那我是什么？

也许是我的声音抖得太厉害，他伸手把我抱进怀里，低声说："别怕。我会带你出去。"

我紧紧抱着他，点点头，又听他说："虚拟空间只能在电脑程序中构建。看来是有人把我们的意识，锁在这个虚拟空间里。"

我的呼吸狠狠一滞——原来如此！现在的我，只是我的意识？

可电脑程序构建？那不就是……

"可以走了。"易浦城含笑的声音从身后传来，我浑身一震，转身望去。

只见璀璨的水晶灯下，他站在数十公尺远的楼梯正上方，手里提着个箱子，脸上挂着放松的笑。看到我们，他明显一怔，随即眼中闪过震惊，大步走了下来。

"靠！别告诉我这是个虚拟空间！"他低吼了一声，眼睛冷冷盯着我们身后的门外。

我跟穆弦沉默地看着他一步步走近。

他还在伪装吗？他的反应看起来那么真实，就像完全不知情。可如果这是虚拟空间，最有可能造这个空间的，就是半机器人易浦城。

璀璨的水晶灯，把穆弦和易浦城的脸都照得异常清晰。

易浦城站在离门五六公尺远的地方，那俊脸明显笼上了一层薄怒，双眼微眯，目光冰冷而讥诮。他站得很直，衬衫之下胸口和后背的肌肉都略显紧绷，看起来强壮、精瘦、充满力量。

这样的他，看起来有点可怕。

我不由得往后退了一步，站到穆弦身后。可易浦城的样子看起来又很奇怪——好像之前真的一点也不知情。

他还在装？

我忽然心头一震。

不对。这不对。他这个人，既傲慢又狡猾。要是真被我们撞破了阴谋，只怕拉不下脸继续在我们面前装傻充愣。而且这样做风险也太大——穆弦跟他一样精明，他继续伪装，无异于与虎谋皮。那到底是怎么回事？莫非他造了这个空间，但意外地遭受穆弦的精神力攻击，所以自己也倒霉地失忆掉了进来？

看来很有可能是这样。

显然，穆弦也是这么想的。因为他缓缓上前一步，站到了易浦城背后，而后用略显凝重和冷酷的语气问："你也认为是虚拟空间？"

仿佛他跟易浦城同样愤怒而疑惑。

灯光太明亮，穆弦的脸显得格外白润，可那双眼睛就像浸在寒冰中，极黑、极冷、极静。

我心里忽地咯噔一下。

"是虚拟空间。"易浦城还盯着那些虚无的水纹，冷冷答道，"看来有人把我们的意识锁在电脑……"

"砰——"一声沉而快的闷响，伴随着骨骼脆裂的"咔嚓"声。

易浦城的声音就像突然被人割断，消失在喉咙里。

因为穆弦的右拳，已经重重击在他的后背。沉而狠的一拳！从我的角度，甚至看到穆弦的半个拳头都陷进了易浦城的身体里。而他下拳的位置，正是易浦城的心脏。

易浦城被打得身子原地一晃，竟然没有马上倒下。

震怒和了悟的神色，同时浮现在那双总是漫不经心的眼睛里，俊朗的脸庞立刻变得阴霾狠厉。

同一瞬间，他猛地一转身，穆弦的拳头从他身体里脱出来。而他立刻挥拳朝穆弦的头部击去！

穆弦的脸冷得像覆了层霜气，头一偏，避开这一记重拳，同时抓起他的胳膊反手一扭。

"咔嚓"一声脆响，易浦城肩关节处的衬衫撕裂开，里面血肉分离、白骨断裂，竟是差点被穆弦把胳膊扭断！

他闷哼一声，抬腿就朝穆弦腹部踢去。穆弦这一下没躲过，也是闷哼一声。我听得心一揪。

但穆弦立刻以更猛烈的攻击回敬——他抓住易浦城的伤臂往下一拉。易浦城吃痛，身子一偏。穆弦一把揪起他的脑袋，提起来狠狠朝墙壁撞去！

"咚"一声巨响，只听得我的心一揪——墙面已经生生被撞凹下去一片，边缘也出现脆裂痕迹。易浦城整个人都不动了。

穆弦冷着脸，提起他的脑袋看了看，已经是血肉模糊，眉目难辨。

我从没见过这么血腥恐怖的搏击场面，更没见过这样的穆弦。

饶是他前些日子杀独角兽，也基本是简单一掌一脚就把野兽给打死，哪像现在这样，生生把人拆筋断骨、狠辣果断。

我望着他白皙清冷的脸，阴沉冷酷的眼，只觉得脑子有点蒙——这才是他真正强势起来的样子。看着清秀沉静，其实是个狠得可怕的男人。

可面对我时，他又是那么温柔沉迷，甚至会呆滞脸红。

我的脑子里忽然不合时宜地冒出个诡异的念头——要是哪一天我背叛了他，他会怎么对我？

想想都觉得阴沉可怕。

我连忙收敛心神，刚想继续看着他们，忽然感觉地面好像晃了晃。

地面在晃？我低头看看脚下，平平静静，似乎并无异样。

我重新抬头看着他们，却见穆弦抓住易浦城胸口的衣服，已经将他整个提了起来。而易浦城双目紧闭，像是已经晕死过去。

极淡的笑意，像一道浮光从穆弦嘴角掠过。

"杀了他，空间就会消失。我们就能出去。"穆弦的声音低柔而阴冷。

听到他的话，我心里忽然生出一丝不忍。但必须杀了他。我转过头去，不看接下来的血腥。

突然脚下又是剧烈一晃。我站立不稳，"啊"一声竟然原地摔倒。而前方，穆弦的身影也是一晃。他几乎是立刻转头看向我，脸色一变，突然扔掉手里的易浦城，朝我扑来。

我看清周围发生的一切，也惊呆了。

深褐色的楼梯，正像纸做的一样，从下往上层层翻折；四周的墙壁，整面整面地快速后退，瞬间没入灰色的虚无中。

天花板一层层在我们头顶打开，那满室满室的珠宝华衫，仿佛光影般一闪而逝；而我们脚下的大理石地面，正一块块飞速下坠，就像掉进了无底深渊。我们脚下的面积，正在不断缩小。

这座城堡，正在以不可思议的速度消失。

是因为易浦城这个主宰者受了伤吗？难道空间要崩溃了？难道我们可以出去了？

"啊！"我只觉得脚下一松，整个身体瞬间朝下坠去——我脚下的大理石也掉下去了！

飞速下滑的视线里，我看到穆弦纵身飞扑过来，白皙的脸紧绷得有些狰狞。我看到我俩的手臂交错而过，眼看我们的手就要握住！

就在这电光石火间，一道黑影朝穆弦扑来！

易浦城！

阴霾的俊容一闪而过，我看到他狠狠挥出拳头，击向穆弦的头。穆弦根本连头也没回，直勾勾地望着我。

"砰砰——"连续快如闪电的两拳，穆弦的头被打得狠狠一偏，俊秀的面容竟显得扭曲！他的眼睛骤然一闭，整个身体也被易浦城打得横飞出去！

我拼命朝他一抓，却只抓到虚空。然后，我感觉身体如断线的风筝般往下坠。而穆弦和易浦城站立的位置也终于崩塌，他俩也掉了下来。

再次醒来的时候，我孤身一人躺在一片草地上，周围都是阴暗的森林。潮湿的雾气让视线越发朦胧。

我心头一酸，回忆起从城堡下坠后的情形。

我清楚地记得，所有光影消失后，猛地有一阵气流，像是潮水一样，狠狠撞击在身上。我被那气流远远往外抛去。而离我较远的虚空上方，我看到易浦城和穆弦的身体也被那气流撞击，朝两个不同的方向飞去，很快就消失不见。

然后就是水纹，暗色的水纹，无穷无尽的水纹，像是密不透风的墙，从四面八方将我包围。我在其中急速下坠，什么也看不清，直到失去了意识。

现在穆弦在哪里？

他的头部本来就受过两次伤，刚刚又被易浦城连续重击……他现在到底怎么样了？

我心口狠狠一疼，我要找到他，要去救他。

强迫自己平稳心神，我抬头看向天空，想看看能不能辨明方向——这样就不会迷路。然而我看到了奇怪的事——两棵大树的空隙间，原本幽黑的天空上，居然多了一道细长的淡蓝色的亮光。

那是什么东西？难道是救援机来了？不，不可能，我们在虚拟空间里啊！

我的心跳骤然加速，连忙快跑几步，到了比较稀疏的一片树林。这里的天空更开阔了，我看着头顶的景色，惊呆了。

数条淡蓝色的细光，像是花枝一样在天空蔓延交织，隐隐还有白色的光芒从蓝光中透进来，看起来就像……裂缝。

没错，就像裂缝！我一阵激动：难不成这就是空间裂缝？

穆弦说杀了易浦城，虚拟空间就会消失，我们就能出去。刚刚他重创了易浦城，所以城堡才崩塌，这些裂缝才出现？一定是这样！

"华遥……"虚弱的声音从背后传来，我浑身一震，惊喜地转头。

一个黑黢黢的身影，站在离我十几公尺远的一棵大树旁。他一只手扶着树干，那高大俊逸的身躯，那微微抬起的若隐若现的俊脸，不正是穆弦？

"穆弦！你……你怎么样？"我的眼眶一酸，快步朝他跑去。谁知跑得太急，一脚没踩稳，"啪"地摔在地上。好在泥土松软，不是很痛。我手撑在地上爬起来，一抬头，恰好看到穆弦目光关切地看着我。

我微微一怔，觉得哪里有点不对。

神差鬼使的，我开口了："穆弦，我们能从这里出去吗？"

他的目光变得清冷而坚定，一如平时的样子，"能，我会带你出去。"略显低哑的嗓音响起。

我只觉得脑子里"嗡"的一声，后背已经开始冒冷汗。

是了，我知道哪里不对了，如果是真的穆弦，看到我跌倒，哪怕伤得走不动了，都会爬过来抱着我吧。而眼前的男人，只是关切而怜惜地看着我……

他想起自己拥有模拟相貌的功能了。他的记忆恢复了。

我强行忍耐着心头巨大的恐惧，慢慢地，装作有点疼痛的，揉着胳膊和腿站起来。怎么办？假装没发现，走到他身边去，再找机会跑？不行，绝对不行，一落入他手里，他肯定会拿我威胁穆弦！

跑！只能跑！他受了重伤，没准儿还有机会！

想到这里，我把心一横，更不敢看他，转头就跑！

森林里一片寂静，只有我踏在泥土上发出"嚓嚓"的声音。我的视线颠簸得像地震，周围的树木幽暗看起来越来越恐怖。我拼命地跑，不敢回头，但耳朵里清楚听到，身后没有传来一点声音。

这让我稍微松了口气——看来他真是伤得太重，所以没有追上来。同时更加确认，他是易浦城，穆弦根本不会让我这么跑掉。

不知道跑了多久，我实在跑不动了，停下来靠着棵树，大口大口喘气。应该把易浦城甩掉了吧？

我看着周围的环境：还是阴暗无边的森林，头顶的裂缝依旧莹莹发光，右前方的林子里，隐隐有些光亮透过来。

休息了一会儿，我决定继续朝有光的地方走。谁知刚一迈步，就看到前方树后走出个高大的身影。

我吓得魂飞魄散，呆呆地看着他不动。这时他往前走了一步，依稀的轮廓从黑暗间浮现——凌乱的短发、清秀的脸庞、乌黑的眉眼，还有熟悉的灼灼的目光。我只觉得高高提起的心终于放下，狂喜难言——是穆弦！真的是他！

"华遥。"他哑着嗓子喊道。

"穆弦！"我一把抱住他的腰，"太好了是你！"

"别怕。"他紧紧抱住我，"有我在。"

我哽咽道："吓死我了！刚刚遇到了易浦城，他扮成……"话没说完，我自己先僵住了。

我抬头看着他，缓缓地、缓缓地松开他的腰，艰难开口："穆弦，我们能从这里出去吗？"

他静默了片刻，忽然笑了。

"我是不是应该回答：不能？"说话的同时，他捏着我的手腕，力道逐渐收紧。

淡淡的裂缝蓝光，从树叶间的空隙斑驳漏下，照得眼前男人的脸若隐若现。

属于穆弦的清俊脸颊上，挂着玩味的笑意。墨黑的眼更是危险地眯起，哪有半点穆弦的温柔，只有阴恻恻的怒意。

我只觉得全身僵硬得像被灌了铅，被他握住的手腕，就跟锁在铁钳里一样，动一下就痛入骨髓。

可我怎么能坐以待毙？提起拳头奋力朝他受伤的胸口打去！

谁知拳头刚挥出去，就看到他嘴角一勾。我心头一惊，忽然腰被他抱住，身子已经不受控制前倾，跌进他怀里，那一拳毫无悬念的落空。

心惊胆战地被他紧扣在怀里，脸被迫贴着他的胸膛，动弹不得。陌生的男性气息将我包围，血腥味、烟草味、汗味，还有他嘴里呼出来的热气……跟穆弦的怀抱完全不同，我只觉得浑身不自在。

而他低头看着我，沉黑的眼睛锐亮逼人，"再攻击我试试？"

我沉默着。

也许是觉得已经威慑住我，他把我从怀里松开，但一只手依然扣在我腰上。五指张开、虎口卡住腰眼，仿佛只要我挣扎，他随时会把我的腰掐断。

我不敢动，谁知他忽然低头，手探向自己腰间，居然开始解腰带。

我悚然一惊，难道他想通过侮辱我，打击穆弦？

"你想干什么？"我颤声问。

他刚把腰带解开，还没抽出来，拿在手里抬眸看我一眼，那目光叫我全身发冷。我立刻低吼道："易浦城，是男人就跟男人交手。难道你要通过欺负一个女人战胜对手？那还算男人吗？"

他心高气傲，他自命不凡，我只能盼着激将法也许有用。

他一怔，目光将我上下打量一番。我毫不畏惧地直视他。

谁知他忽然笑了，语气有点意味深长，"我算不算男人，你不是看到过吗？"

我一愣，迎着他似笑非笑的眼神，突然明白过来——他说的是假扮阿道普的时候，我跟莫林误打误撞看到了他的……

那一幕又蹦进脑子里，我只觉得脸皮有点发热发紧，下意识低头避开他的视线。他却再次捏住我的手腕，不紧不慢地说："你来解，用我的腰带绑住双手——老子还没饥渴到这种时候还想玩女人。"

我猛地抬头看着他，他已经敛了笑盯着我，还是那副叫人害怕的表情。可我大大松了口气——原来是这样。吓死我了。

"磨蹭什么？真等着我上你？"他的眼微微眯起。

我连忙伸手揪住他的裤头，把腰带往外抽。

黑色皮质腰带柔韧又结实，他伸手接过，把我的两只手腕一捏，缠绕起来。片刻后，我的双手被紧紧绑住，他打结很快也很复杂，我一看就觉得单凭自己，根本不可能解开。

绑好之后，我抬头一看，吓了一跳——他不知何时已经恢复了自己的样貌，正看着林外光亮处。

森林里还是阴黑一片，他高大的身影就像一堵黑黢黢的墙。浮雕一样俊朗深黑的脸庞上，明亮的眼神就像两道雪光，"还等什么？带老子从这个空间出去！"

我被他拉着往前走了两步，忽然反应过来，愣住。他让我带他从空间出去？这是什么意思？

这不是……他造的空间吗？

大概是察觉到我的迟疑，他侧眸看我一眼，"怎么，不愿意？非逼老子先奸后杀？还是指望诺尔来救你？"他的嘴角浮现冷傲的笑意，"你的命在老子手上，他来了又怎样？围观咱们亲热？嗯？"

他的表情看起来还是那样阴狠，但又似乎带着一丝焦躁，仿佛……仿佛恨不得立刻离开这个诡异空间。

看着他的样子，我的心头忽然升起莫名的不安。那不安令我感到焦灼，立刻开口问："易浦城，我不明白你在说什么。你到底想干什么？这个虚拟空间，不是你制造的吗？"

他几乎是怪异而惊讶地看我一眼，但随即又阴戾地笑了，"装傻？看来你是真想惹我发火。"

我心头一震，只觉得心头的不安越来越扩大，喉咙也阵阵发干发紧。我一把抓住他的袖子，有些艰涩地重复问道："空间……不是你造的吗？"

他看着我，表情也慢慢变得凝重，又有点不可思议的样子，"你真以为是我造的？"

我点点头，"我一直都这么以为。不然我们怎么会在这里？你不是机器人吗？"

"去你妈的！"他把我的手一拧，明显也有点火了，"老子是智慧指挥型武装半机器人，又不是银河联盟的超大型电脑机组。老子要能造空间，还用打仗吗？直接他妈的造空间搞旅游赚钱了！"

我猛地一怔，一时什么话也说不出来。

真的……不是他造的？

他看我一眼，嘴角浮现冷冷的笑意，"看来你是真没想到。这下有意思了——只有我们三个一起出事。不是我，肯定也不是你。你说，空间是谁造的？"

三个人，不是我，也不是你。你说，空间是谁造的？

易浦城的话就像一记重锤，砰然砸在我心头。我呆呆地看着他，只觉得难以置信。同时脑子里有一些模糊的念头和线索一闪而过，可又不能清晰地把握住。

沉默片刻，我抬头看着他，缓缓地说："这不可能。他为什么要造这个空间？你那天也看到了，他的精神力那么厉害，要对付你根本不需要搞这个空间。而且他怎么会愿意把我拉进来冒险？你也看到他怎么对我了。"

易浦城被我说得一怔，浓黑的眉微微蹙起，一时也没说话。

彼此静默了一会儿，他忽然抬头笑了，那笑容有点捉摸不定，"既然这样，我们去找他。是他也好，不是他也好，老子都要破了这空间出去。"

在裂缝光芒的照射下，林中湿湿的雾气，呈现出很淡的暗白色。前方一片林子里隐隐有水声。易浦城正带着我往那里走。

我不知道他会用什么方法找到穆弦。但我反正已经落在他手里，由他来找穆弦，肯定要比我快。所以也只能走一步看一步了。

只是，易浦城一开始还有点佝偻，慢慢走在我后头。过了一阵就走到我斜前方位置，身躯挺直、步伐平稳——看来他的伤势恢复得很快。

这让我更加替穆弦担心。

周围很安静，易浦城也没说话。也许是太静了容易让人胡思乱想。我回忆起刚才跟他的对话，心里又乱起来。

虽然我否定了他的推测，可脑子里一些潜伏的疑惑，却好像被他的话给点醒，始终萦绕心头挥之不去。这些疑惑随着时间一分一秒度过，竟变得越发强烈起来。

我不由得再次回忆这个空间的各种异状：

世界会有多种颜色，每天变幻；

二十四小时一昼夜；

突然冒出的独角兽和洪水；

整个世界一尘不染，干净得就像一个无菌世界……

等等，一个无菌世界？谁在造虚拟空间的时候，如此看重这个方面？

我的脚步猛然停住，呆呆站在原地，只觉得心跳突突地加快，越来越恐惧，越来越紧张。所有线索仿佛电光石火般在我脑海里重新贯通，赫然呈现出清晰的面貌。

彻底"干净"的世界，是因为他有严重洁癖；

二十四小时一昼夜，正好跟我的故乡地球一样；

城堡里堆积如山的珠宝、衣衫、儿童玩具，以前购买这些东西时，他也同样大手笔随我挥霍……

不，不止，还有。

前一天世界还是白色的，我对穆弦说："不会还有赤橙黄绿青蓝紫吧。"第二天就变成了赤色世界，易浦城还打趣说被我说中了；

甚至再往前一天，世界还是灰色的，我说过"水看起来很脏"，第二天世界就变成了看起来更干净的白色……

我们需要食物，第二天就出现了一只落单的独角兽被我们分食……

我跟他第一次避开易浦城，在山脚亲热时，说过想念家里的大床、食物，睡在山洞腰痛，第二天我们就被洪水带到了漂亮的村落里，要什么有什么，然后就做了爱……

我之前以为是易浦城被穆弦打伤，天空才出现空间裂缝；可是转过头来想，穆弦当时也遭受了易浦城的连续重击。所以，那些裂缝，其实是因为他受伤才出现的吗?

可如果是他造的空间,为什么我们会被独角兽围攻,为什么我们差点死在洪水里,为什么刚刚他会被易浦城打得那么惨?

我的额头已经冒出阵阵冷汗,手脚更是冰冷。

这个空间很可能真的是穆弦造的,用他强大的精神力。

但他自己应该不知道,否则不会瞒着我。也许是他的潜意识控制着这个世界,但又不能完全控制,所以会有失控的危险出现。

为什么?难道是因为……

"是他造了这个空间。但他并没有意识到,也控制不了这个空间。"易浦城的声音倏然响起。

我骇然大惊——他怎么知道我在想什么?

慌忙抬头,他正盯着我,眼神阴冷而锐利,"你的脸色很差,因为你也是这么想的,对不对?"

"你什么意思?"我近乎艰难地问。

他盯着我,目光锐利逼人,"他的精神力之前不是受伤不能用了吗?你们结婚那天,他强行爆发出那么强的精神力,完全超过了人体极限。那样的话,承载精神力的脑部一定会受重伤吧?所以失控的精神力,造出这个混乱的空间?"

我怔怔看着他,喉咙里就像堵了块石头,难受极了。

我知道他说得对,因为我也是这么想的。莫林的确说过,穆弦半年内如果强行大规模使用精神力,会带来很严重的后果,甚至可能会死。

所以现在,穆弦的精神力失控了?

"我猜对了。"易浦城盯着我。毫无疑问,刚刚我的表情已经落入他眼里。所以他变得更加笃定。然后,他冷漠的、讥讽的、一字一句地说:"穆弦已经疯了。"

我心头狠狠一疼,怒视着他,"他没有疯。他只是不知道。他跟我在一起的时候很正常!"

易浦城冷冷望着我,"这几天陪着你的人,是他的意识;我们所在的这个世界,也是他的意识。你说他疯没疯?"

我心头重重一震，一阵酸涩的热流冲进眼睛里。

想到穆弦根本意识不到自己做了什么事，想到他一心一意要带我出去，想到他失忆了依然说，我让他无法抗拒……我的胸口就阵阵发疼。眼泪没有任何缓冲就掉了下来，掉得很厉害。

"别哭了。"易浦城冷冷的声音骤然响起。

我听到他的声音，忽然间心生愤恨——如果不是他，我们会落到这个境地吗？

我抬头看着他，声音哽咽得厉害，冲口而出说："你为什么要在我们婚礼时攻击？明明是你侵略荒芜之地在先，是你打不过他。我们也死了那么多人，你还来报仇，你还要杀他，现在我们都掉进来……"

话还没说完，手腕狠狠一疼，已经被他擒住。我咬着嘴唇不说话，可他那双眼睛阴霾里透着狠厉，叫我陡然心惊胆战，眼泪也不由得止不住了。

谁知过了几秒钟，他却一把松开我，神色平静下来。

然后，他用低沉得有些冷酷的声音，叫我的心彻底坠向无底深渊。

"华遥，只有杀了他，我们才能出去。"

我心乱如麻地跟着易浦城往前走，脑海里全是穆弦清冷俊美的容颜、修长结实的臂膀。我要怎么跟他说事实的真相？又要怎么从易浦城手里逃脱？

想到这里，我看向易浦城。他停下了脚步，正蹲在林间一弯小溪旁，捧起水在喝。细细的溪流泛着暗暗的波光，衬得他的脸阴暗而俊朗。

"你不喝水？"他忽然抬头看着我。

出来了一整天，我早感觉喉咙干得厉害，刚才又哭了一阵。我没答话，走到溪水边蹲下，伸手取水。可两只手掌是被他合掌捆起来的，捆得很紧，指缝只能张开一点，试了几次，根本掬不到水。我又在溪边跪下，低头想埋到溪中喝，可水位太低，我伸长了脖子也够不到。再往前，就要跪到水里了。

忽然旁边伸出一只大手，盈盈水波在他的掌心轻轻晃动，指缝间还不断有水滴落在我的裙子上。我微微一怔，易浦城不知何时蹲在我面前，浓黑的眉眼，静静地望着我。

实在太渴了，我也没理由跟自己过不去，低下头，就着他的掌沿，轻轻啜水。

只是嘴唇挨着他温热柔软的手掌，传来细细的痒痒的触感，有点怪异。

眼看快喝完了，忽然他的手掌一收，剩下的水全洒在我裙子上。而后我下巴一紧，被迫抬起，竟然是他用湿漉漉的手指，捏住了我的脸。

他的眼沉黑又阴冷，没有半点笑意。

"很痒，知不知道？"

那低沉的嗓音、锐利的眼神，令我心头生生一抖。然后他就这么直直盯着我，脸缓缓靠过来，温热的气息似有似无喷在我脸上……

我下意识侧头一避！

"华遥。"一道清冷、柔和、熟悉的声音，骤然划破夜色的冷寂。

我浑身一僵，面前的易浦城已经松开我，面色冰冷地站了起来，双眼看着我背后。

我几乎是立刻起身，转头看过去。

暗柔的蓝色裂缝光芒下，幽黑的树林中，一个高大清瘦的身影，缓缓朝我们走来。

"穆弦！"强烈的喜悦涌上心头，我看着他逐渐靠近、逐渐清晰的英俊容颜，看着他修长的眉眼，只觉得整颗心仿佛都要跳出来。

什么虚拟空间也好，什么意识混乱也好。我都相信他，只要跟着他，肯定能出去！

我下意识就要朝他跑去，谁知刚迈了半步，腰间骤然一紧，已经被易浦城狠狠箍住。

"站住。"易浦城冷冷的声音从我头顶传来。

穆弦脚步一顿，站在相距十多步远的地方，抬起脸看着我们。我浑身一震！

他竟然穿着一套崭新笔挺的军装，军帽、手套戴得整整齐齐。如水的淡蓝光泽映在他脸上，那张脸俊秀细致得叫人心神一凛。可平日黑白分明的眼睛里，此时却是满满的、金黄色浑浊的一片，根本看不清楚瞳仁。

这是……怎么回事？他不是只有在兽态，眼睛才会变成金黄色吗？而且也只是瞳仁变色，根本不会像这样，整个眼眶里都被浊黄色填满。

我突然想起他之前脑部被易浦城连续重击两拳，心狠狠往下一沉。

难道脑部再次受伤，连这个他，也疯了……

"穆弦，这个空间是你用精神力造的，只有你死，里面的人才能出去。"易浦城忽然冷冷说道，"现在华遥也在这里，你打算怎么做？"

我心头一震——易浦城肯定也察觉了穆弦的异样，他知道穆弦现在脑子有问题了，他在逼穆弦！他实在太狡猾了！

不！绝不可以！穆弦现在整个人看起来恍恍惚惚的，万一听了易浦城的话，为了救我自杀怎么办！

"别听他的！"我吼道，"穆弦，我们再想办法。"

"闭嘴！"易浦城狠狠把我往怀里一按。

穆弦没有立刻说话。

他低头缓缓摘下雪白的手套，放进口袋里。然后抬起那双无比昏暗的眼睛，静静注视着我们。

几秒钟后，他开口了，声音低柔、温和、平静。

"这里很好。她会留下，永远陪着我。而你，可以死了。"

第十二章
逃出生天

森林阴暗，夜色寂静。

穆弦高高大大站在我眼前，还是平日那清秀白皙的模样。只是眼中不再有令人心动的幽黑光泽，那里面昏黄一片，显得浑浊、懵懂，并且可怕。

看着他，我的胸口开始发紧发疼。越来越紧，越来越疼。就像被塞进了一块坚硬的石头，疼得有点喘不过气来。

他变成了这个样子。我的穆弦，变成了这个样子。

酸热的泪水瞬间没过眼眶。我忍着泪，缓缓吐了口气。

"穆弦，我永远也不会离开你。"

话音刚落，就感觉到箍在腰间的手臂再次收紧，易浦城在警告我。我根本不理他，只看穆弦。可他没说话，昏暗的眼睛也看不出任何情绪。

这让我有些不安，刚想继续跟他说话，却看到那清俊如玉的脸颊上，薄唇悄无声息地勾起。

他笑了。

"嗯。"他轻轻地，甚至显得有些乖巧地答道。

我心头一阵刺痛，可又觉得甜，酸涩的甜。

"疯够了吗？"易浦城冷冷的声音在头顶响起。

我心头一凛，侧眸望去，他一脸阴沉地望着穆弦，"真抱歉，我不打算死，也不会死。华遥在我手上……"

他的声音忽然一顿。

我原本心揪得紧紧的，更担忧穆弦的处境——毕竟他俩势均力敌。谁知在短暂的停顿后，他喉咙里竟然逸出嘶哑难辨的声音。与此同时，紧锁在我腰间的大手，骤然松开。

我心头一凛，还没来得及回头看他，身体竟然不由自主从他怀中脱出，缓缓地平飞出去！我没有感觉到任何力量在推我，可我就是在飞。

而穆弦站在十几公尺远的地方，嘴角的笑意缓缓放大，朝我张开了双臂。

他的精神力恢复了？！

我心头一喜，可又隐隐升起不安。转眼间已经到了他跟前，我把他的容颜看得更清楚了——还是平日清冷俊秀的模样，只是那双眼睛里，就像有一层层暗黄色的水波在流动。乌黑的瞳仁并非不存在了，而是被那些光芒挡在背后，看起来很模糊，空空洞洞的，已经失去了焦距。

我的心又疼起来，那双幽暗的眼睛，也让人有点害怕。可我依旧毫不迟疑地抱住了他的腰。

他的手臂紧得像铁索，牢牢箍住我。我整个人被他抱起来紧贴着，双脚已经离地。感觉到他胸膛里沉稳有力的心跳，感觉到他温热熟悉的气息，我心头阵阵悸动。

不对，易浦城呢？

我连忙扭头。"易浦城……"后脑却被他的手扣住动弹不得，他一低头，重重吻了下来。

"易……"我艰难地发出声音，到底什么状况我还没搞清楚。

他用那双浑浊的眼看着我，声音低沉有力，"吻我。"

我还想说话挣扎，忽然身子一僵。

动不了了。

手腕、脚踝、脖子，甚至脸，仿佛都被无形的绳索缠住了。我根本无法回头看易浦城，也不能挪动半点。只能悬浮在空中，僵硬地保持抬头的姿势，迎接他强势的吻。

他已经很久不对我使用精神力了，现在居然因为一个吻……

他的占有欲更强了。

他闭着眼继续在我唇舌间肆虐，这个吻凶狠得叫我全身发颤，甚至莫名有点害怕。

过了很久，他才意犹未尽地移开唇，盯着我轻声问："喜欢吗？"

我一怔，他问这个吻？

我缓缓点头。

他嘴角一勾，淡淡的笑意就像微风拂过脸颊，"我也喜欢。很喜欢。"

看到他孩子一样温和的笑颜，我的心就像被什么重重撞了一下。疼，心酸，还有点凉飕飕的害怕。

他又柔声说："杀了他，我们再继续。"

我一愣，也发觉自己能动了，立刻转头看着易浦城的方向。这一看，呼吸一滞。

易浦城不知何时已经悬浮在半空中，眼神阴狠无比地盯着我们。但他的样子看起来非常糟。身子僵硬地呈大字形张开，俊脸更是涨得通红，甚至有点发紫，额头青筋暴出，仿佛正被人掐住脖子，不仅发不出一点声音，呼吸也显得急促而艰难。

他要死了。穆弦会杀了他。

我怔怔望着他，只是他死之后，这里就剩我跟穆弦。要怎么劝穆弦想办法跟我出去？而且……我们还有可能出去吗？

这时，穆弦微抬起脸，似乎盯着空中的易浦城。突然，空中蓝光一闪，竟然凭空出现了一根银白色的金属柱？那柱子顶端十分尖锐锋利，柱体有人的大腿粗细。

我脑子里忽然一个激灵，这是……不止精神力。穆弦不止恢复了精神力。

这是穆弦按照意志造出的东西。他已经可以控制这个空间了？

我还没看清那到底是什么东西，尖柱"呼"一声，就朝易浦城飞去！

"唔……"易浦城闷哼一声，脸色大变。那柱子尖端瞬间没入他的腹部，竟将他直直撞到后面的一棵大树树干上。"砰"一声，那柱子将他跟树刺了个对穿，钉住不动了！

我悚然一惊，胃里顿时有点难受。易浦城双手紧紧抱住插入腹部的柱子末端，俊脸紧绷而狰狞，额头大滴大滴的汗水往下掉。我甚至感觉他的身体在不受控制的颤抖。

"你……"我看向穆弦，"给他个干脆吧。"话音刚落，就感觉到易浦城似乎抬头看向我这边。

可穆弦缓缓转头看着我，眸中幽光闪耀。

"你关心他？"他伸手捏住我的下巴。

我连忙摇头，"当然没有！"

他看着我，沉默片刻，用很轻很轻的声音说："他刚才抱过你。华遥，只有我才能抱你。"

我心头一震。我熟知他的性格，这个反应，表示他很生气。还没等我说话，他已经转头看着易浦城。

然后那根柱子，倏地从易浦城腹部拔了出去！瞬间带出一片鲜血、肉块和金属，易浦城痛呼一声，跌落在地面上，不动了。而那根柱子忽然原地拔高，一下子升到几十公尺的高空，而后对准易浦城，骤然下落……

我不忍看如此血腥暴戾的一幕，转头盯着穆弦。他笔直地站着，侧脸看起来平静又冷酷，双眼满是浑浊的金黄色光芒……光芒一暗，暗如流水。

我一怔，就看到穆弦还是安静地站在原地不动，可那双眼就像忽然熄掉的两盏明灯，瞬间暗沉——那些黄光消失了！漆黑的眼珠赫然显露出来，但是里头依旧凝滞空洞。

我心头剧烈一震，这是怎么回事？难道他恢复正常了？

忽然，我感觉到头顶一暗，眼角余光竟瞥见蓝光一闪，那金属柱消失了！

就在这时，穆弦的身体突然原地剧烈地颤抖起来，就像被一双无形的手握住肩膀，拼命地摇晃着。而他面容沉静、目光空洞，就跟个傀儡一般。我只吓得魂飞魄散，"穆弦！"想要抱住他，可又怕得不行。咬牙把心一横，伸手抱住他的腰。

可他竟似全无知觉，依旧原地颤抖着，看起来恐怖极了。我吓得眼泪大滴大滴往下掉，闭着眼抱着他的腰，根本不敢看他。

突然，他停止不动。紧接着，整个身体的重量朝我压过来。我一下子被他带到地上，再看过去，他双眼紧闭、脸色苍白，竟似全无知觉，只有胸膛还轻微起伏着。

他晕倒了。

这是怎么回事？我惊魂未定地爬起来，呆呆地看着他。

难道他运用精神力过度，所以才晕倒？

我等了一会儿，他还是没动静。我又怕又难过，爬过去把他紧紧抱在怀里。

森林里重新恢复了幽静，黑黢黢的一片。穆弦和易浦城仿佛两具死尸，全无动静。只有我独坐着，完全不知如何是好。

"小姐——"一道模糊但是洪亮的声音，骤然从头顶传来。

我骇然一惊，心扑通扑通地跳，抬头看着镶满裂缝的天空，是莫林的声音吗？还是我的幻觉？

"小姐！"这次莫林的声音更清楚了。虽然不明白为什么会听到他的声音，但我的心头已经升起狂喜，松开穆弦站起来，大声喊道："莫林！你在哪里？"

可他好像听不到我说话，因为他略显焦急地说："小姐，时间紧迫，如果你能听到我说话，请仔细听我接下来的话。"

我的心瞬间提到嗓子眼，最后机会！我们还有机会出去！我只觉得口干舌燥，心跳快如鼓擂。

他的声音快速、清晰、凝重，全无平日的嬉笑活泼。

"一、你们三人的躯体，正在帝都皇家医院的重症监护室。刚刚我们检测到指挥官脑死亡的速度惊人的快，迫不得已冒险对他的身体实施了磁力震荡，使他的意识陷入短暂昏迷；

二、你们三个人都不能死，必须一起离开空间。任何一个死了，都会导致空间瞬间崩溃；

三、明天这个时间，我会对指挥官再实施一次磁力震荡，强度会更大，他至少会昏迷一个小时。你必须在这个时间内，把他和易浦城带到空间的边缘地带——那是一片海洋。但是切记，绝对绝对不能让指挥官察觉。这是你们从虚拟空间逃脱的最后机会。

四、你们在边缘地带会遇到……"

我正紧张地听得聚精会神，莫林的声音就像被划破的唱片，倏然变得尖细沙哑走音，随即缓缓消逝在空气中，什么也没有了。

我呆呆地盯着空荡荡的天空，第四呢？还有第四啊，他还没说完！

"你在跟谁说话？"清冷的声音骤然在身后响起，我浑身一抖，转头便看到穆弦抚着额头，已经从地上站了起来，睁开的双眼昏黄而氤氲，脸色阴森地望着我。

穆弦话音刚落，我的身子就是一僵，又被绑住了。我心惊肉跳，可身体已经腾空，不由自主飞到他面前。

他冷着脸，长臂一收，把我紧箍在怀里，迫使我全身跟他紧贴着，抬头仰望着他。

"刚才发生了什么事？"他低头看着我。

我想起莫普说"绝不能让指挥官察觉"，迎着他浑浊的双眼，大着胆子答道："我没有说话，你听错了。你刚才忽然晕倒、全身发抖，你是不是做梦了？你的头疼不疼？"

他似乎愣住了，伸手揉了揉自己的额头，低声答道："疼。"

虽然还有点怕他，可看着他这个样子，我又心疼起来，伸手摸上他光滑的额角，轻轻地揉。他一动不动任凭我揉着，过了几秒钟，嘴角忽然露出浅浅的笑，脖子一伸，居然把头垂得更低，整个脑门都凑到我面前。

我有点好笑，也更心疼了，双手轻轻按着他的额头，低声道："刚才看到你晕倒，吓死我了。"

"别怕。"他把脸深深埋进我的胸口，声音听起来闷闷的，"我控制着这个空间的一切，很安全。我会永远陪着你，保护你。"

听到这里，我心头一震。

之前他跟易浦城说，我会永远留在这里陪他。我就已经觉得，他似乎不想出去了。

现在再次听到他这么说，我的心情更沉重了。

他还闭着眼埋在我怀里，黑色短发柔软地蹭着我的脸颊，看起来是那样温柔而认真。我压下心头些许寒意，柔声说："可是你的亲人、我的亲人、莫普、莫林，还有你的舰队，都在外面。你不想见他们吗？你还要指挥战斗、保护斯坦啊。"

　　他缓缓从我怀里抬头，嘴角已经没了笑意，昏黄的眼直直盯着我。那叫我有点胆战心惊，下意识别过头去，避开他的目光。谁知下巴一紧，已经被他捏住，被迫与他对视。

　　"我们不出去。"他轻轻说，"我的女人，放在我的空间里，才是最安全的。"

　　"可是这里……"

　　"华遥……"他紧盯着我，锁在腰间的手臂力道缓缓加大，"听话。"

　　他的态度这么强势，以我对他的了解，知道不可能说服他了。他现在明显变得很偏执，对外界空间不信任，才想把我放在一个最安全的空间里。

　　我只好对他笑了笑说："嗯。我只是问问你的想法。你要在哪里，我就在哪里。"

　　他的眉目这才缓缓舒展，淡淡的笑意浮上唇角，"嗯。"

　　"咳咳……靠……"嘶哑微弱的声音，从不远处传来。我立刻抬头看过去，朦胧的光线下，阴黑的树林里，那个挣扎着想从地上爬起来的血人，不是易浦城是谁？

　　可他刚把手臂撑在地上，身子忽然就腾空，疾疾朝我们飞过来！我猛地回头，看到穆弦冷着脸，朝易浦城抬起了左臂，修长五指在空气中轻轻一抓。

　　易浦城的身子一个急停，悬浮在离我们两公尺远的半空，不动了。他的短发大约是被疼出来的汗水浸透，湿漉漉贴在额头。俊脸煞白得像纸、黑眸阴霾、五官扭曲；而腹部一个大大的血洞，一团模糊的血肉流了出来，看起来恐怖极了。

　　此刻，他的双手紧紧捂住自己脖子，发出嘶嘶的声响。而穆弦的五指，正凌空缓缓收拢——他要掐死他！

　　"等等！"我大喊一声，抱住穆弦的胳膊。他手一松，那头的易浦城"扑通"一声掉在地上。

　　穆弦缓缓侧过脸颊，双眼昏黄地望着我。

　　"为什么阻止我？"他的声音有点冷。

　　话音刚落，我耳边猛地听到呼呼风声。转头一看，易浦城又被提了起来。

"我靠……"他居然还在骂人，但立刻被一股无形的大力狠狠甩向背后的大树，"砰"一声撞上去，他吐出一大口鲜血，扑倒在地。

"华遥，记住。"穆弦低柔的嗓音再次在耳边响起，"不要关心其他男人，怜悯也不可以。"

我心头一震，知道只要再对易浦城表露出半点关心，他就会继续折磨他。连忙大喊道："你误会了！我恨他，非常恨他，恨不得他马上死。"

穆弦看着我不说话，似乎在审视我的话的真假。

我被他盯得心头发虚，哪有时间思考，脱口而出道："他是我最讨厌的人。可是、可是……就这么杀了他，你不觉得太便宜他了吗？"

穆弦沉默不答，我余光瞥见易浦城微仰起头，也看着这边。

要怎么样，才能让穆弦相信我讨厌易浦城，但又让他活下去？

我看向易浦城，他也正看着我，目光晦涩难辨。

"他破坏了我们的婚礼，还打伤你，我恨他入骨。别让他死得这么容易。"我慢慢地说，"他是机器人，可以自我修复。以后、以后你每天打他一顿，等他身体修复好了……再打一顿。让他每天都遭受一遍痛苦，才能解我心头之恨。"

话一说完，他俩居然都沉默地看着我。我知道自己忽然说这样的话，穆弦一定觉得很怪，但……我一时想不出别的办法。

"我不同意。他是敌人，但也是军人。"穆弦缓缓开口，"今晚我会结束他的性命。"

我听得一惊，刚想再争取，忽然听到那头的易浦城沙哑地低笑起来。

"恶毒的女人……"易浦城断断续续地说，"老子白对你好了……"

我愣住，穆弦的眉头蹙起，又听易浦城说："死就死……老子也……不亏！装什么纯，反正老子抱过你、摸过你……"

穆弦的脸已经彻底冷下来，我原本心生怒意，可看着易浦城狰狞的脸、匍匐的躯体，忽然反应过来——他是故意要激怒穆弦！

为什么？他是想让穆弦一怒之下宰了他，免得再受皮肉苦吗？

不，不对，他把命看得比什么都重，怎么会求速死？只怕有一点希望，都会扛下去求生。那他为什么要激怒穆弦？难道他是想把穆弦彻底惹火，让穆弦不甘心让他就这么轻易死了？

对，一定是这样。我心头骤然升起希望。

他还继续说着："……他杀我……也就算了，你……老子还挺喜欢你……差点亲了你……怎么就不念……旧情……"

我听得头皮发麻，也怕他弄巧成拙，心虚地看向穆弦。果然，穆弦的脸色冷冰冰的，嘴角已经泛起森然的淡笑。

"不想死？"他轻轻地问。

我心头一惊——他根本一眼就看出易浦城的用意了！

易浦城也是话语一滞，没有马上插嘴。却见穆弦淡淡点头说："如你所愿。明天我再来。"

我一愣，随即松了口气——不管怎么样，易浦城的命暂时保住了。

穆弦没再看他，转身将我打横抱起，往树林外走去。只是他的脸绷得有点紧，显然是易浦城的话让他不高兴了，这让我有点惴惴不安。

走了几步，我偷偷回头看向易浦城，却见他脸趴在地上，正看着我们的方向，血痕狰狞的脸上，嘴角一弯，居然对我露出了个苍白的笑容。

走到树林边缘的时候，天空已经露出了鱼肚白，整个大地笼罩在薄薄的晨光里。我们在森林里耗了整个晚上。

穆弦抱着我，一直没说话。清冷如玉的脸，像是覆了层淡淡的寒气，明显还在生气。

我望着他，柔声说："你别在意，没什么的。我根本看都不想看他一眼。"

他垂下昏黄的眼看着我，不作声。

我又问："现在我们去哪里？"

他的嘴角这才泛起微笑："回家。"

家？我循着他的目光望去，面前正是我们之前落脚的村庄。他抬起右手轻轻一挥，奇异的事情发生了，那些山村小屋倏然消失，翠绿的草地上，一座房屋像竹笋般从地上生长出来。银灰色的悬浮房屋，清雅而素净。那是……我们的家。

他噙着笑意，抱着我往"家"里走去。而我看着眼前熟悉的、虚假的"家"，心里想的却是，离莫林说的时间，还有一天一夜。

他一直走到卧室，才把我放下地。望着熟悉的摆设，正中他最喜欢的超级大床，甚至连桌上我俩的几张合影，都跟真实世界一模一样。我的心情变得有些柔软，可是想出去的念头，更加强烈了。

"我去洗澡。"低沉的嗓音从背后传来。我点点头，继续看着桌上的照片，没有回头。过了几秒钟，却发现身后没有动静。转头一看，他还站在原地，静静望着我，昏黄的双眼下，脸颊却泛起薄红。

"你帮我洗。"他轻声说。

我一怔。

以前他都是直接把我打横抱起进浴室，而且都是他给我"洗"。却不会像现在这样——安静的、温和的，带点羞涩的，要求我帮他洗澡。

这么高大一个男人，之前对着易浦城时那么暴力强势，现在对着我，却像个懵懂的孩子。

我心头一疼，走过去抱着他。

浴室里水汽蒸腾，熏得人发热发晕。穆弦端坐在浴池中，胸膛以上露在水面外，像一尊白皙光洁的雕像。我以为跟以前一样，所谓洗澡不过是鱼水之欢的借口，谁知给他擦了半天背，他竟然一动不动，始终规规矩矩坐着。

"抬手。"我轻声说。

他听话地抬起双臂。

"站起来。"

他哗啦一声出水，全身皮肤已经泡得微微发红。我擦拭着他的长腿，而他站得笔直，甚至还把双手背在身后，低下昏黄的眼看着我，很听话很认真的模样。

所以……

他只是在脑子混沌之后，单纯地想要让我照顾他？

我的眼眶一阵湿热，低头避开他浑浊难辨的目光。

炽烈的阳光照射着原野，大地像一幅幽静的画卷。卧室里也洒满金黄的日光，被褥白得发亮。我窝在被子里昏昏欲睡，他却松开我，起身下床，开始穿衣服。

我有些奇怪，不动声色地看着他。

他把军装最上面的扣子扣好，又戴上了帽子和手套，却没有离开房间，而是端坐在床边椅子上，静静地含笑望着我。

"你……不睡觉？"我问。

他轻轻摇头，"你睡吧。"

"你要去做什么？"

"我就在这里。"他温和地说，"华遥，我不能睡。保持清醒状态，才能保护你。"

我更疑惑了，"可你不是说，你控制着这个空间的一切，这里最安全吗？"

他似乎愣住了，好像才反应过来自己做的事有点多余。过了一会儿，他却低声答道说："是很安全。但是，我想保护你。"

我看着他愣愣的、固执的样子，心头又酸又疼。他精神失常后，对保护我这件事，变得更偏执了。

"你别太紧张了。"我柔声说。

他摇摇头，低声说："我不能让上次的事再发生。"

我心里咯噔一下，看着他，"上次？"

他静静望着我，浑浊的眼睛看不出任何情绪，可嘴角却紧紧抿着，显得脸色不太好。

"看着炸弹在你脚下爆炸，我却不确定，是否能保护你。"他缓缓地说，声音居然有一丝颤抖。

我心头重重一震，呆呆地看着他。

我清楚记得，那个时候，无论易浦城如何恐吓、威胁，他始终淡定自若。即使爆炸前，他也只是清清冷冷地对我说："你不会有事。"

后来，他轻轻在我耳边说："如果我死了，华遥，对不起。"这句话现在想起都叫我心如刀割。但我也以为，他很有把握用精神力保护我。

可今天听到他的话，我才意识到，那个时候的他，其实是没有信心的；甚至是……害怕的？不是怕死，而是怕我在他怀里死去？

他那样的人，居然也会感到恐惧。并且直到今天，依然印象深刻。

所以，是不是正因为这份恐惧，在精神失常后，他的潜意识却造了这个强大空间，把我包围进来——只是为了保护我？

而现在，他偏执地认为外界不安全，不肯离开，也不肯睡觉，近乎神经过敏地防备着根本不存在的危险——只是因为始终记得，要保护我？

强烈的泪意刹那间就涌进眼眶，我的心脏好像被一块巨石压住，连喘息都变得艰难。我连忙把头埋进枕头里，不让他看到自己的眼泪。

过了好一会儿，我才抬头看向他，他始终静静地端坐着，双眼暗沉如水。看到我在看他，他的嘴角浮现浅浅的笑意。

看到那温柔的、懵懂的笑容，我胸膛里的心脏，仿佛也在渐渐发烫。

还有什么值得畏惧？

还有什么能让我们分离？

穆弦，这一次，我会保护你。

哪怕危机重重，哪怕生不如死，我也一定会带你离开这里。

我会带着这个迷惘的、温柔的、痛苦的你，回家。

再次醒来的时候，房间里光线很暗。穆弦依旧笔直地坐在窗前，背后是墨色的天空和璀璨的繁星。

我打开灯，他已经走到床边，把我抱进怀里亲吻了一会儿。他的脸色看起来有些苍白，眉目间似乎也有一丝疲惫。我想应该是连续使用精神力，以及通宵不睡导致的。想起莫林说检测到他的脑死亡速度加快，我的心阵阵发疼。

不过想到今晚还要冒险带他逃走，他累一点疲惫一点，对我倒是有好处。所以还是由他去吧。

"饿不饿？"他的嘴唇在我脖子上流连。我看向他背后的摆钟，半夜一点。我大概估计过，昨天莫林出现的时间，是凌晨四点左右。

还有三个小时。

我点点头。

他还在亲我的耳朵，头也不抬，手在空中轻轻一挥，蓝光闪过，香喷喷的一桌饭菜出现在我面前，还都是我喜欢的菜色。

我早已饥肠辘辘，拿起筷子就吃。只是想着这一切都是假的，难免心情复杂。

"你不吃？"我看向穆弦，顿时脸颊一热——他居然正在低头解我的睡衣、目光专注地端详着。

"不吃。我们去森林。"他淡淡地说，"易浦城应该修复得差不多了。"

我一愣——所以他要按照我昨天的话，去把易浦城再打一顿？不行！他今天要是又把他打残，等会儿我一个人，怎么把他们两个大男人带走？必须有一个健全的易浦城，帮我一起把昏迷的穆弦弄到大海里。

我得拖延他。

这时穆弦已经穿戴整齐，转头看着我。我心念一转，说："可是你还没吃东西。"

他微笑摇头，"我不饿。"

我拿起桌上的一块面包站起来，送到他唇边："别不吃东西。我喂你。"

他静静看了我几秒钟，看得我有点心虚——他不会看出我的意图吧？

下一刻，他却把帽子一摘、手套脱下，重新坐回椅子，把我抱起放在大腿上，就着我的手吃了起来。那双昏黄的眼始终盯着我，嘴角泛起淡淡的笑意。

他很高兴，并且似乎忘了还有易浦城的事。

我又忐忑又心疼，柔声说："你喜欢，以后每天我喂你吃。"

"嗯。"他的眉目更舒展了。

我一边喂，一边在心里盘算。

昨天我想过了，有三件事必须准备：

一是莫林说让我们去空间边缘——一片海洋。这个村落背后就是大海，可这个世界还有没有别的海洋？莫林约定的地点，是不是这片海，我必须从穆弦口中探出来。

二是要有工具去海洋里。这里所有的一切都是穆弦造的，必须得让他给我造一艘船。

三是说服易浦城联手。这个几乎不需要担心，以他的性格，势必利益为先。

可是一和二，还真有点棘手。穆弦虽然性情骤变，人还是很警觉精明。

"在想什么？"穆弦清冷的声音突然在耳边响起，我吓得手一抖，抬头就迎上他昏黄的眼睛。

"没什么……"我的心突突地跳，连忙从旁边拿起一大块他最喜欢的生牛肉，掩饰自己的慌乱。谁知手腕一紧，被他捏住了。

"说。"他盯着我。

我心头一惊，下意识就把头往他怀里一靠，避开他迫人的目光。

"我在想……"我低声缓缓地说，"想……那场洪水，我在想那场洪水。"

他没作声。

我心头一定，语言已经清晰连贯，"昨天听你说炸弹的事，我又想起了那场洪水，也很危险，现在想起来都害怕。"

他抱着我的手臂，用力收紧，"别怕。不会再有洪水。"

我提到洪水，就是想把话题往大陆结构上引，假装有些担心地说："你确定？上次你晕倒在海边，吓死我了。"

"我确定。"他捏住我的下巴，迫使我与他对视，而后缓缓地、轻轻地说："今后你不喜欢的，我会毁掉；你喜欢的，我们一起建造。"

听着他低柔如水的嗓音，我的心仿佛被什么轻轻撞了一下，柔软的感动无声地冒出来，在心头蔓延。

可正因为感动，更迫切地想要带他回到现实。

回到现实，我们一起建造。我在心里轻轻说。

我冲他一笑，装作随口问道："没有洪水了，那我们之前待的那片荒芜大陆，还在不在啊？"

"不存在了。"

我有些好奇地望着他，"那海洋后头是什么？我一直以为是那片大陆。"

"空的。"

我心头骤然一喜，这说明屋子后头这片海洋，就处在空间的边缘，太好了！得来全不费功夫。

不过还不能完全确定，其他方向有没有海洋。

"哦。"我恍然点头，"你是不是用海洋把这个世界围起来了？四面八方都是水。"

他摇摇头，"一片海洋就够了。"微微一笑说，"我不希望给你重复的景色。"

我朝他微笑点头，"谢谢你，我很喜欢。"

我当然很喜欢，位置确定了，太好了。再把话题往第二个问题引，简直是顺理成章。

我笑道："既然有海，我们等会儿去钓鱼好不好？以前看别人出海夜钓，好像很有意思。"

他点头，"好。"

我简直心花怒放，心想不如说服他把易浦城带上，丢到海里喂鱼。正斟酌开口，却听他说："不过今天不行。"

我一僵，他继续说："现在海洋是空间的边缘地带，不太稳定。过几天我在海的那边建好岛屿和大陆，再带你出海。"

我心头一沉，如果建好岛屿大陆，那么海洋就不是边缘了，而且也过了莫林约定的时间。我还没想出对策，他已经松开我站起来，"该去森林了。"

屋外星辰漫天、河川寂静。远远望去，幽深的森林仿佛笼罩在迷雾中，漆黑阴冷。穆弦牵着我的手，缓缓朝前走。我的心里跟打仗似的，翻来覆去想办法。

我不敢再提出海了，怕他察觉。可没有船怎么办？

"喜欢吗？"他低柔的声音在耳边响起。

我一怔，循着他的目光，看向天空中迷蒙灿烂的星云。

"喜欢。"我喃喃开口，"我可以靠得更近去看吗？"

他点头，"我把它们拉下来。"

我连忙摇头，"不，那多没意思。我想到天空中去看。"我看着他，笑着说，"穆弦，造一架飞机吧。当成新的'天使号'。"

没有船，飞机是不是更好？

他看着我，微微一笑，"你想飞？"

我点点头，抱着他的腰，"整天走路，脚也很痛。"话音刚落，双脚已经离地，他垂眸看着我，"不需要飞机。"

我一愣，就看到地面景物开始缓缓下降，而我们身体周围浮现出淡蓝色光泽——我们在升空。

"我带你飞。"他从背后把我抱紧，"去任何地方。"

我们只飞了几分钟不到，周围的星空仿佛超光速跳跃般，瞬间变换了几次，我们就已经身处灿烂的星河中。

隔近了看，我才知道，原来穆弦是造出了无数个缩小的星体，放在天上。绚烂的双子星在我掌心旋转闪耀，灰褐色年华柱在我脚下静静矗立，还有蓝色的地球、橙红色的太阳，都在我眼前飘浮着。

整个银河系，都在我面前。

可这奇幻般的景色，一点也没让我欣喜。我有点沮丧，没有船，也没有飞机，那怎么办？难道要游过去？

眼睛到处看着，不时对穆弦笑笑。不经意间，我看到了天顶。

是的，天顶。墨蓝色的天空，就在我们头顶上方，看起来相距不到十公尺，那几条淡蓝色的裂痕的纹理，都变得异常清晰。

我不由得一怔。裂缝外，是不是就是真实世界？

"你不会再听到那个声音。"淡淡的嗓音，忽然在耳边响起。我一愣，随即反应过来，心下骇然，转头看着穆弦。

他正低头看着我，白皙的脸庞，在星光照耀下，就像美玉一般光泽柔润。可那双眼，却依旧暗沉昏黄。

他说……"那个声音"，他昨天听到了多少？

"我加固了空间。"他的声音很低柔，"不管那个声音是谁，你都不会再听到。"

我的心重重一沉，后背阵阵发寒。我勉强笑道，"你真的听错了，没有声音。"

他看着我不说话，只看得我心惊肉跳。过了一会儿，他把我轻轻一搂，只淡淡地说："我们下去。"

我把头埋在他怀里一动不动，根本不敢看他。太吓人了。他到底知道多少？他是不是已经察觉我的意图了？莫林说过绝对不能让他知道，那我们逃跑的计划，是不是泡汤了？

不，不对。我脑子里一个激灵，他说"不管那个声音是谁"，说明他没听到我们的对话内容，只是起了疑心。我们还有希望。

可还是不对。

刚才我试图要船、要飞机，都被他轻描淡写挡了回去。之前我以为只是巧合，可如果他昨天就已经对我起了疑心……

他察觉了。

他知道我想逃走了。

刚刚对我说的话，分明就是警告。我靠在他温热的怀抱，忽然觉得全身发冷，冷得胆战心惊。

可现在的他意识混乱，对我的占有欲近乎癫狂，为什么察觉我想逃走，却没有任何举动？

我曾经试想过，万一被他识破，会有什么后果——也许会被囚禁，也许会被加诸更加疯狂强势的性爱。可现在，他却放任我跟他在空间里自由行走。

为什么？

我心头悚然一惊。

他在等待，他在试探。他还不知道，外面的人想怎么把我带出去，所以在静观其变。

他是不是打算等我们开始逃亡后，再给予痛击？

我只觉得全身都在冒冷汗——一定是这样。

我不知道莫林还有什么安排，也不知道到达海洋后，还要做什么。可我现在只担心，外头的人苦心安排的最后机会，也会被穆弦伺机而动，彻底扼杀，从此断绝我们逃出这个世界的可能。

恍惚间，我们的脚下已经是一片茂密的树冠，离地只有十多公尺高了。我心乱如麻地看向穆弦——他的侧脸清冷俊秀，看起来还很平静。

"喜欢吗？"他露出浅浅的笑。

我心里七上八下，"什么？"

"星星。"

我点点头，"喜欢。"

"以后我教你造星。"他淡淡地说，"等我把外面的麻烦处理完。"

我只觉得心头一股寒气往上冒，他静静地看着我，昏黄的眼看起来冷酷又阴森。

我勉强开口，"好……"

我的话没说完，因为他的脸色居然大变，眼中原本满满的金黄光泽，突然一闪而逝，漆黑而呆滞的眼珠赫然显露出来。

我心头剧烈一震——是莫林！约定的时间到了！

转眼间，穆弦的身体又开始剧烈地颤抖，原本锁我腰间的手，突然就松开。我在短暂的紧张后，吓得魂飞魄散——我们还在空中！这个时间也太不巧了！

我一把抱住穆弦的腰！可没用了！之前托着我们的柔和的精神力陡然消失。我俩从离地七八公尺的空中，直直向下坠去！

"啊！"我一声尖叫，双腿在风中抑制不住地发抖，心里又绝望又委屈——要是摔断了腿，还怎么带他出去！

"呵……"一声低低的嗤笑从下方飘来，还没等我反应过来，陡然感觉到一股大力箍住了我的腰！下坠的势头戛然而止！

没有预想中的骨裂撕痛的感觉，却落入了个温热的怀抱中。

黑夜星空背景里，易浦城微眯着眼，低头看着我，深邃墨黑的眼睛亮得像星辰。

我一愣，大喜过望，"易浦城！"

他点点头，却不答话，把我往地上一放，低头看着怀里的穆弦——原来他同时接住了我们两个。看着他阴恻恻的目光，我吓了一跳，连忙说："易浦城，你听我说，时间紧迫……别！住手！"

来不及了。

他抓起穆弦的背，往空中一丢，一脚狠狠踢在穆弦身上。穆弦的身体被踢得翻滚着横飞出去老远，"砰"一声撞在树上。

还没等我呼叫怒骂，他又一个箭步冲上去，把穆弦提起来往肩上一扛，转头看着我，脸上已经有了隐隐的笑意，看起来有点阴狠，又有点解气的样子。

"走，去海边。"他的声音却是低沉有力。

我一怔，他看我一眼，言简意赅，"昨天我都听到了。"

我顿时明白——敢情昨天我跟莫林对话的时候，他就苏醒了，只不过一直装。果然够狐狸。他现在出现得这么及时，只怕是身体恢复后，早就在暗中窥探我们，等待莫林的时间到来。

不过……

我望着他沉静的侧脸、锐利的眼神，虽然刚才踢穆弦让我很不舒服，但现在逃亡为重，而且穆弦打他得更重。他出了气之后，能够不计前嫌地配合，那事情就好办多了。

好在海岸线并不远，我们一路都没有废话，小跑着到了海边。夜色里海浪澎湃、水面暗黑。他把穆弦往沙滩上随意一丢，高大身躯矗立在我面前，盯着我，"船在哪里？"

我微微一僵，"没有船。"

他一愣，"飞机？别告诉我什么都没有。"

我只得点头，"什么都没有。"

"我靠！"他一把揪起我的衣领，显然他也很难接受这个事实，"你他妈把他迷得五迷三道的，就不知道问他要艘船，要架飞机？他手一挥就造出来了！"

我看着他紧绷的脸颊，阴沉的黑眸，摇了摇头，"我要了，他不给。他已经察觉到我们要逃走了。我觉得他是在等我们逃了之后，打算一网打尽。"

易浦城一愣，松开了我，扫一眼地上的穆弦，沉默了几秒钟，转身走向沙滩后我们的家。

"你去干什么？"我急忙问，穆弦一个小时就会醒过来了。

"老子能怎么办？扯块屋顶下来当筏！"他低吼一声。

筏？

我连忙问："要我帮忙吗？"

"省省吧。"他不太客气地说，忽然，他脚步一顿，转头看着我，这一次语气却很凝重。

"就算你这个疯子老公已经布下天罗地网，我们也没有其他路可走。"

我看着他近乎冷漠的脸庞，点了点头。我也是这么想的。明知前路叵测，我们也只能进，不能退了。

好在制作筏的过程还算顺利。易浦城说我们的家是用新型轻金属材料做的，密度小、材质好。他扯了半边屋顶下来，又拆了几块大大的金属板当桨，就把穆弦丢上去，我也坐上去。他用力一推，我们就离开了岸边。他站在水里，一直把筏推到足够深处，自己才翻身也坐了上来。到这个时候，穆弦已经昏迷了二十五分钟。

"我们往哪里划？"我问易浦城。

"笔直向前。"他冷声答道。

夜色下的海面一望无尽，就像一头深黑的巨兽蛰伏在我们脚下。幸运的是，越到海洋深处越平静，一点风也没有。易浦城就像一个铆足了劲儿的马达，把几支桨舞得翻飞。多亏了他的机器人体质，我们的桨快得像艇，海边的树林和房屋，很快就远得看不见了。

可是时间也一分一秒地过去。

我抱着穆弦坐在筏的正中。他依旧沉睡着，白皙的脸颊在星光下光洁而美好。可我很怕他忽然就睁眼，睁开那双昏黄的眼，然后我们就会被他拖进虚拟的深渊。

不要醒，不要醒。我把他抱紧，在心里默念，让我能够带你回去。

"看到了吗？"易浦城忽然粗重地喘着说。我一愣，往他指的方向看去，却只见黑黢黢的一片。我摇摇头。

他已经打了赤膊，结实的胸膛全是汗水，眼睛直勾勾盯着前方，手里的桨更快了，声音中也有了喜意，"要到了！"

要到了？

我开始还有些不解，可过了几分钟，我也看清了。

"那是……"我欣喜地说，"空间边缘！"

"哈哈！"易浦城大笑着，奋力再往前划动几下，我们的筏"嗖"地飘出去，就像是撞到了无形的墙壁，轻轻一响，停住了。

我抱着穆弦，看着眼前奇异的景色。

下方深黑的海水，头顶灿烂的星空，仿佛在我们前方这个断面，骤然消失。而整个无形的断面之后，是我曾经在那座神秘城堡见到的、深灰色的、无边无际的虚空。暗色的亮纹在虚空中闪烁、浮动，混沌一片，无边无际。

我俩静静地看着，都没有说话。过了一会儿，我忍不住问："接下来怎么办？"

"鬼知道。"易浦城也在筏上坐下，眼神阴沉难辨。

我又看一眼手表，这是今天出门时专门找出来戴上的，还有十二分钟，穆弦就要醒了。

可我们只能等待。天地无声，水面死寂。整个世界仿佛随着穆弦的沉睡，也宁静下来。我再回头望去，星空、森林、大地，竟是那样安详而幽美。

"华遥！"身旁的易浦城忽然站起来，看着那片虚无。我回头一看，也惊呆了——水面。

那个断面背后，那无尽的虚空，居然也缓缓浮现出水面。水面一点点扩大，虚空一点点消失，然后出现了天空、繁星……看起来就像我们的空间，朝那个方向继续蔓延了。

"这是怎么回事？"我压低声音问，看着对面的景物还在一点点增加。

易浦城没答，而是伸手触向原本的断面。

断面消失了，他的手伸进了前方那片水域。

他眸中精光一闪，倏然笑了。

"哈。老子知道。想出这个点子的，真他妈是个天才。"他说，"他们一定是用电脑，在穆弦空间的边缘，造了个一模一样的空间，以假乱真，接我们出去！"

我一怔，恍惚间好像明白了什么，可又不是很清楚。

它们出现的速度很快，才十几秒的时间，整个虚无都被填满。一片广阔无边的水域，呈现在我们面前。

就在这时，我忽地听到怀中一声嘤咛，只吓得心惊肉跳。低头望去，穆弦眉头微蹙，睫毛微颤。

　　他好像要醒了！他竟然要提前醒了！

　　"快！"我大喊一声，易浦城拧着浓眉，奋力一划，我们的筏瞬间就朝新的空间冲去。